WASTE

웨이스트 타이드

TIDE

WASTE TIDE

천추판 지음　웨이스트 타이드　이기원 옮김

에디토리얼

한국 독자에게 드리는 글

致尊敬的韓國读者:

希望你们能从《荒潮》中看到希望,
从黑暗中找到光亮!
龍年大吉! Peace & Love!!!

陳楸帆

2024. 2. 22

존경하는 한국 독자 여러분,

『웨이스트 타이드』에서 희망을 보실 수 있기를,
어둠 속에서 한 줄기 빛을 찾으시기를 바랍니다.
새해 복 많이 받으십시오! Peace and Love!

2024년 2월 22일 천추판

일러두기

1. 한국어판은 작가의 요청에 따라 켄 리우가 영역한 'Waste Tide'(2019, A Tor Book)를 번역 판본으로 삼았다. 중국어 원작의 제목은 '황조荒潮'이다.
2. 영어판 첫머리에는 켄 리우가 작성한 '언어와 이름에 관한 옮긴이 노트'가 실려 있다. 주로 영어권 독자를 위한 도움말이지만, 중국의 풍부한 언어 문화를 이해하는 기회가 될 수 있어 전문을 번역하여 실었다.
3. 분문의 각주는 대부분 역주이며, 원주일 경우에는 [원주]라는 표시를 붙였다.

언어와 인명에 관한
옮긴이 노트 _ 켄 리우

『웨이스트 타이드』는 다양한 중국어권 언어와 방언(보다 정확하게 표현하여 지역어topolect. 아래에 더 자세히 다루겠습니다)을 사용합니다. 실리콘섬 토박이들이 사용하는 언어는 광둥성 산터우 방언으로 샤먼어厦門語, 타이완어, 푸젠어福建語를 포함하는 중국어의 민난어족의 일원이자 차오저우어潮州話의 일종입니다.

쓰레기인간, 즉 중국의 경제적으로 낙후된 지역에서 온 이주 노동자들은 그들의 지역적 특색에 따른 중국어(대부분 표준중국어의 방언)를 구사합니다. 그러나 쓰레기인간들끼리 혹은 실리콘섬 토박이들과 대화할 때는 현대 표준중국어普通話를 사용합니다.

그뿐 아니라 실리콘섬이 광둥성에 위치하고 홍콩과 광저우에서 가까운 거리에 있기 때문에 실리콘섬의 대다수 거주민은 광둥어(특히 홍콩 방언)를 어느 정도 이해하고 구사할 수 있으며 광둥 지역(홍콩 포함)의 문화에 익숙합니다.

어느 정도 교육을 받은 사람들은 문어인 고전 한문에서 유래한 문구나 성어를 즐겨 사용합니다.

이러한 언어적 다양성은 대부분 중국인에게 일상의 일부이나 영어권 독자를 대상으로 하는 번역 작업에는 도전 과제였습니다. 서구의 언론은 표준중국어와 홍콩의 광둥어에만 주목하는 다소 안타까운 경향이 있어, 훨씬 더 다채로운 언어적 환경을 탐색하고 즐기는 경험을 제한합니다. (중국어에서는 언어와 방언사이의 논쟁적 구분을 '팡옌方言', 말 그대로 '지방어'라는 단어로 깔끔하게 피해 갑니다. 저는 정확성이 떨어지고 문제가 많은 단어인 '방언dialect' 대신 '지역어topolect'라고 번역하기로 했습니다.)

이 번역본에서는 가독성을 위해 중국어 단어와 성어의 사용을 최소한으로 제한했습니다. 다양한 언어의 맛을 살리기 위해 일부 단어는 표음식 차오저우어로 표기했으며 본문의 가독성을 위해 전체 성조는 각주에 남겼습니다. (본문에 성조를 표기한 한 번의 예외는 표준중국어와 차오저우어를 구분하기 위해서입니다.) 광둥어를 통해 영어로 들어온 딤섬dim sum과 하카우hakau, 중국어 풍수feng shui, 일본어 노리nori 같은 단어들은 영어권 독자에게 친숙하기에 이 형태로 표기했습니다. 고전 한문과 '산자이shanzhai'(짝퉁) 같은 신조어도 영어 어휘의 일부가 되어 가는 중이라고 보아 현대 표준중국어를 기반으로 한 성조 없는 병음 표기 방식을 사용했습니다.

중국어 이름은 중국의 관습과 관행에 따라 성을 먼저 표기했고 성조 없는 병음을 사용해 중국어 발음으로 적었습니다. 단, 홍콩에서 온 인물의 경우 서양의 관습을 따라 성은 마지막에, 그리고 성조 없는 광둥어로 표기했습니다.

WASTE TIDE

차례

이 소설에 등장하는 지명, 인명, 사건은 모두 허구이다.
실제와 닮은 점이 있다면 이는 우연히 일치했을 뿐이다.

프롤로그

동남쪽에서 구름이 고삐 풀린 말처럼 휘몰아쳤다. 태풍 '사올라'가 해상 300킬로미터 밖에서 홍콩을 향해 접근하고 있었다. 태풍의 진로는 이름만큼이나 민첩하고 변덕스러웠다.

호치우숙이何趙叔怡의 눈앞에 지금은 영상 자료나 박물관 표본으로만 존재하는 우아한 초식동물 사올라의 모습이 스쳤다.

사올라saola(학명 *Pseudoryx nghetinhensi*)라는 이름은 베트남에서 사용하는 '타이어'●에서 유래했다. 과학자들은 특이한 머리뼈가 발견된 시점부터 실물을 목격했다는 농민들의 제보가 있을 때까지 18년을 기다렸다. 그러나 5년 후 사올라는 멸종되고 말았다. 얼굴에 흰 무늬가 있고, 곧게 뻗은 뿔이 뒤쪽으로 약간 구부러져 있어 '아시아의 유니콘'이라고도 불렸다. 또한 존재했던 포유동물 중 가장 큰 향선香腺을 가졌는데 이는 사올라의 멸종 원인이 되었다. 라오스와 베트남 전설에서 사올라는 행운, 행복, 장수의 상징이었다. 이젠 모두 우스갯소리처럼 들릴 뿐이지만.

● 태국어(타이어)와 같은 어족(타이-까다이어족)에 속하지만 베트남 북부 지역에서 사용하는 언어.

젠장, 너무 춥잖아! 호치우숙이는 한 손으로 작은 스피드보트의 뱃전을 붙잡고 다른 한 손으로 외투를 꽉 여몄다. 홍콩 기상청은 태풍 경보 8호를 내렸다. 이는 시속 63~117킬로미터의 바람과 시속 180킬로미터의 돌풍이 불 수도 있다는 뜻이었다.

날 한번 제대로 골랐군.

스피드보트 콴둥화款冬花호가 거품으로 뒤덮인 파도를 뚫고 8000TEU[•]급 화물선 창푸長福호에 바짝 다가섰다. 뉴욕·뉴저지항에서 출항한 창푸호는 태평양을 가로질러 콰이칭 부두로 향하고 있었다. 그곳에서 화물을 하역한 후 중국 각지의 항구들로 배분할 예정이었다.

조타수의 손짓에 호치우숙이는 고개를 끄덕였다. 강한 바닷바람 탓에 그녀의 얼굴이 유난히 창백해 보였다. 숙이의 고글 위 데이터가 타깃이 목표 속도를 10노트로 줄였음을 알렸다. 항만 관리 당국의 규정에 따라 입항 시 해역으로 배출되는 오염물질을 줄이고 파도가 소형 선박에 미치는 영향을 감소시키려는 조치였다.

행동 개시의 적기였다. 그녀는 정신을 바짝 차리라는 의미로 다른 동료들을 향해 손을 흔들었다.

콴둥화호는 창푸호의 항로 바깥쪽에서 속도를 높여 파고든 후 곁에 붙은 채 같은 속도와 방향을 유지했다. 삼성중공업에서 제조한 길이 334.8미터, 폭 45.8미터의 대형 컨테이너선에 경량

[•] Twenty-foot Equivalent Unit. 컨테이너 크기를 나타내는 국제 표준 단위. 1TEU는 20피트(약 6미터)짜리 컨테이너 하나를 뜻한다.

급 스피드보트가 붙어 있는 모습은 마치 돌묵상어에 붙어 있는 빨판상어 같았다.

"서둘러!" 호치우숙이의 목소리는 요란한 모터 소음에 거의 묻힐 지경이었다.

자석 줄사다리가 거미줄 쏘듯 내보내져 창푸호 우현 레일 아래 약 2미터 지점에 단단히 고정되었다. 사다리의 밑판은 스피드보트와 연결되어 안정성을 유지했다. 무장한 돌격대원 한 명이 사다리를 거침없이 기어오르기 시작했다. 그는 신발 밑창에 달린 갈고리를 이용해서 바다를 등진 채 사다리 아래쪽에 거꾸로 매달렸다. 출렁이는 해수면의 기복으로 인한 현기증을 피하기 위해서였다.

돌격대원은 훈련으로 숙달된 몸이었는데도 강풍과 거친 파도에 마치 거미줄에 걸린 상처 입은 곤충처럼 무섭게 휘청였다. 그가 올라가야 할 25미터의 거리는 짧아 보여도 고단한 길이었다.

빨리, 빨리! 숙이는 애가 탔다. 콴둥화호가 매우 기민하게 끼어든 덕에 창푸호 선원들이 아직 반응하지 못하고 있지만 시간이 얼마 남지 않은 것은 분명했다. 일단 항구 안쪽의 얕은 수심에 진입하면 파도의 폭이 커지면서 상황은 더 수동적으로 전개될 것이기 때문이다.

"이 장면들 다 찍었어?" 숙이는 옆에 있는 젊은 여성에게 물었다. 그녀가 긴장한 표정으로 고개를 끄덕이자 귓가에 장착된 초소형 카메라가 함께 흔들렸다. 이것은 그녀가 참여한 첫 번째 작전이었다. 숙이는 그녀에게 카메라 위치를 고정시키라고 손짓했다.

쇼는 반드시 계속돼야 해.

숙이는 웃음을 터뜨렸다. 이 철학을 혐오했던 자신이 언제부터 충직한 실천자로 바뀌었던가. 철로에 드러누워 기차를 멈춰 세우고, 랜드마크에 기어오르고, 포경선을 공격하고, 핵폐기물을 강제로 가로채는 등… 그린피스의 비폭력 직접 행동과 비슷했다. 매번 더욱더 터무니없는 행동으로 정부와 대기업의 인내심에 끊임없이 도전했다. 이로써 그녀의 단체는 점점 더 악명을 떨치게 되었지만, 환경보호에 관한 대중의 관심을 촉발했을 뿐 아니라 환경보호와 관련된 각종 법규의 제정과 정비를 이끌어 냈다.

이 정도면 명분으로 충분하지, 안 그래?

그녀는 자신의 멘토이자 '콴둥 조직'의 창립자이기도 한 귀치더 박사가 입회 환영식에서 했던 연설을 떠올렸다.

조명이 어두워지자, 대형 스크린에 유화 작품이 나타났다. 산처럼 거대한 파도 속에 돛대 세 개를 단 범선이 전복되기 직전이었다. 당황한 선원들은 구명보트를 타고 도망쳤고 남은 몇 명은 절망에 빠진 채 배에 남아 사투를 벌이고 있었다. 검은 바다와 거대한 흰 파도의 강렬한 대비가 시선을 사로잡았다.

"이 그림은 1827년에 프랑스의 화가 장 앙투안 테오도르 드 귀댕의 〈켄트호 화재*Incendie du Kent*〉입니다." 귀 박사는 특유의 호소력 짙은 어조로 선언했다. "우리가 사는 세상은 침몰 직전의 범선입니다. 살아남기 위해 이미 구명보트에 올라탄 사람도 있지만 여전히 아무것도 모른 채 무감각한 사람들도 있죠."

날카로운 비명이 호치우숙이의 회상을 방해했다. 고개를 들어보니 선원 몇 명이 창푸호의 뱃전을 바라보고 있었다. 그들은 줄사다리의 자석을 떼어내려고 하는 중이었다. 배의 선체가 화물 갑판 면적을 최대화하도록 설계되어 선체 상단의 가장자리가 심하게 휘어 있었다. 사다리에 닿기 위해서 선원들은 허공에 떠 있을 정도로 몸을 내밀어야 했다. 거센 바람에 맞서 힘겹게 싸우던 선원들은 몇 번의 시도 끝에 결국 실패했다.

사다리를 타는 대원의 속도가 눈에 띌 만큼 빨라졌다. 이제 10미터 정도만 남기고 있었다.

창푸호의 갑판에서 하얀 물기둥이 쏟아져 나와 그의 몸에 거세게 부딪혔고 줄사다리가 그네처럼 출렁였다. 대원의 손이 허둥거리다가 사다리에서 미끄러졌다. 그가 아래의 큰 파도를 향해 긴 추락을 시작했다.

숙이는 손으로 입을 막으면서도 눈은 떼지 않았다. 촬영을 담당하던 젊은 여자가 비명을 질렀다.

하지만 그는 추락을 멈추고 줄사다리에 거꾸로 매달렸다. 신발 밑창에 달린 갈고리가 마지막 순간에 그를 구했다. 그는 공중에서 몸을 반으로 접어 밧줄을 잡고 계속해서 위로 올라갔다.

"잘했어!" 호치우숙이는 그를 향해 외쳤다.

창푸호 선원들은 그가 줄사다리를 따라 타오르는 불길이라도 되는 것처럼 고압 호스로 쉴 새 없이 물을 쏘았다. 이런 상황에서 가장 위험한 것은 물이 신체에 가하는 충격이 아니라 물이 호흡기관을 막으면서 생기는 일시적인 질식이었다. 다행히 대원은 준비가 되어 있었다. 그는 투명한 방호 마스크를 얼굴로 끌어내린 후 두려움 없이 위로 계속 올라갔다. 8미터, 7미터….

숙이의 얼굴에 미소가 번졌다. 마치 수년 전의 자신을 보는 것 같았다. 사올라 향을 온몸에 바른 채 버스, 지하철, 여객선을 비집고 다니면서 사람들이 코를 막고 성난 표정으로 바라보는 것도 개의치 않으며 아무리 귀한 향수라도 그것이 어떤 종의 멸종의 대가로 만들어졌다면 참지 못할 악취가 될 것이라고 사람들에게 말했다.

수많은 사람이 그럴 만한 가치가 있냐고 물었다. 그녀 또한 물론이라고 수없이 답했다. 온 세상이 그녀를 관중에 골칫덩이로 취급해도 스스로 신념을 붙잡고 있는 한 그것만으로 충분했다.

선원들이 물대포 공격을 멈췄다. 새로운 공격 수단을 찾은 듯했다.

"항로를 바꾸고 있습니다!" 스피드보트의 조타수가 큰 소리로 외쳤다.

호치우숙이가 고글을 통해 데이터를 확인했다. 창푸호는 콴둥화호에 접근하는 동시에 12노트로 가속하고 있었다. 이는 해양관리국의 주의를 끌지 않으면서 스피드보트의 임무를 방해하려는 시도였다. 스피드보트는 화물선이 일으킨 여파로 더욱 불규칙하게 위아래로 요동쳤다. 줄사다리는 허공에서 뱀처럼 뒤틀린 채 흔들거렸고 대원은 그 위에 목숨을 걸고 매달려 있었다.

"속도를 높여서 항로를 맞추고 안정적으로 유지해." 그녀가 명령했다.

줄사다리에 매달린 남자는 계속해서 등반을 시도했다. 그는 온 힘을 다해 몸의 무게중심과 자세를 통제하며 줄사다리의 안정과 균형을 유지했다. 5미터, 4미터… 그는 마치 폭풍 속에서 줄을 타는 요가 고수 같았다.

거의 다 왔다. 호치우숙이는 숨을 죽인 채 속으로 카운트다운을 했다.

그 청년 대원의 다음 임무는 빨판을 이용해 줄사다리의 연결 지점에서 선원들의 추격을 피해 갑판으로 올라가는 것이었다. 그곳에 도착하면 그는 마치 후디니®처럼 컨테이너에 쇠사슬로 몸을 묶고 가급적 눈에 잘 띄는 곳에 콴둥 조직의 깃발을 꽂은 후 언론 매체와 환경보호청이 나타나 중재할 때를 기다려야 할 것이다. 킹스노스Kingsnorth 발전소 사건에서 그린피스 활동가 6명이 무죄를 받은 판례에 따르면, 콴둥이 환경 운동과 관련된 '합법적 해명'을 제공하는 한 그들의 행위는 불법으로 간주되지 않는다. 모든 것은 그들의 정보 출처가 확실한지, 즉 뉴저지에서 출발해 실리콘섬으로 운송되는 이 선박의 컨테이너 안에 소위 '악마의 선물'이라 불리는 독성 폐기물이 들어 있는지에 달려 있었다.

간단하지 않은 계획이었지만, 가장 어려운 첫 번째 임무의 완수를 눈앞에 두고 있었다.

● 탈출 마술로 명성을 얻은 헝가리 태생 미국인 마술사.

… 2미터, 1미터. 돌격대원이 마침내 줄사다리의 끝부분에 도달했다. 그런데 그는 빨판이 부착된 장갑을 끼는 대신 밧줄을 잡고 시계추처럼 몸을 앞뒤로 흔들었다.

"왜 저러는 거야?" 호치우숙이가 화를 내며 물었다.

"토머스가 파쿠르를 좋아하거든요." 카메라를 담당하는 젊은 대원이 중얼거리며 촬영을 계속했다.

이름이 토머스였군. 최근에 의욕적이고 재능 넘치는 젊은 피들이 너무 많이 합류해서 숙이는 예전처럼 모두의 이름을 다 기억할 수 없었다. *젊음이란 좋은 것이지. 일반적으로는 말이야.*

토머스는 잔뜩 긴장한 채로 거리와 각도를 재면서 시계추 운동을 계속했다. 배에 올라타려면 몸이 지렛목에서 가장 멀리 떨어진 순간에 손을 놓고 점프하는 동시에, 허공에서 몸을 90도로 돌려 뱃전 꼭대기를 잡아야만 했다. 이를 위해서는 극도의 근력뿐 아니라 유연성과 정신력이 필요했다.

"토머스, 멈춰!" 호치우숙이가 외쳤다. "뛰지 마!"

너무 늦었다. 그녀는 그의 균형 잡힌 탄탄한 몸이 마치 바람에 잠시 얼어붙은 것처럼 뛰어오르는 것을 보았다. 느리고 우아하게 4분의 1바퀴를 돈 후 두 손이 뱃전을 때리자 강철 난간이 미세하게 진동했다. 그의 몸은 중력에 의해 자연스럽게 아래로 내려갔다. 이제 그가 할 일은 팔과 배를 구부리고 몸을 끌어올려 아름다운 체조 동작을 완성하는 것뿐이었다.

호치우숙이는 너무나 대담한 공연에 기립박수를 보낼 뻔했다.

바람 때문이었을지도, 아니면 뱃전에 남아 있던 물기 때문이었을지도 모르겠다. 귀를 찌르는 금속성 마찰음이 울리고 토머스의 두 손이 뱃전에서 미끄러졌다. 그는 돌이킬 수 없이 추락하기 시작했다. 당황한 그는 허공에서 나부끼던 줄사다리를 한 손으로 움켜잡았지만 거대한 관성으로 인해 온몸이 선체에 충돌했다. 방호 마스크가 날카롭게 부서지는 소리와 함께 토머스의 목과 몸이 기괴한 각도로 꺾였다. 토머스는 손을 놓고 계속 추락했다.

그의 몸이 소리 없이 물보라를 일으키며 바다에 곤두박질쳤다. 그 모습은 지울 수 없는 이미지를 남겼다.

촬영을 담당하던 젊은 여성은 충격에 굳어버렸다. 그녀의 귓가에 장착된 카메라는 모든 장면과 함께 비명과 울음소리도 빠짐없이 담았다. 이 영상은 이후 대형 언론 매체와 인터넷 사이트에서 반복 재생되었으며 인터넷의 댓글러들은 콴둥 조직의 '추계 모집 광고'를 비웃었다. 모집 광고의 슬로건은 '젊다고 어리석지는 않다'였다.

호치우숙이는 눈앞에 벌어진 장면을 멍하니 바라보았다. 시신 수습을 명령하지도 않았고 어떤 표정을 짓거나 행동을 취하지도 않았다.

정말로 이럴 만한 가치가 있는가? 토머스에게 묻는 것인지 그녀 자신에게 묻는 것인지 정확히 알 수 없었다.

창푸호는 계속해서 속도를 올리며 스피드보트에 접근했다. 후속 지시를 받지 못한 숙이의 조타수는 이에 제대로 대처하지 못했다. 콴둥화호의 선체가 화물선과 충돌하면서 밀려 올라갔고 금속이 변형되는 둔탁한 소음이 울렸다. 선원들은 기울어진 갑판 위에서 물속에 끌려 들어가지 않기 위해 손에 잡히는 대로 마구잡이로 움켜잡았다. 하얀 거품과 함께 얼음처럼 찬 바닷물이 소용돌이치며 배 안으로 밀려 들어왔다.

이제 배는 정말로 가라앉고 있었다.

WASTE

1부

TIDE

침묵의 소용돌이

바젤협약의 정식 명칭은 '유해 폐기물의 국가 간 이동 및 처리에 관한 국제협약'이다. 이 협약의 취지는 유해 폐기물의 국가 간 이동을 줄이고, 특히 선진국에서 개발도상국으로의 이동을 막는 데 있다.

바젤협약은 1989년 3월 22일 116개국의 서명으로 채택되었고, 1992년 5월 5일 발효되었다. 179개국과 유럽연합이 협약을 비준한 당사국이다.

전 세계에서 전자 폐기물을 가장 많이 배출하는 미국은 협약에 서명은 했지만 비준하지는 않았다.

— 위키백과 '바젤 협약'에서

(한국은 1994년 2월에 가입해, 같은 해 5월 '폐기물의 국가 간 이동 및 그 처리에 관한 법률'을 시행했다.)

1

수공으로 정교하게 조각된 나무 범선 모형이 유리장에 진열되어 있었다. 고풍스러운 분위기를 내려고 일부러 칠한 적갈색 니스가 반짝였다. 그곳에는 홀로그램 풍경 대신 실리콘섬—실제로는 본토와 연결된 반도지만 모두가 섬이라고 부르는—과 주변 해역을 손으로 그린 지도가 있었다. 지도 제작자가 현지 풍경을 아름답게 표현하려 지나치게 애쓴 흔적이 역력했고 과도한 색상 사용으로 부자연스러워 보였다.

"…이것은 실리콘섬의 상징으로 풍작, 번영, 화합을 의미합니다."

스콧 브랜들은 모형 배에 매료되어 가이드의 설명은 건성으로 들었다. 모형 배의 색과 질감, 특히 바람에 펄럭이는 듯한 돛이 어젯밤 만찬에 올라왔던 랍스터찜을 연상시켰다. 그는 채식주의자도 WWF(세계자연기금)의 광적인 지지자도 아니었으나 그릇에 세 번째 집게발이 있었다는 점과 랍스터의 등딱지가 정교하게 맞춰져 있었다는 사실은 그를 의심에 휩싸이게 했다. 집게발이 하나 더 달린 '자연산 랍스터'가 인근 해역의 양식장에서 길러졌다고 생각할 때마다 식욕이 떨어져서 중국 공무원들이 신나게 먹는 모습을 바라볼 수밖에 없었다.

"스콧 씨, 내일은 어떤 부분을 알아보고 싶으십니까?" 린이 위 주임이 술 냄새를 풍기며 현지 사투리로 물었다.

스콧 브랜들의 조수인 천카이종(aka 시저 첸)은 상사의 성과 이름을 혼동한 린 주임의 착오를 바로잡지 않고 그대로 통역했다.

"실리콘섬에 대해 더 잘 알고 싶습니다." 스콧은 백주白酒(중국 사교 행사에서 자주 등장하는 독한 증류주)를 꽤 마신 상태였으나 정신은 여전히 맑았다. 그는 실리콘섬 앞에 '진정한'이라는 단어는 생략하기로 했다.

"좋습니다, 좋아요!" 백주에 얼굴이 벌겋게 달아오른 린 주임이 돌아서서 다른 공무원들에게 뭐라고 말하자 모두가 웃음을 터뜨렸다. 천카이종은 즉시 통역하지 않고 잠시 후 스콧에게 말했다. "린 주임이 소원을 꼭 들어드리겠답니다."

그들은 과도하게 냉방이 된 실리콘섬 역사박물관에서 이미 두 시간 이상 머물고 있었지만 끝날 기미는 보이지 않았다. 박물관 가이드는 억양이 심한 영어를 쉴 틈 없이 구사하며 환하고 깨끗한 전시실들로 그들을 안내했다. 가이드는 고대의 시문, 정부의 서신, 복원된 사진, 재현된 도구와 유물, 플라스틱 모형으로 만든 디오라마와 가짜 다큐멘터리를 통해 9세기부터 천 년이 넘게 이어진 실리콘섬의 역사를 소개했다.

그러나 박물관의 전시물은 디자이너의 이상과는 거리가 멀었다. 실리콘섬이 농어촌에서 현대 산업 시대로, 또한 정보화 시대로 발전하는 과정을 보여 주려는 의도였을지 모르나, 스콧의 눈에는 끝없는 선전을 곁들인 지루한 전시물일 뿐이었다. 거기에 교과서를 읽는 듯한 해설까지 곁들이니 최면 효과가 군대에서 교관 훈화를 듣던 때와 거의 맞먹었다.

반면 통역관인 천카이종은 실리콘섬에 대해 전혀 모르는 사람처럼 흥미진진하게 듣고 있었다. 스콧은 천카이종이 이 땅에 발을 딛는 순간 그간의 무관심이 사라지고 스물한 살 청년다운 자부심과 호기심을 회복했음을 느꼈다.

"…대단합니다. 놀라워요…." 때로 스콧은 무표정하게 자동 응답기처럼 칭찬했다.

린 주임은 수긍한다는 듯 고개를 끄덕였다. 그는 마네킹 같은 미소를 띠었고 체크무늬 셔츠를 양복바지에 쑤셔 넣은 차림이었다. 다른 공무원들과 달리 허리가 날씬해서 기세는 부족해도 좀 더 야무져 보였다. 키가 190센티미터에 가까운 스콧 옆에 서 있으니 그는 마치 등산용 지팡이처럼 보였다. 그러나 그에겐 스콧을 꿀 먹은 벙어리로 만드는 능력이 있었다.

겉과 속이 다르군. 스콧은 속으로 생각했다. 그제야 그는 어젯밤 린 주임의 말이 어떤 의미였는지 이해했다. 중국 방문 전 그는 왕초보를 위한 중국 안내서를 읽었는데 그 책에 "중국인은 겉으로 하는 말과 속으로 하는 생각이 종종 다르다"라는 구절이 있었다. 그는 거기에 주석을 달았다. '미국인은 다른가?'

어젯밤 환영 만찬에 의사 결정권자는 한 명도 나타나지 않았다. 참석한 공무원들은 아마 지시를 받고 나왔을 것이다. 그들이 비워낸 백주의 양으로 보아 그들은 환영 만찬의 유쾌한 분위기를 조성하는 임무를 완수한(심지어 초과 달성일지도) 듯했다. 미적지근한 린 주임의 태도로 보아, 이번 테라그린 리사이클링 주식회사의 조사 프로젝트는 순조롭게 진행되지 않을 게 분명했다.

실리콘섬 삼대 가문의 핵심 인물들은 절대 모습을 드러내지 않을 테고, 스콧이 기대할 수 있는 최고의 결과는 현지 정부가 세심하게 꾸며 놓은 시범 거리와 공장을 한 바퀴 돌아보고 섬세한 맛의 다과와 미식을 즐긴 후, 기념품을 한아름 챙겨 샌프란시스코로 돌아가는 비행기에 오르는 것뿐이었다.

하지만 테라그린 리사이클링이 스콧 브랜들을 보낸 이유가 바로 그것 아니겠는가. 그의 각 잡힌 얼굴에 웃음기가 돌았다. 가나에서 필리핀까지, 아마다바드에서 발생한 사고만 제외한다면 그는 단 한 번도 실패한 적이 없다. 실리콘섬도 예외는 아닐 것이다.

"우리는 오후에 샤오룽 마을에 갈 거라고 전달해." 스콧이 몸을 숙여 카이종에게 속삭였다. "되게 만들어."

그러고는 입술을 굳게 다물고 건성으로 미소를 지으며 주변을 둘러보았다. 천카이종은 그의 상사가 행동을 개시했음을 눈치채고 린 주임과 재빨리 교섭을 시작했다.

박물관은 너무 밝고 너무 깨끗했다. 마치 이곳에서 지워지고 새로 쓰인 역사처럼, 현지인들이 외부인들에게 드러내 보이는 실리콘섬의 단면처럼 거짓되고 피상적인 기술 낙관주의가 주입되어 있었다. 이 건물 안에는 바젤협약도, 다이옥신과 퓨란도,

산성안개도, 납 함량이 기준치의 2400배를 초과하는 물도, 크롬 함량이 미국 환경보호국EPA이 정한 기준치의 1338배를 초과하는 토양도 존재하지 않았다. 물론 이 땅에서 자고 이 물을 마시며 힘겹게 살아가는 사람들은 더더욱 없었다.

모든 역사는 현대사입니다. 그는 천카이종이 면접 때 했던 말을 떠올렸다.

스콧은 고개를 저었다. 우호적인 태도를 유지하려 애쓰고 있지만, 합의에 이르지 못하는 린 주임과 천카이종의 목소리가 점점 커졌다. 그들이 표준중국어를 사용했더라면 번역기를 통해 직접 린 주임과 대화를 시도할 수도 있었을 테지만, 그들은 여덟 개의 성조와 복잡한 변음 규칙을 가진 고대 방언을 사용했다. 스콧은 천카이종의 도움에 기댈 수밖에 없었다. 천카이종이 가진 언어적 유산은 스콧이 보스턴 대학교 역사학과 졸업생인 그를 채용한 가장 중요한 이유이기도 했다.

"이렇게 전해. 만약 이의가 있다면," 스콧의 시선이 한 장의 단체 사진으로 향했다. 이번 방문 전에 검토했던 문서에 등장했던 인물이 있는지 찾아내고자 몹시 애썼다. 이곳 저속 데이터 구역에서 스콧은 외부 데이터베이스에 접속할 수 없었고 그의 눈에 중국인들 얼굴은 전부 비슷해 보였다. "궈 청장이 직접 린 주임에게 말하게 할 수도 있다고 말이야."

궈치다오 청장은 성省 생태환경청 소속으로 차기 국가 환경부 차관으로 유력한 인물이었다. 그가 이 프로젝트에 입찰할 기업 명단을 결정할 가능성이 높았다.

호가호위狐假虎威, 남의 권세를 빌려 호기를 부리는 것. 왕초보를 위한 중국 안내서에 등장하는 또 하나의 팁이었다.

논쟁은 중단되었다. 실패한 듯한 모습의 린 주임은 더욱더 야위어 보였다. 그는 두 손을 비볐다. 귀 청장과 관련한 협박보다는 주어진 임무를 완성하지 못할 것을 더 걱정하는 것처럼 보였다. 그러나 그에게는 뾰족한 수가 없었다. 린 주임은 억지 미소를 짓고 헛기침을 몇 번 한 후 출구로 걸어갔다.

"임무 완수입니다. 식사하러 가시죠." 천카이종이 환하게 웃어 보였다. 미국 동부 지역의 비싼 학교를 졸업한 누군가가 지을 만한 미소였다.

'자연산 랍스터' 같은 위험한 요리는 더 이상 안 나왔음 좋겠군. 스콧은 모형 범선을 지나치면서 속으로 생각했다. 그는 춥고 위선으로 가득한 이 박물관을 떠날 수 있어서 굉장히 기뻤다. 모형 범선은 그에게 완벽한 은유처럼 보였다. 어쩌면 쓰레기섬과 박물관 사이를 연결하는 건 말장난뿐인지도 모른다.*

그는 3M 보호 마스크를 착용했다. 냉기로 인해 결로가 생긴 입구를 지나 습하고 눈부신 열대 햇살 속으로 들어갔다.

이번 식당에서는 백주 대신 맥주가 나왔지만, 스콧의 걱정은 조금도 사라지지 않았다. 심지어 이 식당의 위생 상태는 어젯밤

---

* 영어 단어 junk에는 범선과 쓰레기의 두 가지 뜻이 모두 있다.

식당보다도 못해 보였다. '소나무'라는 이름을 가진 방에는 구식 에어컨이 벌집처럼 요란하게 돌아가고 있는데도 공기 중의 퀴퀴한 냄새가 사라지지 않았다. 벽에는 마치 고지도 속 미개척 영역처럼 보이는 커다란 물 얼룩이 있었다. 다행히 탁자와 의자는 깨끗해 보였는데 식당 주인이 얼룩이 잘 보이지 않는 어두운 색을 골라서인지도 모른다.

요리는 금세 나왔다. 천카이종은 스콧에게 요리 이름, 재료, 요리법 등을 신나게 설명했다. 그는 일곱 살 때 고향을 떠난 자신이 아직도 그 맛을 기억한다는 사실을 신기해하며 태평양을 건넘과 동시에 십여 년의 세월을 거슬러 올라간 것 같았다.

스콧은 식욕이 전혀 없었다. 특히 오리 간, 돼지 폐, 소 혀, 거위 내장 등이 어떻게 준비되는지 알고 난 후에는 더욱 그랬다. 그는 최소한 중금속 축적 위험이 적어 보이는 흰죽과 국을 고르며 현장 검사용 키트를 꺼내고 싶은 충동을 억눌렀다. 네트워크 단속 규정 때문에 저속 데이터 구역에서는 암호화된 데이터베이스에 접속할 수가 없어 식품, 공기, 물, 토양의 성분과 위험도를 파악할 길이 없었다. 물론 증강현실 기술도 이곳에서는 무용지물이었다.

린 주임은 그의 걱정을 감지한 듯 길거리에서 물을 나르는 전동 삼륜차를 가리켰다. "이곳은 뤄씨 가문에서 운영하는 식당입니다. 물은 9킬로미터 떨어진 황촌에서 끌어오지요."

뤄 가문은 실리콘섬의 고급 음식점과 유흥업소의 80퍼센트를 장악하고 있다. 이러한 경제력은 그들이 섬 최대 규모의 전자 폐기물 해체 작업장들을 보유한 덕분이다. 그들이 오후에 탐방할 샤오룽 마을도 그중 하나였다. 뤄씨 가문은 홍콩 콰이칭 부두를 통해 들어오는 컨테이너에 대한 우선권을 가졌고 남은 화물을 다른 두 가문이 나눠 가질 정도로 권력이 막강했다. 마태 효과*의 실질적인 예로, 삼대 가문은 사실상 뤄 일가의 독주나 다름없었다. 심지어 정부 정책에 영향을 행사할 만큼 실세였다.

스콧은 린 주임의 말에 숨은 의미를 곱씹었다. 다른 중국 속담이 떠올랐다. 남의 밥을 먹으면서 옳은 말을 하기 어렵고, 남에게 신세를 지면서 그에게 반대하기는 더욱 어렵다.

그는 중국식 언어유희에 점점 화가 나기 시작했다. 마치 매분 매초 암호를 해독하는 느낌이었는데 암호키가 맥락과 흐름에 따라 예측할 수 없이 변했다. 그는 침묵을 지키기로 결심했다.

"자자, 마십시다!" 식사 자리에서 어색한 분위기를 깨는 데 이만큼 효과적인 방법도 없다. 린 주임은 거품이 가득한 맥주잔을 들어 올렸다.

술이 몇 차례 더 돌고 나자 린 주임의 얼굴이 벌겋게 달아올랐다. 지난번의 교훈 덕분에 스콧은 좀 더 조심스러워졌다. 중국에는 '취중 진담'이라는 말이 있지만, 린 주임에게는 적용되지 않는 것 같았다.

"스콧 씨, 솔직하게 말씀드릴 테니 괘념치 않으셨으면 합니다." 린 주임은 스콧의 어깨를 두드리며 시큼한 술 냄새를 풍겼

● Matthew effect. 부익부 빈익빈 현상을 뜻하는 사회학 용어로, 누적이득 accumulated advantage이라고도 한다.

다. "저는 당신의 프로젝트를 방해하려는 게 절대 아닙니다. 저도 나름의 고충이 있어요. 다만 제 충고를 들으시길 바랍니다. 이 프로젝트는 잘 풀리지 않을 테니, 최대한 빨리 이곳을 떠나시는 게 좋을 겁니다."

통역을 마치고 스콧을 바라보는 천카이종의 얼굴에는 불쾌함이 역력했다.

"충분히 이해합니다. 다들 입장이 있으니까요. 그런데 제 말도 한번 들어보시죠. 이 프로젝트는 모두에게 윈-윈일 뿐 단점이 없습니다. 어떤 조건도 협상 가능하죠. 만약 프로젝트가 성사된다면 중국 동남부 최초의 시범 사업이 될 테고, 국가 순환경제** 전략에 중요한 진전을 이룰 당신의 공로 또한 빠질 수 없을 테고요."

"하!" 린 주임은 냉소를 지으며 술잔을 단숨에 들이켰다. "정말 흥미롭군요. 미국인들은 남의 집 대문 앞에 쓰레기를 떡하니 버려 놓고 잠시 후 나타나서 대신 청소해 주겠다고 합니다. 모두 당신들을 위해서라면서요. 스콧 씨, 이런 것을 국가 전략이라 부를 수 있습니까?"

린 주임의 예리한 반박에 스콧은 잠시 멈칫했다. 눈앞의 이 중년 남자는 그의 생각만큼 비겁한 관료는 아닌 듯했다. 그는

●● 자원 절약과 재활용을 통해 지속가능성을 추구하는 친환경 경제 모델을 말한다. 순환경제는 '자원 채취(take)-대량 생산(make)-폐기(dispose)'가 중심인 기존 '선형경제'의 대안으로 최근 유럽을 중심으로 세계 곳곳으로 확산하고 있다.

신중히 말을 고르며 최대한 진정성을 보이려고 했다.

"세계는 변하고 있습니다. 재활용 분야는 수천억 달러 규모의 유망 산업이죠. 세계 제조업의 명맥이 달렸다고 말할 수도 있을 겁니다. 실리콘섬은 선발자 우위를 점한 덕분에 선진국보다 전환 난이도가 훨씬 낮고 선진국처럼 법적, 정치적 부담 없이 진행할 수 있습니다. 여러분께 필요한 것은 바로 효율성을 높이고 오염을 줄일 기술과 현대화된 관리 시스템입니다. 현재 동남아와 서아프리카는 핫플레이스입니다. 거대 자금과 기업들이 몰려들어 한몫 잡으려고 난리죠. 테라그린 리사이클링이 최고의 조건을 제공한다는 사실만은 장담할 수 있습니다. 저희를 도와주신 분들께는 반드시 보답하죠."

스콧은 '보답'이라는 단어에 특히 힘을 주었다. 뇌물을 요구하던 필리핀 공무원들의 얼굴이 머리에 잠시 스쳤다.

린 주임은 이 미국인이 이 정도까지 단도직입적일 줄은 예상치 못했다. 그가 생각했던 거짓 약속과 위선은 털끝만큼도 없었다. 그는 망설이며 술잔을 들었다가 탁자에 내려놓았다. "이렇게 솔직하게 말씀해 주시니 감사하군요. 그렇다면 저도 제 패를 테이블 위에 올리겠습니다. 여기서 문제는 돈이 아니라 신뢰입니다. 토박이들이 외지인들도 못 믿는데, 미국인은 오죽하겠습니까."

"미국인이라고 다 같지는 않습니다. 중국인도 사람마다 다르듯이요. 당신도 다른 사람들과 다르다고 느꼈습니다." 스콧은 지구 어디에서나 통했던 한 수를 던졌다.

린 주임은 스콧을 뚫어지게 쳐다보았다. 탁한 눈에 핏발이 서고 취한 듯 보였지만 실은 그렇지 않았다. 잠시 후 그는 콧방귀를 뀌며 말했다. "스콧, 당신이 틀렸습니다. 중국 사람은 전부 똑같습니다. 저도 마찬가지고요."

스콧은 깜짝 놀랐다. 린 주임이 '스콧 씨'가 아니라 '스콧'이라고 직접 이름을 부른 것은 처음이었기 때문이다. 하지만 더 놀란 것은 다음 질문이었다.

"자녀가 있습니까? 고향은 어떤 곳입니까?"

스콧의 제한적인—하지만 적지 않은—중국 경험에 따르면 중국인의 화젯거리는 대부분 국제 정치나 시사 등에 관한 것이었다. 일부는 사업에 관해서, 일부는 종교나 취미 생활에 관해 이야기하기도 했으나 자기 가족 이야기를 꺼내거나 스콧의 가족에 대해 질문했던 사람은 없었다. 그들은 마치 타고난 외교관처럼 천하를 걱정하고 모든 민족의 운명을 걱정하면서도 아버지, 아들, 남편, 혹은 형으로서의 사생활은 항상 대화에서 생략했다.

"저는 딸만 둘입니다. 열세 살, 일곱 살." 스콧은 지갑에서 구겨진 사진을 꺼내 린 주임에게 보여 주었다. "조금 오래된 사진이지만 바꿀 기회가 없었습니다. 저는 텍사스의 작은 마을에서 자랐죠. 지금은 좀 황량해졌지만 예전에는 정말 예뻤어요. 혹시 〈텍사스 전기톱 살인 사건〉이라는 영화 보셨나요? 그 영화랑 비슷한데 그 정도로 끔찍하지는 않습니다." 스콧이 껄껄 웃자 천카이종도 웃음을 터뜨렸다.

린 주임은 고개를 저으며 사진을 스콧에게 돌려주었다. "따님들이 크면 엄청난 미인이겠네요. 저는 아들이 하나 있는데 열세 살 중학생입니다."

잠시 정적이 흘렀다. 스콧은 말을 이으라는 의미로 고개를 끄덕였지만 솔직히 이야기가 어떻게 흘러갈지 알 수 없었다.

"실리콘섬 주민들의 가장 큰 소원은 자녀들이 고향을 떠나는 겁니다. 멀면 멀수록 좋지요. 우리는 늙어서 둥지를 옮기는 게 쉽지 않지만 젊은이들은 다릅니다. 그들은 어떤 그림도 그릴 수 있는 백지나 마찬가지니까요. 이 섬에는 희망이 없습니다. 공기도, 물도, 토양도, 사람들도 쓰레기와 섞인 지 너무 오래됐어요. 이제는 뭐가 쓰레기이고, 뭐가 아닌지 분간이 되지 않을 정도입니다. 우리는 쓰레기 덕분에 가족을 먹여 살리고 집안을 일으키지만, 돈을 벌수록 환경은 더욱 나빠지죠. 꼭 제 목에 밧줄을 매고 잡아당기는 것 같아요. 더 세게 당길수록 숨은 막히는데 손을 놓자니 아래는 끝없는 낭떠러지인 거죠. 물이 너무 깊어요."

천카이종은 곧바로 통역하지 않고 흥분한 듯 현지 사투리로 린 주임과 몇 마디 언쟁했지만 린 주임은 고개를 저을 뿐이었다.

"그게 바로 우리가 여기에 온 이유입니다." 스콧이 말했다. "제 부모님도 똑같았어요. 늘 제가 대도시로 가길 원하셨죠. 하지만 사회에 나온 후에 저는 우리 모두가 어깨에 책임을 짊어지고 있다는 것을 깨달았습니다. 우리는 얼굴을 돌려 못 본 척할 수도 있고, 반대로 직면하며 변화시킬 수도 있습니다. 모든 것은 우리가 어떤 사람이 되고자 하는가에 달렸습니다."

할리우드 영화에 나올 법한 멋진 대사였다. 스콧은 린 주임으로부터 큰 지지를 기대하지는 않았지만 지금 이곳에서 적을 만들지 않는 건 친구가 생기는 것만큼 좋은 일이었다.

"너무 어려워요." 린 주임은 여전히 고개를 가로저었다. "제공해 주신 입찰 관련 문서와 제안서를 모두 꼼꼼히 살펴보았습니다. 기술적인 면에서는 제게 발언권이 없지만, 테라그린 리사이클링이 녹색 재활용 사업 분야에서 선두에 있다는 점과 제안하신 환경 리모델링 계획이 굉장히 매력적이라는 점은 사실입니다. 하지만 문제는 섬 전역에 있는 수천 개의 작업장이 제거될 테고 수입된 폐기물의 분류, 해체, 가공이 당신 측에서 이뤄지게 된다는 것입니다. 그게 **그들**에게 어떤 의미인지는 아시겠지요."

스콧은 **그들**이 누구를 지칭하는지 이해했다. 뤄, 린, 천 삼대 가문은 실리콘섬 전체의 전자 폐기물 회수와 처리 사업을 독점하고 있었다. 연간 수백만 톤의 처리 규모, 수십억 규모의 경제적 생산량. 이렇게 큰 산업을 업그레이드하려면 수익 재분배가 피비린내 나는 과정일 수밖에 없다.

"우리는 친환경적인 일자리를 수만 개 창출하고 모든 사회보장 혜택을 제공할 계획입니다. 테라그린이 보유한 우수한 재활용 기술을 통해 현재 수작업 처리에서 발생하는 손실을 크게 줄일 수 있습니다. 현재 생산 규모에서 30퍼센트 이상 더 끌어올릴 겁니다. 가장 중요한 점은 실리콘섬의 환경 재정비에 특별

자금을 배정할 겁니다. 여러분의 고향에 푸른 하늘과 흰 구름, 푸르른 산을 되돌려드리겠습니다."

기본적으로 실리콘섬의 환경 개선 관련 제안서 내용과 토씨 하나 틀리지 않았다. 천카이종은 속으로 증강현실 기술이 안 먹히는 상황에서 발휘된 스콧의 기억력에 크게 감탄했다.

"다 아는 얘깁니다." 린 주임이 술기운에서 벗어난 듯 진한 차 한잔을 주문했다. "하지만 아무도 관심이 없어요. 현지인들은 어떻게든 돈 한 푼 더 버는 데 혈안이고 외지인들도 신경 쓰지 않아요. 그저 최대한 돈을 빨리 벌어서 고향에 잡화점 혹은 구멍가게를 열거나 작은 집을 지어 결혼하길 바랄 뿐입니다. 그들은 이 섬을 혐오해요. 이 섬의 미래에 전혀 관심이 없죠. 그들은 이곳을 떠나 이곳에서의 삶을 철저히 잊고 싶어 해요. 쓰레기처럼 말이죠."

"하지만 정부는 관심을 가져야 하지 않습니까!" 스콧은 참을 수가 없었다.

"정부는 신경 써야 할 더 중요한 일이 많아요." 린 주임은 따뜻한 차를 크게 한 모금 마셨다. 그의 말투는 느긋했고 얼굴의 홍조도 사라졌다. 조금 전 진지한 아버지의 모습은 존재한 적 없는 것처럼 이전의 영리하고 예의 바른 가짜웃음이 다시 나타났다. "시간이 늦었군요. 샤오룽 마을에도 가야 하니까요. 분명 오래 머물고 싶진 않을 겁니다."

두 *개의 실리콘섬이 있구나.* 스콧 브랜들은 랜드로버의 창문 너머 천천히 흘러가는 풍경을 바라보다 문득 그런 생각이 들었다.

예전에 정부 관료들이 실리콘섬의 시내를 구경시켜준 적이 있었다. 스콧의 예상을 깼던 것은 열악한 교통 상황뿐 아니라 쉴 새 없이 경적을 울리는 BMW, 벤츠, 벤틀리, 포르셰 같은 고급 수입차들이었다. 그는 심지어 루비색 마세라티가 맞은편 인도에 반쯤 걸친 채 주차되어 있고 젊은 차주는 그 옆에 쪼그려 앉아 노점상에서 산 해산물 구이를 먹는 모습을 본 적 있다.

이 섬의 중국 내 행정적 위상에 비해 시내는 번화한 편이었다. 중국 대도시에서나 볼 수 있다고 생각했던 명품샵이 즐비했다. 현지 주민들은 과거 건설비가 비싼 히아쏸허우下山虎●식 전통 민간 주택을 짓는 데 몰두했었는데, 또 한때 유행했던 유럽 스타일을 추가하니 도시 전체가 이도 저도 아닌, 어지러운 이국적 풍경을 자아냈다. 여기는 지중해 스타일, 저긴 북유럽의 미니멀리즘을 보여 주는 바람에 마치 삼류 건축 박람회에 들어온 것 같다고 느끼는 사람도 있었다.

스콧이 읽은 안내서에 적혀 있듯, 중국의 신흥 부자계급이 그랬다. 그들은 세계 최고라는 물건들을 사들이며 자신의 공허한 삶을 채웠다.

스콧은 행인 중에 마스크를 착용한 사람을 보지 못했다. 이

● [원주] *bia⁷suan¹boun²*. 광둥성 차오산潮汕(광둥어로 Teochew) 지역의 전통 가옥 양식. 가옥을 이루는 두 부분의 높이를 풍수지리의 원리에 따라 서로 다르게 배치하는데 그 생김이 산을 내려가는 호랑이를 닮았다고 한다.

곳에서는 아직 인공 기관을 통한 호흡이 대중화되지 않았음을 깨달았다. 시내는 실리콘섬에서 바람이 불어오는 위치에 있어 공기 질이 괜찮은 편이었다. 하지만 이따금 코를 찌르는 역겨운 악취 때문에 숨쉬기는 쉽지 않았다. 그것은 스콧이 과거 필리핀 고무 소각장에서 맡은 적 있던 냄새였는데, 당시에 그는 일주일 내내 속이 좋지 않았다. 하지만 이곳 사람들은 이미 익숙한 듯 했다.

랜드로버는 차량들 사이로 천천히 움직였다. 가끔씩 마실 물을 운반하는 전동 삼륜차가 차도를 가로질러 가면 외지인 운전자들은 분노에 찬 경적을 울리고 욕설을 내뱉었다. 그러나 현지어가 아닌 다른 사투리를 사용하는 삼륜차 운전자들은 이를 무시했다. 원래 1톤에 2위안짜리 물이 9킬로미터 떨어진 황촌에서 여기까지 운반되면 40리터 드럼통 하나에 2위안으로 가격이 폭등했다. 토박이들은 이 정도의 적은 돈은 신경 쓰지 않았다. 그들이 영위하는 큰 사업으로 인해 실리콘섬의 지표수와 지하수가 이미 마실 수 없는 상태가 되었음에도 말이다.

경제 발전에 수반되는 대가입니다. 모두가 말했다. TV를 통해 학습된 뻔한 구호였다.

"마을에 거의 다 왔습니다." 조수석에 탄 린 주임이 고개를 돌려 말했다.

"맙소사…." 천카이종은 자기도 모르게 탄식했다. 스콧은 그의 시선을 따라 고개를 돌렸다가 입술을 깨물고 아무 말도 하지 않았다. 실리콘섬의 상황에 관해 이미 수많은 자료를 검토했지만, 유리창 너머로 펼쳐진 현실의 충격과는 비할 수 없었다.

헛간이나 다름없는 수많은 작업장이 거리 양쪽으로 마작 패처럼 빽빽하게 들어차 있었고 중간에 쓰레기를 운송하는 차량이 지나갈 수 있는 좁은 길만 하나 나 있었다.

이미 분해되었거나 처리를 기다리는 금속 커버, 파손된 디스플레이, 회로기판, 플라스틱 부품, 전선 들이 오물처럼 아무 데나 널려 있었다. 외지에서 온 노동자들은 파리처럼 그 안을 쉴 새 없이 뒤적거렸다. 가치 있는 부품들은 화로나 산성 욕조에 던져 넣어 구리, 주석뿐 아니라 진귀한 금, 백금 등의 희소 금속들을 추출했다. 남은 부분은 소각하거나 아무 데나 내던져서 더 많은 쓰레기를 만들었다. 그 과정에서 보호 장비를 착용하는 사람은 아무도 없었다.

산성 욕조에서 끓는 왕수王水에서 발생한 흰 안개와, 강가와 들판에서 끝없이 타오르는 PVC, 절연체, 회로기판의 검은 연기가 합쳐진 푸르스름한 회색빛 안개에 모든 것이 휩싸여 있었다. 대조되는 두 색깔이 바람에 의해 더 이상 구분할 수 없도록 고루 섞여 모든 생물의 모공 속으로 공평하게 스며들었다.

스콧은 그곳에서 생활하는 사람들을 관찰했다. 토박이들은 그들을 '쓰레기인간'이라고 불렀다. 여자들은 새까만 물에 맨손으로 빨래하는 중이었는데 둥둥 떠다니는 개구리밥 주위로 비누 거품이 은빛 테두리를 이루고 있었다. 아이들은 섬유유리와 그을린 회로기판의 잔해가 반짝이는 검은빛 해안가를 놀이터처럼 뛰어다녔고 불에 덜 탄 플라스틱 잿더미에서 점프했으며 폴리에스터 필름이 둥둥 떠다니는 검푸른 연못에서 헤엄치며 장난쳤다. 그들에게는 이것이 자연스러운 세상인 것 같았고 즐거움을 방해하는 것은 없었다. 남자들은 웃통을 벗은 채 가슴에 붙인 싸구려 바디 필름을 뽐냈다. 짝퉁 증강현실 안경을 쓴 그들은 깨진 디스플레이와 플라스틱 쓰레기로 가득한 관개수로의 화강암 둑에 누워 하루에 얼마 되지 않는 휴식을 즐겼다. 수백 년 전 벼농사에 필요한 강물을 끌어오기 위해 지어진 고대의 수로들은 이제 퇴색한 과거의 조각난 빛을 비출 뿐이었다.

"다 왔습니다. 아직도 내릴 생각입니까?" 린 주임은 자신도 방문객인 것처럼 조롱하는 말투로 물었다.

"호랑이 굴에… 들어가지 않고 어떻게 호랑이 새끼…를 잡습니까." 스콧은 어설픈 중국어로 속담을 발음하느라 더듬거렸다. 그는 마스크를 끌어 올린 다음 차 문을 열었다.

린 주임은 고개를 절레절레 흔들며 어두운 표정으로 뒤따랐다.

사방에서 뜨겁고 탁한 공기와 함께 코를 찌르는 악취가 엄습했다. 마스크는 먼지와 입자는 걸러냈지만 냄새는 막지 못했다. 그는 잠시 2년 전의 마닐라 교외로 돌아간 듯한 기분이 들었으나, 이곳 냄새가 열 배는 더 독했다. 그는 가만히 서서 움직이지 않으려 했으나 땀이 쉴 새 없이 흐르며 성분을 알 수 없는 공기 속 화학 물질과 뒤섞여 형성된 끈적한 막이 피부와 옷에 단단히 달라붙는 통에 한 발짝을 움직이기도 어려웠다.

그들 앞에는 예서체로 '샤오룽'이라고 새겨진 돌문이 서 있었다. 스콧 브랜들은 평소 같았으면 시공 연도 등을 꼼꼼히 따졌을 테지만 그 순간 그의 뇌리에 스치는 건 단테의 『신곡』에서 지옥문에 새겨져 있던 문구였다.

나를 통해 고통의 도시로 들어가고
나를 거쳐 영원한 고통으로 들어가며
나를 거쳐 길 잃은 사람들 속으로 들어가노라.

스콧은 대학 시절 이탈리아어를 공부하며 이 문구를 읽은 적이 있지만, 이미 반쯤 까먹은 이탈리아어 능력을 다시 필요로 하게 될 줄은 몰랐다. 그러나 이곳에서는 이 문구가 더할 나위 없이 적절해 보였다. 그는 단테의 경고 중 마지막 행을 어떻게든 기억해내려고 애썼다.

노동자들은 하던 일을 멈추고 호기심 가득한 눈길로 그를 쳐다보았다. 대부분의 시선이 스콧에게 집중되었다. 마스크를 썼는데도 그의 큰 키, 창백한 피부, 짧은 금발 머리가 이미 그를 드러내고 있었다. 외지 노동자들은 당연히 외국인을 처음 본 건 아니었지만 번듯한 차림의 이 외국인이 폭염, 유독성 안개, 오염물로 가득한 거리를 지나 나사렛 예수처럼 여기까지 온 이유가 의문이었다.

그러다 모두가 웃음을 터뜨렸다. 그 웃음은 마치 찬 바람처럼 퍼져서 모든 사람의 입가에 번졌다.

"조심하세요. 여긴 중독자들이 많아요." 린 주임이 천카이종에게 낮게 속삭였다. 그가 통역하기도 전에 앞에서 걷던 스콧이 돌연 걸음을 멈췄다.

바닥에 의수가 꿈틀대고 있었다. 의도적인지 아닌지는 모르지만 팔의 자극 회로가 열려 있었고, 강제로 분해된 내장 배터리가 계속 전원을 공급하고 있었다. 전기가 인공 피부를 따라 절단면에 노출된 인공 신경으로 전달되어 근육의 주기적인 수축 운동을 유발했다. 의수의 다섯 손가락이 쉴 새 없이 땅을 움켜쥐며 부러진 팔뚝을 끌고 기어 다녔는데 그 모습이 마치 거대한 지렁이 같았다.

의수는 그러다가 버려진 LCD 모니터에 부딪혔고 부러진 손톱으로 매끄러운 편광판을 계속 긁어 대다가 더 이상 이동하지 못했다.

한 소년이 바람처럼 달려와서 의수를 집어 들더니 반대쪽으로 돌려놓았다. 아이는 평범한 장난감 자동차를 대하듯 태연자약했다. 그러자 그 기괴한 장난감은 또다시 끝없는 여정을 계속했다. 배터리가 다 닳아야 끝날 게 분명했다.

스콧은 바닥에 웅크려 앉았다. 소년은 두려움이나 호기심 없이 그의 마스크를 응시했다. "어디에 가면 저… 손을 더 찾을 수 있을까?" 그가 중국어로 물었다. 혹시나 억양 때문에 못 알아들을까 봐 손짓도 함께했다.

소년은 잠시 어리둥절하다가 멀지 않은 작업장을 가리켰다. 그러곤 등을 돌려 빠르게 도망쳤다.

스콧은 몸을 일으켰다. 비밀스러운 보물이라도 발견한 것처럼 그의 눈에 기쁨이 가득했다.

작업장에는 아무도 없었지만 전자 부품이 모두 제거된 실리콘 폐기물들이 산처럼 쌓여 있었다. 남은 실리콘은 특수한 공정을 거쳐 분해하여 실리콘 단위체monomer나 실리콘 오일을 채취해야 했다.

린 주임은 설명을 마친 후 "요즘 부자들은 휴대전화 바꾸듯 신체 부위를 쉽게 바꿉니다. 폐기된 의체는 이곳으로 운송됩니다. 소독을 거치지 않아 오염된 혈액이나 체액이 남아 있는 경우가 많다 보니 저희 쪽 공중 보건에 큰 위험 요소입니다." 그는 뭔가가 떠오른 듯 황급히 말을 끊고 어색하게 화제를 돌렸다. "… 스콧 선생, 이곳은 너무 더럽습니다. 마을 뒤쪽에 작업장들이 가장 밀집해 있으니 그쪽으로 가시죠."

천카이종은 뭔가 눈치 챈 듯한 표정을 지었다. 린 주임은 분명 어떤 사실을 숨기고 있었다. 그는 스콧에게 린 주임의 말을 그대로 통역하되 자신의 생각도 덧붙였다. 스콧은 개의치 않는다는 듯 싱긋 미소 지으며 작업장을 향해 계속해서 걸어갔다.

폐쇄된 공간의 왼쪽에서 갑자기 검은 그림자가 튀어나왔다. 스콧은 린 주임의 비명을 들었고 비린내를 풍기는 어떤 물체가 자신을 빠른 속도로 덮치는 것을 느꼈다. 그는 재빨리 몸을 움츠리고 옆으로 돌아서며 그 무언가를 두 손으로 힘껏 밀쳐냈다.

낮게 으르렁대는 소리가 몇 번 났고 스콧은 커다란 검은색 셰퍼드를 보았다. 개는 바닥에 나뒹굴더니 금세 자세를 가다듬고 공격할 준비를 했다.

스콧은 두 팔을 들어 격투 자세를 취하고 녹색으로 번뜩이는 개의 눈을 노려보았다. 온몸이 긴장한 상태였고 싸울 준비가 되어 있었다.

바로 그 찰나, 셰퍼드에게 무언의 지령이 내려지기라도 한 듯 개는 순식간에 눈을 내리깔고 꼬리를 두 다리 사이에 끼우더니 작업장 뒤의 어둠 속으로 도망갔다.

"칩이 내장된 개, 칩독입니다." 린 주임이 휴대전화를 흔들어 보였다. 자신이 공격당하기라도 한 것처럼 가슴이 들썩였다.

마을 사람들은 도둑을 막을 목적으로 칩이 이식된 대형견을 많이 키웠다. 디지털 시대에 강화된 파블로프 효과로 제한구역 내의 방문자가 특정 주파수대의 신호를 보내지 않으면 칩독들은 침입자가 활동 능력을 상실할 때까지 끈질기게 공격했다. 마을마다 고유한 주파수 대역이 있었고 이는 수시로 업데이트되었다. 소수 인원만이 모든 주파수를 관리할 권한을 갖고 있었는데 그중 한 명이 린 주임이었다.

"물려 죽은 사람이 꽤 되는데, 대부분은 급진적인 환경운동가였죠." 린 주임이 웃으며 말했다. "그런데 스콧 씨, 격투 솜씨가 그렇게 뛰어나신 줄은 몰랐습니다."

스콧은 왼손으로 가슴을 감싼 채 미소 지었다. 갑작스러운 공포와 아드레날린 급증으로 심장박동이 불규칙해졌다. 그는 흉강에 이식된 작은 상자가 제 역할을 하기를 기다렸다.

천카이종은 놀란 표정을 애써 감췄다. 방금 스콧이 보여준 반응 속도와 자동적인 방어 동작은 장기간 전문적인 훈련을 받은 결과임이 분명했다. 그의 상사는 단순히 성공한 경영 컨설턴트만은 아닌 것 같았다. 어쩌면 그의 이번 실리콘섬 출장의 목적도 단지 프로젝트 조사 때문이 아닐지도 모른다.

스콧이 작업장에 들어가 인공 장기들이 언덕처럼 쌓인 곳에 멈춰 섰다. 그는 쪼그리고 앉아서 의도적으로 의체 더미를 뒤적였다. 매캐한 소독제 냄새가 풍겨 왔다. 반투명한 인공 달팽이관, 인공 입술, 의수, 의족, 유방 보형물, 증강 근육, 확대된 성기 따위가 서로 부딪치며 그의 주변으로 무너졌다. 마치 잭 더 리퍼의 저장고에 갇힌 것처럼 그의 시야는 분홍빛 모조 육체의 가짜 건강미로 가득 찼다. 그는 마침내 원하던 것을 찾았다.

이상한 반쪽짜리 조개껍데기처럼 생긴 인공 기관의 안쪽에 SBT-VBPII32503439라는 부호가 희미하게 새겨져 있었다. 뼈처럼 흰빛으로 반짝이는 그곳에 한때 집적회로가 들어 있었던 것이 분명해 보였다.

스콧은 그 보물을 린 주임에게 던져 주었다. 부들부들 떨며 그것을 받아 드는 그의 얼굴은 혐오로 가득했다.

"린 주임님, 부탁드리겠습니다." 스콧의 목소리는 너무나 정중했다. "이 폐기물의 취급자를 찾을 수 있게 도와주십시오."

"그렇게 간단한 일이 아닙니다. 저희는 당신들처럼 현대적인 관리 프로세스나 데이터베이스가 없어요. 아마 오래 걸릴 겁니다." 린 주임은 손에 든 인공 기관을 자세히 들여다보았다. 인체에 장착할 수 있는 것 같지는 않았고 혹은 최소한 정상적인 인체에 있는 기관은 아닌 것 같았다. "대체 이게 뭡니까?"

"저를 믿으세요. 알고 싶지 않을 테니까요."

뒤에서 나는 소리에 스콧은 조심스레 몸을 틀었다. 노동자 몇 명이 작업장을 빠른 걸음으로 지나치고 있었다.

린 주임이 신중하게 고개를 끄덕였다. 이 작은 반도에서 그가 찾아내지 못할 비밀은 없었다. 오직 시간문제일 뿐.

"이번 조사가 끝나기 전까지 제가 한번 최선을 다해 찾아보겠습니다." 그가 의미심장하게 말했다.

그때 린 주임은 더 많은 사람이 아까의 노동자들과 같은 방향으로 달려가는 것을 보았다. 그들의 얼굴에는 흥분과 공포가 교차했다. 그는 한 청년을 멈춰 세운 후—이곳 노동자 중에는 토박이가 없으므로—어설픈 표준어로 물었다. "무슨 일이야?"

"누가 잡혔어요!" 청년은 급히 자리를 빠져나가 계속 달렸다.

린 주임의 안색이 변하며 급히 청년을 따라갔다. 스콧과 천카이종도 그 뒤를 따랐다. 다른 작업장 바깥에 수십 명이 둘러선 채 와자지껄 떠들고 있었다. 세 사람은 군중 틈새를 비집고 앞쪽으로 갔다. 눈앞에 펼쳐진 광경에 숨이 덜컥 막혔다.

땅바닥에 한 남자가 피범벅인 상태로 누워 있었다. 그의 팔다리가 주체할 수 없이 경련을 일으키고 있었고 부러진 검은색 로봇 팔 하나가 그의 머리와 목을 단단히 잡고 있었다. 로봇의 집게손 사이로 그의 변형된 눈코입이 피를 콸콸 쏟고 있는 것이 보였다. 그는 이미 의식이 없는 듯했고, 목에서 다친 동물이 흐느끼는 듯한 소리가 희미하게 흘러나왔다. 그의 경련하는 몸은 생산라인에서 실수로 로봇 머리를 사람 몸에 잘못 박아 넣은 것처럼 보이기도 했다.

"어떻게 된 거야?" 린 주임이 구경꾼들에게 따지듯 물었다.

중구난방의 반응을 종합해 보면, 폐기된 로봇 팔 해체 작업 중에 예비 피드백 시스템이 작동하여 남자의 머리가 집게 손에 잡혀버린 것 같았다. 그는 운이 나빴다. 혼령을 노하게 만든 게 분명했다. 모두가 동정의 표시로 고개를 저었다.

스콧은 앞으로 튀어 나가며 천카이종에게 남자의 어깨 부위를 단단히 고정해서 경추신경이 손상되지 않게 하라고 지시했다. 그는 로봇 팔의 모델명을 자세히 살펴보았다. 미국 포스터 밀러사의 'Spirit Claw Ⅲ'였다. 자유도 6의 단종 모델로, 마이크로 배터리가 장착되어 있어 전원이 차단된 후에도 최대 30분까지 서브모터를 통해 전력을 유지할 수 있었다. 폭동 제압, 치안 유지, 폭발물 제거 등의 상황에서 다양하게 사용되던 준군사용 모델이었다.

운이 좋기도, 나쁘기도 하군. 스콧은 무력감을 느꼈다. 이 남자는 로봇 팔의 최대 악력이 520뉴턴에 불과하다는 점에서 운이 좋았다. 만약 공업용 제품이었다면 남자의 머리는 일찌감치 두부처럼 으깨졌을 것이다. 하지만 그는 운이 나쁘기도 했다. 로봇 팔이 폭탄 제거 작업을 위해 특수 강화 합금으로 제작되었기 때문이다. 일반적인 도구로는 흠집조차 낼 수 없었다.

"왔다, 왔다! 빨리들 비켜!" 군중들이 약간의 소란과 함께 흩어지고 남자 두 명이 플라스마 절단기를 메고 뛰어왔다. 그중 한 명은 피해자의 어깨를 잡고 있는 천카이종에게 고맙다는 눈빛을 보냈고 스콧을 의심스러운 눈빛으로 쳐다보았다.

소용없는 짓이야. 스콧은 생각했다. *오히려 상황을 더 악화*

시킬 뿐. 그러나 그는 아무 말 없이 한쪽에 서 있었다.

플라스마 절단기가 연청색 아크를 내뿜었다. 그것이 로봇 팔의 관절 부분을 건드리자 치익, 하며 증발하는 소리가 났다. 불순물이 소각되면서 빛이 다채로운 색으로 변했다. 금속 절단면은 검은색에서 빨간색으로, 그리고 흰색으로 변했다. 모두가 약간의 희망을 품은 채 숨을 참고 있었다. 그들은 까치발을 하고 주시하고 있었지만 감히 더 가까이 다가오지는 못했다.

로봇 팔에 잡힌 남자는 더욱 심하게 몸부림치기 시작했다. 가엽고 비통한 비명이 그의 목에서 터져 나왔다.

금속은 열전도율이 매우 높지. 스콧은 고개를 돌렸다.

남자의 머리카락이 타기 시작했다. 반짝이고 투명한 물집들이 두피 위에 나타났다가 빠르게 터지면서 피가 솟구쳤다. 플라스마 절단기를 조작하던 사람들이 동작을 급히 멈추고 불을 끌 헝겊을 찾았다. 살 타는 냄새와 함께 흰 연기가 피어오르다가 군중들 사이로 사라졌다. 어떤 사람들은 코를 막았고 어떤 사람들은 구토하기 시작했다.

오, 주여. 스콧은 사설 인터페이스를 통해 Spirit Claw에 접속하여 서브모터 종료 명령을 내리는 것만이 유일한 해결책임을 알고 있었다. 하지만 스콧은 도구도 없었고 로봇의 명령처리 모듈이 아직 작동하는지도 알 수 없었다. 그가 할 수 있는 일은 배터리가 빨리 소모되기를 기도하는 것뿐이었다.

천카이종과 또 다른 남자 한 명은 부상한 남자를 애써 억눌렀다. 남자의 몸은 점점 약해지며 저항을 잃어 갔다. 마치 무언가가 소리 없이 흘러 나간 것처럼. 남자는 몸부림을 멈췄다. 그들이 손을 놓았고 남자는 더 이상 움직이지 않았다.

로봇의 집게 손이 느슨해지며 쿵 소리를 내자 사람들이 모두 깜짝 놀랐다. 남자의 머리가 곧 바닥에 축 늘어졌다.

스콧은 무력감, 무감각, 공포, 흥분이 뒤섞인 사람들의 표정을 바라보았다. 그는 린 주임의 혐오와 천카이종의 충격을 보았다. 노란 얼굴들 사이에서 부조화하게 붕 떠 있는 자신의 창백한 얼굴도 보이는 것 같았다. 하지만 자신이 어떤 표정을 짓고 있는지는 명료하게 볼 수 없었다. 너무 흐릿했다.

스콧 브랜들은 문득 오랫동안 잊고 지냈던 이탈리아어 구절을 떠올렸다. 여기에 들어오는 자, 모든 희망을 버려라.

지옥문에 새겨진 경고의 마지막 행이었다.

2

화려하지만 지루한 일상과 평범한 풍경 사진 더미들 속에서 천카이종의 시선이 흑백 사진 한 장에 잠시 머물렀다. 어린아이의 작품이라고는 믿기 어려운 사진이었다.

그 사진은 재활용 작업장 부근에서 촬영된 것이었다. 실리콘섬 토박이인 아이의 부모는 분명 그곳에 가지 말라고 몇 번이나 경고했을 것이다. 어지러운 쓰레기 더미 앞에 쓰레기인간 하나가 반쪽짜리 의수를 들고 앉아 있었다. 머리카락과 옷 때문에 성별을 추측하기가 매우 어려웠다. 앳된 얼굴에 괴이한 표정을 짓고 있었는데 카메라를 쳐다보지 않고 프레임 바깥의 어딘가를 응시하며 깊은 생각에 빠져 있었다.

보기 드물게 아름다운 사진이야. 카이종은 최우수 학생 사진집을 덮고 운동장 쪽으로 시선을 돌렸다.

아이들은 이미 두 시간 이상 쨍쨍한 햇빛 아래 노출되어 있었다. 얼굴은 이미 새빨갛게 달아올랐고 머리에서 땀이 폭포수처럼 흘러내렸다. 가늘게 뜬 눈 아래로 그림자가 깊이 드리워져 있었다. 그들은 벌레인 양 쉬지 않고 꿈틀거렸다. 무게중심을 이쪽 발에서 저쪽 발로 옮기고, 머리를 긁적대거나 땀을 닦으면서도 최대한 선생님의 눈에 띄지 않도록 움직임을 애써 최소화했다.

단상에 오른 교장 선생님은 기초교육이 실리콘섬의 미래를 어떻게 변화시킬지 묘사하며 열정적인 연설을 이어갔다. 단상 양쪽으로 두 대의 고출력 캐비닛형 에어컨이 있었는데 에어컨이 내뿜는 찬 바람이 곧바로 하얀 수증기로 변해 빨간색 파라솔 아래 앉은 VIP들 위로 구름처럼 흩날렸다.

"이만하면 됐어요." 천카이종은 몸을 기울여 스콧의 귀에 속삭였다. 스콧은 눈썹을 들어 올리며 귓속말로 답했다. 카이종은 일어나서 린 주임에게 걸어갔다. 그가 귓속말로 속삭이자 린 주임은 미간을 찡그렸다. 그는 잠시 생각하더니 종이쪽지에 무언가를 썼다. 그리고 행사 안내원에게 그 쪽지를 교장에게 전해 달라고 부탁했다.

교장의 과장된 발음으로 인해 확성기에서 나던 잡음이 멈췄다. 교장은 서둘러서 훈화를 마무리했다. 모두가 열렬한 박수를 보내며 VIP들을 환송했다.

"브랜들 씨, 괜찮으십니까?" 교장이 강한 중국식 억양의 영어로 물었다.

"괜찮습니다. 머리가 조금 아플 뿐이에요. 아마 에이컨 때문일 겁니다. 감사합니다."

"오늘 오후 일정은 어떻게 되시죠?"

"전부 취소해야 할 것 같습니다. 처리할 일이 좀 있어요."

천카이종은 이 말이 자신에게 하는 말이라는 걸 알았다. 무언가를 바라고 한 말은 아니었지만, 실리콘섬으로 돌아온 지 일주일이 되도록 친척들을 방문할 틈이 없다고 불평한 적이 있었다. 혈연관계를 따져 보면 천씨 가문 사람들과 그는 오직 오대조만을 공유할 따름이지만 말이다.

그리하여 카이종의 모교 방문은 이렇게 미묘하고 어색한 분위기에서 끝났다.

샤오룽 마을을 방문한 이후로 카이종은 그의 상사가 극도로 궁금해졌다. 구글 검색 결과도 스콧의 이력서에서 본 내용 그대로였고 의심할 만한 점이 없었다. 스콧 브랜들은 분명 지난 2년간의 군 생활을 통해 격투를 배웠을 것이다. 그러나 스콧에 대한 의문점들은 여전히 그를 괴롭혔다.

카이종은 정말로 머리가 아프기 시작했다. 그는 더 이상 이곳의 공기, 소음, 악취 그리고 무질서와 혼란을 견딜 수가 없었다. 그는 현지 젊은이들이 어깨의 맨살에 OLED 디스플레이 필름을 부착해서 그들의 근육으로 흐르든 전류가 텍스트와 이미지를 드러내게 하는 행위를 이해할 수가 없었다. 미국에서 이런 신체 필름은 보통 환자의 생체 신호를 진단하기 위한 도구로 사용된다. 하지만 이곳에서는 자신의 지위를 과시하는 하위 길거리 문화로 변질했다.

카이종은 한 젊은이의 어깨에 그려져 있는 '푸普' 자가 흔히 쓰이듯 '보통普通'이라는 뜻이 아니라 성행위를 뜻하는 현지 사투리라는 사실을 스콧에게 설명할 용기가 없었다.

그의 기억 속 실리콘섬은 가난했지만 활기차고 희망찼다. 사람들은 친절했고 기꺼이 서로를 도왔다. 그 시절엔 연못마다 물이 맑았고 공기에서는 바다의 짠 내음이 났다. 사람들은 해변에서 게와 조개를 주울 수 있었다. 개는 그냥 개였고 땅바닥에 기어 다니는 건 애벌레들뿐이었다. 하지만 지금은 모든 것이 낯설고 이상하게 변했다. 그의 뇌에 큰 절벽이라도 있는 것처럼 한쪽에는 현실이, 다른 쪽에는 머나먼 기억들이 존재했다.

카이종은 실리콘섬에 다시 간다고 했을 때, 아버지가 해 준 말이 떠올랐다. "그래, 그곳이 네 고향인데 가 봐야지. 하지만 너무 가까이는 가지 말아라. 그래야 더 잘 보이니까."

당시 그는 아버지가 공연히 명언 놀음이나 한다고 생각했다.

카이종은 앞에 서 있는 중년 남자의 높은 눈썹 뼈, 우뚝한 코, 입꼬리에 살짝 비치는 관대함이 아버지와 놀랍게도 닮았다는 점을 깨달았다. 그래 봐야 먼 친척에 불과하지만 말이다.

젊은 시절, 카이종의 아버지와 동업했던 천셴원은 지금 천씨 가문의 실권자였다. 집안에서 그의 지위는 가문의 우두머리 다음으로 높았으며 집안과 사업 관련 일상적인 업무에 있어 그의 말은 법이나 다름없었다.

카이종은 습관적으로 포옹을 기대하며 두 팔을 활짝 벌렸지만, 어떻게 호칭해야 할지 애매한 이 친척은 이미 단호하게 손을 내민 상태였다.

"숙부님, 안녕하십니까." 카이종은 어색하게 팔을 내밀어 악수했다. "아버지로부터 말씀 많이 들었습니다. 이렇게 뵙게 되어 정말 반갑습니다."

"하하. 부모님은 건강하시지?"

"덕분에 두 분 다 건강하십니다. 내년에 방문하시려고 생각하고 계세요."

"그래, 그래. 오늘 점심은 여기서 간단히 하고 가지. 마침 명절 전이라 먹을 게 아주 많아."

카이종은 주방에서 풍기는 맛있는 냄새를 아까부터 맡고 있었다. 매일 식당에서 사 먹는 밥도 지겹고 슬슬 집밥이 그립던 참이었다. 그는 감사한 마음으로 천셴원의 초대를 받아들였다.

가장 고마웠던 것은 고기나 생선이 가득한 요리가 아니라, 몇 년이나 맛보지 못했던, 츠첵차오*라는 식물로 만든 떡이었다. 먼저 **츠첵차오**를 물에 삶아 육수를 낸 후, 돼지기름과 찹쌀가루를 섞어 반죽을 만든다. 반죽에 팥 혹은 찹쌀, 땅콩 가루, 새우, 돼지고기로 만든 소를 넣고 하트 모양의 나무틀로 찍어서 모양을 낸 다음 신선한 대나무나 바나나 잎사귀 위에 올려 찌면 독특한 향기가 났다. 실리콘섬 사람들은 새해 같은 명절에만 이 떡을 만들었다.

카이종은 천 숙부와 대화하며 자기도 모르는 새에 떡을 세

● [원주] *ce⁶kêg⁸cao²*. 학명 *Gnaphalium affine*. 서국초鼠麴草의 차오저우어 발음이다. 예로부터 약재로 쓰인 표본식물이다. 동아시아 문화권에서는 떡처럼 만드는 간식에 풍미를 더하는 식재료로 쓰였다.

개나 집어 먹었고 강후차**도 여러 잔 마셨다. 차에 들어 있는 소화효소 덕분에 기름진 떡이 배 안에서 더부룩하게 느껴지지 않았다.

천 숙부 역시 기분이 매우 좋은 듯했다. 카이종에게 외국 생활은 어떤지 계속 물었다. 그는 카이종의 대답에 때때로 고개를 끄덕였지만 자기 의견을 밝히지는 않았다. 카이종은 가문의 대표인 그가 테라그린 리사이클링이 연관된 프로젝트에 관한 화제를 일부러 피하고 있음을 눈치챘다. 하지만 이 점은 카이종의 호기심을 더욱 자극했다. 그는 자신과 혈연으로 연결된 이 가문이 그 프로젝트에 대해 어떻게 생각하는지 너무도 궁금했다.

"숙부님," 카이종은 신중하게 단어를 골랐다. "사실 저는 순환경제 산업지구 건설에 관해 숙부님의 의견이 매우 궁금합니다."

천셴원은 이미 이 질문을 예상했던 것처럼 미소를 지으며 젓가락을 내려놓았다. 그는 대답 대신 카이종에게 물었다.

"카이종, 자네는 역사를 공부했다고 했지? 그럼 대신 분석 좀 해 주게나. 21세기도 중반이 다 되어 가는데, 우리는 왜 아직도 이렇게 원시적인 씨족 제도를 유지하고 있을까?"

카이종은 당황해서 잠시 할 말을 찾지 못했다. 예전에 관련 서적을 읽은 적은 있지만 실제로 씨족 생활을 경험해 본 적

●● [원주] gang¹bu¹, 표준중국어 발음은 궁푸gongfu. 중국 송나라에서 시작된 차를 준비하는 기술로, 특히 차오샨 지역에서 인기가 많다. 복잡한 기술은 차를 준비하는 전 과정—물의 종류, 불의 세기, 잔과 주전자의 선택, 찌고 붓는 방법 등—에서 엄격한 요건을 둔다. '궁푸功夫'는 중국 무술이 아니라 절차마다 기울이는 기술과 주의를 뜻한다.

은 없기 때문이다. 그것은 수천년 전 부계 씨족 사회에서 시작된 공동체 생활로 규모의 농장 경제에 기반을 두고 공통의 성, 공통의 조상, 공동의 사당, 공동의 재산을 갖고 씨족법의 규제를 받으며, 모든 구성원이 함께 공동 제사에 참여하고 죽은 후 함께 묻힘으로써 강화되는 시스템이었다.

"제 추측이지만," 그는 적절한 대답을 찾느라 고심하며 말했다. "아마도 씨족 제도가 현대 사회에 적응하며 진화했기 때문이 아닐까 싶습니다. 현대의 씨족은 주식회사나 다름없습니다. 모든 구성원이 주주이고, 각자의 지위에 따라 이익을 배당받죠. 모든 씨족 구성원이 동일한 내부 규정을 따르고 같은 기업 문화를 공유합니다. 물론 모든 구성원이 같은 성과 조상을 가지니 기업에 대한 인식이 더욱 끈끈할 테고 관리하기가 더욱 쉽겠죠." 카이종은 숙부의 잔에 차를 따랐다.

"훌륭한 대답이네. 해외에서 공부한 티가 확실히 나는군. 하지만 가장 중요한 점을 언급하지 않았어." 천셴원은 중지와 검지를 모아 살짝 구부린 후 테이블을 두드렸다. 감사의 표시였다.

"안전감 말이야." 천셴원이 말을 이었다. "만약 누군가 강도나 폭행을 당했다고 생각해 보세. 그를 고용한 회사는 그를 도울 의무가 없네. 그가 법의 도움을 받을 수 있을까? 만약 운이 좋으면 그럴 수도 있겠지. 하지만 합법적인 경로가 모두 소용이 없을 때 그가 의지할 수 있는 사람은 일족뿐이야."

"아니면 다른 식으로 생각할 수도 있겠지. 우리가 강력한 가문에 속해 있는 한, 우리를 건드리려는 사람은 큰 대가를 치를 각오를 해야 할 테니까."

실리콘섬 사람들이 조폭처럼 행동한다는 루머가 괜히 나온 것은 아니군. 카이종은 생각했다. 하지만 반박하고 싶었다. "하지만 우리는 지금 법치 사회에 살고 있습니다."

"하하!" 천 숙부가 온화하게 웃으며 연민과 애정을 담은 눈길로 청년을 바라보았다. "기억해. 역사가 시작된 이래로 우리에겐 단 하나의 사회밖에 없었어. 정글의 법칙이 지배하는 사회 말이야."

카이종은 반박할 증거를 찾으려 애썼지만 마음 깊은 곳에서는 천 숙부의 말이 진실에 더 가깝다는 사실을 알았다. 어느 책에 기록된 것이 아니라 이 땅에 깊이 뿌리 박혀 있는, 불과 피로 검증된 진실이었다.

"다시 질문으로 돌아가면," 천 숙부가 말했다. "내가 그 계획을 어떻게 생각하느냐는 별로 중요하지 않아. 모두가 어떻게 생각하느냐가 더 중요하지. 모두가 똑같이 느낀다면 내가 어떻게 생각하느냐는 상관없어." 그는 자리에서 일어나 카이종의 어깨를 두드렸다. "이 말은 해야겠군. 자네는 우리 식구야. 천 가문의 구역 안에 있는 한 안전을 장담하지. 하지만 뤄 가문의 구역으로 넘어가면 각별히 조심하게."

"좀 쉬는 게 어때? 이따 좀 늦게 보도시고普渡施孤● 행사에

● 중원절의 가장 중요한 행사로 혼령을 위로하는 제사를 지내며 음식을 공양한다. 중원절은 죽은 이들을 기리는 중국 문화권의 민속 명절로, 음력 7월 15일 전후 한 달간 이어진다.

가자고. 정말 재미있을 거야.”

천카이종은 깊은 생각에 잠긴 듯 초대에 반응하지 않았다.

그는 2년 전의 장면을 떠올리고 있었다.

찰스강 옆에 위치한 보스턴 대학교 캠퍼스에서 그는 토비 제임슨 교수의 역사 강의를 듣고 있었다. 백발 때문에 KFC 할아버지처럼 보이는 교수가 물었다.

“누가 세계화의 예를 한번 들어볼까요?”

교수에게 호명된 청년이 한참 더듬거리다가 반쯤 먹은 햄버거를 집어 들고는 말했다. “맥도널드?”

모두가 박장대소했다.

“훌륭합니다,” 제임슨 교수가 말했다. “여러분이 생각하는 것 이상으로 훌륭한 답변이에요. 이건 흔히 생각하는 상투적인 답변이 아닙니다. 맥도널드, 나이키, 할리우드 영화, 안드로이드 폰… 맥도널드에 들어가서 5.95달러짜리 세트를 주문하면 무엇을 얻을까요? 안데스 산맥에서 나온 으깬 감자, 멕시코의 옥수수, 인도의 흑후추, 에티오피아의 커피, 중국의 닭고기… 미국의 특산품인 코카콜라도 있죠. 제가 하려는 말을 이제 이해하겠습니까? 세계화는 새로운 것이 아닙니다. 수백수천 년간 멈춘 적이 없는 추세입니다. 대항해 시대를 통해, 무역을 통해, 문자와 종교를 통해, 곤충과 철새와 바람을 통해 심지어 바이러스를 통해 이를 확인할 수 있죠. 문제는 우리가 모두에게 이익이 돌아갈 수 있도록 공정한 시스템을 구축하는 데 합의를 이룬 적이 없다는 겁니다. 대신 우리는 아마존, 아프리카, 동남아시아, 중동, 남극, 심지어 우주공간에서까지 약탈, 착취, 강제 추출을 끝없이 반복해 왔습니다. 세계화 시대에 영원한 승자란 없습니다. 무엇을 얻든 언젠가는 잃을 것이고, 이자까지 더해서 갚게 될 것입니다."

교수는 판사가 최종 판결을 내릴 때처럼 강단을 탕탕 두드렸다. "수업을 마칩니다."

카이종은 현실로 돌아왔다. 실제로 테라그린 리사이클링은 실리콘섬 주민들에게 세계화의 악영향에 대응할 수 있는 기술을 제공하여 그들을 이 생지옥에서 구해내기를 원했으나 주민들의 답은 이러했다. "싫다. 차라리 쓰레기와 함께 살겠다."

미쳐 돌아가는군.

이런 좌절감은 이번 프로젝트 때문만은 아니었다. 천카이종은 이번 귀국 여행에 어떤 이상적인 기대를 안고 왔는지 잘 알았다.

아주 오랫동안 카이종의 기억 속에는 실리콘섬에서 보낸 유년 시절과 미국에서 보낸 학창 시절 사이에 공백이 존재했다. 마치 두 개의 영화 필름을 의식적이든 무의식적이든 몽타주처럼 억지로 끼워 맞춰서 그 사이의 시간을 그냥 건너뛴 것 같았다.

그는 극심한 혼란을 느꼈다. 익숙한 환경과 가족, 친구들을 떠나 완전히 낯선 세계에 던져졌으며, 고향의 언어는 낯선 음절들로 대체되고 눈길이 닿는 곳마다 자신과 신체적으로 판이하게 다른 인종들이 보였다. 그는 읽지도 쓰지도 못했고 잠도 잘 자지 못했고 밥도 잘 못 먹었다. 심지어 시간과 장소에 대한 감각도 흐트러져 잠에서 깨어 자신이 어디에 있는지 기억하려면 20분은 걸렸다. 그 반년 동안 카이종은―이젠 '시저'라고 불린다―부모를 따라 정착할 곳을 찾아서 이 도시, 저 도시를 옮겨 다녔다. 그는 낯선 사람과 대화할 용기도, 그럴 기회도 없었다.

그는 심지어 부모와도 말하지 않았다.

이런 불안감은 대학에 간 후에야 조금 진정되었지만, 그는 여전히 미국 사회에 완전히 편입되지 못한다고 느꼈다. 그는 미국에서 태어난 중국인인 ABCAmerican born Chinese와도 달랐고 중국에서 고등학교를 졸업하고 미국으로 와 대학에 진학한 중국 학생들과도 달랐다. 아무리 열심히 노력해도 보이지 않는 벽이 그를 전 세계와 갈라놓은 것 같았다. 카이종/시저는 자신이 평행 세계 사이에 끼어서 소속 공간을 찾지 못하는 이방인 같다고 느꼈다. 결국 그는 시간적으로 역시 세계와 거리를 두는 역사를 전공하기로 결정했고 그것은 그에게 안전감을 주었다.

테라그린 리사이클링의 채용 공고를 보았을 때, 그는 오랫동안 억눌러 왔던 욕망에 이끌려 주저 없이 '지원' 버튼을 눌렀다. 그는 고향으로 돌아가기를 갈망했다. 그가 한때 속했던 세계로 다시 돌아가 그의 모국어로 말하고, 어린 시절에 먹던 음식을 먹고, 익숙한 땅과 바다를 보기를 원했다. 그의 지성과 지식으로 테라그린 리사이클링의 우수한 기술과 경영 노하우를 소개함으로써 고향을 바꾸는 데 기여할 수 있다고 믿었다. 그는 그러한 노력을 통해 소속감, 세상에 존재한다는 느낌을 되찾으며 심지어 부모님과의 소원해진 관계도 회복할 수 있다고 믿었다.

하지만 이제 카이종은 그가 갈망하던 대상이 고향이 아니라, 그의 어린 시절이었음을 깨달았다.

이날은 음력 7월 15일로 전통적인 귀신 축제일이었다. 도교에서는 중원절, 불교에서는 우란분절盂蘭盆節이라고 부른다. 어떤 이름으로 부르든 이날은 지옥에 갇혀 고통받던 귀신들이 이승으로 돌아와 민간의 혈식血食을 즐기는 날이다. 산 사람들은 다양한 종류의 맛있는 음식을 준비하고, 지전과 향을 태우며 제사를 지낸다. 중생을 제도하고, 돌봐 줄 가족이 없는 외로운 귀신을 위로하며 최종 목적은 조상들의 제사를 지내고 선행을 쌓는 것이다.

"아마 미국의 핼러윈과 비슷할 거야." 천셴윈이 카이종에게 말했다.

마을 사람들은 천씨 종묘 앞 광장에 십여 미터 높이의 제단을 세웠다. 제단 위에는 이 축제의 주신인 2미터 높이의 다스예大士爺● 동상이 모셔졌다. 적대적인 정령이나 귀신을 겁주기 위해서였다. 제단 앞에는 과일, 고기, 지전, 종이로 된 금은괴, 종이 탑이 산처럼 쌓여 있었고 2미터 높이의 거대한 향에서 연기가 피어올랐다. 제단 앞에는 인공 산 세 봉우리를 설치했고 그 위에 합장한 손 모양의 밀가루 반죽을 올리고 불광보조佛光普照(부

● 대사귀왕이라고 불리는 중국의 민속 신.

처님의 자비광명이 온 누리에 고루 비추게 하소서), 우란성회盂蘭盛會(우란절의 성대한 개최를 기원합니다), 개감로문開甘露門(감로문을 열어주소서) 같은 다양한 불교 축원문을 올렸다.

모든 가건물이 밝은색으로 칠해져 있었고 흐르는 구름, 출렁이는 파도, 바람에 흩날리는 풀 등을 모티프로 한 복잡하고 추상적인 무늬로 꾸며져 있었다. 유령과 조상을 기리는 축제에서 기대하는 엄숙한 분위기와는 정반대로, 북적이고 흥겨운 축제 분위기가 가득했다.

시끌벅적한 인파가 길과 골목을 지나 자욱한 보라색 향 연기를 통과해 제단 옆 용 깃발 옆으로 모여들었다. 그들은 손에 각종 제물을 들었고 자녀들과 함께였다. 한쪽에서는 민속 극단이 불교 경전 속 충성스러운 어린이를 기리는 설화를 공연했고, 거리의 곡예사들은 묘기를 부렸다. 기술자들은 인체용 필름을 조정 중이었고 아이들은 다양한 간식을 파는 노점상 앞에 모여들었다.

아니, 전혀 핼러윈 같지 않은데. 마르디 그라Mardi Gras라면 모를까. 카이종은 생각했다. 하지만 실례가 될 말은 속으로 삭였다. 눈앞의 광경은 놀랍게도 그의 어린 시절과 포개졌다. 아니, 광경이라 하기보다 그 농밀한 향불 냄새가 단번에 카이종을 머나먼 21세기 초로 데려갔다고 해야 맞을 것이다.

그는 돌아가신 할머니와 다시 함께하는 느낌이었다. 할머니는 그의 손을 잡고—줄곧 불 붙인 향을 머리 위로 높이 들어 올린 채로—인파를 헤치고 제단까지 나아갔다. 그곳에서 그녀는 무릎을 꿇고 세 번 절한 후 제단에 제물을 올렸으며 눈을 감고 저승의 친척들을 위한 축원의 말을 읊조렸다.

사후 세계의 존재를 믿어본 적이 없는 카이종이었지만, 뜻밖에 눈가가 축축해졌다.

"예전에는 어두워지고 나서야 축제를 시작했었지. 알록달록한 조명이 사방에 걸려서 아주 아름다웠어." 천 숙부, '천 사장'이라고 불리는 천셴윈은 지나가는 일족들에게 끊임없이 인사를 하면서도 조카의 관광 가이드 노릇을 계속했다. "그러다가 어느 해에 전선이 과열되어 불이 났어. 그후부터는 축제를 낮으로 옮겼지."

천 숙부는 바닥에서 지전 한 장을 집어 들더니 천카이종에게 건네며 웃었다. "요즘은 지옥도 인플레이션이 꽤 심한가 보군. 여기 1 뒤에 0이 몇 개나 붙어 있는지 좀 봐."

카이종은 몇몇 사람이 제단에 놓여 있던 지전과 금은괴를 수레에 실어 어디론가 옮겨 가는 것을 보았다. "저들은 돈을 태우러 가는 건가요?"

"그건 옛날 풍습이고. 예전에는 집집마다 제물을 태우는 작은 화로가 있었지만 지금은 공해의 주범이라고 여겨져서, 바로 공장으로 보내져 펄프로 재활용되고 있어. 환경보호. 자네 전문 분야지 않나."

카이종은 지전을 자세히 살펴보았다. 일련번호, 제조일, 웹 주소까지 인쇄되어 있었다.

"URL은 왜 있는 거죠?"

"아, 그 사이트에 들어가면 죽은 사람을 대신해서 은행 업무를 볼 수 있어. 죽은 가족을 위해 계좌를 만들 수 있고 지전, 금은괴, 저승 신용카드 등도 다 사용할 수 있어. 계좌에 예치된 돈으로 저승에서 쓰는 각종 물품이나 주택, 서비스에 쓸 수 있고, 물론 각종 세금도 납부할 수 있지."

그러니까 저승판 심즈 게임 같은 거군. 카이종은 웃고 싶었다. 수백수천년 동안 굳건했던 전통이 과학과 기술 앞에 점차 사라지고 있었다.

"그런데 왜 굳이 이런 데 돈을 쓰죠? 위조하기가 너무 쉬운데요."

천 숙부는 향불과 인파로 북적이는 축제 현장을 바라보며 정신이 이미 먼 바다를 표류하는 것 같았다. 그는 천천히 그리고 단호하게 답했다. "우리가 내세의 존재를 진정으로 믿는 한, 그곳에 사랑하는 사람들이 산다고 믿고 어떤 식으로든 그들을 그리워하는 마음을 전달할 수 있다면… 그건 다 현실이야."

카이종의 아버지는 천 숙부의 아내가 작년에 혈액암으로 세상을 떠났다고 했었다. 그녀는 죽기 전에 극심한 고통을 겪었고 남편에게 생명 유지 장치를 제거해 달라고 부탁했다. 그러나 천 숙부는 차마 그렇게 할 수 없었다. 마지막 순간, 병마로 인해 이미 사람처럼 보이지 않을 정도로 피폐해진 그녀는 남편의 손을 잡고 말했다. "당신을 탓하지 않아요. 두려워 말아요. 먼저 가서 기다릴게요." 천셴원은 그 자리에 주저앉아 통곡했다. 그는 아내의 부탁을 따르지 않은 것을 후회했다. 죽음보다 훨씬 더 두려운 것은 죽음 앞에서 인간의 존엄을 잃는 것이었다.

그후 천셴원은 천씨 가문 영토 내에서 주기적으로 건강 검진을 실시했다. 이 혜택은 실리콘섬 토박이들뿐 아니라 폐기물 처리를 담당하는 이주 노동자들에게도 동일하게 적용되었다.

카이종은 데이터를 통해 실리콘섬 주민들의 호흡기 질환, 신장 결석, 혈액 질환 발병률이 주변 지역보다 5~8배가량 높다는 사실을 알고 있었다. 게다가 암 발병률도 비정상적으로 높았다. 한마을에 가족마다 말기 암 환자가 최소 한 명은 있었다.

오염된 연못에서는 암 같은 종양으로 뒤덮인 기괴한 물고기들이 발견되었다. 사산아 출생률이 높았고 이주 노동자 산모가 온몸이 짙은 녹색에 금속성 악취를 풍기는 아기를 사산했다는 소문이 돌았다. 노인들은 실리콘섬이 이미 악마의 땅이 되었다고 했다.

천카이종은 숙부의 엄숙한 표정을 바라보았다. 젊은이들이 죽은 친척의 이메일 주소로 보낼 사진과 동영상을 찍는 모습을 지켜보았다. 앳된 얼굴 혹은 주름진 얼굴들이 깜빡이는 촛불과 향불 사이에서 침묵하는 모습을 바라보면서 무언가가 가슴 깊은 곳에서 느껴졌다.

어쩌면 결국 언젠가 가상현실로 대체되는 날이 올지도 모른다. 그러나 사랑하는 이들을 그리워하는 마음은 대체될 수 없을 것이다. 그들에겐 생과 사의 경계를 뛰어넘어 과거와 현재를 연결하고 형태 없는 그리움과 기억을 물체 혹은 의식화된 퍼포먼스로 형상화하여 시간의 흐름에 따라 무감각해진 감정을 다시 일깨우고, 한때 뼈가 시리도록 아팠던 상실의 고통을 끝없는 기억과 함께 떠올릴 수 있는 의식이, 플랫폼이, 통로가 필요했다.

역사란 어떤 사건에서 감정적 색채가 지워지는 과정이다. 카이종은 마침내 자신이 왜 역사를 공부하기로 결심했는지 깨달았다. 그는 어린 시절에 도시를 옮겨 다녔던 경험 때문에 남에게 공감하기가 어려웠던 것 같다. 그는 가족, 학교, 조직 혹은 대인관계 등 모든 관계에서 습관적으로 거리를 두었다. 역사가에게 필수인 객관적인 시각을 확보하는 일은 그에게 너무 쉬웠다.

하지만 그 순간부터 카이종은 '우리의 일원'이라는 말의 의미와 무게를 이해하기 시작했다.

군중 속에서 두려움에 가득 찬 한 사람의 얼굴이 그의 시선을 끌었다. 평화롭고 사려 깊은 군중의 표정과 극명한 대조를 이루었다. 이목구비는 갸름하고 젊어 보였는데 헤어스타일과 옷차림으로 성별을 구분하기란 불가능했다. 그 사람은 기도하는 분위기에 묻어가려 했지만 끊임없이 뒤를 돌아보는 겁에 질린 눈빛은, 잔잔한 호수에 던진 돌멩이가 흐릿한 배경 속 파문의 중심이 되듯이, 그의 얼굴을 더욱 선명하게 부각시켰다.

실리콘섬 토박이는 분명 아니었다. 그 혹은 그녀가 아무리 열심히 토박이처럼 꾸몄더라도 얼굴 특징이나 세밀한 차림새에서 티가 났다.

이유는 알 수 없었지만, 카이종은 일종의 동병상련을 느꼈다. 낯익은 듯한, 이 이상한 느낌을 어찌 설명할 길이 없었다. 마치 그 얼굴의 지형적 특징이 뇌의 우측 방추형 뇌이랑에서 패턴 인식 모듈을 활성화하여 심장박동수를 높이는 신경전달물질이 분비되는 것 같았다.

카이종은 그 사람의 기민한 시선을 따라가다 현지 깡패 패거리 소속 청년 몇 명이 사방을 두리번거리는 모습을 보았다. 그들의 복장은 눈길을 끌기 충분했다. 상반신에는 걸을 때마다 미니 크리스마스 트리처럼 불이 켜지는 꽉 끼는 라이크라 조끼를 입었고, 하반신에는 헐렁한 트레이닝 팬츠와 러닝화를 신었다. 짧은 스포츠 머리에 면도기로 특별한 무늬를 새겨 넣었고 팔다리와 얼굴에는 금속 피어싱이 가득했다. 물론 깡패 문화에 필수적인 조직의 상징과 이름을 알리는 다양한 바디 필름들도 반짝였다.

카이종은 이런 자들을 멀리하라는 경고를 이미 여러 차례 받았다. 그들의 배후에는 도저히 풀 수 없는 권력의 그물망이 복잡하게 얽혀 있다.

깡패 무리 중 한 명이 갑자기 무언가를 본 듯 뒤돌아보았다. 그의 입술이 말리면서 이를 드러내며 무섭게도 조롱 섞인 미소를 지었다. 입술의 스터드와 코 피어싱이 부딪히는 순간, 어깨의 바디 필름에 밝게 타오르는 불꽃 이미지가 번쩍였다. 그가 무어라고 외치자 나머지 두 사람도 같은 방향을 바라보았다. 세 사람은 덫에 걸린 사냥감의 크기를 가늠하고 새로운 고문 방법을 구상하는 사냥꾼 같은 표정으로 군중을 서서히 헤치며 걸어갔다.

카이종은 나지막하게 욕을 뱉었다. 뒤돌아 그 먹잇감이 실은 자신을 쳐다보고 있었음을 깨달았다. 온화한 두 눈은 두려움, 절망, 그리고 소리 없는 애원으로 가득했다. 마침내 카이종은 왜 그 얼굴이 그토록 익숙했는지 깨닫고 가슴이 철렁 내려앉았다. 그가 모교 학생 수상작 사진집의 흑백 사진 속에서 눈에 띈 그 얼굴의 주인공이었기 때문이다.

사냥감은 군중을 제치고 종묘 뒤의 좁은 뒷골목으로 도망쳤다. 젊은 깡패가 믿을 수 없는 속도로 그 뒤를 바짝 추격했다.

만약 이곳이 미국이었다면 누군가가 분명 경찰에 신고했을 테고 그는 불필요한 문제에 휘말리지 않으려 가만히 있었을 것이다. 하지만 실리콘섬에서는 이런 장면이 너무나 일상적인 일이어서인지 구경꾼들 대부분은 동요하지 않았다. 카이종은 깡패들이 사라진 방향을 바라보며 주먹을 꽉 쥐었다가 힘을 풀었다. 그리고 다시 주먹을 꽉 쥐었다.

"숙부님, 잠시만 기다려 주세요. 곧 돌아오겠습니다."

좁고 긴 골목길 사이로 향과 초를 파는 가게들이 늘어서 있었다. 온갖 향 냄새가 매캐하게 덮쳐 왔다. 고개를 드니 좁은 틈새로 잿빛 하늘이 가느다랗게 보였다. 골목길은 축제 인파로 가득했지만 깡패 무리는 흔적도 없었다. 몇몇 행인들에게 물어도 보았다는 사람은 아무도 없었다.

결국 춘권을 팔던 아주머니가 한참의 고민 끝에 옆의 작은 가게를 조용히 가리켰다.

카이종이 자세히 보니 그 가게와 옆 가게 사이에 사람 몸통 너비 정도의 좁은 골목길이 있었다. 자세히 보지 않으면 모를만큼 잘 가려져 있었다.

천카이종은 하수구처럼 보이는 어두운 골목으로 들어갔다. 오물 썩은 냄새에 구역질이 났다. 영화 〈프레데터 2〉 속의 로스 엔젤레스가 연상되었지만 실제로는 이곳이 열 배는 더 더러웠다. 그는 경찰에 신고할까도 생각했지만, 곧 마음을 고쳐먹었다.

앞쪽에서 들려오는 비명에 그는 심장이 멈출 뻔했다. 그는 급히 깡패들을 처리할 방법을 고민했다. 역사 공부나 하던 그가 길거리 싸움에서 이길 가능성은 없었다.

마침내 그는 깡패들이 쫓는 사냥감이 소녀라고 확신했다. 그녀는 구정물이 가득한 웅덩이로 밀쳐져 넘어졌다. 깜짝 놀란 쥐 몇 마리가 벽을 따라 도망쳤다. 소녀는 숨을 헐떡였지만 울지도 않았고 말도 없었다.

어깨 위로 불꽃이 번쩍이는 남자가 소녀를 향해 몇 마디 하더니, 그녀의 머리를 세게 걷어찼다. 다른 남자는 지퍼를 내리더니 그녀를 향해 오줌을 갈기기 시작했다.

"그만둬!" 카이종은 길게 생각할 겨를이 없었다.

깡패들은 잘 차려입은 외부인을 보고 어안이 벙벙했다.

"이건 또 뭐 하는 새긴지 아는 사람?" 불꽃남은 카이종을 무시하고 동료들을 향해 물었다.

"토박이는 아니야. 근데 씨발 외지인처럼 들리지도 않는데?" 셋 중 한 명이 대답했다. 카이종은 그가 증강현실 장비로 자신을 체크하는 줄 알았지만, 사실 그는 안경을 쓰고 있지 않았고 망막 이식 수술을 받을 만한 사람처럼 보이지도 않았다.

"린이위가 누군지 알면 내가 누군진 상관없어."

린 주임의 이름을 들은 그들은 잠시 멈칫했다. 그러나 카이종의 기쁨은 3초뿐이었다.

"푸! 나 이 개새끼 알아. 가짜 외국인이잖아. 공장 세운다는 그 새끼." 남자가 지퍼도 올리지 않은 채로 소리쳤다.

카이종은 가슴이 철렁했다. 현지 뉴스에서 스콧 브랜들의 임무를 다루면서 많은 지면을 할애했다는 건 알았지만 길거리 깡패들까지 그를 알아보리라고는 상상하지 못했다. *명성의 대가로군.*

"어쩐지 사투리를 너무 잘하더라니. 린 주임을 내세워서 우리를 겁주려고? 하, 이제 누군지 알겠어. 우리가 누군지는 아냐, 체멕즈醒目仔?" 불꽃남은 대략 '대학생'이라는 뜻의 속어로 그를 조롱했다. 세 사람은 카이종을 둘러싸 퇴로를 차단했다.

카이종은 몸을 잔뜩 긴장한 채 대학 시절에 몇 번 들었던 태권도 수업을 떠올리려 애썼다. 아쉽게도 수업에 너무 많이 빠졌기 때문에 쓸모라곤 없는 자세 몇 개만 생각이 났다. 그는 두 주먹을 들고 죽을 각오가 되어 있다는 인상을 주기를 바라며 최대한 무섭게 상대를 노려보았다.

남자들은 그에게 점점 가까이 다가서다가 멈춰 섰다. 그중 한 명은 몇 걸음 뒤로 물러나기까지 했다.

효과가 있나? 카이종이 미처 깨닫기도 전에 그의 등 뒤에서 묵직한 손이 그의 어깨를 두드렸다.

"칼잡이, 간이 많이 커졌군. 감히 천씨 가문의 영역에 오줌을 싸?" 천셴윈, 천 숙부였다. 그의 뒤에는 남자 몇 명이 험상궂은 표정으로 서 있었다.

"아아, 천 사장님! 사과드립니다. 그런데 우리는 뤄 사장님의 지시를 받아 사람을 쫓고 있었어요. 저희는 명령에 따랐을 뿐입니다." 불꽃남 혹은 칼잡이는 고개를 숙였고 말투도 훨씬 부드러워졌다. 그의 부하는 황급히 바지 지퍼를 올렸지만 중간에 뭔가가 끼어서 괴로운 비명을 내뱉었다.

"누가 원하는 사람이든 오늘은 안 돼. 여기서는 안 돼." 천셴위의 말에는 흥정의 여지를 남기지 않는 힘이 있었다.

"그럼요, 그럼요. 천 사장님 말씀대로 해야죠." 칼잡이는 어깨 위의 불꽃을 껐다. 그는 화난 듯 침을 뱉고는 자리를 떠나려 두 부하와 함께 뒤돌아섰다. 골목길을 반쯤 내려가던 그가 한마디 던졌다. "천씨 가문의 종묘가 쓰레기인간을 수거하는 덴지는 몰랐습니다. 어쩐지 두 블록 전부터 악취가 나더라니."

"푸!" 천 숙부의 부하 중 한 명이 소리치자 어깨 위 '천'이라는 글짜가 파란색으로 번쩍였다. 그는 칼잡이 무리를 쫓아가려 했으나 천 숙부가 저지했다.

"천씨 가문은 음력 30일의 달 같아. 희미해지다가 사라지는… 하하하." 칼잡이의 날카로운 웃음소리가 어두운 골목길 끝으로 서서히 사라졌다.

"숙부님, 제가 여기 있는 걸 어떻게 아셨어요?" 마침내 한숨을 놓은 카이종은 온몸이 풀려 쓰러질 것만 같았다.

"카이종, 난 여기서 평생을 산 사람이야. 자네 눈에 보이는 것이 내 눈에 안 보일 리 있겠나?"

카이종은 여전히 구정물 웅덩이에 쓰러져 있는 소녀에게 다가갔다. 그는 소녀를 안고 조심스레 그녀를 깨우려고 했다. 소녀는 눈을 번쩍 뜨더니 그를 밀쳐내고 벽 아래쪽에서 웅크린 채 몸을 벌벌 떨었다. 온몸이 구정물에 흠뻑 젖어 음식물 쓰레기봉투처럼 보였다.

"괜찮아요, 괜찮아요." 그는 소녀의 공포심을 줄여 주려고 표준어로 바꿔 말했다. "이름이 뭐예요? 어디 살아요? 집에 데려다 줄게요."

소녀는 한참이 지나서야 정신을 차렸다. 더 이상 위험하지 않다는 확신이 들자 그녀는 대답했다. "제 이름은 미미예요. 난샤 마을에 살아요."

"거긴 뤄 가문 영토야." 천셴원이 낮게 속삭였다. 그가 물었다. "그들이 왜 널 찾아왔지? 뭘 훔치기라도 했나?"

"아니에요!" 미미는 분노를 터뜨렸다. "전 정말 아무 짓도 안 했어요. 오늘은 그냥 축제 날이라… 분위기를 느껴보고 싶어서 나왔을 뿐인데 하루종일 그들이 절 따라다녔어요. 그래서 여기에 도착할 때까지 계속 뛰었어요."

"뤄씨의 미친개들, 점점 더 뻔뻔해지는군." 천셴원은 그녀의 말에서 거짓의 흔적을 찾지 못하자, 한숨을 쉬며 부하들에게 지시했다. "집에 데려다 줘. 뤄씨들 눈에 최대한 띄지 않게."

"안 됩니다!" 카이종은 자리에서 일어섰다. 자신의 반응에 스스로도 놀랐다. "다시 돌려보내는 건 호랑이 굴에 되돌려 보내는 것이나 마찬가지 아닙니까?"

"이 소녀는 뤄씨 가문 소속 쓰레기인간이야." 천셴원은 조카의 활활 타는 눈빛을 피했다.

"뤄씨 가문에 고용된 쓰레기인간도 사람입니다! 숙부님, 오늘은 죄를 지으면 안 되는 날이에요. 그들도 보고 있습니다." 카이종은 위쪽을 가리켰다. 숙부 세대의 사람들이 모두 귀신, 영혼, 업보, 운명을 믿는다는 사실을 잘 알고 있었다. 도덕이나 인의에 대해 말하는 것보다 다음 생의 업보를 이야기하는 편이 훨씬 효과적이었다.

천셴윈은 딜레마에 빠져 고민했다. 한참 후 그는 부하들에게 미미와 함께 그녀의 집에 가서 소지품을 챙긴 후, 천씨 가문의 작업장 중 한 곳에 정착시키라고 지시했다. "칼잡이가 뤄진청의 이름을 빌려 위세를 부렸기만을 바라야겠군. 그렇지 않으면…"

숙부의 불안한 얼굴을 본 카이종은 일이 끝나려면 한참 멀었음을 깨달았다. 그는 앞서 대화에서 이야기했던 '안전감'의 이면에 있는 복잡성을 이해하기 시작했다. 각 가문은 각자의 영토 내에서 규칙을 만드는 작은 왕국 같았다. 뤄씨 일족에게 쓰레기인간은 사람이기보다 양 한 마리, 농기구 하나, 씨앗 한 봉지에 더 가까웠다. 만약 뤄씨 가문에 속한 쓰레기인간이 천씨 가문의 개입으로 천씨 영토에 정착한다면 뤄씨 가문은 그것을 모욕과 배신의 행위로 받아들일 것이다. 또한 미미의 배신에 책임이 있는 카이종은 이 모든 일을 도발한 도둑처럼 여겨질 것이다.

한편 미미는 표준중국어와 현지 사투리가 뒤섞인 대화에 넋이 빠져 지금까지 논의하고 결정된 내용을 카이종이 한참 설명한 후에야 이해할 수 있었다. 그제야 미미는 고맙다는 말을 힘겹게 건넸다.

날이 어둑해졌다. 천씨 가문 종묘 앞 광장은 아수라장이었다. 반쯤 분해된 제단은 석양 아래 뼈다귀처럼 서 있었고 딱딱한 플라스틱 껍데기인 다스예가 바닥에 널브러져 신비로운 미소를 짓고 있었다. 제단은 이미 치워진 상태였지만 제사용 양초와 향 몇 개는 여전했고 짓밟힌 과일과 채소와 지전이 바닥에 흩어져 있었다. 용 깃발은 보라색 바람에 펄럭였고 외로운 영혼들과 귀신들은 이미 배불리 먹고는 떠났다. 상인들은 돈을 세며 남은 음식들은 칩독들에게 주었다. 개들은 온 정신을 먹는 데 집중하면서 빠르고 기계적으로 꼬리를 흔들었다.

내년에도 같은 시간에 같은 일이 반복될 것이다.

"정말 쓰레기인간들의 목숨의 가치가 토박이보다 못하다고 생각하십니까?" 카이종이 숙부에게 물었다. 미미의 얼굴이 잔상처럼 그의 눈앞에 스쳐 지나갔다. 그 얼굴의 무언가가 그의 망막을 뚫고 그의 기억 속에 깊게 새겨졌다.

천셴윈의 그림자가 태양빛에 길게 늘어져서 구릿빛 광장과 쓰레기 더미 사이에서 금빛으로 반짝였다. 그는 조카의 질문에 답하지 않았다.

카이종은 1955년에 조직신학 박사학위를 받은 대학 동문을 떠올렸다. 그의 꿈은 모두를 감동시켰다.

마틴 루터 킹 박사의 꿈은 아직 실현되지 않았다.

3

실리콘섬에서는 쓰레기조차 생각만큼 만만하지 않다. 쓰레기로 가득한 상자들은 개봉한 후 멀쩡해 보이는 물건들을 미리 숨아내서 수리한 후 중고 시장으로 보냈지만 몇몇 물품들은 항상 눈치 빠른 일꾼들에 의해 보물처럼 몰래 숨겨졌다. 미미는 '원형'—모든 소녀가 그를 원 형이라고 불렀다. 그가 모두의 형처럼 행동했기 때문이다—이 일본산 리얼돌에서 실리콘 부품을 잘라서 그의 옷 속에 몰래 숨기는 것을 본 적이 있었다. 그 리얼돌은 다리 사이에 남겨진 네모난 상처로 전선과 가느다란 튜브들이 엉망으로 드러나 있었고 마치 수술에 실패한 후 상처마저 봉합하지 않은 시신처럼 메마른 잔디밭에 누워 있었다.

미미는 원 형에게 왜 그러는지 묻지 않았다. 그녀는 올해 열여덟 살로 알 건 다 알았다. 그녀는 엄마의 조언에 따라 머리를 짧게 자르고 몸의 굴곡을 가리는 헐렁한 옷을 입고 다녔다. 그녀는 언젠가 자신이 그 인형처럼 잔디밭에 누워 있기를 바라지 않았다.

미미와 같은 지역 출신인 원 형은 그녀보다 1년 일찍 이곳에 왔다. 그는 전혀 일하지 않는 것처럼 보였지만 누구보다 많은 돈을 벌었다. 심지어 실리콘섬 토박이들마저도 그를 존경하는 듯했다. 그는 동네 건달들처럼 허세를 부리거나 싸움에 휘말리지 않고 그의 이름처럼 행동했다. 원溫, 한자로 온화하다는 뜻이다. 겉보기에 그는 섬세하고 온화해 보였지만 그의 한마디에 전국 각지에서 온 쓰레기인간 수백 명이 그의 곁에 모였다.

반년 전에 그는 쓰레기인간들을 위한 더 나은 근무 환경과 복지 혜택을 얻어내려고 몇 번 시위를 일으킨 적이 있었다. 예전 같았으면 문제가 되는 노동자들을 싹 해고해버리고 신규 채용으로 쉽게 대체했겠지만 원 형은 영리하게도 정부 시찰 전날 시위를 조직했다. 정부 관리들과 문제가 생길까 우려한 감독관들은 그의 요구를 들어줄 수밖에 없었다.

몇 번의 시위로 원 형의 명성은 점점 높아졌다. 하지만 각 가문의 수장들이 그를 제거하려고 한다는 소문이 퍼졌다. 모두가 그의 안위를 걱정하고 있을 때 그는 자진해서 린이위 주임을 찾아갔다. 어떤 수로 그를 설득했는지는 알 수 없었지만 결국 세 가문의 수장들을 초대해 한 자리에서 딤섬 조찬을 함께했다. 그후 원 형에 대한 청부살인 소문은 멈추었다. 원 형은 쓰레기인간들을 위한 노조 대표가 된 것 같았다. 노동자들은 불만이나 필요한 것이 있을 때면 원 형을 찾아가 협상을 부탁했으며, 그는 대개 양측 모두 만족할 만한 결과를 도출해냈다. 하지만 그는 여전히 자신의 오래된 작업장에 살면서 매일 쓰레기 더미에서 괴상한 부품을 찾아 집 문 앞에 쌓아 두었다. 마치 쓰레기 더미 위에 사는 민간 과학자 같았다.

미미에게 원 형은 수수께끼 같은 사람이었다. 같은 지역 출신이고 같은 사투리를 사용했지만, 미미는 그의 말에 항상 뼈가 있다고 생각했다.

"널 보면 내 여동생 아휘가 생각나." 원 형은 종종 미미의 머리를 가볍게 두드리며 말했다. 하지만 미미가 아휘에 관해 물으면 그는 언제나 다른 쪽을 보며 화제를 바꿨고, 그로 인해 더 비밀스럽게 느껴졌다.

어릴 적부터 무슨 일이든 스스로 해 왔던 미미는 항상 언니나 오빠가 돌봐 주는 다른 아이들이 부러웠다. 원 형의 존재는 그녀의 환상을 현실로 만들어 주었으나 내면의 목소리는 항상 경고했다. *그에게서 뭔가 설명할 수 없는 위험한 느낌이 나. 항상 조심해!*

한 달 전쯤 원 형이 기괴한 물건을 가져왔다.

당시 미미와 다른 여자친구 몇 명은 인공 수족을 낀 채 술래잡기를 하고 있었다. 원 형이 그쪽으로 다가오는 것을 본 그들은 웃음기를 싹 뺀 채 그 자리에 부동자세로 섰다. 원 형은 여자들 중 몇 명을 불러 손에 들고 있던 물건을 그들의 머리에 대어 보더니 고개를 절래절래 저었다.

"원 형, 그게 뭐예요?" 후난 출신으로 미미와 같은 막사에 사는 란란이 물었다. 원은 고개를 저었다. "나도 잘 모르겠어."

"그럼 우리한테 주세요!" 그녀들은 낄낄대며 서로를 장난스럽게 밀쳤다. "우리가 쓸게요!"

원이 웃었다. "하하, 너희들 머리가 너무 커서 안 들어갈 것 같은데?" 원은 헬멧같이 생긴 물건을 여자들에게 던져주었다. 그들은 마치 정교한 왕관이라도 감상하듯 그 주위를 에워쌌다.

"원 형, 이거 머리에 쓰는 게 아닌 것 같아요." 미미가 그 물건을 가리켰다. '왕관'은 그릇 모양으로 뒤통수를 헬멧처럼 감쌀 수 있는 형태이긴 했으나 상단 가운데가 방추 모양으로 눈에 띄게 튀어나왔고 안쪽은 움푹 패어 있어서 사람 머리에 빈틈없이 맞을 수가 없었다. 안쪽은 위력으로 뜯어낸 흔적과 알 수 없는 누런 액체로 얼룩져 있었다.

원은 제 머리를 톡톡 치며 말했다. "미미, 넌 진짜 내 친동생이랑 똑같아. 머리가 진짜 좋다니까"

"미미는 머리만 좋은 게 아니라 우리 중에 제일 우아해요! 왕관도 진짜 잘 어울릴걸요?" 시끌벅적하던 소녀들이 돌연 모종의 공감대라도 형성한 듯 순간적으로 미미의 머리에 헬멧을 씌웠다.

미미의 머리가 헬멧보다 조금 커서 헬멧의 곡선과 머리 사이에 약간 뜬 공간이 있었다. 원 형이 장난이 선을 넘기 전에 저지할 틈도 없이 여자 한 명이 헬멧을 힘껏 아래로 눌렀다. 찰칵하는 소리와 함께 미미는 뒤통수뼈 바로 아래 피부를 차갑고 날카로운 무언가가 관통하는 것을 느꼈다.

미미는 비명을 지르며, '왕관'을 벗어 바닥으로 내던졌다.

"무슨 짓이야!" 원 형이 소리를 지르자 겁에 질린 여자들이 사방으로 흩어졌다.

"피가 나요!" 미미는 목덜미의 상처에서 끈적하게 진물이 흐르는 것을 느꼈다. 온몸이 부들부들 떨렸다.

"괜찮아, 다행히 큰 상처는 아니야." 원 형은 주머니에서 소독용 물티슈를 꺼내 상처에 대고 눌렀다. 출혈은 금세 멈췄다.

미미는 쓰레기 더미에 앉아서 부서진 의수를 만지작거렸다. 원 형은 반쪽짜리 헬멧에서 튀어나온 바늘을 이리저리 연구하다가 가끔 우려 섞인 눈빛으로 미미를 바라보았다. 문득, 어떤 생각이 미미의 뇌리에 스쳤다. 어쩌면 원 형은 겉으로만 쓰레기 인간을 위해 일하는 척할 뿐, 실제로는 자기만의 은밀한 취향을 충족시키고 있는지도 모른다. 미미는 자기가 이런 생각을 했다는 것에 흠칫 놀랐다. 예전에는 사람들의 겉모습만 보았을 뿐 그 얼굴 아래 어떤 영혼이 숨겨져 있는지는 생각해 본 적 없었다.

영혼. 미미는 그 단어를 곰곰이 되새겼다. 진부한 노랫말에서나 들어보았을 뿐, 실제로 체험해 보지는 못했다. 형체도 그림자도 없으나 분명히 존재하는 것들. 그들을 눈으로 본다면 과연 어떻게 생겼을까. 해변 모래사장에 흩어진 조개들 같을까, 아니면 하늘의 무지개 같을까? 분명 영혼마다 각기 다른 색채, 형상, 질감을 가졌을 테지.

혼자만의 생각에 깊이 빠져 있던 미미는 3.5밀리미터짜리 라이카 렌즈가 그리 멀지 않은 곳에서 그녀의 형상을 포착했음을 알아채지 못했다.

"꼬마, 여기서 뭐 하는 거야?!" 원 형이 고함을 질렀다.

교복 차림의 토박이 소년이었다. 쓰레기인간의 자녀는 일반 학교의 학비조차 감당하지 못해서 자원봉사자들이 조직한 이동식 학당에 다녔다. 교과서는 공용이었고 교복은 꿈도 꿀 수 없었다. 딱 봐도 이곳에 속하지 않는 소년은 몸에 비해 과도하게 큰 카메라를 들고 있었다. 본인도 놀랐는지 꿀 먹은 벙어리처럼 그 자리에 뻣뻣하게 서 있었다.

"여기는 사진 찍고 싶다고 맘대로 찍는 곳이 아니야. 돈을 내야 한다고."

"저, 저는 돈이 없어요. 저희 아빠가…."

"네 아빠가 부자인 건 알아. 여기 온 걸 아빠가 알면 넌 아마 맞아 죽을걸?" 원 형은 헬멧을 들고 다정한 미소를 지으며 소년에게 다가갔다. "이렇게 하면 어떨까? 이 헬멧을 한번 써주면 돈은 안 받을게."

"원 형!" 미미는 그를 막으려 다급하게 외쳤지만 원은 뒤돌아 그녀에게 조용히 하라고 손짓했다.

꼬마는 헬멧을 흘끗 보고는 잠시 고민하더니 고개를 끄덕였다.

미미는 다른 곳을 향해 고개를 돌렸다. 익숙한 찰칵 소리, 날카로운 비명, 뒤이어 엉엉 우는 소리가 들렸다. 그녀는 눈을 질끈 감았다. 숨을 깊게 한 번 들이마시고 셋을 센 후 소년에게로 걸어가 헬멧을 벗기고 상처를 닦아 주었다. 소년의 후두부 아래 피부가 바늘에 찔려 작은 구멍이 나 있었고 피가 흘렀다.

"괜찮아, 괜찮아." 그녀는 원 형 쪽을 보지 않으려 애썼다.

아니면 그녀의 두 눈 속에 불타는 분노가 밖으로 쏟아질 것만 같았다. "착하지, 어서 집으로 돌아가렴."

미미는 소년의 이마에 살짝 입을 맞췄다. 어릴 때 어디서 넘어지거나 부딪혀 오면 엄마가 늘 그녀에게 해 주었던 대로, 마치 이 작은 동작 하나가 아픔을 덜기라도 하듯 말이다. 실제로도 그랬다. 그녀는 한 번 더 입을 맞췄고 소년은 얼굴을 들었다. 진흙과 눈물로 얼룩진 얼굴로 고맙다는 듯 그녀를 쳐다보고는 집을 향해 죽어라 달렸다. 작은 그림자가 먼지 자욱한 길 가장자리로 사라졌다.

"뭐가 문제야? 토박이 새끼일 뿐이잖아." 원 형이 목소리를 높였다. "그들이 우리한테 어떻게 했는지 잊었어? 우리 아이들을 어떻게 대했는지 잊었냐고? 다 널 위해서 그런 거야. 만약 그 헬멧이…"

"그 꼬마 잘못은 아니잖아요." 미미는 나지막이 중얼거리고 작업장을 향해 걸어갔다.

"어차피 벌어질 일이었어. 그 점을 기억해!" 원 형의 목소리가 그녀의 등 뒤에서 울리다가 점점 멀어졌다. "어차피 시간문제였다고!"

중원절 전날이자 소년이 헬멧을 쓴 뒤로 한 달 후, 뤄씨 저택에서 괴이한 공연이 벌어졌다.

실리콘섬의 무당, 로싱푸아의 얼굴은 이마에 붙인 필름의 초록빛 아래 더욱 흉측해 보였다. 그녀의 두 눈은 눈썹뼈의 음영 밑에서 바닥이 보이지 않는 마른 우물 같았고 홍채에서 반사되는 빛은 전혀 보이지 않았다. 전자 독경기의 소리와 함께 그녀는 마치 눈먼 짐승처럼 느린 리듬으로 고대 주문을 외웠다. 그녀는 모근*, 선초**, 복숭아 잎, 삼나무 등 12종의 약초를 홍화유에 섞어 석류나무 가지로 방 구석구석에 흩뿌렸다.

악귀를 쫓는 성스러운 기름이 방 한가운데 의식을 잃은 채 누워 있는 소년의 몸에도 똑같이 떨어졌다. 소년의 창백한 얼굴에는 수정 같은 물방울이 차마 닦지 못한 눈물처럼 맺혀 있었다.

뤄진청은 불안한 마음으로 그 광경을 지켜볼 뿐 다른 선택지가 없었다. 의사들은 그의 어린 막내아들 뤄즈신이 희귀한 바이러스성 뇌수막염에 걸렸다고 진단했지만 뇌척수액에서 분리한 바이러스는 확인되지 않았다. 현재 소년은 뇌압이 안정적이었지만 깊은 혼수상태에 빠져 있었다. 뇌파는 미만성 서파였다. 의사들은 소년의 뇌가 현재 절전 모드에 들어간 컴퓨터 같다고 설명했다. 모든 기능 지표는 이상이 없지만 피질 활동이 억제되어 그의 뇌 컴퓨터가 일어나라는 명령을 기다리는 것처럼 보인다고 말이다.

노인들은 옛날부터 현실에서 해결할 수 없는 문제는 신령님께 고하라고 말하곤 했었다.

● 茅根. 띠의 뿌리. 동의학에서 약재로 쓴다.
●● 仙草. 여름철 더위를 식혀준다고 하는 약초. 광둥성에서 이 풀을 오래 끓여 짜낸 즙을 식혀서 굳힌 젤리 같은 음식을 여름에 먹는다.

로싱푸아는 어린 즈신이 부정한 것과 접촉했다고 했다. 만약 소년이 집 밖에서 귀신과 충돌했다면 아이의 영혼이 공포로 인해 사라졌을 수 있으니 혼을 되찾기 위해 반드시 '혼을 거두는' 의식을 거행해야 했다.

최면 주문을 들으며 뤄진청은 어린 시절에 보았던 퇴마굿 현장으로 돌아온 것 같았다. 지금 돌이켜보면 그건 이승과 저승의 세계를 넘나드는 경제 분쟁 담판과 비슷했다. 평범한 인간 세계에서처럼 대부분의 문제는 돈으로 해결할 수 있었다. 영매가 귀신이 요구한 금액을 알려 주면 환자의 친지들이 지전을 준비해서 가문의 어른들이 환자 앞에 가져와 절을 하고 지전을 헌납했다. 환자의 나이만큼 절하고 나면 지전은 골목길과 마을 바깥에 뿌려졌다. 이를 '표송標送'이라고 부른다. 당시에는 아직 정부가 벌목 제한을 두기 전이라 종이가 저렴했고 귀신들도 지나치게 요구하지는 않았다.

만약 환자의 상태가 위중하면 '길거리 제사'를 치러야 했다. 길거리에서 잔치를 여는 것이다. 경건함을 기하기 위해 정결한 손으로 요리해야 했고 요리의 간을 보는 것도 허용되지 않았다. 행인들이 놀람이나 두려움을 보이는 것은 금기였으며 곁눈질 치지 않고 현장을 지나가야 한다. 특히 뒤를 돌아보는 것은 절대 금기였는데, 그렇지 않으면 환자의 상태가 그들에게 전염될 수 있었다. 이곳 토박이들은 제사 음식을 절대 건드리지 않아야 한다는 것을 잘 알고 있었으나 이제 불경하고 무지한 쓰레기인 간들로 가득한 실리콘섬에서 음식을 두고 사람과 귀신이 다투는 일은 더 이상 드물지 않았다. 제물이 모독당하는 걸 막을 수 없어서 토박이들은 이 의식을 점점 지내지 않게 되었다.

뤄진청은 그가 이 의식의 당사자가 되는 날이 오리라고는 상상도 못 했었다. 그는 독실한 불교 신자로 집 옆에 신당도 차려 놓았다. 중요한 축제 때마다 그는 행운을 기원하는 향과 제물을 위해 많은 돈을 기부했다. 비록 전 세계를 아우르는 뤄 사장의 사업을 돌보느라 부처님이 고생이라고 농담하는 사람들도 있었지만 말이다. 뤄진청은 자신이 대부분의 중국인과 다르지 않다는 점을 잘 알았다. 그 역시도 부처님에 대한 신앙심이 있다기보다는 실용주의를 신봉했다. 마음의 평안이야말로 신앙의 가장 큰 실질적인 혜택이었다.

업보일까? 뤄진청은 자신도 모르게 몸서리를 쳤다. 어둠 속에서 한 쌍의 차가운 눈동자가 주시하며 그의 영혼을 재는 것 같았다. 뉴저지에서 출항한 화물선 장푸호가 홍콩으로 입항하는 도중에 사람이 죽었다는 소문이 돌았다. 다른 가문의 우두머리들이 재수 없다며 그 배의 화물을 받지 않는 바람에 그는 어쩔 수 없이 모든 화물을 헐값에 사들여야 했다. 대담함은 언제나 뤄씨 제국 건설의 밑거름이었으며, 그런 면에서 아들은 그를 많이 닮았다.

아들을 생각하자 또다시 가슴이 꽉 조여 왔다. 마치 가슴에 강력한 진공 펌프라도 연결된 것처럼.

로싱푸아는 이상한 냄새라도 맡은 듯 돌연히 아들의 책상으로 몸을 돌렸다. 이마에 칙령을 뜻하는 칙敕 자가 허공에서 고속 데이터를 수신하는 것처럼 초록빛을 번쩍였다. 그녀는 우아한 액자를 바라보았다. 사진 아래 크림색 매트에는 금색 글자가 해서체로 새겨져 있었다. "녹색섬 학생 사진대회 1등상. 실리콘섬 제일초등학교 뤄즈신."

"이 쓰레기인간 때문이야." 로싱푸아는 그 흑백 사진을 가리키며 단호하게 말했다.

"이 여자 말입니까?" 뤄진청은 액자를 집어들었다. 사진 속 배경은 익숙해 보였지만 솔직히 말해서 쓰레기인간들이 사는 판잣집은 다 비스름해 보였다. "어떻게 해야 힘리•를 낮게 할 수 있을까요?" 그는 아들의 애칭을 사용했다.

"여자를 찾아와서 다음 달 초여드렛날 '기름불' 의식을 치러야 해."

뤄진청은 몸을 떨었다. 노인들의 회고담에서만 들어 봤을 뿐, 실제로는 본 적 없는 일이었다. 돈 많은 집안에서 죽어가는 가족을 위해 다른 방법을 다 시도한 후에 치르는 최후의 방도라고 했다. 무당은 얼굴에 유색 동유桐油를 바르고 윗도리를 벗고 오색 치마를 입은 후 주문을 건 사기그릇에 기름을 가득 채워 불을 붙이고는 한밤중 어둠 속에서 큰소리로 곡하며 흔들리는 도깨비불처럼 골목과 거리를 뛰어다닌다. 만약 깜짝 놀란 행인이 소리를 지르면 무당은 불붙은 기름 그릇을 가까운 벽에 집어 던져 깨뜨린 후 크게 호통을 친다. 이에 놀라서 소리를 지른 사람은 환자

● [원주] 뤄즈신을 차오저우어로 발음하면 Lo^5 Zi^2 Him^1이 된다. 애칭인 '힘리 Him^1-ri^5'는 이름의 마지막 글자 '신蠹'에 지소사가 붙은 형태이다.

를 대신하여 죽어야 하는데 이를 '교대叫代'라 한다.

> 해 질 녘 서산에 해는 지고
> 집집이 문을 닫는다
> 닭도, 거위도, 까마귀도 둥지에 드는데
> 아이야, 어서 집으로 돌아오렴

　로싱푸아는 옛 곡조 '쇄남지'*의 가락에 맞춰 축귀를 비는 곡조를 읊조렸다. 음산한 음악에는 슬픔이 묻어났고 뤄진청은 등골이 오싹했다. 마침내 로싱푸아의 이마에서 섬뜩한 초록불이 꺼지자, 뤄진청은 밝은 백열등을 서둘러서 켰다. 그제야 모든 것이 현실의 색채로 돌아왔다.

미미는 힘껏 달리고 있었지만 다리가 유사流沙에 빠진 것 같았다. 애를 쓰면 쓸수록 앞으로 나아가기가 더욱 어려워졌다.

　미미는 지금까지 얼마나 달렸는지, 지금 자기가 어디 있는지 알 수 없었다. 긴박한 느낌이 그녀의 신경을 잡아당겨 달리고자 하는 욕구를 포기하지 못하게 만들었지만 그녀를 따라오는 사람은 아무도 없었다. 구체적인 위협은 존재하지 않았다. 오직 형체도 없고 이름도 모르는 불길한 예감만이 머나먼 수평선에서 밀려왔다. 그녀의 눈 끝에 금속 코팅이나 크리스털 광채에서 볼

●　鎖南枝. 중국 명나라 중엽 유행했던 가극.

수 있는 복잡한 무지갯빛이 파도 혹은 구름처럼 일렁이며 뒤쪽의 희미한 흑백 공간을 삼키는 모습이 아른거리는 듯했다.

미미는 빛이 자기 몸에 닿는 것을 느꼈다. 세상이 갑자기 말도 안 될 정도로 뒤집어졌다. 원래 평평한 땅을 뛰던 그녀가 수직에 가까운 절벽을 오르고 있었고 중력의 방향이 발밑에서 등 뒤로 옮겨져 수평선의 어느 지점으로 끝없이 미끄러졌다. 그녀는 뭐라도 잡으려고 안간힘을 썼지만 주변의 모든 것이 거울처럼 매끄럽고 평평했다. 그녀는 비명을 질렀으나 아무런 소리도 나지 않았다.

오직 추락, 끝도 없는 추락만이 있었다.

살려줘!

자유낙하의 감각이 딱딱한 촉각으로 대체되었다. 그녀는 자신이 여전히 곰팡이가 슨 나무 침대에 누워 있음을 깨달았다. 눈꺼풀 사이로 희미하게 들어오는 빛이 새날이 밝았음을 알려주었다. 그녀는 일주일째 천씨 가문의 영토에 머무르고 있었다.

미미는 1년여 전 고향에서 어떤 남자에게 속아 실리콘섬으로 온 이래 처음으로 이곳의 생활이 그리 나쁘지 않다고 느꼈다.

매일 아침 7시면 같은 작업장에 사는 여덟 명의 여성이 5분 간격으로 일어났다. 알람 시계나 닭 울음소리 따위는 필요 없었다. 마치 한 줄기 빛이 몸 안에 묻힌 생체 시계를 작동시키는 것 같았다. 그들은 녹색 이끼가 덮인 돌 세면대 앞에 일렬로 늘어서서 얼굴을 씻고 이를 닦았다. 하얀 거품이 기울어진 석조를 따라 네모난 물웅덩이까지 천천히 모여들었다가 무지갯빛 기름으로 덮인 폐수 연못으로 흘렀다. 그러고 나면 다른 곳에서 온 산업용, 주거용 폐수와 함께 거침없이 바다로 흘러갔다.

사기꾼이 어머니에게 했던 말과 똑같았다. *남쪽으로 가. 남쪽으로 가라고. 돈 벌고 싶으면 남쪽으로 가야지, 뭘 망설여?*

미미를 정말 아프게 했던 건 그다음 말이었다. *다른 집 아이들이 매달 집에 돈을 얼마나 보내는지 알아? 설마 아직도 아빠가 갑자기 부자가 되어서 돌아오길 바라는 거야?*

미미는 솟구치는 분노를 애써 억눌렀다. 남자의 직설적인 말 때문에 화가 난 건지, 아니면 어머니가 그토록 애써 유지하고 다듬어 온 환상이 싸구려 항아리처럼 쉽게 깨져버린 탓인지 그녀 자신도 알지 못했다.

그녀는 마을의 다른 소녀들처럼 열여섯 살에 일을 찾아 집을 떠나지는 않았다. 왜냐하면 아버지가 대학 학비를 댈 돈을 벌어 오겠다고 했기 때문이다. 하지만 시간이 지날수록 아버지의 편지는 점점 뜸해졌고 돈은 말할 것도 없었다. 마을 사람들은 어머니에게 대도시로 일하러 간 남자들은 보통 새 여자를 만나 살림을 차린다며, 그만 진실을 받아들이고 자기 인생을 살라고 권유했다. 딸은 이미 열여덟 살이었고 이제 세상에 나가 스스로 사는 법을 배워야만 했다.

어머니는 묵묵히 미미의 짐을 싸 주면서 직접 만든 고추장을 가방에 넣었다. 그리고 미미의 머리카락을 남동생보다도 짧게 잘라 주었다.

미미야, 내 말 잘 들어. 머리는 지금보다 길게 기르지 마. 어

머니가 말했다. *집이 그리울 땐 이 고추장을 한 숟가락 먹으렴.*

미미는 어머니를 껴안고 어머니의 소매가 흠뻑 젖도록 울었다.

기차에서 2박 3일을 꼬박 보내고 또다시 불법 장거리 배송 트럭을 몇 번이나 갈아타며 울퉁불퉁한 길을 지나온 그녀와 다른 여섯 명은 완전히 지친 채로 실리콘섬에 도착했다. 이곳의 모든 것은 마치 미래 세계처럼 새롭고 낯설었다. 공기는 물먹은 스펀지처럼 습해서 조금만 움직여도 온몸이 땀으로 젖었다. 밤에도 무지갯빛 네온사인들로 인해 낮처럼 밝았고 무수한 스크린이 도깨비불처럼 반짝이며 온 거리를 채웠다. 나이트클럽 포스터들과 성병 치료제 광고가 나란히 붙어서 시선을 끌기 위해 경쟁했고 행인들의 옷차림은 초현실적일 정도로 우스꽝스러웠다. 그들의 눈빛은 몇 명의 외지인을 그대로 통과하여 허공을 보고 있었다.

물론 그들은 이곳에 속하지 않았다. 그들이 머물 곳은 이곳에서 3킬로미터 떨어진 난샤 마을이었고 그곳은 그들이 상상하지 못한 또 다른 세상이었다.

남자는 그녀에게 그럴싸한 거짓말을 했다. *넌 실리콘섬의 핵심 산업인 플라스틱 재활용 업무를 맡게 될 거야. 뤄 사장은 큰 작업장을 가지고 있고 직원들을 최고로 대우해 주지. 열심히 일하면 성공할 거야!* 그후로 미미는 남자를 다시 보지 못했다. 미미는 그가 내륙의 다른 마을에 나타나서 다른 어머니에게 같은 이야기를 하는 모습을 상상했다. *남쪽으로 가, 남쪽으로 가야 해!*

그것이 가난한 사람들이 살아남는 방식이었다.

미미 앞에는 형형색색의 플라스틱 파편이 쌓여 있었다. 마치 동물의 몸에서 발라낸 뼈 같았다. 그러면 그녀는 무엇일까? 개? 여성 노동자들은 능숙한 솜씨로 플라스틱을 분류했다. ABS, PVC, PC, PPO, MMA… 종류가 쉽게 식별되지 않으면 플라스틱 가장자리를 라이터로 태운 후 냄새로 판별했다.

미미는 콧구멍을 크게 벌리고 냄새를 가볍게 들이마셨다. 흠씬 들이마실 용기는 없었다. 달큰하고 매운 냄새가 코끝을 자극하자 구더기가 목 안에서 꿈틀대는 것처럼 괴로웠다. 불붙은 플라스틱 파편을 재빨리 물에 담그자 연기가 솟구쳤다. 그녀는 구역질하며 그것을 'PPO'라고 표시된 양동이로 던졌다. 난샤 마을에서 미미는 매일 이렇게 수십 수백 통의 플라스틱 쓰레기를 처리해야 했다. 하루 종일 일하고 나면 때로는 먹는 것보다 토하는 것이 더 많았다.

미미는 플라스틱 냄새를 식별하는 데 쓰는 '전자 코' 기계에 대해 들은 적 있다. 하지만 전자 코 한 대의 가격은 미미 같은 어린 노동자 10명을 고용하는 것보다 더 비쌌으며 그다지 효율적일 것 같지도 않았다. 기계는 고장 나면 수리해야 하지만, 사람은 의료보험도 필요 없이 몇 위안만 주면 고향으로 보낼 수 있었다.

사람의 목숨은 기계보다 훨씬 싸니까. 미미는 속으로 생각했다. 하지만 솔직히 사장들이 전부 기계만 쓰기로 한다면 그녀들은 어디에서 일자리를 찾을까? 그녀는 이곳에서 두 달이면 부모님이 고향에서 일 년 버는 돈보다 더 많이 벌 수 있었고 검소

하게 생활하면 많은 돈을 저축할 수 있었다. 조금만 더 일한 다음에 고향에 돌아가서 모은 돈으로 가게를 열고 가족들과 안정적인 삶을 꾸릴 생각이었다. 미미는 아버지가 집 앞에 다시 나타나서 그녀가 아버지의 무거운 짐을 받아 드는 환상을 보았다. 그후 온 가족이 식탁에 둘러앉아 평화롭고 따뜻한 식사를 함께했다. 그 장면이 영원히 끝나지 않을 것 같았다.

게다가 미미는 실리콘섬에서 흥미로운 사람들도 많이 만났고 멋진 발명품과 기기도 많이 보았다. 개들도 지루해서 집 밖으로 나오지 않던 외딴 산골 마을보다 훨씬 나았다. 경험을 많이 쌓는 게 인생의 성공을 결정해. 원 형은 항상 그녀와 다른 노동자들에게 말했다. 그때마다 미미는 그의 말을 정확히 이해했다는 듯이 눈을 깜빡이고 고개를 끄덕였다.

미미는 여기까지 생각하고 나니 플라스틱 연기가 더 이상 역겹지 않았다.

"잠깐 쉬어." 한 자매가 그녀를 불렀다. 미미는 자신이 더 이상 뤄씨 가문의 영토에서 일하지 않는다는 사실이 떠올랐다. 천 사장의 지시로 이곳에 왔기 때문에 모두 그녀를 특별히 보살펴주었고 일도 과도하게 주지 않았다.

쓰레기인간들은 토박이들이 다 똑같다고 했다. 그들은 우리가 냄새나는 쓰레기라고 생각해. 우리를 보면 코를 막고 길 맞은편으로 도망가버리잖아. 하지만 미미는 그 의견에 동의하지 않았다. 어떤 토박이들은 다르다고 생각했다. 예를 들어 뤄씨 집안은 천씨 집안과 달랐다. 그러나 미미는 천씨 집안이 정말 친절한 것인지, 아니면 천씨 집안의 높은 사람이 그녀에게 잘해주라고 지시해서인지는 알 수 없었다. 그래도 늙은 토박이 남자가 그녀에게 미소를 지으며 생수를 건네는 일은 뤄씨 영토에서는 상상조차 할 수 없었다.

미미는 자신에게 할당된 일이 너무 적다는 사실에 약간 부끄러움을 느끼면서 다른 사람들이 플라스틱 쓰레기를 분류하고 금속 브러시로 종이 라벨을 떼어낸 후 분쇄용 기계가 있는 작업장으로 옮기는 모습을 지켜보았다. 미미는 기계 근처에 가는 것을 가장 싫어했다. 기계는 오장육부가 입으로 튀어나올 것 같은 소음을 냈기 때문이다. 또한 기계에서 나오는 미세한 흰 가루가 피부에 달라붙으면 마치 모공 깊숙이 박힌 것처럼 빨갛게 발진이 나고 간지러웠다. 씻으려고 해도 씻어지지 않았고 긁어도 시원하지 않았다.

이렇게 분쇄된 플라스틱은 녹아서 냉각된 후 작은 알갱이로 만들어져 연안의 공장으로 팔렸다. 그들은 원료를 저렴한 플라스틱 제품으로 가공하여 대부분 수출했고 전 세계에 판매했다. 덕분에 전 세계 사람들이 저렴한 '메이드 인 차이나' 상품을 사용할 수 있으며, 상품들이 낡거나 폐기된 후에는 다시 중국으로 돌아와 재활용되는 순환이 새롭게 시작되었다.

세상이 이렇게 돌아간다는 것이 미미는 경이롭고 신기했다. 그렇게 기계는 계속 돌아가고 노동자는 영원히 바쁘게 일한다.

미미가 구조된 지 사흘째 되는 날, 카이종이 그녀가 사는 판잣집에 나타났다. 일부러 미미와 거리를 두려는 것처럼 그의 말투는 딱딱했고 행동도 어색했다. 그는 공식적으로 자기 소개를 한 후 뤄씨 일족의 관리하에 있는 폐기물 노동자들의 삶과 노동 조건을 이해하기 위한 간단한 설문에 협조해 달라고 이야기했다.

그러나 첫 질문부터 미미는 어떻게 대답해야 할지 몰랐다. "실리콘섬에 대해 어떻게 생각하십니까?"

"잘 모르겠어요…" 미미는 질문의 의미를 파악하려고 애썼다. 그녀는 그에게 똑같이 물어보기로 했다. "어떻게 생각하시는데요?"

카이종은 아무도 없는지 확인하려 주위를 둘러보았다. "제 말은, 이런 삶을 바꾸고 싶냐는 겁니다."

그의 말투에 묻어나는 우월감에 미미는 분노가 치밀었다. 그녀는 카이종을 노려보았다. "저는 돈을 벌기 위해 열심히 일하고 있어요. 제가 어떻게 사는지는 당신이 상관할 바가 아니에요!"

카이종은 난감한 표정으로 손을 내저었다. "그런 뜻이 아닙니다."

미미는 더 세게 몰아쳤다. "그럼 대체 무슨 뜻이죠?"

카이종은 어떻게 표현해야 할지 한동안 고민하다가 결국 포기했다. "나도 잘 모르겠어요."

"바보 아냐?" 미미는 참을 수가 없었다. 그러나 곧 후회했다. 그녀는 이런 식으로 말하는 데 너무 익숙했다.

카이종은 당황했다. 사회 경험이 많지는 않았지만 이렇게 직접적이고 무례하게 말하는 사람은 처음이었다. 그런데 이상하게도 크게 거슬리지 않았다.

고개를 돌린 미미는 그녀의 룸메이트들이 판잣집 문에서 엿듣고 있는 것을 발견했다. 황급히 미미가 말했다. "쟤들한테 한 말이었어요."

판잣집에서 명랑한 웃음이 터져 나왔다. 두 사람 사이의 어색한 분위기가 누그러졌고 카이종을 둘러싼 딱딱한 껍데기가 벗겨져 속살이 드러난 것 같았다. 그는 미미를 보며 농담 반 진담 반으로 말했다. "제 친구들보다는 훨씬 친절하군요. 친구들은 저를 괴짜라고 부르거든요."

미미는 피식 웃으며 청년의 잘생긴 얼굴을 바라보았다. 그녀는 심장박동이 빨라지는 것을 느꼈다. "친구들 말이 맞아요. 당신은 괴짜예요."

실리콘섬에 오기 전에 그녀가 만났던 남자의 수는 카드 한 벌도 되지 않았다. 연애에 관한 지식은 전부 TV 드라마에서 배웠다. 그녀의 어머니는 강박적으로 그녀에게 말했다. 남자는 다 똑같아. 따라다닐 때는 여신처럼 받들다가 일단 손에 넣고 나면 짓밟는다니까. 어머니가 이런 식의 이야기를 할 때면 아버지는 한구석에서 묵묵히 담배를 피웠다.

어떻게 꼬셔요? 미미는 웃음을 참으며 물었다.

어머니는 우물쭈물하며 구체적인 이야기를 피했지만 결국 미미가 조심해야 할 실패 사례로 자신을 들었다. 어머니는 미미에게 최대한 연애를 피하고 좋은 사람을 찾을 때까지는 결혼을 미루라고 했다.

연애를 안 하고 어떻게 좋은 사람을 찾아요? 미미는 물었다.

그러면 어머니는 노발대발하며 호통치기 시작했고 아버지
는 더 이상 못 참고 웃음을 터뜨렸다. 미미의 가족이 드물게 즐
거웠던 때였다. 매번 그 순간이 떠오를 때마다 미미는 콧등이
시큰해졌고 빨리 집에 돌아가고 싶었다.

미미는 그 부상 이후로 정체 모를 위험에서 도망치는, 이상한
꿈을 꾸기 시작했다. 그녀는 그 꿈이 어딘가 그 헬멧과 관련되
어 있다고 항상 의심했다. 꿈에서 그녀를 뒤쫓는 무지갯빛은 수
평선에서 시작했지만 나중에는 해수면을 덮을 정도로 팽창했
다. 마치 계절성 적조 현상처럼 수십억 마리의 미세 생물이 미
친 듯 증식하다가 그녀의 그림자와 달리는 발자국을 따라잡고
그녀의 몸을 좀먹었다. 그녀는 모두 꿈에 불과하다는 걸 알면서
도 잠에서 깨고 나면 기분이 불안하고 불쾌했다.

그녀는 카이종에게 꿈에 대해 언급해야 할지 망설였다. 그는
너무나 많은 질문을 했고 정말 그녀의 대답에 관심을 가지는 것
같았다. 그는 그녀에 관해 모든 것을 알고 싶어 했고 어느 것도
사소하거나 우습다고 여기지 않는 것 같았다. 만약 꿈에 관해 이
야기하려면 그 꼬마에게 발생한 일을 포함한 모든 것을 털어놓
아야 할 것이다. 카이종은 그녀도 원 형처럼 토박이들에게 적대
감을 갖고 있다고 생각할까? 그녀는 당시 꼬마가 다치는 상황을

막지 못한 것을 늘 후회했고, 아직 그날 일을 카이종에게 털어놓을 마음의 준비가 되어 있지 않았다. 최소한 지금은 아니었다.

그가 뭐라고 생각하는지 왜 신경 쓰지? 미미는 고개를 저으며 혼란스러운 생각을 떨쳐내려 애썼다. *너는 그가 진행하는 프로젝트의 조사 대상이자 쓰레기인간의 표본일 뿐이야. 너는 아무것도 아니야.* 그녀는 이 어리석은 감정이 어디에서부터 왔는지 알 것 같았다. 영웅은 미녀를 구하고 미녀는 사랑에 빠지는, 흔해 빠진 할리우드 영화 혹은 드라마. 하지만 그녀는 미녀가 아니었고 그도 영웅이 아니었다. 기껏해야 자기가 잘난 줄 아는 부잣집 아들이었다. 하지만 천카이종은 며칠이 멀다 하고 그녀를 찾아와서 그녀의 안전을 확인했고 대답하기 어려운 질문들을 했으며 미미의 반문에 최선을 다해 대답해 주었다.

그는 미미에게 태평양 너머에서 일어나는 일들과 문화에 관해 알려 주었다. 그가 아니었다면 평생 알 수 없었을 것들이었다. 그에 대한 보답으로 미미는 토박이들도 잘 모르는 실리콘섬의 비밀 장소에 그를 데리고 갔다. 밀물과 썰물, 분홍빛 일몰, 검고 오염된 폐수가 바다로 흘러가는 광경, 칩독의 사체가 새로운 신호의 자극에 기계적으로 경련하는 모습을 보았다.

"사람들이 뭐라고 할지 두렵지 않아요?" 미미가 카이종에게 물었다.

"뭐가요?"

"하루 종일 쓰레기인간들과 지내면서 천씨 가문의 이름에 먹칠한다고요." 마지막 몇 마디를 하면서 미미는 눈을 내리깔았다. 파도가 부드럽게 해변으로 밀려와 그녀의 발목까지 덮쳐 하얀 거품으로 감쌌다. 물속에 조개나 게는 보이지 않았다. 바다에 버려졌다가 파도에 의해 되돌아온 쓰레기뿐이었고 심하게 악취를 풍겼다.

"당신은 사람들의 말이 두렵지 않아요?"

"뭐라고요?"

"하루 종일 가짜 외국인이랑 지내면서 쓰레기인간들의 이름에 먹칠한다고요." 카이종은 시종 진지한 표정을 유지했다. 미미는 씩 웃었고 표정이 한층 밝아졌다.

미미가 천씨 가문의 작업장으로 옮겨진 후 카이종은 폐기물 노동자들의 삶을 더 자세히 알기 위해 매일 그녀를 찾아왔다. 다른 사람들처럼 미미도 처음에는 그를 경계했고 길거리에서 설문 조사하는 사람에게 하듯 냉담하고 짜증스러운 말투로 대답했다. 하지만 카이종이 그들과 함께 식사하고, 함께 일하고, 플라스틱 타는 냄새를 들이마시고, 플라스틱 세척을 위해 화학약품이 채워진 대야에 손을 넣고 나서야 그녀는 그의 성품이 외모에 가려져 있다는 사실을 서서히 받아들이게 되었다. 그는 색안경을 끼고 폐기물 노동자들을 바라보는 토박이가 아니었다. 표정이나 몸짓조차 그들과 미묘하게 달랐다. 마치 중국인의 피부는 위장술에 불과하며 그 아래에 정체를 알 수 없는 기묘한 인종이 숨어 있는 것만 같았다.

대화 주제는 더욱 다양해졌다. 미미는 카이종에 관해, 또한 태평양 건너 모든 것에 관해 '왜'라는 물음표가 너무나 많았다. 카이종의 다소 무미건조한 설명에 그녀는 알 듯 말 듯 고개를 끄덕였고, '아' 하는 반응과 함께 새로운 질문을 이어갔다.

한동안 그녀를 괴롭혔던 문제들이 있었다.

예를 들어 죽은 개 한 마리가 그랬다.

온몸이 찢기고 상처로 가득한 죽은 개가 불에 탄 회로기판 더미 옆에 누워 있었다. 더운 날씨 탓에 배가 성난 복어처럼 금세 터질 듯 부풀어 있었고 드러난 내장에서 구더기가 꿈틀댔다. 사체의 악취가 쓰레기와 뒤섞여 잊을 수 없는 악취를 풍겼다.

카이종은 왜 아무도 개의 사체를 치우지 않았는지 의문이었지만 곧 그 이유를 알았다.

"예전에 제가 자주 먹이를 줬어요. 너무 불쌍했어요. 주인한테도, 다른 개들한테도 환영받지 못했어요." 미미는 텔레파시로 슬픔을 전하려는 듯 먼발치에 쪼그려 앉았다.

"이름이 뭐였죠?" 카이종이 물었다.

"착한 개요. 그냥 착한 개라고 불렀어요." 미미는 기억을 떠올리며 미소 지었다. "아무한테나 꼬리를 흔들어서 제대로 대접을 못 받았어요."

카이종은 죽은 개를 향해 두 발짝 다가섰다. 미미는 그를 제지하려 했지만 이미 늦었다. 죽은 개의 꼬리가 전기가 통한 것처럼 심하게 흔들거리며 땅바닥에 한바탕 먼지를 일으키는 모습은 우스꽝스러우면서도 섬뜩했다. 깜짝 놀란 카이종이 몇 발짝 뒤로 물러서자 꼬리는 움직임을 멈췄다. 하지만 그가 가까이 다가서면 꼬리는 다시 움직이기 시작했다.

"너무 무섭지 않아요?" 미미가 억누르는 듯한 목소리로 말했다. "꼭 영혼이 아직 몸에 갇혀 있는 것 같아요. 만약 개한테도 영혼이 있다면요. 하지만 다른 개들처럼 사람들한테 맨날 달려들어서 물거나 짖지 않았고… 정말 착한 개였어요. 그런데 왜 이런 운명을 맞았을까요?"

카이종은 쓰레기인간들이 소박한 형태의 정령신앙을 믿는다는 것을 발견했다. 그들은 바람, 바다, 대지 혹은 용광로에 기도했고 먼 해안에서 실려 온 폐기물 컨테이너에 부가가치가 높고, 분해하기 쉽고, 독성 없는 물건이 가득하기를 희망했다. 심지어 인공 인체를 분해하면서 참회하기도 했다. 일본산 제품들이 너무 사실적이어서 마치 살아 있는 영혼을 도륙하는 듯한 착각이 들었기 때문이다.

카이종은 진실이 뭔지 금세 깨달았다. 착한 개는 실패한 실험 대상이었을 것이다.

원래 설계대로라면 이 개는 다른 칩독들처럼 지정된 신호를 보내지 않는 모든 방문객을 공격해야 했다. 그러나 이식 과정에서 문제가 있었는지 공격 대신 꼬리를 흔들었다. 모두가 경계심을 늦추지 않고 모두를 적으로 여기는 강박적 환경에서 착한 개는 착한 사람처럼 공평한 대우를 받지 못할 운명이었다.

"바보 같은 소리, 영혼은 없습니다. 개는 죽었지만 몸의 자동 제어 회로가 아직 작동하는 거예요."

천카이종은 미미에게 칩이 내장된 사이보그 개의 원리를 설명하기 위해 많은 시간을 썼다. 카이종이 휴대전화를 꺼내자 미미는 반신반의하는 표정이었다. 린 주임은 스콧과 카이종에 만일의 공격을 막기 위해 임시 권한을 주었다. 카이종은 개의 사체를 향해 마스터키 신호를 보내면서 미미에게 가까이 오라고 손짓했다. 미미는 발끝으로 살금살금 다가갔다.

착한 개는 더 이상 꼬리를 흔들지 않았다.

미미는 참았던 숨을 내쉬며 카이종을 바라보았다. 그녀의 눈빛에 감탄과 깨달음이 뒤섞여 있었다. 마치 세상을 감추고 있던 안개가 걷히고 숨겨진 진실을 드러내면서 동시에 어떤 아름다움과 빛을 잃은 것 같았다. 카이종은 약간 후회되었다. 어떤 것은 기계적이고 유물론적으로만 설명되어서는 안 되며, 순수하고 소박한 아름다움은 보존되어야 할지도 모른다.

아이들이 어린 시절의 환상을 조금 더 오래 가지도록 둘지, 아니면 가능한 한 빨리 잔혹한 현실로 밀어 넣을지는 항상 큰 딜레마였다.

하지만 어느 밤, 반짝이는 푸른 별이 가득한 해변에서 카이종은 또 다른 길을 선택했다.

그날 그들은 전동 삼판*을 빌려 황혼에 떠났다. 그들이 가지런한 인공 해안선 가장자리에 도착했을 때 하늘과 바다는 이미 짙은 남빛으로 물들어 있었다. 그곳의 대기는 낮게 우르릉거리는 소리, 파도가 해안선에 규칙적으로 부딪히는 소리, 가끔 지나가는 새들의 지저귀는 소리가 묘한 조화를 이루고 있었다.

"저게 발전소인가요?" 카이종은 멀지 않은 곳에 위치한 거대한 돔 모양의 건물 몇 개를 가리켰다. 그 옆에 있는 빨간색과 흰색 줄무늬가 그려진 큰 굴뚝이 원시 부족의 남근숭배 조형물 같아 보였다.

미미가 미처 대답하기도 전에 선장이 입을 열었다.

"맞아요. 이 주변 바다색 좀 보시오. 전부 시커멓지 않소. 매일 폐수를 바다에다 버리니 물고기가 다 죽어버렸어. 나는 원래 어부였는데 이젠 관광객들이 내는 돈에 의지할 수밖에 없는 형편이오."

그가 갑자기 말을 멈췄다. 깜깜한 밤이라 그의 표정을 읽을 수 없었다.

"들어보세요. 저건 펌프 소린데, 냉각 설비 때문에 끊임없이 바다에서 물을 끌어 올리거든. 근데 물과 함께 트럭 두 대 분량의 물고기와 새우도 같이 끌려 들어가. 그러곤 독성이 있는 해산물을 시장에 다시 내다 판단 말이야. 이런 죄악이 어딨소?"

"아저씨…" 미미가 조심스럽게 그의 말을 끊었다. "저희는 그냥 바다 불빛이 보고 싶어서 온 거예요."

선장은 눈치 빠르게 하소연을 멈췄다. 그는 키를 돌려 해안의 반대 방향으로 배를 돌렸다. 이쪽의 바닷물은 확실히 냄새가

● 三板. 육지에서 멀리 항해하는 용도가 아니라 부두가 있는 해안 지역이나 강을 오가며 사람이나 짐을 실어 나르는 중국식 작은 돛단배.

자극적이고 온도도 높은 것으로 보아 냉각 설비에서 나오는 오수 배출구인 것 같았다.

"저기 좀 보세요!" 미미가 갑자기 카이종의 손을 잡더니 어두운 바다 표면을 가리켰다.

카이종은 미미가 가리키는 곳을 보았다. 그의 눈은 이제 어둠에 적응이 되었는지 미세한 불빛에 조금 더 민감해졌다. 검푸른 마노瑪瑙 같은 물속에 청록색 점들이 나타났다. 처음에는 몇 개의 점만 산발적으로 보였지만 점점 확대되어 선과 조각으로 연결되었고 물결의 기복에 따라 천천히 솟아나는 것처럼 윤곽이 점점 뚜렷해졌다. 수십만 개의 반투명한 종 모양의 물체였다. 규칙적으로 수축했다가 팽창하며 춤을 추듯 우아하고 부드럽게 움직였다. 무수한 청록색 LED등이 바다에서 빛나는 것 같기도 하고, 반 고흐의 그림 속 떨리며 소용돌이치는 밤하늘 같기도 했다. 삼판선은 별의 바다에 떠 있는 듯했고 승객들은 꿈속을 헤매는 기분이었다. 그들의 감정도 파도처럼 출렁이다가 어지러워졌다.

"너무 아름다워요." 반짝이는 빛 속에 미미는 한껏 도취된 표정이었다.

"이렇게 많은 해파리는 처음 봐요." 카이종은 예전에 갔었던 샌프란시스코의 아쿠아리움 오브 더 베이Aquarium of the bay를 떠올렸다. "해파리들이 왜 여기 모여 있는 거죠? 물에 독성이 있지 않나요?"

"TV에서 들으니 폐수 속 고농도의 칼슘 이온이 해파리 몸

안의 일부 단백질과 반응해서 빛나는 거라고 하더군요." 선장이 말했다. "지금 보이는 건 이미 자식 세대예요."

"그게 무슨 말이에요?" 미미가 물었다.

"발전소에서 방류하는 물이 주변 수온을 높이고, 인공 해안선이 조수의 침식을 늦추기 때문에 겨울마다 해파리들이 이곳에서 번식하죠. 그들은 여러 개의 이파리 모양 유체로 분열된 후 이듬해 여름이면 해파리 성체로 자라요. 지금 보시는 것이 성체죠."

"저는 아직도 이해가 잘 안 갑니다." 카이종은 근처 푸른색으로 빛나는 수중 해류를 가리켰다. "지금 또 빨려 들어가고 있어요."

해류가 양수관 쪽으로 흘렀다. 빽빽하게 모여 있던 반투명한 우산 모양의 생명들이 천천히 소용돌이를 만들다가 파이프 입구에서 순간적으로 가속했다. 그들의 빛나는 몸이 찢어지고 변형되어 사라졌다. 그들의 생명은 여정을 시작하자마자 끝이 났다.

"매년 막힌 파이프를 뚫는 데 엄청난 돈을 씁니다." 선장이 말했다. "해파리들이 워낙 빨리 번식해서."

미미는 한동안 멍하니 있다가 문득 이 광경의 의미를 깨달았다. 그녀는 분노에 찬 목소리로 말했다. "이런 독하고 위험한 곳에서 새끼를 낳다니, 그런 모진 부모가 어딨어요? 새끼는 안중에도 없는 건가요?"

카이종은 웃음이 났다. 그녀의 순진함이 귀엽게 느껴졌다.

"아가씨, 여기서 낳지 않으면 생존하는 새끼는 더 적을 거요." 선장이 말했다.

"저는 정말 이해가 안 가요. 사람들이 좀 더 동정심을 갖고 해파리들이 이곳을 떠날 때까지 기다렸다가 물을 퍼 올리면 되지 않나요? 돈을 위해서 함부로 생명을 죽여도 되는 건 아니잖아요."

"여기선 해파리는 둘째치고 사람 목숨도 챙길 여유가 없어요."

옛날 같았으면 카이종은 벌써 적자생존에 관해 한바탕 연설을 시작해 발전소의 존재가 해파리 개체군의 전반적인 진화를 촉진한 덕분에 후손들이 환경에 더 민첩하게 적응하고 반응하여 번식력을 높였다는 결론을 내렸을 것이다. 그러나 지금의 카이종은 침묵했다. 그의 앞에 있는 어린 여자가 바로 이런 생각의 희생자였다. 그녀들은 '경제 발전'이라는 미명하에 공해와 독극물, 현지 토박이들의 편견과 착취에 시달리고 심지어 고향에서 멀리 떨어진 타향에서 객사할 수도 있었다. 설령 그것이 사실이라 해도 이 모든 게 당신과 자녀들의 행복을 위해서라고는 차마 말할 수 없었다.

"당신 말이 맞습니다." 카이종은 그렇게 말하는 자신에게 놀랐다. "조만간 죗값을 치를 겁니다."

"조만간." 선장이 호응했다.

물결치는 청록빛은 미미의 얼굴에서 점점 사라졌다. 어둠 속에 오직 그녀의 홍채만이 남아, 어느 별자리에도 속하지 않는 두 개의 별처럼 밤바다 위에서 부드럽게 일렁이며 희미한 빛을 반사했다. 카이종은 눈을 뗄 수가 없었다. 비록 미미의 윤곽만 겨우 볼 수 있었지만 그녀의 주변이 중력에 의해 변형되어 다른 별들은 모두 눈에 띄지 않을 만큼 축소된 것 같았다.

미미는 손을 들어 어둠 속 어딘가를 가리켰다. "봐요."

카이종은 눈을 가늘게 떠 바라보아도 미미가 가리키는 것이 무엇인지 알 수 없었다.

"외국인들은 다 증강 렌즈를 끼는 줄 알았어요." 미미가 몸을 틀어 그를 바라보았다. "가짜 외국인, 당신은 참 이상한 사람이에요."

"다 그러지는 않아요." 카이종은 어색한 손길로 바닷바람에 헝클어진 머리를 정돈했다. "저희 부모님은 기독교로 개종하셨어요. 두 분이 다니는 근본주의 교회에서는 신이 주신 눈으로만 세상을 봐야 한다고 가르칩니다. 세상은 하나님이 창조하신 방식 그대로 경험하고 이해해야 한다고 믿기 때문에 의체는 하나님의 뜻을 거스르는 것으로 간주하죠."

"아…" 미미는 그의 말을 이해하려 노력하는 것 같았다. "그러면, 당신도 신을 믿나요?"

"저는 무신론자이지만, 중국인으로서 효를 첫 번째 의무라고 생각합니다. 그들의 믿음을 존중하려고 노력하죠."

미미는 무언가를 회상하는 듯 침묵했다. 그녀는 바다로 시선을 돌렸다. 바다 위로 괴수의 등뼈처럼 희미한 검은 그림자가 떠올랐다.

"저게 관조觀潮 정자예요." 미미는 선장을 향해 몸을 틀었다. "아저씨, 저희를 관조 해변으로 데려다 주겠어요?"

"날이 늦었는데 그런 불길한 데에 왜 가려고?"

카이종은 선장의 말투에서 불안함을 느꼈다.

"그냥 좀 보려고요." 미미는 한 치의 흔들림도 없이 가뿐하게 대답했다.

관조 해변은 관조 정자와 같은 곳에 있지 않았다. 실리콘섬은 길게 구부러진 산호초가 촉수처럼 바다를 향해 뻗어 수제곱미터에 이르는 석호를 둘러싸고 있었다. 정자는 촉수의 끝에 위치했고 산호초의 초승달 모양 해변이 관조 해변이었다.

조수가 석호로 밀려 들어올 때 촉수 끝 너머의 수중 암초로 인해 파도는 은빛 초승달 모양으로 솟구쳤고, 조수가 계속 밀려와 해변에 도달하면 방파제는 곡률이 반대인 두 번째 초승달 형태를 만들었다. 현지인들은 이 광경을 '달을 비추는 두 번의 파도'라고 불렀다. 풍경은 매우 아름다웠지만, 이를 즐기러 오는 사람은 거의 없는 듯했다.

삼판이 바깥쪽 초승달을 가로지르며 가볍게 흔들렸다. 구름이 머리 위를 흐르자, 은색 달빛이 물 위로 고르지 않게 내려앉았다. 구름 그림자가 삼판과 함께 움직이자, 두 승객은 하얀 모래사장이 시야에 선명하게 보일 때까지, 마치 배가 움직이지 않고 가만히 있는 것 같은 착각을 경험했다.

선장이 배를 멈췄다. "이게 내가 올 수 있는 최대요."

"여기요?" 카이종이 말을 끝내기도 전에 미미는 이미 허리 깊이의 물에 첨벙 뛰어들었다. 카이종은 서둘러 양말과 신발을 벗었지만 미미가 뛰어오르더니 그의 팔을 붙잡고 바다 안으로 끌어당겼다. 사방으로 물이 튀었다.

"뭐하는 거예요?" 벌써 온몸이 흠뻑 젖은 카이종이 물 밖으로 나와 미미를 쏘아보았다.

"그럼 조심하시오. 뭍에 올라오면 큰길을 따라 마을로 돌아가면 됩니다." 선장은 유의 사항을 알려 준 후 시동을 켜서 왔던 길로 되돌아갔다.

철썩. 미미가 한눈을 파는 동안 카이종은 팔을 노 삼아 그녀에게 바닷물을 뿌렸다.

"이제 비겼어요." 카이종이 우쭐대며 말했다.

달빛 아래 미미의 머리카락은 은빛 진주알로 가득 덮인 것 같았다. 그것이 젖은 머리칼을 따라 흘러내려 얼굴에 반짝거리는 흔적을 남겼다. 그녀가 입은 검은색 티셔츠는 몸을 단단하게 감싸며 물고기 비늘처럼 달빛을 반사했다. 산들바람에 구름 그림자가 살짝 갈라지자 미미의 촉촉한 눈동자가 순간 밝아졌다. 마치 미미의 아름다운 속눈썹 아래 두 개의 빛나는 바다가 숨겨져 있었던 것처럼. 바다 표면에는 원형의 빛이 달무리처럼 그녀를 둘러싸고 있었다. 카이종은 달의 여신이 물을 가르며 자신에게 다가오는 모습에 숨을 죽였다.

여신은 그를 응시하며 부드럽게 한마디를 내뱉은 후, 뒤돌아 뭍을 향해 나아갔다.

"바보."

지친 그들은 몸에 달라붙는 모래에도 아랑곳하지 않고 해변에 누웠다. 이곳은 인적이 워낙 드물다 보니 실리콘섬의 다른 해변보다 훨씬 깨끗했다. 파도가 리듬에 맞춰 모래를 때리는 동안 별이 가득한 하늘은 갈라진 구름 틈새로 찢어진 듯이 보이며 부드럽게 움직였다. 카이종은 우주 깊은 곳에서 들려오는 듯한 느리고 부드러운 미미의 숨소리를 들었다.

조금 다른 느낌이야. 카이종은 그가 알던 여자들을 떠올렸다. 좋은 교육을 받고, 세련되며, 사교적인 동부 지역의 여학생들이었다. 단지 인구통계학적 분류가 아니라 더욱 깊은 무언가가, 뭐라고 정확히 설명할 수는 없으면서도 분명한 차이점이 있었다. 영혼. 그는 미미가 자주 입에 올리던 단어를 떠올렸다. 정말 그런지도 모른다.

"나중에 뭘 하고 싶어요?" 카이종은 별들을 응시했다. 질문 같기도, 혼잣말 같기도 했다.

"돈을 많이 벌어서 고향에 가게를 차리고 싶어요. 부모님이 더 이상 힘들게 일하지 않게요."

"제 말은, 자신을 위해서 하고 싶은 일이 뭐냐는 거였어요."

긴 침묵이 흘렀다.

"잘 모르겠어요… 그런 생각은 해본 적이 없어서." 그녀는 잠시 말을 멈췄다. "아주 멀리 가서 새로운 것을 많이 배우고 싶어요. 당신처럼요." 그녀가 깔깔 웃었다. "아마 다음 생에?"

카이종은 할 말을 찾지 못했다.

긴 인류 역사에 거듭 회자되는 사상이 하나 있다. 우주의 숨은 질서에 대한 헌신, 그리고 세상의 자연적 평형에 대한 맹목적 믿음이다. 신은 그의 자녀들에게 공평하고 하늘의 원칙은 남아도는 것을 빼앗아 부족한 곳을 채운다.* 운명은 스스로 정한 바가 있다. 사람들은 현실에서 불공평한 부분을 발견하면 가능한 한 모든 증거를 찾아내 스스로를 위로하려 했다. 하늘이 그들에게 지위, 부, 미모, 재능, 건강을 주었다면 분명 다른 무언가를 대가로서 취했을 것 같았다. 그런 증거들을 도저히 찾을 수 없을 때 사람들은 '윤회'라는 이론을 발명하여 완벽한 등가를 이루는 시간 단위를 무한대로 늘렸다. 카이종은 과거에 이런 운명의 보존법칙을 비웃곤 했다. 하지만 사람들에게 그러한 이론이 필요한 건, 그것이 사실이어서가 아니라 그들의 제한된 삶에 위안을 주어서일 것이다.

미미의 웃는 얼굴이 그의 명상을 방해했다. 미미는 카이종의 팔을 당겨 모래사장에서 끌어냈고, 어둠의 끝을 향해 함께 달렸다.

하지만 그는 토박이잖아! 작업장 자매들은 늘 그렇게 말했다. 그는 토박이 같지 않은 토박이였다. 가끔 바보같이 굴 때도 있었지만 한 번도 그들을 '쓰레기인간'이라 호칭하지 않았다. 그는 친절하고 호기심 어린 시선으로 두려움 없이 사람들의 눈을 똑바로 바라보았고 아무 데나 침을 뱉거나 욕하지 않았다. 무엇보

● [원주] 기원전 6세기 철학자 노자의 『도덕경』 제77장 천도天道에 나오는 내용이다.

다 의체를 이식하지도 않았고 증강현실 장비에 의존하지도 않았다. 카이종은 몇 광년 떨어진 우주에서 지구로 돌아온 우주비행사 같았다. 무균 상태에서 벗어나자마자 더러운 생지옥으로 돌아왔다.

그녀는 매일 카이종의 방문을 기다렸고 그것에 의존하게 되었다. 작업장 자매들은 그런 그녀를 놀렸다. 둘의 우정이 깊어질수록 미미는 더욱 두려워졌다. *어느 순간 그가 오지 않으면 어쩌지?*

그녀는 무엇이 가장 두려운지 잘 알았다. 그녀는 천카이종이라는 사람 자체에 끌린다기보다 그의 깔끔한 옷차림, 이상하게 들릴 정도로 정확한 표준어 말투, 학식… 그가 가진 신비하고 이국적인 모든 것에 끌렸다. 그녀는 그 모든 게 합쳐져 이상적인 첫사랑의 환상이 되고, 언젠가 자신 또한 그의 눈에 똑같이 특별하고 독특한 존재라는 비현실적인 환상이 생길까 봐 두려웠다.

그녀는 과거 한 남학생을 짝사랑했던 때를 떠올렸다. 그녀가 아직 고향 마을에서 학교를 다닐 때였다. 옆 반에 일본 만화 주인공처럼 잘생기고 훤칠한 남학생이 있었다. 미미는 그의 교실을 지나칠 때마다 몇 초라도 더 보려고 일부러 천천히 걸었다. 때로 마침 그 아이가 밖을 보고 있을 때 눈이 마주치면 미미의 심장은 토끼처럼 두근두근 뛰었다. *지금 날 보고 있는 건가? 무슨 생각을 하고 있을까? 내가 예쁘다고 생각할까? 우린 잘 지낼 수 있을까?*

환상은 그녀를 괴롭혔다. 결국 그녀는 같은 반 친구에게 그가 자신을 어떻게 생각하는지 알아봐 달라고 부탁했다. 남학생의 혼란스러운 눈빛은 그가 미미의 존재조차 모른다는 사실을 확인시켜 주었다. 미미가 세웠던 세심한 계획들은 순식간에 산산조각이 났다.

그녀는 더 이상 그런 환상에 빠지지 않겠다고 굳게 다짐했다. 두 번 다시는. 카이종이 농담으로 미미의 짧은 머리를 언급했을 때 그녀는 충동적으로 어머니의 조언을 무시하고 머리를 어깨까지, 아니 허리까지 길러야겠다고 결심했다. 그런 결정이 고향에서처럼 수많은 번거로움을 가져다줄지라도 말이다.

그러나 그녀는 금세 차갑게 대답했다. "제 머리예요. 남들이 어떻게 생각하든 신경 쓰지 않아요."

하지만 오늘은 벌써 한 시간 넘게 기다렸는데도 카이종은 익숙하고 더러운 그 길목에 나타나지 않았다.

버림받은 것 같다는 다소 황당한 감정이 들자 미미는 스스로를 질책했다. 미미는 숨을 깊게 들이마신 후 천천히 내뱉었다. 모기처럼 주변을 돌며 윙윙대는 불안감을 떨쳐내기가 힘들었다. 그녀는 무엇이 필요한지 깨달았다. 할시온 데이즈*였다.

그녀는 원 형을 찾아야 했다.

● Halcyon Days. 그리스 신화에서 유래한 말로 '평온한 시절'을 뜻한다.

4

뤄진청은 옥상 테라스에 서서 바다를 바라보았다. 뚫린 난간의 문양 틈새로 불어오는 바닷바람에 변화의 냄새가 함께 풍겨 왔다.

일반적으로 토박이의 집은 창문에 금속 방범창이 설치되어 있어 거주자들은 격자 무늬로 잘린 하늘만 볼 수 있었으나, 뤄씨 가문의 저택은 지세가 가파른 바다 옆의 절벽에 있었고 칩이 내장된 개와 CCTV의 삼엄한 경비 아래 탁 트인 전망을 즐길 수 있었다. 산터우의 분주한 항구가 바라다보였는데 날씨가 좋으면 거미줄처럼 바다를 가로지르는 산터우만 대교까지 보였다.

만약 천씨 가문이 정말로 테라그린과 같은 배를 탔다면 상황은 더욱 복잡해질 것이다. 3년 전 세계 철강과 구리 가격의 폭락으로 천씨 가문은 큰 타격을 입었다. 뤄씨와 린씨 가문은 그 틈을 타 고수익을 내는 공급원들을 빼앗았다. 두 가문은 심지어 구매자들과 짜고 가격을 인위적으로 낮추는 방식으로 천씨 가문을 완전히 매장하려 했지만 천 가문의 구성원들은 합심해서 위기를 극복했다. 이제 그들은 그 외국인들과 결탁해서 빼앗긴 권력을 되찾고 재기할 음모를 꾸미고 있는 듯했다.

칼잡이는 천씨 가문이 미미라는 쓰레기인간 소녀를 가로챘다고 말했고 관련자 중에는 테라그린 소속 인물도 있다고 했다.

쓰레기 소녀 한 명 때문에 그렇게까지 한다고? 왜?

뤄진청은 다각도로 이 문제를 숙고했지만 답을 찾을 수 없었다. 그는 아들 즈신의 병이 아직 외부에 누설되지 않았다고 확신했다. 로싱푸아 또한 뤄씨 가문 사람이었고 비밀을 흘릴 만큼 어리석지 않았다. 그리고 어떤 사건도 천셴원의 작업 스타일이 아니었다. 그 소녀에게 다른 비밀이 없는 한은. 뤄진청은 칼잡이에게 천씨 영토에서 경거망동하지 말라고 당부했지만, 만약 기회가 온다면 두 번 다시 실수해서는 안 될 것이다.

그와 천씨 일족 사이에 깊은 원한은 없었다. 두 가문 사이에 벌어진 일은 정상적인 비즈니스 경쟁이었을 뿐이지만 외국인들이 개입하는 것은 전혀 다른 문제였다. 외국인이 백인이든 황인이든, 뤄진청은 그들을 믿지 않았고 그 불신은 뼛속 깊이 자리하고 있었다.

뤄진청은 여러 나라를 여행했다. 특히 멜버른에서 잠시 살아보려 했지만 결국 실리콘섬으로 돌아왔다. 그는 병적일 정도로 예의 바르게 행동하는 서양인들이 편안하지 않았고 길을 건널 때마다 신호등 앞에서 기다리는 것도 익숙하지 않았다. 사소한 모든 일에 '실례합니다'라고 말하는 것도, 친절하지만 가식적인 괴상한 미소에도 익숙해지지 않았다. 그가 중국에서 왔다고 하면, 그들은 과장된 표정을 지으며 말했다. 중국 경제는 성장 속도가 굉장해요! 중국인들은 구매력이 대단해요! 중국 음식은 정말 맛있어요!

　처음에 뤄진청은 이를 별 뜻 없는 인사치레로 받아들였지만, 멜버른 길거리에서 시위가 벌어지는 것을 본 후 중국에 대한 '칭찬'이 공포와 혐오를 숨기고 있음을 깨달았다. 당시 그는 시위대의 구호를 이해할 만큼 영어를 잘하지 못했으나 불에 활활 타는 중국 국기가 의미하는 것은 확실했다. 호주인들은 중국인들이 현지 부동산 가격을 폭등시켰고, 그들의 일자리를 빼앗았으며, 값싼 중국산 제품이 현지 제조업에 큰 타격을 입혔다고 믿고 있었다. 그들은 중국인들을 메뚜기에 비유하며 호주인의 자원을 강탈하고 공공복지나 소외 계층에는 전혀 기여하지 않으면서 막대한 부를 축적하고 있다고 생각했다.

　'이기적인 중국인!'이라고 적힌 피켓 위에 붉은색으로 엑스 자가 그어져 있었다.

　한밤중에 '기름불'이 벽에 와장창 부딪히는 모습에 심장이 튀어나올 듯 놀란 행인처럼 뤄진청은 다음 날 당장 중국으로 귀국할 비행기표를 샀다. 그는 해외 이주는 단념했으나 영어 공부에 열중하기 시작했다. 그는 비싼 과외 교사를 고용했고 영어 신문을 매일 읽었다. 결국 그는 중국어 억양이 강한 영어로 외국의 사업 파트너와 가격 협상까지 해냈다.

　물론 뤄진청에게는 '배움에는 나이가 없다' 따위의 속담보다는 안전감의 결여가 확실히 더 큰 동기부여였다. 그는 '네 적을 알라'라는 격언을 비즈니스라는 전쟁터에 적용해 통역사에 의존하기보다 스스로 상황을 통제하기를 원했다. 하지만 정말로 그의 경각심을 불러일으켰던 일은 예상하지 못했던 먼 친척의 방문이었다.

실리콘섬 토박이 대부분은 해외에 친척이 있었다. 20세기의 전쟁과 공산주의 운동으로 혼란을 겪은 난민들은 홍콩으로 밀입국한 후 동남아시아에 정착했다. 그런 연후에도 그들은 고향의 언어를 사용했고 옛 조국의 풍경을 그리워했다. 일부 성공한 사람들은 때때로 실리콘섬으로 돌아와서 친척들을 방문하고 사업에 투자하기도 했는데, 토박이들은 이들을 번객番客, 즉 외국인이라고 불렀다.

뤄진청의 아버지의 사촌은 제2차 세계대전 발발 직전에 온 가족을 데리고 바다를 건넜고 필리핀에 정착했다. 덩샤오핑의 개혁개방 이후 아버지의 사촌은 아이들을 데리고 실리콘섬을 여러 번 방문했고 그때마다 뤄진청은 그와 함께 한 테이블에서 식사했지만, 그것이 교류의 전부였다.

그래서 오촌 형이 홀로 팔선 탁자* 옆 의자에 앉아 자신을 기다리는 모습에 뤄진청은 그가 분명히 뭔가 부탁하러 왔음을 알아차렸다.

반갑게 인사를 몇 마디 주고받은 후, 뤄진청은 빙그레 미소를 지었다. *필요하신 게 있으면 편하게 말씀하세요. 한 가족 아닙니까.*

오촌은 적갈색 로즈우드 팔걸이를 어색하게 만지작거리다

● 八仙桌 정사각형의 중국 전통 탁자로, 한 면에 두 명씩 앉을 수 있다. 팔선은 도교 전설 속 여덟 신선을 가리킨다.

가 머쓱한 표정으로 간신히 입을 열었다. *팔십 장.*

뤄진청은 잠시 몸이 굳었다. 오촌 형의 아버지가 필리핀에서 순조롭게 사업을 하는 줄만 알고 있었다. 그 정도 금액은 분명히 문제가 아니어야 했다. *도박? 아니면 마약?* 그는 머리가 복잡하게 돌아갔다. 토박이들의 경우 망하는 이유는 그 둘 중 하나였다. 만약 형의 아버지가 도박 중독이라면 거의 밑 빠진 독에 물 붓기일 것이다. 하지만 뤄진청은 집안이 어려웠던 시절에 이들 가족이 큰 도움을 주었다는 걸 알고 있었고, 그 은혜에 반드시 보답해야만 했다.

백 장 드리죠. 그는 더 자세히 묻고 싶지 않았다. 그와는 상관없는 일이기도 했고 자칫 자세히 물었다가 더 많은 의무의 덫에 빠질까 두려웠기 때문이다.

오촌은 입꼬리를 몇 번 움직거리다가 결국 고맙다는 말만 남겼다. 실리콘섬 토박이들에게 있어서 돈 빌려 달라는 말을 꺼내는 것은 굴욕이었다.

오촌 형이 집으로 돌아간 후, 뤄진청은 긴 편지를 발견했다. 오촌 형이 차마 직접 말로 할 수 없었던 내용을 쓴 손편지였다. 그는 감정을 통제하지 못할까 두렵기도 하고 뤄진청에게 부담을 주고 싶지 않아 말 대신 글을 택했다고 썼다. 뤄진청은 이 구절을 읽고 오촌 형에 대해 품었던 생각에 죄책감을 느꼈다.

모든 것은 필리핀에 미국 회사가 들어오면서부터 시작되었다. 그들은 마닐라 공무원들에게 뇌물을 주고 친환경 고무 재활용 처리장의 투자 및 건설을 승인받았다. 기존 고무 처리 공장은 강제로 문을 닫았다. 뤄진청의 오촌 형과 아버지 소유였던 고무 공장은 폐쇄되었고 그들의 자산은 동결되었다. 그들의 기계는 압수당했고 노동자들은 내쫓겼다. 법인 대표였던 오촌 형의 아버지는 체포되어 감옥에 갇혔으며 가족들은 '장기적인 환경 오염'이라는 죄목으로 천문학적인 벌금을 맞았다.

현지 주민들 중 일부는 기회를 놓치지 않고 현지에 오랫동안 존재했던 반중국 세력에 합세했다. 그들은 중국인 소유의 상점을 부수고 불태우고 약탈했으며 중국인 가족들을 폭력으로 위협했다. 그들은 이 근면한 외부인들이 오랜 시간 축적한 부를 노려 왔다. 이제 '법'과 '환경보호'라는 가치를 내세워 강탈과 폭력을 아무렇지 않게 자행할 명분을 얻었다.

오촌 형은 정부에 몸값을 지불하고 아버지를 감옥에서 빼내기 위해 뤄진청에게 돈을 구걸하러 왔던 것이다. 그러고 나면 온 가족이 언제 지옥이 될지 모르는 그 땅에서 탈출할 계획이라고 했다.

오촌 형은 편지 말미에 이렇게 썼다. *세상은 넓지만, 정말 안전한 땅이란 곳이 존재할까?* 그 마지막 물음표가 뤄진청에게 너무나 슬프고 적막하게 다가왔다.

그후로 뤄진청은 오촌 형 가족의 소식을 듣지 못했다. 그들에게 연락하려는 시도는 모두 바다에 던져진 석고상처럼 허무하게 사라졌다. 꿈에서 그는 한 번도 가 보지 못한 먼 땅에서 울창한 열대 정글을 헤매다가 불에 타는 집들과 하늘로 치솟는 검은 연기 기둥을 보았다. 연기와 불길이 하늘에서 친척들의 모습으로 변했다. 그는 괴로움에 휩싸인 채 잠에서 깼지만, 부처님께 그들의 안전을 비는 것밖에 할 수 없었다. 그는 오촌 형에게 더 많은 돈을 건네거나 더 많은 질문을 하지 않은 것을 후회했다.

하지만 내가 뭘 할 수 있었겠나.

뤄진청은 고개를 저었다. 이런 일이 중국인에게 일어난 것은 처음도 마지막도 아닐 것이다.

운명이다. 결국 그는 차가운 말로 잡념을 떨칠 수밖에 없었다.

그리고 이제 미국인들은 실리콘섬의 땅에서 마닐라에서 저질렀던 범죄를 반복하고 있었다. 뤄진청은 조사를 통해 테라그린이 필리핀에는 관여하지 않았음을 알았지만, 이 회사들이 전부 한통속이라고 확신했다. 이제 미국인들과 가장 가까운 건 천씨 가문이었고, 린씨 가문은 정부와의 특수관계 때문에 외국인들의 제안에 특별한 입장을 밝히지 않았다. 하지만 린이위 주임이 미국인들에게 매우 적극적으로 협력하고 있다는 점이 뤄진청은 의심스러웠다. 실리콘섬의 미래는 태풍의 경로처럼 흔들리고 있었고 어느 방향으로 향할지 알 수 없었다.

세 일족이 함께 딤섬을 먹은 지도 거의 반년이 되었군. 룽기 레스토랑에서 먹었던 하카우*의 맛이 떠올랐다. 다른 사람에게 차를 따르기 전에 먼저 찻주전자를 단단히 잡아야 한다. 이것이 그가 기억해야 할 교훈이었다.

지난번 리원이라는 외지 놈에게 놀아났을 때처럼 말이다.

● hakau. 속에 새우를 넣은 딤섬.

미미는 일 년 전, 머나먼 여름의 오후를 기억했다. 공기는 습하고 탁해서 마치 끈적끈적한 촉수가 모두를 단단하게 휘감고 있는 것 같았다. 원 형이 그녀에게 필름을 어디에 붙이고 싶은지 물었다. 그녀는 잠시 생각하더니 몸을 돌려 목뒤 척추뼈 바로 아래 피부를 더듬었다.

"여기요."

원 형은 이해가 가지 않았다. "다들 눈에 띄는 자리에 필름을 붙이고 싶어 하는데 넌 왜 너도 못 보는 곳에 붙이려고 해?"

"그들이 원하는 건 자극이지만 저는 평온을 원하니까요."

원 형은 그녀가 원하는 대로 필름을 조정했다. 다른 사람들과 달리 미미의 필름은 근육이 완전히 이완되었을 때만 '미' 자에 금색으로 불이 켜졌다. 역삼각형 형태의 필름 조각은 대부분의 경우 아직 현상하지 않은 카메라 필름처럼 어둡고 흐릿했다.

미미도 자기가 이러는 이유를 알지 못했다. 남들과 다르다는 걸 보여 주려고? 그게 전부는 아니었다. 실리콘섬에서의 생활은 언제나 미미가 스스로 통제할 수 없는 긴장 상태였다. 그녀는 잘 때조차 뻣뻣한 허리에 통증을 느꼈고 평소에도 끊임없이 호흡을 조절하며 몸의 긴장감을 풀어야만 했다. 그녀는 이 긴장감이 어디서 오는지조차 확실히 알지 못했다. 아마 낯선 주변 환경 때문일 수도, 적대시하는 토박이들 때문일 수도, 아니면 현지 건달들의 악의적인 시선 때문일 수도 있을 것이다.

"너한텐 이게 더 필요할지도 몰라."

그가 내민 증강현실 안경은 예전에 본 적이 있었다. 이곳 사람들은 대부분 하나씩 갖고 있었다. 그들 말로는 도시 사람들은 이미 오래전에 이런 구식 장비는 버리고 훨씬 가볍고 유연한 콘택트렌즈로 바꾸거나 아니면 망막에 직접 이미지를 투사할 수 있도록 수술을 받는다고 했다. 하지만 중고를 살 수밖에 없는 쓰레기인간들에게 증강현실이란 비트 전송률에 제한이 없는 대도시 주민들과는 다른 의미였다. 그곳에선 한 달에 몇백 위안이면 정해진 권한 범위 내에서 날씨, 교통, 실시간 검색, 가격 비교, 가상현실 게임, 몰입형 영화, 소셜미디어 등 모든 정보를 볼 수 있었다. 심지어 남편이 반대하지만 않는다면 출장 간 남편의 시야를 공유해서 이국의 풍경을 볼 수도 있었다.

하지만 쓰레기인간들에게 그런 트렌디한 기능들은 아무 소용이 없었다. 그들은 그럴 여윳돈도, 더 이상의 쓰레기 정보도 필요 없었다. 매일 처리해야 할 쓰레기만 해도 산더미였다.

돔 모양의 은색 헤드폰이 미미의 양쪽 관자뼈에 밀착되어 있었다. 안쪽의 접촉형 센서는 미미의 뇌파를 읽어낼 수 있었고 마이크로칩을 통해 간단한 명령 모드로 전환했다. 탄소 나노 구조로 만든 얇고 가벼운 커브형 렌즈가 양쪽 헤드폰을 연결하며 그녀의 작은 콧등을 무지개다리처럼 가로질렀다. 아르곤 이온 코팅이 은은한 남빛을 굴절시켰다.

추가 조정을 마치자 안경은 미미의 뇌파에서 기본적인 패턴을 인식해냈다. 원 형은 씩 웃었다.

"봐, 이런 걸 쓰고도 예쁜 건 내 동생밖에 없지."

그는 작은 블랙박스를 꺼냈다. 안에서 전선을 뽑아 안경에 연결한 다음 30초 정도 후에 분리했다. "다운로드가 완료되었습니다. 초보자는 '할시온 데이즈'부터 시작하십시오." 원 형은 잠시 망설이다가 말했다. "이게 더 필요하면 언제든 찾아온다고 약속해. 내가 모든 유혹에서 널 보호해 줄 수는 없지만, 적어도 돌이킬 수 없는 피해는 안 입도록 지켜 줄게."

미미는 앞으로 생길 일에 대해 전혀 갈피를 잡지 못한 채 고개를 끄덕였다. 헤드폰에서 예고 없이 일정한 박자가 느껴지는 백색소음이 흐르자, 그녀는 8.0 규모의 지진 한가운데 있는 것 같은 강렬한 어지러움을 느꼈다. 원 형은 그녀를 부축해서 바닥에 앉을 수 있도록 도왔다. 미미는 이해할 수 없는 눈빛으로 원 형을 바라보았다. 어지러움은 지속되었지만 무언가가 미묘하게 달라진 것 같았다.

안경 너머 세상은 석양이 질 때처럼 세피아 톤이었지만 그보다 더 은은했다. 모든 것의 윤곽이 약간 흐릿해지며 반짝였다. 오랫동안 땅 밑에 억눌렸던 샘이 터지는 것처럼 그녀의 심장에서 강렬한 감정이 솟구쳐 올랐다. 문득 그녀는 그리움의 감각을 경험하고 있음을 깨달았다.

그녀는 이성적으로 자신이 여전히 실리콘섬에 있다는 걸 인식하고 있었지만, 그녀를 둘러싼 모든 것은 어제의 감각으로 가득했다. 시공간 속 두 점이 접혀서 만난 것처럼 하늘, 나무, 땅, 심지어 쓰레기마저 생명을 얻은 듯 따뜻하고 사랑스러운 정취를 발산했다. 심지어 미미는 엄마가 바로 옆에 있는 것처럼 느꼈다. 다시 어린 시절로 돌아가 엄마가 작은 그녀를 품에 안고 쓰다듬어 주는 것 같았다. 대나무 잎처럼 은은한 엄마의 향기가 느껴지기도 했다. 더 이상 긴장하지도 불안하지도 않았다. 그녀는 이 환각 속에 영원히 빠져들고 싶었다.

마찬가지로 아무 예고도 없이 추억의 영혼이 깃든 금색 필터가 시야에서 순식간에 떨어져 나갔다. 모든 것이 어둡고 평범하고 추악하고 매캐한 지금, 이곳으로 잔인하게 되돌아왔다. 미미는 고개를 들어 자신을 안고 있는 원 형을 보았다. 전혀 기억은 나지 않았지만 넘어졌던 게 분명했다. 메스꺼운 느낌이 걷잡을 수 없이 밀려와 목구멍까지 직진했다.

"괜찮아질 거야." 원 형이 말했다. 미소를 지으며 그녀를 안심시키려고 노력했다. "이런 때도 있어. 곧 지나갈 거야."

세상에 공짜 점심은 없다. 매번 다운로드 한 번의 기본 용량은 5분 동안만 지속되었다. 너무 오래 사용하면 전정 기능에 회복 불가능한 손상을 줄 수 있다고 알려져 있으나 일부 약에 미친 사람들은 이런 경고를 완전히 무시했다. '디지털 버섯'은 전 세계 구석구석에서 제조되었다. 현실에서 벗어나고 싶거나 자극을 갈망하는 사람들은 대부분 제3세계 빈민이었고 디지털 버섯을 간절히 원했다. 암시장에서 코딩 신동들은 공짜로 입장권을 얻거나 혹은 전통적인 합성 마약과 함께 사용할 수 있는 강력한 변종을 제조하기 위해 죽어라 해킹 방법을 연구했다. 이에 따라 전자 환각제의 사용은 더욱 위험하고 예측하기 어려운 것이 되었다.

법망에 걸려드는 것을 피하고자 대부분의 디지털 버섯 판매자는 데이터 소스를 우주정거장의 서버 그룹에 저장한 후, 지상의 기지국에서 분할하여 최종 사용자에게 전달했다. 약쟁이들은 이러한 우주 기반 마약 농장을 '루시의 다이아몬드'라고 불렀다.

미미는 원 형을 통해서만 이러한 디지털 버섯 프로그램 패키지를 샀다. 그녀는 그가 너무 위험한 것은 주지 않을 거라고 믿었다. 그녀는 다양한 품종을 시험해 보았는데 어떤 것은 미친 듯한 시각적 환상을 불러왔고 어떤 것은 내면 탐구 여행을 떠나는 것처럼 사용자의 의식을 인도하기도 했다. 서양 여성이 신비한 미소를 번뜩이는 것도 있었지만 그 외에는 별 효과가 없었다 (원 형은 이 프로그램의 이름이 'HEMK 엑스타세Extase'이며 동유럽 제품인 것으로 추정했지만, 프로그램에 등장하는 여성이 누구인지는 그도 알지 못했다). 어떤 것들은 두 번 다시 손대고 싶지 않았다. 하지만 그녀는 언제나 어린 시절로, 집으로, 엄마 곁으로 데려가 준 '할시온 데이즈'를 잊지 못했다.

"그걸 사용할 때만 목 뒤의 '미' 자에 불이 켜질 거야." 원 형이 그녀에게 말했다.

반년 전에 뤄진칭은 딤섬 모임이 린씨 가문의 아이디어라고 생각했다. 하지만 첫 요리가 상에 오르자마자 리윈이라는 쓰레기 자식이 나타났고 세 가문의 보스들에게 예의 바르게 인사하더니 앉아도 되냐고 물었다. 뤄 가문과 천 가문 대표들은 묵묵부답이었지만 린 가문의 우두머리가 고개를 살짝 끄덕였다. 그러나 그

자리에 참석했던 린이위 주임은 이 상황이 불편해 보였다.

린이위는 린 가문의 대표자 중 한 명인 동시에 실리콘섬 시 정부의 투자 담당 부서 주임으로 그 자리에 있었다. 서로 상충 하는 두 역할로 인해 그는 곤란한 상황이었다. 표정 관리를 하 느라 애쓰는 흔적이 역력했다.

리원은 자리에 앉았다. 그는 미소를 지으며 차와 딤섬을 먹 으러 온 것이 아니라고 했다. "요즘에 잠을 잘 자지 못해서 신경 이 날카로워졌어요. 여기 계신 사장님들께 처방전을 구걸하러 온 겁니다."

린이위가 헛기침을 하며 장난질은 그만하고 본론으로 들어 가라는 기색을 드러냈다.

리원은 하카우가 가득 든 찜기를 바라보았다. "제 머리에 현 상금이 달렸다는 소문이 돌더군요. 저는 지금 저 찜기 속 하카 우나 다름없습니다."

뤄진청은 이 모임이 자신을 겨냥하고 있다는 걸 깨달았다. 그는 리원을 겁주어서 더 이상 문제를 일으키지 않게 하려고 칼 잡이에게 루머를 퍼트리도록 지시했다. 칼잡이는 그의 의도를 완벽하게 이해한 듯 보였다. 뤄진청이 칼잡이를 높이 평가하는 이유 중 하나는, 그가 몇 가지 힌트만 흘리면 칼잡이가 원하는 것을 정확히 파악하여 잔인하고 효율적인 계획으로 실행에 옮 기기 때문이다. 약간의 자기기만은 있겠지만, 뤄진청은 이로써 책임을 칼잡이에게 전가하고 업보를 피했다고 믿었다.

하지만 그는 린씨와 천씨 가문이 한낱 쓰레기인간 한 명을 두려워하는 이유를 이해할 수 없었다.

아무도 대화를 이으려는 마음이 없어 보이자, 리원은 혼자서 말하기 시작했다. "저는 실리콘섬에 온 지 일 년 반 정도 되었습니다. 이곳이 너무 좋고 제 집이라고 생각하고 있지요. 제가 회계 장부를 바로 잡으려고 주변 여러 마을을 방문했는데 어떻게 해도 숫자가 잘 안 맞습니다. 여기 계신 사장님들께서 좀 도와주시겠습니까?"

그는 기름때 묻은 공책 하나와 주판을 꺼내 뤄진청 앞에 정중하게 밀어 놓았다.

뤄진청은 곁눈질로 그를 흘끗 쳐다보고는 공책의 책장을 넘기기 시작했다. 그의 얼굴에 떠올랐던 경멸은 곧 놀라움으로 대체되었다. 공책에는 각 마을에 하역하는 폐기물의 종류와 일간 수량, 재활용 비율, 처리 기간, 금속과 플라스틱의 시장가격 변동 추이, 인건비, 전기 및 수도 요금, 임대료, 기계 및 장비의 감가상각비용 등의 데이터가 빼곡하게 열을 이루고 있었다. 모든 게 거대한 수학적 매트릭스 같았다. 뤄진청은 공개된 출처를 통해 데이터를 얻을 수 있다는 건 알고 있었지만, 누구도 이렇게 하나로 통합해서 정리한 것은 본 적이 없었다.

공책의 마지막 장에는 빨간색 숫자들만 간단히 적혀 있었다. 계산에 따라 각 가문이 납부해야 할 세액과 실제로 납부한 세액이었다. 마지막에는 세무국 홈페이지의 '고액 납세자 표창' 보도자료에서 수치를 참고했다는 설명이 달려 있었다.

뤄진청은 그 호리호리한 청년이 보기보다 훨씬 위험하다는 사실을 깨달았다. 그는 린과 천씨 가문의 대표자들을 향해 시선을 돌렸다. 그들의 표정에서 공책에 적힌 수치가 정확하다는 사실을 알 수 있었다.

"영리한 청년이군. 원하는 걸 말해 보게. 뭐든지 좋아." 뤄진청이 공책을 다시 그에게 돌려주었다. 리원처럼 똑똑한 사람이 데이터를 공책에만 남겼을 리 만무했다.

리원이 씩 웃었다. "제가 원하는 건 쓰레기인간이 사람 취급을 받는 겁니다. 쓰레기가 아니라요."

어색한 침묵이 테이블 주위를 감쌌다. 잠시 후, 린이위가 습관적으로 사용하는 '공식' 목소리로 부드럽게 말했다.

"리원 군, 우리가 이렇게 한자리에 앉아서 이야기하면 해결하지 못할 문제는 없다네. 우리는 이주 노동자의 복지 향상을 위해 벌써 여러 해 동안 노력해 왔지. 물론 아직 개선해야 할 부분도 많지만 말이야."

"이렇게 공감대를 형성하게 되어 기쁩니다." 리원이 찻잔을 들어 올렸다. "이 공책에 적힌 내용들은 제 목숨보다 훨씬 값어치가 있어요. 맞죠?"

찻잔이 허공에서 미세하게 흔들리며 대기했다. 그러자 린 가문의 찻잔이 들어 올려졌고, 천 가문의 찻잔이 뒤를 이었다. 뤄진청은 코너에 몰렸다는 것을 알았다. 세 가문은 지금 한 줄에 턱이 줄줄이 꿰인 물고기 세 마리 같아서 억지로 힘을 주면 다들 입이 찢어질 것이다. 비록 뤄 가문이 지금 다른 두 가문을 통제하다시피 우세했지만 그렇다고 전체의 이익을 무시하고 독단적으로 결단을 내릴 수는 없었다. 다른 물고기 비유로 바꿔 보자면, 너무 절박하면 그물을 망가뜨릴 수도 있다. 그건 누구에게도 도움이 되지 않을 것이다.

뤄진청은 천천히 찻잔을 들어 올려 기다리고 있는 찻잔 세 개와 쨍하고 맞부딪쳤다.

지금 반년 전의 일을 되돌아보면서 뤄진청은 문득 그 외지인의 눈빛이 떠올랐다. 시한폭탄처럼 차분하고 계산적이었다. 하지만 지금으로서는 뤄진청도 그를 어찌할 수 없었다. 만약 그가 수집한 데이터가 유출되면 세 가문뿐 아니라 세무 당국 또한 골치가 아플 것이다. 게다가 미국인들이 그 틈에 득세할 우려도 있었다. 뤄진청이 가장 걱정하는 부분도 그것이었다.

지금은 아들까지 아프니, 그야말로 다사다난한 여름이었다. 뤄진청은 매일 아침저녁으로 사당 앞에 무릎을 꿇고 스님의 축복을 받은 불상에 간절히 기도했다. 아들을 위해, 뤄씨 가문을 위해, 실리콘섬을 위해. 그는 부처님의 얼굴에 드리운 신비로운 금빛 미소를 바라보며 만약 기도가 응답받으면 반드시 널리 자선을 베풀고 사원을 보수하며, 매년 부처님 오신 날에 큰 축제를 열어 실리콘섬의 주민 모두가 축복을 나누게 하리라고 다짐했다.

비즈니스 협상이나 다름없군. 이런 생각이 마음에 스치자마자 그는 재빨리 그것을 지워버렸다. 전화기가 울렸다.

칼잡이였다. 일주일의 수색 끝에 린 가문보다 한발 앞서 마침내 그 쓰레기 소녀를 찾았다고 했다.

"잡아서 공덕당功德堂 앞으로 데리고 와." 뤄진청은 전화를 끊었다.

린 가문이 지금 이 일에 관여하고 있는가? 그는 부처님 앞에 무릎을 꿇고 두 손을 펴서 위로 들어 올린 후 세 번 깊이 절했다. 마치 다른 차원에서 지령이라도 받은 것처럼 그의 입꼬리도 신비로운 미소와 함께 올라갔다.

그래, 해보자고. 마음 한구석에서 목소리가 들려왔다.

호텔 방문 옆에 '방을 청소해 주세요'라고 쓰인 LED 표시등이 꺼져 있었다. 스콧은 방문을 열고 불을 켰다. 청소부가 이미 왔다 간 듯, 모든 물건이 깔끔하게 정돈되어 제자리에 있었고 시트러스 향이 은은하게 풍겼다. 그는 벽걸이 TV의 전원을 켜고 아무 채널이나 선택한 다음 볼륨을 높였다. 그는 습관대로 핸드폰을 든 채 방을 돌아다녔지만, 전체 주파수 스캔 결과 특이한 전자기 이상은 발견되지 않았다.

깨끗하군. 그곳은 현지 최고급 호텔이었다. 다시 말해 뤄 가문의 소유라는 뜻이었다.

스콧은 항상 지니고 다니는 휴대용 컴퓨터를 꺼내 문자와 통화가 가능한 암호화된 채팅 프로그램을 실행했다. 그는 이곳에 완벽하게 안전한 채널은 없다는 것을 알았다. TV에서는 서양인 외모의 남녀가 유창한 현대 표준중국어로 지난 크리스마스에 북미 시장에서 출시된 '업그레이드' 버전 반려동물 의체를 홍보하고 있었다.

그들은 당신의 기분을 더욱 잘 파악할 수 있고 당신과 더 좋은 관계를 맺을 수 있습니다. SBT는 내일의 참여자를 위해 최신 제품을 소개하게 되어 영광입니다.

스콧은 칩독들을 떠올렸다. 아마 몇 개월이면 선전의 화창베이華強北 전자상가에 현지 입맛에 맞게 개량된 강력한 짝퉁들이 가득할 것이다. 짝퉁은 미국으로 수출되어 정품을 살 여유가 없는 SBT의 최저임금 노동자들에게 팔려 거세되지 않은 그들의 애완견에게 이식될 것이다.

뭐든지 베끼는 무서운 중국인들.

상황은 조금 황당했다. 미국 노동자들은 중국의 값싼 노동력이 자신들의 일자리를 빼앗는다고 비난하면서 한편 값싼 중국산 제품 덕분에 양호한 생활 수준을 유지할 수 있다고 감사해했다. 중국에서는 달러가 위안화로 바뀌어 공장 소유주, 채널 유통업자, 엘리트 기술자, 말단 관료 등 신흥 부유층의 주머니를 채웠다. 그들은 중국의 모조품을 멸시하고 맨해튼의 로어 이스트 사이드 지구 혹은 샌프란시스코만 지역의 라이프 스타일을 모방하려 애썼다. 그들의 빠른 업그레이드 주기까지도.

그렇게 위안화가 다시 달러로 바뀌었다.

연결 중… 연결 완료… 암호화 액티브….

히로후미 오토가와: 깨끗합니까?
창펑샤: 네.

히로후미 오토가와: 진행 상황은 어떻습니까?

창펑샤: 후보자가 몇 명 있습니다. 업데이트하겠습니다.

히로후미 오토가와: 좋습니다. 시간 제약에 유의하세요.

창펑샤: 이게 정확히 뭐죠? 후보자들에게 어떤 영향을 줍니까?

히로후미 오토가와: 규칙을 알지 않습니까.

창펑샤: 그냥 물어보는 겁니다.

히로후미 오토가와: 작은 사고일 뿐입니다. 이것은 관례적인 회수 업무입니다. 메인 프로젝트에 집중해 주십시오.

창펑샤: 생각했던 것보다 훨씬 어렵습니다.

히로후미 오토가와: 들었습니다. 중국인들.

창펑샤: 저는 지침을 따르겠습니다. 잠시 기다려 주시겠습니까?

가벼운 바람이 스콧의 얼굴을 어루만졌다. 심하게 오염된 공기 때문에 그는 항상 방 창문을 꼭 닫고 중앙 공기정화 시스템에 의존해서 공기를 거르고 교환했다. *바람이 어디서 들어오는 거지?* 그는 히로후미 오토가와에게 작별을 고한 다음 채팅 프로그램을 종료하고 컴퓨터를 덮었다. 창문으로 조심스레 다가간 그는 거의 감지할 수 없을 만큼 미세한 각도로 창문이 열려 있고 그 작은 틈으로 덥고 습한 여름 저녁의 바람이 들어오는 것을 확인했다.

호텔은 말굽 모양으로 바다를 향해 열려 있었다. 풍수지리에 따르면 재물을 부르는 좋은 구조라고 한다. 스콧의 방은 U자의 가장 끝에 자리 잡고 있었다. 시야가 탁 트이고 삼면이 바다로 둘러싸여 이 호텔에서 가장 비싼 방이었다. 열려 있는 창문은 U 자의 안쪽을 향해 있어 반대편의 모든 방을 볼 수 있었다.

그는 눈을 가늘게 떴다. 호텔의 유리 외벽에 네온 불빛이 깜빡이며 모자이크처럼 움직였고 파도가 물가에 부딪히는 소리가 먼 곳에서부터 전해졌다. 그는 엄격한 훈련으로 양성된 감각을 믿었다. 이 광경엔 분명 뭔가 이상한 점이 있었지만, 그의 의식은 아직 그것을 잡아내지 못했다. 순간, 빨간 점이 호텔 반대편의 어두운 창문에서 번쩍였다가 순식간에 사라졌다.

도청용 레이저. 스콧은 열린 창문이 더 나은 입사각入射角을 형성해 그의 목소리에 따라 진동하는 유리의 감도를 증가시키기 위한 것임을 깨달았다.

그는 방에서 뛰쳐나와 긴 복도를 달려 나가며 어두운 창문이 있던 방의 위치를 속으로 계산했다. 한 남자가 스콧을 향해 걸어오다가 그를 보는 순간 곧바로 뒤를 돌더니 비상문을 밀어젖혔다. 비상계단을 통해 그의 빠른 발걸음이 울렸다. 그자다! 스콧은 비상구로 쾅 뛰어들어 남자를 쫓아 계단을 내려갔다.

22층 높이의 회전식 계단은 끝이 없는 것 같았다. 그 남자는 속도를 늦출 마음이 전혀 없는 듯했고 잰 발소리가 계단 통로에 탕탕 울렸다. 스콧의 심장은 당장이라도 튀어나올 것처럼 격렬하게 뛰었다. 호흡이 점점 가빠지면서 빨간 경고문이 눈앞에 번쩍였다. 다른 사고로 인해 삽입한 인공심장박동기에서 송출한 것이었다.

아래쪽에서 들리던 발소리가 갑자기 방향을 바꿨다. 스콧은 비상문을 박차고 나가 지하 주차장으로 나왔다. 그 남자의 실루엣은 지친 듯 비틀대며 비상구의 불빛을 향했다. 스콧은 속도를 낮추고 애써 숨을 고르며 인공심장박동기가 다시 제대로 작동하기를 기다렸다. 목표물의 키는 추정컨대 170센티미터 정도로 보였고 그것은 스콧보다 보폭이 작다는 뜻이었다. 스콧이 그를 따라잡는 것은 시간문제였다.

엔진이 포효하자 잠에서 깬 짐승이 재채기라도 한 것처럼 땅이 진동했다. *젠장.* 스콧은 가슴 통증을 무시한 채 큰 보폭으로 남자를 따라갔다. 그러나 다른 방향에서 타이어가 날카로운 마찰음을 내며 달려왔다. 속도를 늦출 기미가 전혀 없었다.

남자는 고개를 돌려 다가오는 차의 방향을 확인했지만 얼굴에 기쁨이나 안도감이 전혀 없었다. 헤드라이트가 그의 창백한 얼굴을 비추자 그의 얼굴은 순식간에 공포로 일그러졌다.

차가 그를 들이받으려는 찰나, 스콧이 뛰어들어 그를 옆으로 밀쳤다. 관성으로 인해 그는 데굴데굴 굴러 벽에 부딪혔다. 하지만 차는 브레이크를 밟지 않고 비탈길로 돌진해 밝은 출구로 사라졌다.

스콧은 바닥에 드러누운 채로 숨을 헐떡였다. 그는 고통을 신경 쓸 겨를조차 없었다. 심장에 과부하가 걸려 금방이라도 멈출 것 같은 엔진처럼 뜨거웠다. 그는 판단 실수를 저질렀고 곧 엄청난 대가를 치르게 될 것이다.

남자는 여전히 공포에 질려 서 있었다. 그는 스콧을 보고 머뭇거렸다.

스콧은 경련하는 얼굴 근육으로 애써 일그러진 미소를 지어 보였다.

"저, 저는 몰라요…" 남자가 중국어로 말했다. "그들이 저한테 돈을 주면서 뛰라고, 최대한 빨리 뛰라고 했어요. 저는 진짜 아무것도 몰라요…"

스콧은 그의 말을 이해했다. 갑자기 웃음이 터져 나왔다. 교활한 중국인 같으니라고! 중국의 병법 36계 중 제15계, 조호이산調虎離山, 즉 '호랑이를 산에서 끌어내라'라는 계략을 쓴 것이다. 그들의 진짜 목표는 그를 방에서 끌어내어 컴퓨터를 탈취하는 것임이 분명했다. 갑자기 긴장이 풀렸다. 그의 경험에 따르면 이렇게 짧은 시간 내에 암호를 뚫는 것은 불가능하고, 만약 하드 드라이브를 얻기 위해 기계를 분해하면 자폭 장치가 작동할 것이며, 컴퓨터를 직접 가져가면 스콧에게 그들의 진로를 추적할 기회를 주는 것이기 때문이다.

"날 도와줄 수 있겠나?" 스콧이 물었다. 남자는 어렵사리 그를 일으켰지만, 스콧의 거대한 몸집에 짓눌려 함께 먼지를 일으키며 흙바닥에 쓰러졌다.

호텔 방은 위조된 신분으로 등록되어 있었다. 복도 CCTV에는 그자가 청소부로 위장하여 스콧의 방에 숨어드는 모습이 녹화되어 있었다. 호텔 측은 이 미스터리한 인물에 관해 어떠한 설명도 하지 못했고 린이위 주임은 화가 머리끝까지 난 상태였다.

그자는 스콧이 거짓 미끼를 쫓는 틈을 타서 3분 40초간 스콧의 방에 머무르다가 어떤 경고를 받은 듯 황급히 방을 떠났다.

스콧의 컴퓨터는 덮개가 닫힌 상태로 슬립 모드였지만 쿨러 팬은 따뜻했다.

베일에 싸인 인물은 화물용 엘리베이터를 타고 로비로 내려갔으며 화장실에서 유니폼을 갈아입고 호텔 정문으로 걸어 나가 택시를 불렀다.

"택시는 이미 위치 추적 완료되었습니다." 린 주임은 VIP 스위트룸 안에서 블루투스 헤드셋으로 경찰과 계속 통화하며 스콧에게 진행 상황을 알려 주었다. "스콧 씨, 걱정 마십시오. 그자는 도망치지 못할 겁니다."

스콧이 고개를 끄덕였다. 그는 이 모든 상황이 우스웠다. 도둑이 도둑을 잡으라고 고함치는 짝이라니. 명배우가 따로 없군. 그는 데이터 도난에 관해서는 크게 걱정하지 않았으나 이 해프닝이 어떻게 종결될지 궁금했다. 급히 소환된 의사는 그의 생체 지표를 확인했다. 그의 인공심장박동기는 다시 제대로 작동했으며, 약간의 피로를 제외하고는 다른 불편한 증상은 없었다.

"부정맥이 있나요?" 젊은 여성 의사가 채혈하며 물었다.

"만성질환입니다. 발작성 빈맥이죠. 때로 심장이 너무 빠르게 뛰어요."

"바이러스 배터리가 발명되기 전에는 심장박동기의 배터리를 2년마다 교체해야 했다고 하더라고요. 전자 심장을 이식한 영국 사람은 4시간에 한 번씩 충전이 필요해서 자동차 시거잭에 목숨을 의지했다고 해요."

스콧이 점잖게 웃었다. 팔이 따끔해 그녀가 주사 바늘을 뺀 것을 알았다. 의사들의 농담에는 항상 다른 목적이 있다. 설령 그 내용이 사실일지라도 말이다.

인공심장박동기를 이식한 후 스콧은 바이러스-강화 배터리에 알 수 없는 공포를 느꼈다. 과학자들은 바이러스에서 발견되는 활성 펩타이드가 배터리의 나노 구조를 강화시켜 내구성과 전원 공급의 안정성을 높인다고 설명했지만, 살아 있는 바이러스가 그의 흉강 속에 봉인되어 있다고 생각하면 아무래도 안심이 되지 않았다.

"별문제 없을 테니 충분히 쉬세요." 의사가 휴대용 분석기에 혈액 샘플을 넣으며 수치 변화를 지켜보았다. "심장 문제는 선천적인가요?"

"사고였습니다." 스콧은 미소를 지었고 더 이상 말하지 않을 셈이었다. 그러나 봉인이 풀린 기억들은 철창을 뚫고 나와 그의 상처를 잔인하게 헤집었다. 스콧은 그의 결함 있는 심장이 차디찬 금속 바늘에 닿기라도 한 것처럼 경련을 일으켰다.

그 오래된 사진은 여전히 그의 지갑 안에 들어 있었다. 열대 우림 한가운데 계곡, 아름다운 두 소녀는 깔깔대며 웃고 있었고 얼룩덜룩하게 드리운 해그림자가 소녀들의 피부에 식물의 수맥 같은 로코코 라인을 그렸다.

10년 전, 트레이시는 세 살, 낸시는 일곱 살이었다.

그들은 파푸아뉴기니를 여행하는 중이었다. 스콧은 림부난 히자우 그룹 소유의 연구 기관에 고용되어 불법 벌목이 환경과 원주민 문화에 미치는 영향을 조사했는데, 진짜 목적은 림부난 히자우 그룹이 파푸아뉴기니 지역의 원목 자원을 독점하는 것이었다. 이른바 '지속가능한 개발'은 스콧의 눈에 합법적 약탈일 뿐이었다.

어쨌든 보수는 훌륭했고 경치도 아름다웠으므로 스콧은 원하던 결론에 빠르게 도달했다. 프로젝트가 거의 마무리될 무렵 아내와 딸들을 불러서 열대 지역에서 가족 휴가를 만끽했다.

파푸아뉴기니의 수도 포트모르즈비를 떠난 후 스콧은 청정 지역을 찾는 게 생각보다 훨씬 어렵다는 사실을 깨달았다. 전기톱의 굉음이 온 정글을 울리며 새들과 짐승들을 더 깊은 곳으로 몰아넣었다. 주식회사 오일 서치의 송유관은 노출된 모세혈관처럼 밀림, 강, 마을을 지나며 비옥한 토양으로부터 고대의 검은 진액을 빨아들였고 선진국들의 끝없는 목마름을 채웠다. 이젠 원주민들도 더 이상 순박하지만은 않았다. 열대우림이 파괴된 후 그들은 생계를 유지하기 위해 벌목회사에 그들의 노동력을 팔아 전기톱을 휘두르며 조상들의 이름이 새겨진 어머니와도 같은 나무들을 베어낼 수밖에 없었다.

그들의 음흉한 눈빛에는 혐오가 숨겨져 있었으나 백인 관광객들에게 현지 공예품 따위를 팔아 현금을 벌 기회 또한 놓치지 않았다.

마침내 스콧은 케마루Kemaru라는 곳을 발견했다. 현지 말로

'활과 화살'이라는 뜻이었다. 그곳엔 폭포와 초승달 모양의 연못이 있었다. 해변의 맹그로브는 공중뿌리를 빽빽하게 물 아래로 뻗었고 멀지 않은 곳에 바다와 강이 만나는 지점이 있었다. 그곳에서 그들은 해변과 비스마르크해의 잔잔한 파도, 그리고 그 너머의 군도를 볼 수 있었다. 케마루는 아마 그 활 같은 연못의 모양에서 따온 이름일 것이다.

그는 현지 가이드의 지치지도 않는 구매 권유를 수도 없이 거절했으나 인내심의 한계를 넘어설 때까지 밀어붙이자 결국 그에게 눈앞에서 꺼지라고 소리를 질렀다. 작은 체구에 까무잡잡한 피부를 가진 남자는 그를 흘끗 쳐다본 후 사라졌다.

햇빛, 새 지저귀는 소리, 투명하고 차가운 물, 이국적인 열대 식물에 둘러싸인 스콧과 수전은 전형적인 미국인 여행자들처럼, 연못 옆의 큰 바위 위에 엎드린 채 등을 어루만지는 햇빛을 느끼며 물에서 첨벙이며 깔깔대는 딸들의 천사 같은 웃음소리를 들었다. *이런 게 천국이지.* 스콧은 생각했다.

아빠, 우리 저쪽에 가 보고 싶어요. 낸시가 말했다.

너무 멀리 가진 말고, 트레이시를 잘 돌봐 줘. 그곳은 이미 스콧이 지형 파악을 마친 곳으로 물도 깊지 않았고 위험한 생물도 없었다.

혼자서도 할 수 있어요. 트레이시가 말했다.

물론이지, 아가. 하지만 너무 오래 있지는 마. 곧 되게 좋은 해변에 갈 거거든. 스콧은 고개도 들지 않았다.

10분이 지나자 수전이 걱정하기 시작했다. "트레이시? 낸시?"

대답이 없었다.

"낸시! 트레이시!" 스콧은 선글라스를 벗어 던지고 연못으로 뛰어들어 초승달의 가장자리 쪽을 향해 수영하기 시작했다. 수면에는 아무것도 없었다. 그는 뒤돌아 다른 쪽으로 헤엄쳤으나 여전히 아무것도 보이지 않았다. 스콧의 불안감은 점점 커졌고 수전은 쉰 목소리로 울부짖었다.

그는 물 아래로 잠수했다. 눈을 크게 뜨고 작은 단서라도 찾아내려고 했다. 마침내 그는 파란색의 무언가가 깜빡이는 형광등처럼 맹그로브의 빽빽한 뿌리에 걸려 있는 것을 보았다. 트레이시의 수영복이었다. 그는 숨을 크게 들이마신 뒤 미친 듯이 헤엄쳐 나아갔다. 트레이시의 발이 맹그로브 뿌리에 걸렸고 당황한 그녀가 몸부림을 칠수록 더 얽힌 것 같았다. 다행히 트레이시가 작고 가벼워서 스콧은 쉽게 그녀를 빼내서 물 밖으로 나올 수 있었다.

트레이시의 얼굴은 창백했고 몸이 축 늘어져서 생기라곤 없었다. 스콧은 그녀를 수전에게 넘겨주었다.

"심폐소생술! 빨리! 비디오에서 본 것처럼 폐에서 물을 빼내야 해!" 스콧이 외쳤다. 그는 망설임이지 않고 다시 물로 뛰어들었다.

근처에 분명 낸시가 있을 거야. 스콧은 눈을 크게 뜨고 물을 힘차게 차며 나아갔다. 트레이시의 발목을 붙잡았던 촉수처럼 생긴 뿌리 덩어리의 다른 한편에서 그는 낸시의 인형 같은 얼굴을 발견했다. 반쯤 감긴 눈과 크게 열린 입. 그녀의 폐는 이미

물로 가득 찬 게 분명했다. 스콧은 공포를 억누르며 그녀의 뻣뻣한 몸을 뿌리 덩어리에서 빼내는 데 집중했다. 낸시는 동생을 구하려다가 자신도 붙잡힌 것 같았다.

트레이시를 잘 돌봐 줘. 낸시는 혹시라도 이 말 때문에 도움을 요청하는 대신 스스로 물속으로 뛰어들었을까? 스콧의 심장이 그의 흉부를 마구 두드렸다. 폐 안의 공기가 모두 소모되었지만 얽히고설킨 뿌리를 혼자 힘으로 풀 수가 없었다. 그는 곧 폭발할 것만 같았다.

스콧은 물 밖으로 솟구쳐 나와 공기를 들이마셨다. 작은 체구에 까만 피부의 가이드가 해변에 서 있었다.

빌어먹을! 빨리 들어와서 도와줘요!

그는 스콧의 말을 이해하지 못했다는 듯 냉담하게 고개를 저었다. 십만 키나. 그가 말했다.

줄게요! 도와주세요!

가이드는 또다시 고개를 저었다. 지금 주세요.

개새끼! 스콧은 절망적으로 손목에서 롤렉스 시계를 빼서 가이드에게 던졌다. 그 시계는 십만 키나 이상이야. 그는 거짓말을 했다.

가이드는 시계를 살펴본 후 물속으로 뛰어들었다.

그러나 이미 너무 늦었다.

스콧은 가이드의 얼굴이 피로 곤죽이 될 때까지 내리쳤다. 낸시의 시체는 밀레이의 〈오필리아〉처럼 한쪽에 조용히 누워 있었다. 스콧은 몇 분 전까지 생기발랄했던 소녀가 정말로 죽었다는 사실을 믿을 수가 없었다. 수전은 겁에 질린 트레이시를 껴안은 채 목 놓아 울었다. 너무 늦게 도착한 원주민 구조대원들은 떠난 영혼의 안식을 기원하며 현지 관습에 따라 그 살인나무에 이마를 대고 읊조렸다. 원주민들은 정령을 숭배했지만 스콧은 그들이 나무에 대체 무슨 말을 하는지 상상할 수 없었다. 심장이 경련을 일으켰고 고통을 느꼈다. 마치 생명의 일부가 가슴에서 도려져 나간 것만 같았다.

의사는 급격한 공기 흡입과 과도한 분투로 인해 발작성 빈맥이 생겼다고 진단했다. 그는 또한 스콧에게 인공심장박동기를 달도록 권했다. 스콧은 심장박동의 리듬뿐 아니라 그의 삶 전체가 바뀌었음을 깨달았다.

10년 후, 트레이시는 열세 살, 낸시는 여전히 일곱 살이었다.

미미는 뒤를 돌아볼 여유도 없이 발걸음을 재촉했다.

뤄 가문의 영토로 돌아온 그녀는 친숙한 작업장으로 뛰어들었지만 마당에 들어서는 순간 문에서 토박이 몇 명이 나왔다. 그들의 손에는 그녀의 사진이 들려 있었다.

빌어먹을! 미미는 본능적으로 방향을 틀었다. 쓰레기 더미 뒤에서 머리만 내민 채 그들을 훔쳐보았다. 그들은 뤄 가문의 폭력배들이 아니었다. 모두 낯선 얼굴이었고 옷차림도 길거리 깡패와는 달랐다. 하지만 미미를 찾고 있는 것만은 분명했다.

미미가 그들이 떠날 때까지 계속 숨어서 기다릴지, 아니면 당장 다른 곳으로 갈지 고민하던 차에 누군가가 그녀의 등을 때렸다. 그녀는 놀란 고양이처럼 펄쩍 뛰었다.

"미미, 돌아왔구나! 얼마나 걱정했는지 몰라." 같은 작업장에서 일하던 란란이었다. 미미가 천씨 가문의 영토로 떠난 후 일주일 넘게 만나지 못했다. 란란의 친숙한 미소를 보니 반가운 마음이 들었다.

낯선 이들이 소리를 듣고 고개를 돌렸다. 미미는 필사적으로 란란을 밀쳐내고 악몽에서처럼 달리기 시작했다. 자갈길, 작업장 그리고 쓰레기 더미가 그녀의 눈앞에서 심하게 요동치며 뒤편으로 사라졌다. 뒤에서 고함치는 소리가 점점 가까워졌다. 흐르는 공기 소리와 섞여 독사의 혀처럼 쉬익 하는 소리가 났다. 신발 안으로 들어온 자갈 때문에 발바닥이 찢어졌지만 그녀는 보폭을 넓혀 젖 먹던 힘까지 다해 달렸다. 마치 고통의 힘으로 생존 가능성을 조금이라도 높여 보려는 것 같았다.

그들의 목소리는 이제 그녀의 귀 뒤에서 들렸다.

미미가 거의 포기하려는 찰나, 생수를 배달하는 전동 삼륜차가 그녀의 시야에 들어왔다. 그녀의 고향 근처 출신인 허 씨가 운전사였고 그는 언제나 미미에게 친절했었다. 그녀는 주저하지 않고 속도를 높여 삼륜차 뒤쪽으로 뛰어들었다. 차체가 흔들리면서 운반하던 물통들이 서로 부딪쳐 둔탁한 소리를 냈다. 깜짝 놀란 허 씨가 뒤를 돌아보니 미미가 그곳에 있었다. 하지만 허 씨가 미처 입을 떼기도 전에 그녀는 소리쳤다.

"가요! 가!"

삼륜차의 전기 모터가 굉음을 내며 울렸고 실리콘섬 시내로 향하는 비포장도로를 우르릉대며 달렸다. 미미는 땀에 젖은 앞머리를 옆으로 쓸어 넘기며 거칠게 숨을 돌렸다. 그러나 백미러를 통해 몇 사람이 그들을 가까이 뒤쫓고 있는 모습이 보였다.

물 수십 통이 실려 있는 탓에 삼륜차는 속도가 제한적이었고 그 남자들의 신체 능력은 어마어마했다. 마치 상처 입은 먹잇감을 사냥하는 늑대 무리처럼 그들은 흙먼지 사이를 뚫고 거리를 유지한 채, 목표물이 실수를 저지르기만 기다렸다.

미미는 아랫입술을 깨물었다. 힘껏 물통 하나를 넘어뜨린 후 수레 바깥으로 찼다. 물통은 길바닥에서 몇 번 튕긴 다음 볼링공처럼 남자들을 향해 굴러갔다. 앞에 있던 두 사람은 날렵하게 점프해서 피했지만 세번째 남자는 동료들 때문에 시야가 가려져 제때 피하지 못했다. 물통이 그를 제대로 가격하자 그는 비명을 지르며 쓰러졌고 일어서지 못했다.

"아이고 내 물!" 허 씨가 외쳤다.

"제가 꼭 갚을게요!" 미미가 고래고래 소리를 질렀다.

더 많은 물통이 수레에서 떨어져 나와 추격자들을 향해 차례차례 굴러갔다. 낭패에 빠진 그들은 길을 피하려고 노력했지만 결국 속도를 늦출 수밖에 없었고 삼륜차와의 거리는 멀어졌다. 삼륜차에 물통이 몇 개밖에 남지 않아 속도가 빨라지자 삼륜차는 공중부양하는 것처럼 날듯이 달렸고 덜컹거림도 훨씬 심해졌다.

"꽉 잡아!" 허 씨가 경고했다.

전방에는 큰 도랑을 가로지르는 돌다리가 있었다. 마을로 진입하기 위해서 꼭 지나야 하는 관문이었다. 속도를 늦추기에는 이미 너무 늦었다. 허 씨는 젖 먹던 힘까지 다해 핸들을 틀었다. 삼륜차는 날카로운 소리를 내며 거의 90도로 방향을 틀어 돌다리를 향했다. 만약 삼륜차에 짐이 가득 실려 있는 상태였다면 이런 급커브는 어려운 일이 아니었으나 미미가 물통 대부분을 제거해버린 탓에 가벼워진 삼륜차는 균형을 잃었다. 바깥 바퀴가 공중으로 솟아오르며 삼륜차가 다리 위를 사선으로 미끄러지자 다리 위의 노점상들은 깜짝 놀라 뿔뿔이 흩어졌다.

허 씨는 군중을 피하려고 최대한 노력했지만, 차체의 무게와 속도를 감당하기에 역부족이었다. 미미는 엄청난 충격을 느꼈고 자기 몸이 허공에 붕 떠 있다는 사실을 깨달았다. 삼륜차는 쾅 소리를 내며 다리의 교각을 들이받았고 허 씨는 다리 앞쪽으로 튕겨 나가 판매용 고기처럼 널려 있었다.

미미는 길바닥에 내동댕이쳐졌다. 온몸이 부서지듯 아팠고 입 안에서 짭짤한 쇠 맛이 났다. 그녀는 멍한 상태에서 그녀를 잡으러 오는 남자들의 발소리와 고함 소리가 점점 가까워지는 것을 들은 듯했다. 미미는 지푸라기라도 잡는 심정으로 필사적으로 앞으로 기어가 그녀 앞에 멈춰 선 발을 잡았다. 종아리 근육이 돌처럼 단단했다.

"도와주세요."

미미의 머릿속에 카이종의 얼굴이 스쳤다. 혼란 속에서 그녀는 축제 날에 그랬듯 지금 당장 그가 나타나 자신을 구해 주기를 바랐다. 미미는 고개를 들었다. 강한 역광 속에 남자의 얼굴은 흐릿했지만 얼굴 윤곽이 변하는 모습으로 보아 그는 웃고 있었다. 그녀는 옥 두 조각이 서로 부딪히는 듯한 날카로운 소리를 들었고, 남자의 어깨에서 붉은 불꽃이 타오르는 것을 보았다.

미미는 이번엔 행운의 여신이 자기 편이 아님을 깨달았다.

5

희미한 햇살이 길고 어두운 통로를 가로질러 벽장의 유리병과 캔에 부딪혀 탁한 황록색 광택으로 굴절되었다. 카이종은 그 안에 들어 있는 보관품들을 놀라워하며 바라보았다. 오래된 약술 안에는 각종 뱀류, 뱀의 허물과 생식기, 수컷 꽃사슴의 뿔, 오래전에 멸종한 남중국 호랑이의 뼈, 흑곰의 쓸개, 거대한 지네, 이름을 알 수 없는 곤충들, 식물의 줄기와 뿌리 등 동식물 표본이 들어 있었다. 반쯤 융해된 키틴 외골격이 마치 미니 우주선처럼 뿌연 외계 풍경 속을 떠다니는 것처럼 보였다.

실리콘섬의 토박이들, 특히 나이가 있는 세대들은 알코올을 통해 추출한 동식물 진액이 수명 연장과 정력 증강에 좋다는 확고한 믿음을 갖고 있었다.

카이종은 혹시라도 다음 유리병에서 기형 태아 표본이라도 발견하게 될까 두려움에 떨었다. 불가능한 일은 아니었다. 한때 신생아 태반은 건강보조식품으로 인기를 끌었고 많은 간호사와 의사가 태반 거래로 이익을 꾀했기 때문이다. 카이종의 어머니는 출산 후 얻은 귀한 '자하거'*를 먹기도 했었다.

WWF 광고 아이디어로 나쁘지 않겠군. 카이종은 생각했다. 당신은 당신이 먹는 것입니다.

복도 끝에는 문틈으로 창백한 빛이 비치는 좁은 문이 있었다. 카이종이 문을 열고 들어서자 거칠지만 견고한 벽돌집에 둘러싸인, 곡식을 말리는 둥글고 넓은 공간이 나왔다. 왜소한 노인이 대나무 안락의자에 앉은 채 몸을 앞뒤로 흔들고 있었고 바닥에는 말린 오징어와 김이 널려 있었다. 진한 바다 비린내가 카이종의 코를 찔렀다.

천셴윈 숙부가, 천씨 가문의 우두머리가 자신을 만나고 싶어 한다는 말을 전했을 때 카이종은 그를 상상해 보려고 애썼다. 하지만 그의 시각적 상상력은 할리우드 영화에 중독되어 왔기 때문에, 〈대부〉의 말론 브랜도나 〈원스 어폰 어 타임 인 아메리카〉의 로버트 드 니로처럼 마피아 영화에 등장하는 고전적인 이미지만 떠올릴 수 있었다.

분명 속옷에 러닝셔츠만 입은 채로 돌아다니는 동네 할아버지 같은 깡마른 노인을 상상하지는 않았다. 그의 얼굴은 왁스지처럼 주름이 많았다. 반쯤 감긴 눈꺼풀이 파르르 떨리더니 흰자위가 드러났다. 그는 올해 아흔두 살이었다. 바람의 변화를 냄새로 느꼈다는 듯 천천히 두 눈을 뜨고 눈앞에 서 있는 카이종을 보았다. 그가 미소를 짓자 얼굴의 주름이 눈꼬리와 입꼬리에서 웃는 모양으로 다시 자리를 잡았다.

●　紫河車. 한의학에서 태반을 부르는 이름.

"큰할아버지, 안녕하셨습니까?"

"난 잘 지냈다! 네가 그…."

"카이종입니다."

"그래! 카이종. 『효경』에 나오는 말이지. 단도직입적으로 요지를 밝히라는 뜻이잖나. 좋은 이름이야."**

노인이 일어나려고 버둥거리자 카이종은 서둘러 안락의자가 흔들리지 않게 붙잡았다. 천 할아버지의 조상은 진사進士였다고 한다. 황실에서 3년에 한 번 치르는 과거시험에 합격한 것이니 지방이나 국가급 과거시험에 합격하는 것보다 훨씬 어려운 일이었다. 그는 전체 응시자 가운데 2등을 하며 두각을 드러냈다. 이렇게 학식이 높고 훌륭한 선조를 둔 천 할아버지가 카이종의 이름의 출전을 곧장 떠올린 건 놀랄 일이 아니었다.

"나랑 같이 지붕에 올라갈까? '석양이 무한히 아름답다'는 시도 있으니 기회 될 때마다 한 번이라도 더 봐야지."

카이종은 일족의 수장을 부축하여 반개방형의 돌계단을 올랐다. 마치 산과 바다 사이에 장식 없는 돌 팔찌가 놓인 것처럼 난간이 없는 고리 모양의 옥상 테라스가 나타났다. 말리는 빨래와 이불, 바람에 해산물이 건조되는 모습과 단결정 태양광 패널이 질서정연하게 배치된 모습이 전체 풍경에 층층이 질감을 부여했다. 태양이 해수면으로 뛰어들어들자 햇빛이 흰색에서 금색으로 바뀌고 어두워지더니 붉은 불덩이로 변해 수평선의 솜

●● 『효경孝經』 제1장의 편명이 개종명의開宗明義로, 말이나 글의 첫머리에 요지를 밝힌다는 뜻이다.

털 같은 구름을 붉게 물들였다. 바닷바람이 그들의 얼굴을 어루만지며 촉촉하고 짭짤한 상쾌함을 안겨 주었다. 카이종은 맑아진 정신으로 노인이 입을 열 때까지 조용히 기다렸다.

노인의 주름진 얼굴은 석양 아래 태호석˙처럼 반짝였다. 바다를 바라보는 그의 움푹 팬 눈은 기이한 빛을 감추고 있는 듯했다.

"어제 절에 가서 점괘를 하나 받아 왔지." 노인은 카이종에게 빨간 종이를 한 장 내밀었다.

지장암, 육십갑자, 마조˙˙ 점
제58번 점괘, 계미癸未, ○○●　○●●, 목木
봄이 좋고 동쪽이 적합하다.
뱀의 몸이 용이 되고자 하나 운이 따르지 않는다.
오랜 병에는 휴식이 필요하고, 말은 많으나 따를 것이 없노라.

카이종은 타이완 해협 양측의 어민들에게 마주 신에게 바다의 평안을 비는 풍습이 있다는 것은 알고 있었지만, 이 모호한 점괘가 자기와 어떤 관계가 있는지 알 수 없었다.

"이 점괘는 누구의 미래를 의미하는 건가요?"

● 太湖石. 중국에서 세 번째로 큰 타이후호 주변에 많이 분포하는 석회암으로 중국 전통 정원을 꾸미는 데 많이 사용되었다. 당나라 시인 백거이가 얻은 귀한 돌로도 유명하다.
●● 媽祖. 중국에서 가장 영향력이 큰 바다의 여신으로 숭배되었으나, 점차 집안을 지키고 재액을 물리치는 만능 신으로 받들어졌다. 중국 연안의 전역에 형성된 구술 전통, 종교 의식, 민속 풍습에 영향을 주었다.

"좋은 질문이군." 노인은 뒤를 돌아보지 않았다. "실리콘섬을 위해 받아온 점괘라네."

카이종은 전혀 예상하지 못했던 대답이었지만 이 점괘가 내포하는 문제를 눈치챘다. 정말 마조 신이 내린 점괘이든 아니든 이것은 천씨 가문이 테라그린의 리사이클링 프로젝트를 대하는 태도를 분명히 드러냈다. 물론 노인이 하늘의 뜻을 빌려 자기 의지를 표명하고 있다면 카이종도 딱히 반박할 수 없었다.

"나는 거의 한 세기를 살면서 실리콘섬을 떠난 적이 없어. 이 땅의 논이 시들고 마르는 모습을, 토양이 독성에 찌든 황무지가 되는 모습을 지켜보았지. 산호섬이 폭탄으로 가라앉고, 만을 메워서 땅을 만들고, 항구와 다리가 농작물보다 더 빨리 솟아나는 모습을 보았어. 또한 바다의 군함이 은회색 등줄기를 드러내고, 물고기 떼들이 더 멀리 후퇴하고 점점 드물어지는 것을 보았다네. 확성기, 라디오, 텔레비전 방송에서 축하 노래를 끝도 없이 틀어 댔지만 정작 민간의 아픔을 다루는 희곡은 찾는 사람들이 줄어들어서 점점 사라지고 있다네."

"실리콘섬은 심각한 병에 걸렸어. 단순히 약 처방으로 치료할 수 있는 병이 아니라네. 이곳 민간 의학의 언어를 빌려 말하자면, 그런 시도가 더 큰 화기火氣를 일으켜서 심장을 공격할 수도 있어."

정말 이기적이군요. 노인의 말을 들은 천카이종의 첫 반응은 뜻밖에도 혐오였다.

그는 사람들이 어떻게 착취당하고 억압당했는지 아주 잘 알았다. 그것은 역사를 통틀어 흔한 일이었다. 어떤 집단이든 사람들은 항상 자신을 더 높은 계급으로 규정하고 신, 국가 혹은 '진보'라는 이름으로 법과 규칙을 만들어 다른 계급의 삶을 지배하고 그들의 육체와 영혼을 소유했다.

생존은 충분한 명분이다. 교과서를 통해 추상적으로 배울 때는 카이종도 쉽게 납득할 수 있었지만 모든 것이 생생한 현실인 지금은 완전히 다른 문제였다.

그는 지난 몇 주간 폐기물 노동자들의 삶과 노동에 깊게 접촉했다. 그는 어린 소녀들의 푸르스름해진 병든 얼굴과 화학약품에 부식되어 거칠고 얼룩덜룩해진 손을 보았다. 그는 메스꺼운 악취 속에서 숨 쉬었고, 음식이라 부르기도 힘든 식사를 맛보았으며, 그들이 받는 형편 없이 낮은 임금을 알게 되었다. 카이종은 미미를 떠올렸다. 그녀의 순수한 미소, 그녀의 혈관 벽에 달라붙은 중금속 입자, 기형적인 후각세포와 손상된 면역체계를 생각했다. 그녀는 완벽한 자율성을 지닌, 유지보수가 필요 없는 작업 기계와 같았다. 그리고 이 땅의 또 다른 수억 명의 고급 노동 인력처럼 죽을 때까지 매일 지칠 줄 모르고 일할 것이다.

여기까지 생각하자, 카이종은 심장이 덜컹 내려앉는 느낌이었다. 이 느낌을 어떻게 설명해야 할지 몰랐다. 그는 노인이 뒤돌아 넋 놓고 있는 자신을 쳐다보고 있음을 깨달았다. 노인은 미소를 지으며 무심한 듯 한마디를 툭 던졌다.

"쓰레기인간 소녀 한 명과 친하게 지낸다고 하던데."

"이름이 미미입니다." 카이종은 일부러 그의 말을 바로잡았다.

"그렇겠지. 이름으로 부르는 게 익숙하지 않을 뿐이야."

"시간이 지나면 점점 익숙해질 겁니다." 카이종은 분노를 억누르며 정중하게 말을 이어가려 애썼다. 그는 권력자의 기분을 상하게 하고 싶지 않았다.

"하하, 젊은이들은 항상 하룻밤에 만리장성을 쌓으려 한다니까."

"아닙니다. 하룻밤 사이에 무너질 가능성이 더 크죠."

"좀 더 지켜봐야 알겠지. 오늘 밤에 그녀와 데이트 약속이 있지 않은가?"

카이종은 깜짝 놀랐으나 노인은 더 이상 그를 바라보고 있지 않았다. 그는 먼 곳을 응시하고 있었다.

카이종은 미미와 함께했던 장면들을 빠르게 재생했다. 여전히 경련을 일으키는 죽은 개, 푸른빛이 가득하던 바다, 관조 해변의 혼령? 그는 일족의 우두머리가 대체 어디에 스파이를 심어놓았는지 찾으려 했다. 카이종은 돌연히 노인의 깊고 그윽한 눈에서 반사되는 빛이 석양의 잔해가 아니라는 사실을 깨달았다. 푸른빛의 작은 반점들이 빠른 속도로 뿜어져 나와 허공에서 반짝이며 비밀을 읽고 있었다.

스콧의 예상을 깨고 그들은 침입자를 붙잡았다.

심문실은 그의 상상과 달리 깨끗하고 밝았다. 그 남자는 앳된 얼굴에 이목구비가 뚜렷했으며 한 손이 수갑에 채워져 의자에 묶여 있었다. 스콧이 방에 들어서자 청년은 스콧의 얼굴을 머릿속의 어떤 이미지와 맞춰 보기라도 하는 것처럼 눈동자를 오른쪽 위로 굴렸다. 그는 광둥어 억양이 섞인 영어로 말했다.

"스콧 브랜들 씨, 드디어 만났군요. 이날을 오랫동안 고대했습니다."

"나를 아는가?"

"상상하시는 것, 이상이죠."

"흠, 자세히 말해 보게."

"당신의 정체를 말하는 데 시간을 너무 많이 낭비하지는 맙시다. 엑손 모빌, 림부난 히자우, 세계은행, 테라그린 리사이클링, 그리고 그 배후에 있는 무시무시한 거물, 이름은 계속 바뀌어도 성은 다 같지 않습니까? 바로 그리디Greedy죠." 남자는 자못 의기양양한 미소를 지었다.

"꽤 재밌는 농담이군, 하지만 한 가지만 알려 주지. 그리디 가문의 사람들은 팔이 아주 길어.* 내 주먹이 그 예쁘장한 얼굴을 갈기기 전에 본론으로 들어가는 편이 좋을 거야."

"아뇨, 그러지 못할 겁니다." 청년은 천장 한쪽 구석을 머리로 가리켰다. "그들은 우리를 지켜보고 있고 듣고도 있습니다. 제가 당신이라면 언행에 신중하겠어요."

스콧은 부자연스럽게 의자를 조정했다. 의자 다리가 바닥을 긁으면서 불쾌한 마찰음을 냈다.

● 영어 속담, Greedy folks have long arms.

"넌 누구야? 뭘 원하지?" 그는 도청기의 민감도를 모르기라도 하듯 일부러 목소리를 낮추었다.

"제가 아니라, 우리입니다. 우리는 베네수엘라, 파푸아뉴기니, 필리핀, 서아프리카에서 당신들이 썼던 수법을 알고 있습니다. 마치 구세주처럼 지역 경제를 발전시키고 일자리를 제공한다는 명목이죠. 하! 잘하셨습니다. 우리는 그런 건 전혀 신경 쓰지 않습니다. 세상은 원래 다 그렇게 돌아가니까요. 우리의 관심은 당신의 부업, 롤러코스터를 탈선시킬 수 있는 작은 균열에 있습니다. 제 말을 믿으세요. 당신은 이 스캔들에 휘말리고 싶지 않으실 겁니다. 아마 상상보다 훨씬 더러울 거예요. 뭐 이미 그렇게 손이 깨끗하지는 않지만요."

스콧은 침묵했다. 분명 이들은 그가 모르는 정보를 입수한 것이 틀림없었다.

그의 임무는 원래 매우 간단했어야 했다. 그는 테라그린 리사이클링 프로젝트의 고위 임원, 스콧 브랜들이라는 이름으로 실리콘섬에 왔다. 첨단 환경보호 기술, 경제 생산량 증가 예측, 투입-산출 비율 모델, 중장기적 사회 효과, 새로운 일자리 창출, 성 접대 등, 익숙한 몇 가지 기법을 사용해서 지역 정부가 재활용 산업을 위한 순환경제 공업 단지를 공동 개발, 건설하는 계약서에 서명하도록 유도할 계획이었다. 테라그린 측은 기술과 자금 일부를 제공하고 실리콘섬 정부는 토지 할당, 지역 종족들 간 관계 조정, 기존 쓰레기 처리 산업 통합 같은 일을 하고, 또한 나중에 대량의 값싼 노동력을 제공할 것이었다.

표면적으로는 절대 나쁜 조건이 아니었다. 테라그린이 심각하게 오염된 수질과 토양 정화를 위한 자금을 추가 지원하기로 합의하면서 오히려 실리콘섬에 유리한 거래인 것처럼 보였다.

이에 대한 보답으로 테라그린은 실리콘섬의 재활용 재생자원을 유리한 가격에 구매할 수 있는 권리를 갖는다. 지방정부는 그동안 골치가 아팠던 문제들을 단번에 해결할 수 있다. 안정적이고 장기적인 현금 흐름을 확보하며 은행 대출 원금과 이자를 상환하고 매년 GDP를 멋지게 늘리게 될 것이다.

린이위 주임이 기존의 태도를 바꾸어 무거운 압박에도 불구하고 급하게 이 거래를 성사시키려 하는 이유도 그 때문이었다. 회전문 지나듯 지방으로 발령받는 공무원들과 달리 그는 실리콘섬에서 태어나고 자랐다. 린 가문의 모든 혈연 관계가 이 땅에 집중되어 있었고 그는 실리콘섬의 미래 세대들에게 실질적인 혜택을 주고 좋은 명성을 남기고 싶었다. 그러나 현실은 너무나 가혹했다. 그는 가문과 정부라는 두 개의 문 사이에 끼어 있었고, 좁은 틈새를 비집고 들어가려 분투했지만 결국 집 없는 개처럼 초라하고 불쌍했다.

물론 스콧은 이 거래가 너무 말도 안 되게 완벽하다는 사실을 알고 있었다. 길거리에 사는 힘없는 불량배들이나 진짜 칼을 꺼내 들어 싸우지, 정말로 숙련된 킬러들은 무기를 감추고 칼끝에 피 한 방울 묻히지 않고 승리를 거둔다.

"이곳에서는 심문 도중에 용의자가 사망하는 경우가 많다고 하더군. 공식 부검에서는 아무것도 발견되지 않고 말이야."

스콧이 차갑게 말했다.

"저는 실리콘섬에 발을 들인 순간 죽을 각오를 했습니다. 그리고 제가 마지막은 아닐 겁니다." 청년은 두려움 없이 그의 시선에 맞섰다.

"자네가 원하는 게 뭔가?" 스콧은 갑자기 이 게임이 지겨워졌다. 그는 이미 너무 오랫동안 연기를 해 왔고, 너무 많은 역할을 해 왔기 때문에 배역이 없을 때는 자신이 어떤 모습이었는지조차 기억나지 않았다.

"전화 한 통만 허락해 주십시오. 그러면 제 상사가 바로 연락할 겁니다. 이곳은 *깨끗하지* 않아요."

깨끗하다. 스콧은 이 단어가 알레르기 유발 물질처럼 느껴져 소리 내어 껄껄 웃었다. 청년은 그의 입술을 꿰매버리고 싶다는 듯 그를 매섭게 노려보았다. *세상에 깨끗한 것은 없어.*

"우리가 깨끗하게 처리할게."

스콧은 이중적인 한마디를 남긴 채 자리에서 일어나 방을 나섰다. 천장 한구석에 붙어 있는 카메라는 계속해서 작은 형상을 비추고 있었다. 렌즈를 통해 왜곡된 형상은 납작하게 눌린 바퀴벌레처럼 다리 관절이 이완되면서 천천히 펼쳐지는 것처럼 보였다.

지는 해가 수평선에서 피처럼 붉은빛으로 응고되었다.

노인의 얼굴은 불타는 종이 같았다. 긴 세월 속에 남은 페이지들은 불꽃에 쪼그라들고 재로 변했다. 눈꺼풀은 축 처졌어도 모든 것을 꿰뚫어 보았고 아무 말 하지 않아도 청동 종보다 우렁찼다.

카이종은 자기 앞에 서 있는 인물이 인생의 황혼기를 보내는 노인에 지나지 않음을 알고 있었다. 그의 눈이 뿜어내는 빛은 최신형 증강현실 렌즈를 착용한 결과임이 분명했으나 어느 정도의 액세스 레벨을 갖췄는지 확신할 수 없었다. 이곳 같은 속도제한 구역에서 장비로 무장한 노인은 언제라도 가면을 벗고 순식간에 냉혈한 전사로 변신할 것처럼 무섭게 느껴졌다.

그러나 노인은 웃으며 고개를 가로저었고 부드럽게 말했다. "관조 해변에 갔다며. 거긴 좋지 않은 곳이지."

좋지 않은 곳. 그토록 평범한 말 한마디에 카이종은 가슴이 철렁 내려앉는 듯했다.

"알고 있습니다. 소문에 그곳은…."

"그건 사실이야." 노인이 끼어들었다. "조점潮占이라고 하지."

그들이 서 있는 곳에서는 관조 해변을 볼 수 없었다. 관조 정자 또한 거북이 등딱지 더미처럼 겹겹이 쌓인 지붕들 너머로 끝부분만 살짝 엿보였기 때문에 자세히 보지 않으면 놓치기 쉬웠다. 해가 저물어 갈수록 바다는 점차 진홍빛을 잃어 갔다. 처음에는 해안 가까이에서, 후에는 더 멀리에서 녹은 납이 식듯 회색으로 변했다. 수면 위의 얇고 물결치는 하얀 선이 오실로스코프를 따라 움직이는 패턴처럼 보였다. 끝없는 악보처럼, 억만 년 동안 지속되는 중력의 노래처럼 뛰어올랐다가, 사라졌다가, 다시 나타났다.

천카이종은 노인이 어떤 책에도 기록되지 않은 역사의 한 부분을 감정 없이 묘사하는 것을 들었다. 갑자기 그는 등골이 서늘해지는 것을 느꼈다. *그냥 바람일 거야.* 그는 생각했다. *부디 그저 바람이기를.*

관조 정자는 당나라 시대에 사법 행정을 담당하던 기관인 형부에서 현재의 차관급인 시랑侍郎을 지냈던 한유가 세웠다고 한다. 한유는 부처의 손가락 뼈를 궁궐에 설치하려는 헌종의 계획에 반대했고 그 결과 차오저우潮州 현감으로 좌천되었다. 한유는 실리콘섬에 방문한 이후 정자를 짓도록 지시했다. 물론 당시에는 실리콘섬이라고 불리지 않았다. 정자 밖 비석에는 한유가 직접 쓴 글이 새겨져 있었다. "조수潮水를 관찰하는 자는 천하를 알 것이며, 인덕을 지닌 자는 복을 받을 것이다." 훗날 그 비석은 열대성 폭풍으로 인해 바다에 떨어졌다.

혹자는 이 비문이 한유가 당 헌종에게 불만을 드러낸 글이라고 해석했지만, 그것은 역사를 부분적으로만 이해한 결과다. 사실 그 비문은 실리콘섬 현지의 오래된 풍습인 '조점'을 겨냥한 글이었다.

조점은 시간의 안개 속에 그 근원을 잃어버린 오래된 점술이다. 실리콘섬의 선조들이 오랫동안 어업 생활을 하면서 축적한 지혜의 정수로 알려져 있다. 다른 점술의 원리와 마찬가지로 조점 역시 조수간만을 통해 씻겨지고 남은 해변 부유물의 위치, 상태, 흔적을 통해 길흉을 예측하고 미래의 징조로 삼았다. 다만 다른 점술은 주로 나뭇가지, 거북이 등딱지, 동물의 뼈, 모래 무지, 동전, 대나무 막대기 등 생명이 없는 물체를 사용했으나 조점은 살아 있는 생물을 사용했다.

실리콘섬의 선조들은 생명이 바다에 빠져 빈사 상태에 이르면 영적 세계와 연결되어 대단히 예민해진 감각으로 미래의 메시지를 수신할 수 있다고 믿었다. 영매들은 이를 더욱 정확한 예지를 끌어내는 강력한 도구로 사용했다.

실리콘섬의 주변에 형성된 독특한 석호 지형은 조점을 위한 완벽한 장소였다. 실리콘섬의 선조들은 산호초 끝에 서서 산 제물을 바다에 던져 넣은 후, 관조 해변에서 그 익사한 제물이 해변으로 떠내려오기를 기다렸다. 예전에는 해변을 인위적으로 12등분하여 복문卜文을 새긴 화강암 석판을 세우고 조점을 치는 데 이용했으나, 문화대혁명 동안 전부 파괴되었다고 한다.

"그렇다면… 그들이 사용한 제물은….” 카이종은 목이 메어 말을 잇기가 어려웠다.

"갓 태어난 송아지, 양, 아니면 개였지.” 노인이 대답했다. "대부분은 그랬어.”

그들은 제물을 특수한 밧줄로 묶었고, 수영해서 탈출할 수 없도록 하면서도 익사의 과정을 연장하기 위해 충분히 몸부림칠 만한 정도의 공간은 남겨 두었다. 바다에서 길고 고통스러운 과정을 겪은 후 죽은 그들의 몸은 끔찍하게 뒤틀렸고, 신령과의 대화에서 중상을 입은 것처럼 놀란 표정에 눈빛은 공허했으며 영혼은 흠뻑 젖어 있었다.

만약 제물이 여전히 산 채로 해변에 도달했다면, 그 운명은 신들이 보낸 점괘에 달려 있었다. 만약 길조라면 사람들은 생물이 죽을 때까지 기다렸다가 적당한 장소에 묻어 주었고, 반대로 흉조라면 생물을 돌로 쳐서 죽인 후 사체를 황량한 곳에 묻은 다음 아무런 흔적을 남기지 않아 액운이 점술가의 집까지 따라가는 것을 방지했다.

카이종은 현재의 법무부 차관 격인 한유에 대해 아는 것이 많지 않았지만, 노인이 묘사한 바에 따르면, 그는 자신의 머리를 걸고 부처의 손가락 뼈로 추정되는 것을 '백성들이 잘못된 믿음에 빠지지 않게 하고 후대의 화를 끊기 위해 물이나 불 속에 던져서 완벽히 파괴해야 한다'라고 황제에게 주장했던 극단주의자였다. 그런 굳건한 무신론자가 "조수를 관찰하는 자는 천하를 알 것이며"라는 글귀를 남겼다는 건 약간의 찬사마저 내포하고 있으니, 이해하기 어려운 일이었다.

노인은 이것이 정치적 야망이 좌절된 한유가 점술사에게 자신의 미래를 예언해 달라고 부탁했고, 조점 의식을 직접 목격했기 때문이라고 했다. 토종개 한 마리가 사지가 묶여 뒤집힌 채로 바다에 던져졌다. 한 시간 후, 배가 부풀어 오른 개는 같은 자세로 해변으로 밀려왔다. 두 번째 파도가 개의 사체를 일으키는 바람에 마치 개가 먹이를 먹는 듯한 형상이 되었다.

점술사는 괘를 이렇게 풀이했다. 비록 한유가 이번 왕조(파도)에 운명을 당장 뒤집을 수는 없지만, 낮은 자세를 유지하며 기다리면 다음 왕조(파도)에는 다시 큰 자리를 얻어 수도로 돌아갈 것이라고 말이다. 이는 상당한 길조라고 볼 수 있었다.

당나라 헌종의 아들이자 후계자인 목종은 즉위 초기에 한유를 수도로 불러들여 국자좨주*에 앉혔고 다시 병부시랑, 이부시랑으로 승진시켰다. 이 정자와 비석은 자신에게 길한 점괘를 내려 준 신에게 감사하기 위한 한유의 선물이었다.

"그렇다면 '인덕을 지닌 자는 복을 받을 것이다'라는 구절은 어떻게 해석하십니까?" 카이종은 그 대학자가 희생 제물에 관해 어떻게 생각했는지 궁금했다. 그는 차오저우의 강에서 악어를 몰아내버린 전설 속 영웅 한유를 동물 보호주의자로 볼 수가 없었다.**

"가끔은" 노인의 눈이 불안정하게 깜빡이기 시작했다. "사람을 제물로 쓰기도 했어."

● 国子祭酒. 국가 최고 교육 기관이던 국자감의 벼슬 이름.
●● [원주] 한유가 차오저우 사람들을 괴롭히던 악어를 쫓아낸 이야기는 전설과 역사적 기록이 복잡하게 뒤섞여 있다. 한유는 악어에게 보내는 유명한 에세이를 직접 썼는데, 이는 중국 고전을 공부하는 학생들에게 재치 있고 꾸밈없는 문체의 좋은 예로 여전히 연구되고 있으나 사실 정치적 은유로 읽는 것이 더 적합하다. 배경지식에 익숙하지 않은 독자들은 이 이야기를 아일랜드에서 뱀을 추방한 성 패트릭의 전설과 다소 유사하다고 생각할 수도 있다.

6

"이봐요, 가짜 외국인. 선장 아저씨가 왜 배를 못 댔는지 이제 알겠죠?" 미미가 그날 밤 관조 해변에서 물었었다.

그곳은 연고 없는 무덤이 널려 있는 공동묘지였다. 시커먼 땅에 시체가 매장되었음을 알리는 나무 명패가 아무렇게나 꽂혀 있었다. 그러나 명패에는 오직 사망 연도만이 적혀 있을 뿐, 출생 연도나 이름 등은 없었고, 여기저기에 지전과 초, 타버린 향이 널려 있었다. 희미한 달빛 아래 그 모습은 특히 섬뜩해 보였다. 미미는 두 손을 모은 채 눈을 내리깔고 기도를 읊었다.

"이들은…" 카이종은 이름도, 집도 없는 귀신들을 방해할까 두렵기라도 한 듯 목소리를 낮췄다.

"모두 파도에 떠밀려 온 이름 모를 사체들이에요. 일부는 홍콩으로 밀입국하려던 사람들이고, 일부는 의식…을 치르는 중에 이곳 토박이들에게 죽임당한 여자와 아이들이라고 해요."

확고한 무신론자인 천카이종마저 그 광경에 몸서리쳤다. 하지만 그는 금세 마음을 진정시켰다. *이주 노동자들이 토박이들을 모략하려고 지어낸 도시 전설이 분명해.*

"이걸 보여 주려고 한밤중에 여기까지 끌고 온 건 아니죠?"

"당연히 아니죠. 자, 저쪽을 봐요!" 미미는 고개를 기울여 묘지의 한구석에 있는 거대한 그림자를 가리켰다.

"와…" 카이종은 그 물체의 크기와 섬뜩한 외관에 놀라 그 앞에 멈춰섰다.

그는 강화 휴대전화를 꺼내 물기를 닦았다. 액정 화면은 창백한 빛을 내뿜으며 이 공동묘지를 지키는 불교-도교의 수호신, 3미터에 가까운 외골격 로봇 메카를 비췄다. 합금 갑옷은 도교의 부적으로 뒤덮여 있어 더 이상 원래의 페인트 색깔을 알 수 없었고, 갑옷의 모든 돌출부에 플라스틱 혹은 나무 염주가 매달린 채 바람이 불 때마다 풍경처럼 서로 부딪쳤다. 심지어 관절 부위에는 행운을 기원하는 붉은 천이 감겨 있었다.

이베이에 경매로 나온 Su-35 전투기에 비하면 메카는 별것도 아니었다. 돈 있고 충동적인 작자가 갖고 놀다 버린 장난감에 불과했다. 재료공학과 제조 기술의 심오한 발달로 역공학●은 어렵고 비실용적인 기술이 되었다. 예를 들어 메카에 사용된 유압 전동 장치를 대체한 전기 활성 근섬유는 섬유의 구조와 구성에 관련된 모든 세부 사항을 파악해도 복제할 수 없었다. 적군의 전투기를 나포해 자국의 항공 기술을 발전시키던 시대는 이미 오래전에 끝났다.

카이종은 호기심이 생겼다. *이 메카가 어떻게 여기에 왔지?*

● reverse engineering. 완성된 제품을 분석하여 제품의 기본적인 설계를 추적하는 공학.

왜 이렇게 이상한 모습을 하고 있지?

미미가 기도를 마치고 눈을 떴다. 그는 마치 카이종의 궁금증을 꿰뚫어 보기라도 한 듯 잠시 망설이다가 말했다. "원 형 때문이에요."

원 형은 이 희귀한 물건이 실리콘섬에 도착하자마자 소유권을 주장했다. 원 형은 자신의 개인 실험실에서 눈에 보이는 손상을 모두 수리하고 바이러스 배터리를 재장착했다. 추가 연구를 통해 메카를 두 가지 방식으로 제어할 수 있음을 알아냈다. 첫째, 원격제어 방식. 그는 통신 프로토콜을 해독하려 궁리했지만 어떤 연유인지 시스템이 응답하지 않았다. 그는 하는 수 없이 동작 감지 방식을 시도해야 했다. 이 방식은 누군가가 메카의 조종실로 기어 올라가 메카가 사람의 움직임을 감지하고 모방하도록 조종해야 했다.

물론 원 형이 스스로 위험을 감수할 리 없었다. 그는 고아인 아룽을 선택했다.

깡마른 아룽은 거대한 금속 몸체와 극명한 대조를 이루며 조종석으로 올라갔다. 그의 얼굴은 순수한 기쁨으로 가득했다. 그는 표시등이 켜질 때까지 팔다리를 이리저리 움직였다. 흥분한 원 형이 그에게 움직이라고 외쳤다. 기계가 특정한 조종사에 맞춰 조정되어 있지 않았기 때문에 메카의 동작은 달 표면을 걷는 우주비행사처럼 어설프고 굼떴다. 동작 감지 장치가 초당 수백 수천 번씩 데이터를 중앙 컴퓨터로 전송했고, 계산을 마친 컴퓨터는 신호를 전기 활성 근섬유에 보내 근육을 수축시키고 메카를 움직이게 했다. 만약 이 과정이 지연되면 조종사는 끈적끈적한 액체 속을 걷는 것처럼 동작이 생각보다 훨씬 뒤처지는 느낌을 받게 된다.

미미의 설명을 통해 카이종은 그간 일어났던 일들을 어느 정도 파악할 수 있었다.

아룽-메카의 움직임은 점차 부드럽고 민첩해졌다. 아룽은 점점 흥분해서 로봇 팔로 쓰레기 더미를 부수며 달리기 시작했다. 구경꾼들도 그를 따라 함께 뛰기 시작했다.

힘과 속도의 불가사의한 결합이었다. 아룽-메카는 아룽 특유의 팔자걸음으로 가볍게 달렸지만 발을 땅에 디딜 때마다 굉음을 냈다. 그는 목적지나 방향은 아랑곳하지 않은 채 오직 난폭한 힘의 배출구를 찾아 맹목적으로 날뛰는 헤라클레스 같았다.

원 형은 숨을 헐떡이며 그를 좇아갔고 아룽에게 멈추라고 소리를 질렀다. 무언가 잘못되었음을 누구보다 먼저 직감했다.

아룽은 무언가를 떨치려는 것처럼 팔다리를 미친 듯이 휘둘러 가는 길을 막는 집, 나무, 자동차를 전부 부숴버렸다. 사람들은 겁에 질려 통제 불능의 금속 괴물을 피해 뿔뿔이 흩어졌다. 괴물은 흙먼지, 부러진 나뭇가지, 유리 조각 등을 온몸에 두른 채 뤄 가문의 영토를 벗어나 아무도 가지 않는 그곳, 관조 해변으로 향했다.

앞서 달려가던 쓰레기인간 아이들은 멋모르는 기쁨에 차 소리를 질렀다. 아룽이 불에 타요! 아룽이 불에 타요!

실제로 질주하는 외골격 로봇의 조종석에서 검은 연기가 뭉

게뭉게 피어올랐고 살 타는 냄새가 났다. 그제야 사람들은 아룽-메카의 목적지가 오직 한 곳, 바다임을 깨달았다.

그러나 그는 결승점에 이르지 못했다.

미미가 급히 현장에 도착하여 빽빽한 군중 사이를 비집고 들어갔을 때 아룽-메카가 공동묘지 옆에 꼿꼿이 서 있는 모습이 보였다. 새까맣게 탄 소년의 몸이 합금 갑옷 속에서 흰 연기를 내뿜는 모습이 마치 오븐에 너무 오래 익혀 비쩍 마른 베이컨 같았다. 원 형은 헛되이 모래를 뿌리고 있었고 일부 전선이 합선되어 사방으로 불꽃이 튀었다. 사람들은 공포에 질린 얼굴이었으나 죽음의 연극 한 편을 본 것처럼 만족의 흔적도 있었다. 미미는 원 형의 얼굴에서 참담함, 패배감 그리고 한줄기 슬픔일지도 모르는 것이 뒤엉킨 복잡한 감정을 읽었다.

사흘이 지나자 이 비극은 관조 해변을 둘러싼 또 하나의 전설이 되었다. 그리고 고아 아룽은 '전생에 죄를 지으면 현생에서 분명히 갚게 된다'를 보여 주는 좋은 예가 되었다.

여기에 원 형이 어떤 역할을 했는지 기억하는 사람은 없었다.

카이종은 조종석 내부에 남은 화재의 흔적을 살펴보았다. 좌석에는 인체 지방이 남아 있었고 연소 후 남은 규산염 결정이 록히드 마틴 로고에 붙어 있었다. *전기 시스템이 합선되면서 과열된 게 분명하군.* 그는 샤오룽 마을에서의 광경을 떠올렸다. 갑자기 속이 메스꺼웠다.

"죽음과 이어진 쓰레기를 만지고 싶어 하는 사람은 없어요." 미미는 다시 두 손을 합장했다. "다들 이곳은 액운으로 가득하다고 생각해요. 어쩌다 실수로 들어오면, 향을 태우고 지전을 준비해서 신령님에게 제사를 올렸어요. 사람들은 모두 신령님이 아룽을 여기에 데려와서 빚을 갚았다고 했어요."

미미는 확신하지 못하는 것처럼 머뭇거렸지만, 그 금속 갑옷에 대한 두려움이 느껴졌다.

당시 천카이종은 미미가 무엇을 두려워하는지 알지 못했고, 심지어 그런 미신이 우스꽝스럽다고 생각했다. 그러나 떠나는 길에 흘끗 돌아보자, 무고한 영혼을 앗아간 지옥 같은 갑옷 안에 서늘한 푸른빛이 번쩍이는 것 같았다. 하지만 다시 보니 그것은 뒤편 등대의 반사광이 황량한 묘지와 창백한 백사장을 가로질러 해수면에 잠시 선을 긋다가 하나의 점으로 압축된 것에 불과했다.

밤이면 바다는 잠자는 검은 야수 같았다. 힘 있고 고른 숨결에는 최면에 걸리게 하는 힘이 깃들어 있었다. 이곳은 사람들이 보통 발을 딛지 않는 땅으로 수년 전만 해도 홍콩으로 밀입국하려다가 실패한 사람들이 떠밀려 온 집단 매립지였다. 뤄진청은 차창 밖으로 해안선이 오르내리는 모습을 바라보았다. 등대와 달빛 아래 백골처럼 하얀, 텅 빈 장례식 두루마리가 천천히 펼쳐지는 것 같았다. 두루마리의 끝에는 주황색 등불이 이 스산한 광경에 약간의 온기를 더해 주었다.

그곳이 그의 목적지였다. 사람들은 사석에서 그곳을 공덕당이라 불렀다. 실리콘섬에서는 산 자에게는 공덕이 필요 없었고 오직 죽은 자에게만 필요했다.

소녀는 그의 생각보다 훨씬 어렸다. 그녀의 가슴은 심하게 헐떡였고 바닥에 긁힌 상처에서 여전히 피가 흘렀다. 재갈을 물린 입에서 짐승 같은 신음이 흘러나왔고 눈은 공포로 가득했지만, 예전부터 이날이 오리란 걸 예상했던 것처럼 당혹스러워하지 않았다.

뤄진청이 그녀를 풀어 주라고 지시하자, 소녀의 입에 물려 있던 더러운 헝겊이 몇 번의 헛구역질 끝에 침 범벅으로 바닥에 떨어졌다. 마치 고양이가 토해낸 털 뭉치 같았다.

"무서워하지 마." 뤄진청은 쭈그리고 앉아서 친절하게 미소지었다. "질문 몇 개만 대답하면 바로 보내 줄게."

그녀의 표정 속 두려움은 털끝만큼도 줄지 않았다.

"이 아이 본 적 있어?"

뤄진청은 휴대전화 바탕화면을 그녀에게 보여 주었다. 그녀의 눈동자가 순식간에 커졌다가 빠르게 어두워졌다.

"말해 봐, 애한테 무슨 짓을 했는지." 뤄진청의 말투는 여전히 담담했다. 주변에서 듣기에는 약간의 동정심까지 느껴질 정도였다.

소녀는 한동안 멍하니 있더니, 경련하듯 고개를 흔들기 시작했다.

뤄진청은 천장의 조명등을 바라보았다. 등의 노란빛이 방 안의 모든 이들을 따뜻하게 비추어 편안하고 가정적인 분위기를 자아냈다. 번쩍이는 금속 공구들만 아니었다면 배우들이 좀 더 쉽게 몰입했을지도 모른다. 그는 한숨을 내쉬었다.

"그 미국 놈은 왜 계속 너랑 붙어 있지?"

꿈결 같은 표정이 잠시 소녀의 얼굴을 스쳤다. 마치 스스로에게 같은 질문을 하는 것 같았다. 잠시 후 그녀가 처음으로 입을 열었다.

"저랑 이야기하는 게 좋대요."

칼잡이와 다른 두 부하가 히스테릭한 웃음을 터뜨렸다. 웃음소리가 너무 커서 조명등의 불빛이 흔들리는 것 같았다.

뤄진청이 뒤돌아 분노에 찬 표정으로 바라보자 웃음은 바로 멈췄다. 그는 머리를 절레절레 흔들며 금방이라도 부러질 듯 연약한 쓰레기 소녀를 다시 바라보았다. *제기랄, 시간 낭비잖아.* 그는 자리에서 일어섰다.

"여기 뒀다가 음력 8월 8일에 데려와."

뤄진청은 문으로 향하다가 무언가가 생각난 듯 몸을 돌렸다. 수년간 그를 따라왔던 졸개들의 말할 수 없이 흥분된 표정을 보았다. 몇 년 전의 자기 모습을 보는 것 같았다. 그는 목소리를 높였다.

"산 채로."

천카이종은 공황 상태로 허둥지둥 달렸다. 이미 미미와 약속한 시간이 지나버렸다. 보이지 않는 손이 날뛰는 심장박동에 맞춰 그의 위장을 움켜쥐는 것 같았고 한 발짝 달릴 때마다 숨 막힘과 메스꺼움이 뒤섞인 느낌이 온몸을 휘감았다. 공포스러운 광경이 그의 머릿속을 떠나지 않았다. 그의 고향 땅에서 그런 야만적인 관습이 수천 년간 성행했다는 것이, 그의 혈관에 그런 잔혹한 피가 흐르고 있다는 것이 믿어지지 않았다.

그는 숨을 쉬기가 어려웠다. 사지가 묶인 채 파도에 던져진 개가 된 것 같았다. 개가 된 그는 용솟음치는 물거품과 청록색 빛줄기 속에 둘러싸여 죽음과 사투를 벌이다가 거역할 수 없는 힘에 휩쓸려 먼 해변으로 밀려갔다. 개는 아기로 변했다. 사생아의 부드러운 피부가 파도 속에서 창백해지고 쪼글쪼글해졌고 통통 부푼 구더기처럼 파도의 소용돌이 속에서 빙글빙글 돌고 나뒹굴었다. 아기는 너울대는 해초처럼 여자의 몸으로 천천히 펼쳐졌다. 그녀의 몸은 줄이 끊어진 꼭두각시처럼 불가능한 자세로 뒤틀리며 연약하고 잔혹한 아름다움을 드러냈다.

정숙하지 못한 여자들과 사생아들은, 노인의 말이 주문처럼 그의 머릿속에 매달렸다. 실리콘섬에 아무 흔적도 남길 수 없었어. 내가 말했던 비공식 역사처럼.

그런데 어찌 그렇게 잘 아십니까? 천카이종은 말을 뱉자마자 바로 후회했다.

상상 속 여자 시체가 파도 속에서 천천히 몸을 돌려 해초 같은 긴 머리카락을 풀어 젖히고, 핏기라곤 전혀 없는 얼굴을 드러냈다.

미미의 얼굴이었다.

마침내 카이종은 미미의 작업장에 도착했다. 그는 두 무릎을 붙잡고 숨을 몰아쉬었다. 등줄기에 땀이 흘렀다. 그는 다른 여자 쓰레기인간들이 던지는 시선을 무시했다. 그녀는 일하고 있지도, 방 안에 있지도 않았다. 미미는 떠났고 그녀가 어디로 갔는지 아는 사람은 없었다. 불안이 까마귀 떼처럼 엄습했다. 천씨 일족의 우두머리의 눈이 푸른 불꽃을 뿜는 것을 보았을 때처럼 온몸이 떨려 왔다.

그는 시구의 비밀을 밝히는 노인의 표정을 영원히 잊지 못할 것이다.

나 또한 관조인, 조수의 관찰자라네. 노인의 얼굴은 매우 평온해 보였다. 지금까지의 대화는 전부 이 순간을 위한 빌드업이었다. 아니면 카이종을 미미와의 약속 시간에 늦게 하려는 의도였을지도 모른다.

카이종은 어둑하고 습한 석양 속에서 멍하니 길의 끝을 바라보았다. 그 끝은 무엇인가를 기다리는 것처럼 텅 비어 있었다. 그의 얼굴 근육은 일그러지고 찡그린 채, 윙윙대는 파리처럼 떠나지 않는 어떤 생각을 떨쳐내려 노력하는 것 같았다. 그러나 그가 노력하면 할수록 그러한 예감은 암세포가 증식하듯 더욱 맹렬하게 팽창하고 증식하여 머릿속을 가득 채웠다.

그는 두 번 다시 미미를 보지 못할 것이다.

WASTE

2부

TIDE

무지갯빛 파도

내일의 모든 참여자를 위하여.

For all tomorrow's parties.

— SBT(Silicone–Bio Technology) 광고 슬로건

7

15초마다 흰 광선이 방 안의 유일한 창문을 뚫고 들어왔다가 순식간에 사라졌다. 방 안의 어둑한 노란 불빛이 순간 표백되었다. 사물의 그림자는 생명을 부여받은 것처럼 놀라서 허둥대며 광선을 피해 원운동을 하면서 곰팡이와 갈라진 틈으로 가득한 벽을 기어오르다 결국은 어둠 속으로 숨어들었다.

그 빛이 처음 나타났을 때, 미미는 한 줄기 희망을 본 줄 알았다. 그녀는 미친 듯이 벽에 부딪치며 갈라지고 피 끓는 목소리로 살려 달라고 외쳤다. 그러면 빛은 사라졌고 바다의 탄식만을 제외하면 죽은 듯 정적만 남았다.

일곱 번째 빛이 나타났을 때 미미의 입은 테이프로 막혀 있었다. 그녀가 아무리 몸부림을 치고, 머리가 헝클어지고, 눈이 퀭하게 변해도 결국 원래 입술이 있었던, 매끈한 은색 표면에 움푹 팬 자국만 남았을 뿐이다. 그녀의 손 역시도 뒤쪽으로 묶여 있었고 팔은 어깨뼈가 둔각이 될 때까지 뒤로 당겨져 있었다. 눈물과 땀이 뒤섞여 그녀의 눈을 찌르고 목덜미를 적셨다. 온몸에 화끈거리는 고통을 느꼈지만, 상처가 어디에 있는지 알 수 없었다. 마치 수많은 개미가 신경 말단을 갉아먹는 것 같았고 수천 개의 상처로 천천히 죽어 가고 있는 것 같았다.

이제 미미의 몸에서 자유로운 부분은 다리뿐이었다. 조금 전그녀는 남자들의 사타구니를 힘껏 걷어찼고 심지어 철문 밖으로 도망가려고도 시도해 보았지만 그들은 그녀를 손쉽게 들어올려 길고양이처럼 무릎을 꿇린 채 구석으로 끌고 갔다.

밝은 광선이 열다섯 번째로 스쳤다. 남자들의 얼굴이 밝게 빛났고 강한 빛 속에 그들의 어깨에 부착된 형형색색의 필름이 어두워지는 것 같았다. 그들의 팔뚝의 털, 팔꿈치의 혈관, 피 묻은 바늘이 선명하게 보였다. 그들의 동작이 증발하는 연기 속에서 느려졌고, 얼굴에서는 땀방울이 떨어졌다. 입꼬리가 열리면서 누런 법랑질이 드러났다.

누군가가 뭐라고 말하자, 웃음소리가 파도 소리와 냉장고 압축기의 윙윙대는 소음을 덮었다.

미미는 절망에 빠져 칼잡이의 목젖이 오르내리는 모습을, 숨이 가빠지고, 동공이 확장되고, 의식이 흐릿해지는 모습을 지켜보았다. 그러나 그녀가 가장 두려워했던 일은 일어나지 않았다. 칼잡이는 벨트를 풀어 헐렁한 연두색 추리닝 바지를 벗는 대신, 괴상한 모양의 헬멧을 쓰고 미미 앞에 우뚝 섰다.

헬멧은 다리가 여섯 개 달린 문어처럼 생긴 감각 증강 장치에 연결되어 있었다. 까까머리의 남자와 얼굴에 흉터가 있는 남자가 그것을 영양액으로 가득 찬 수조에서 꺼내어 액체가 뚝뚝 떨어지는 연회색의 반투명한 촉수를 미미의 몸과 팔다리에 둘

둘 감았다. 차갑고 끈적한 느낌에 미미의 온몸에 소름이 돋았다.

칼잡이는 그들에게 물러서라고 손짓했다. 마치 온 에너지를 집중하려는 듯 눈을 질끈 감았다. 무거운 한숨과 함께 헬멧 상부에 빨간 등이 켜졌다. 연결이 완료되었다는 신호였다.

미미는 이런 장치에 대해 들어본 적이 있었다. 바로 원 형이 할시온 데이즈의 사용을 절제하라고 당부하면서 경고했던 그것이었다. 점점 더 많이 원하게 될 거라고, 원 형이 그랬었다. 한 번 더 느끼기 위해 어떤 대가든 치르게 될 거라고 했다.

창백한 빛 안에서 촉수들은 다른 세상에서 온 악몽의 기술처럼 보였다. 촉수는 한 사람에게 고통을 가하고 그것을 다른 사람에게 쾌락의 충격으로 바꾼다고 했다. 헬멧을 쓴 사람에게는 인류 역사상 어떤 마약보다 더 풍부하고, 포괄적이며, 중독적인 경험을 제공한다.

촉수가 살아난 것처럼 갑자기 그녀를 조여 왔고 진홍빛으로 빛났다. 인공 피부 속에 묻혀 있는 나노 전극이 격렬한 맥박으로 그녀의 통증 신경을 날카롭게 공격하자, 말할 수 없는 고통이 온몸을 뒤덮었다. 미미의 목에서 짐승 같은 울부짖음이 터져 나왔고 눈물이 얼굴을 타고 흘러내렸다. 발작하듯 온몸을 부들부들 떨며 애원하는 눈빛으로 그녀를 고문하는 남자를 바라보았다.

그러나 남자는 전혀 신경 쓰지 않았다. 주변 세상은 이미 그에게 중요하지 않았다. 미미의 몸에서 수집된 생체 신호는 고속 케이블을 통해 계속해서 그의 헬멧으로 전달되었고 새로운 쾌락의 비법으로 바뀌었다.

마흔일곱 번째 빛줄기가 미미의 몸을 관통했다. 척추뼈가 활처럼 휘어지고 머리가 한계에 다다를 때까지 뒤쪽으로 젖혀져 거의 목이 부러질 뻔했다. 다리를 타고 따뜻한 액체가 흘러내리는 것이 느껴졌다. 자신도 모르게 오줌을 지린 것이다. 형언할 수 없는 고통에 그녀는 시야가 흐려졌다. 셀 수 없는 빛들이 시야의 가장자리에서 중심을 향해 튀었다. 온 세상이 일그러졌다.

흰 광선의 축이 느려졌고 방문 간격도 길어졌다. 미미는 이것이 단지 착각에 불과함을 알았다. 세상은 그녀를 위해 단 한 뼘도 달라진 것이 없었다. 그녀는 헛되이 세었다. 광선은 백 번, 아니 어쩌면 천 번 다시 나타났으며, 매번 기다림은 점점 길었고 끝이 없는 것 같았다. 촉수가 가하는 충격을 받을 때마다 눈앞 세상은 요동쳤고 수축하며 번쩍이는 빛으로 가득했다. 그녀는 더 이상 고통을 느끼지 않았다. 오직 무감각함과 깊고 끝없는 권태감만 느껴졌다.

미미는 자신이 느끼는 감정을 알 수 없었다. 분노, 절망, 슬픔, 증오… 전부 다인 것도 같았고, 어느 하나 맞는 것이 없는 듯도 했다. 미미는 그 느낌을 정확히 정의할 수 없었다. 그것은 언어로 묘사할 수 있는 것이 아니었으며 촉수가 움직일 때마다, 광선이 지나갈 때마다 모공의 자극 하나하나에 따라 끊임없이 변화했다. 익숙한 풍경이 눈앞을 스쳐 지나갔다. 고향의 나무, 어머니의 눈물, 고추장, 해변을 오르내리던 밀물과 썰물, 플라스틱 타는 냄새, 석양, 일렁이던 밤의 해안선, 해파리의 청록색 빛, 원 형의 괴상한 의체, 달빛, 달빛 아래 카이종, 중원절 축제에 그녀를 구하러 온 카이종, 해변에 누워 별빛을 바라보는 카이종….

비현실적이고 머나먼 기억의 파편들이 촉수의 다양한 운동 패턴에 따라 혼란스럽게 쌓여 갔다. 미미는 몸 안이 불타는 것 같았다. 피부에 맺힌 땀방울이 고열에 증발하며 수증기로 변했고 시야가 흐릿해졌다. 방 안의 모든 것이 사막의 신기루처럼 미세하지만 기괴한 형태로 변형되었다. 영원히 깨어나지 못하는 악몽 같았다.

칼잡이의 두 부하는 둥관東莞● 지역의 새 홍등가에 대해 신나게 얘기하는 중이었다. 동유럽에서 만들어진 고도로 개조된 요추 서스펜션 시스템이 극도로 변태적인 취향도 만족시키며… 강도 조절이 가능한 괄약근 근육, 전동 모터가 달린 외국 창녀들… 흉터남이 음란하게 웃는다. 그의 얼굴은 젤리처럼 일그러지며 들썩였고 왼쪽 뺨의 흉터는 피로 번쩍였다. 그들은 마치 관심 없는 관객들처럼 그들 앞에 펼쳐지는 이 폭력적인 광경을 단지 싸구려 드라마로 취급했다.

미미는 덜컥 충격을 느꼈다. 입을 막고 있던 테이프가 경고도 없이 뜯겨 나가며 뜨거운 인두로 피부를 지지는 것처럼 타는 듯한 통증이 느껴졌다. 그녀의 눈이 다시 초점을 맞추기도 전에 무언가가 그녀의 목구멍을 채우며 억지로 입술을 열어 호흡하게 했다. 촉수 중 하나가 고문을 가할 새로운 신경을 찾기 위해 그녀 안으로 들어가려 하고 있었다.

● 광저우, 선전, 홍콩의 중간 지점에 위치하여 홍콩, 대만 기업의 위탁 가공 및 제조업 공장 지대로 유명한 광둥성의 도시.

칼잡이가 또다시 비인간적인 소리를 내며 신음했다.

미미는 입안에서 꿈틀대는 물체와 칼잡이의 연관성을 의식했다. 순식간에 그녀는 결심을 굳혔고 발동 걸린 덫처럼 턱을 힘껏 앙다물었다.

고통의 울부짖음이 방 안을 채웠다.

미미는 증오로 가득 찬 눈으로 칼잡이의 경련하는 얼굴을 쳐다보았다. 헬멧을 벗으려고 애쓰는 칼잡이의 이마에 힘줄이 불거졌다. 미미는 더 세게 깨물었다. 그녀의 이빨 사이에서 촉수가 꿈틀대며 수축하자 칼잡이가 다시 한 번 비명을 질렀다. 부하 두 명은 헬멧을 먼저 벗겨야 할지, 미미의 이빨을 열려고 시도해야 할지 몰라 우왕좌왕했다. 하얀 광선이 또다시 휩쓸고 지나갔고 마치 무언극의 정지된 화면처럼 얼어붙은 사람들의 자세와 표정을 차례로 비췄다.

이 씨발년! 칼잡이의 외침이 그 완벽한 구도를 깨뜨렸다.

미미는 눈 가장자리로 푸른 섬광을 보았다. 까까머리가 전기 충격기를 들고 다가오고 있었다. 전극 사이의 불꽃이 검은 살모사의 혀처럼 날름대며 다가왔다. 그녀는 본능적으로 턱에 힘을 풀고 피하려 했지만 이미 너무 늦었다. 강력한 에너지가 그녀의 뇌를 강타하자 눈앞에 천만 송이의 푸른색 데이지꽃이 폭발적으로 피어났고 고속으로 회전하고 날아다니며 주황색 무늬를 만들다가 모든 것이 부딪치고 얽혔다. 모든 환상이 겹겹이 쌓여 속도를 잃은 터널을 통과해 원점으로 돌아갔다.

차갑고, 희박하고, 끝없는 어둠이었다.

바다. 시신의 피부처럼 창백한 바다가 납빛 하늘에 얇게 맞닿아 있었다. 언뜻 보면 응고된 폴리에스테르 플라스틱처럼 기복도, 물보라도, 새들도 없고 죽음처럼 고요한 수평선만이 존재했다.

미미는 자기 몸 반쪽이 죽은 바다에 갇혀 있는 것을 발견했다. 바닷물이 그녀의 허리까지 올라왔지만 차갑지도 뜨겁지도 않았고 마치 하반신의 모든 감각 자극을 차단하는 물질인 것처럼 허리 아래로 아무 감각이 없었다. 그녀는 몸을 돌리려고 했으나 다리 근육을 미처 움직이기도 전에 얼굴이 이미 180도 돌아가 있었다. 그녀는 해안을 바라보았다. 똑같이 창백하지만 사포처럼 거칠고 광택 없는 빛이 바다의 가장자리를 따라 깊이 없이 평평하게 붙어 있었다.

한 인물의 형상이 해안가에 나타났다. 움직임은 없었다. 혹시 해변에 누워 있는 걸까? 미미는 그의 위에 붕 떠서 내려다보는 것처럼 그의 몸 전체를 볼 수 있었다. 원근법이 전혀 맞지 않았다.

누구지? 그의 얼굴이 순식간에 확대되어 얼굴의 모공과 주름까지 선명하게 보였다. 천카이종이 넋을 잃은 채 하늘을 바라보고 있었다. 그의 시선은 미미의 몸을 통과하여 끝없이 먼 우주 깊은 곳에 초점을 맞추었다. 미미의 몸속 열쇠가 억지로 태엽을 감는 것처럼 온몸이 안쪽으로 수축했다. 그녀의 모든 힘이 압축되어 심장 속 작은 공간에서 웅크린 채 걷잡을 수 없는 해방의 순간을 기다리고 있었다.

익숙한 긴장감이 미미의 신경을 건드리고 지나갔다. 카이종은 먼 해변의 작은 형상으로 다시 줄어들었다. 뒤를 돌아보니 그동안 그녀를 수없이 괴롭혔던 악몽이 되풀이되고 있었다. 하늘과 바다가 만나는 먼 수평선에서부터 진주 같은 광택과 엷은 기름막의 무지갯빛처럼 반짝이는 폭풍이 회색 세계의 가장자리를 집어삼키며 그녀를 향해 질주하고 있었다.

미미는 그것이 무엇인지 알지 못했다. 다만 그녀의 모든 감각이 한 가지만을 말하고 있었다. *도망가!* 하지만 그녀가 다리 근육을 움직이려고 아무리 애를 써도 해변과의 거리는 조금도 좁혀지지 않았다.

그녀는 입을 열어 도움을 요청하려 했다. 예전에 자신을 구해 줬던 남자의 시선이 별이 빛나는 하늘에서 자신에게로 낮추어지기를 바랐다. 카이종의 형상이 흔들리며 갑자기 가까워졌다가 멀어졌다. 마치 바람 앞의 촛불에 비친 꼭두각시의 그림자처럼 허황하고 비현실적이었다. 그녀의 입에서는 더 이상 사람의 말이 아니라 금속성의 날카로운 울부짖음이 공포로 떨리는 스타카토와 뒤섞여 나왔다.

그녀는 고개를 돌리지 않았으나 등·뒤의 장면을 볼 수 있었다. 무지갯빛 파도가 변종 호기성 미생물처럼 미친 듯이 증식하고 퍼져 나가 모세가 가른 홍해처럼 복잡한 빛의 통로를 수없이 방출했다. 바다는 밋밋한 실리콘 기판처럼 그녀가 이해할 수 없는 모양, 의미 없는 무늬, 고대에서 아니면 미래에서 온 것인지 알 수 없는 상징들이 새겨져 있었다. 하지만 모든 선과 멈춤, 튀어나오고 들어간 굴곡들이 가리키는 궁극적 목표는 단 하나, 그녀의 몸이었다.

미미는 카이종의 이름을 울부짖었지만, 그녀가 외치는 전자음은 공기 속에서 급속히 사라지는 듯, 남자에게 가닿지 못했다. 그의 얼굴이 이스터섬의 모아이 석상처럼 하늘에 우뚝 떠올랐고 미미가 감정의 파도에 휩쓸림에 따라 고화질과 해체된 화면 사이를 오갔다. 그녀는 절망적으로 두 손을 뻗어 자신의 피부가 기묘한 무지갯빛을 반사하는 것을 발견했다.

파도가 그녀의 등 뒤에서 일어나더니 점차 굳으면서 프랙털 문양으로 장식된 복잡한 석조 아치로 변했다. 전자식으로 구현한 바로크 건축이었다. 구성 요소의 파인 부분과 미끄러지는 궤적은 그녀의 끈기 있고 연약한 육체가 이 걸작을 완성하는 데 없어서는 안 될 핵심 요소임을 알려 주었다.

그녀는 파도의 매끄러운 금속성 표면에서 누군가의 얼굴을 보았다. 미미하게 떨리는 무지갯빛 세밀한 색채의 얼굴은 그녀의 얼굴인 것 같기도 했지만 또 달랐다. 그 표정은, 결코 그녀의 것도, 그녀가 아는 어떤 인간의 것도 아니었다. 거울이 거울을 비추듯, 이해를 초월하는 평화의 표정이었고 그 안에 숨겨진 함의를 읽어내는 것은 불가능했다. 그 얼굴은 오직 존재 그 자체를 나타내는 것 같았다.

두려움에 미미의 얼굴에는 경련이 일었다. 그 얼굴은 반짝 미소를 지었고 점차 어떤 서양 여성의 얼굴로 변해 갔다. 왠지 익숙한 얼굴이었지만 어떤 암시장의 디지털 버섯에서 봤는지는 기억나지 않았다.

그녀의 등 뒤 멀리에서 카이종이 그녀의 시야에 다시 나타났다 사라졌다. 그녀는 팔을 활짝 벌렸고 마치 그녀의 운명을 받아들인다는 듯, 히드라 같은 파도가 그녀를 집어삼키도록 내버려 두었다. 그녀는 뼈 안에서 흘러나오는 고주파의 울부짖음을 들었다. 모든 신경 말단이 공명하고 파열되며 무궁무진하게 회전하는 만다라를 피워냈다. 그녀의 망막이 번쩍였고 수천만 개의 색채가 자의식의 마지막 방어선을 뚫고 타올랐다. 미미는 익숙한 냄새를 맡았다. 어머니의 몸에서 나는 젖 냄새였다. 그녀는 매번 그 악몽에서 벗어나려 발버둥 쳤던 것처럼 그 냄새를 기억하려 애썼다.

이번에는 성공했다.

첫 번째 빗방울이 끝없는 어둠을 뚫고 미미의 얼굴을 적셨다.

연이어 빗방울들이 탭댄스를 추듯 그녀를 감싼 파란색 비닐 위를 두드리기 시작했다. 얼음처럼 찬 빗물이 그녀의 눈, 코, 입으로 흘러들자 호흡기관이 본능적으로 수축하며 핏덩이를 토해냈고 오랫동안 거부당했던 공기를 깊게 들이마셨다. 그녀의 가슴이 펌프질하듯 격렬하게 들썩였다. 혼돈이 그녀의 의식을 가득 채웠고 팔다리는 여전히 무력했다. 그녀는 자신이 반 미터 깊이의 흙 속에 누워 있으며, 주변은 등대가 내뿜는 인광燐光 속에 비석들이 부러진 이빨처럼 빽빽하게 박혀 있는 공동 매립지라는 사실을 아직 알지 못했다.

"칼잡이 형님, 여자가 아직 살아 있습니다." 당혹스러워하는 목소리였다.

칼잡이는 구덩이 옆에 쭈그려 앉았다. 사타구니에 자극이 가해지자 낮은 신음을 냈다. 그는 무덤 속 얼굴을 쳐다보고는 잠시 씩 웃었다.

"하늘은 이 병신 같은 년이 천천히 죽기를 원하나 봐!" 그가 팔을 흔들자 검은 흙 한 삽이 구덩이 속 파란색 비닐 방수포 위로 떨어졌다. 더 많은 흙이 구덩이로 떨어지면서 플라스틱이 내는 경쾌한 바스락 소리가 점점 멎어 들었다.

미미의 창백한 얼굴에 진흙이 떨어졌다. 눈밭에 내려앉은 까마귀 같았다. 미미의 눈꺼풀이 소리 없이 저항하듯 두어 번 빠르게 떨렸다. 악취를 풍기는 검은 흙이 그녀의 아름다운 이마를 덮고, 얼굴의 곡선을 따라 정교하게 뻗은 콧대를 덮은 후 천천히 그녀의 입술과 치아 사이로 흘러들었다. 그녀는 몇 번 기침하는 듯했으나, 이 검은 비의 홍수 속에 갈대 하나 꺾어지는 소리만큼이나 가냘팠다.

움푹 파인 땅이 점점 차오르며, 마치 아무 일도 없었던 것처럼 평평해졌다.

나는 죽은 걸까?

미미는 꿈이 아니란 걸 분명히 알았지만, 그녀의 의식은 폐허가 된 몸뚱이에서 흘러나와 물에 젖은 흙의 미세한 틈새로 스며들었다. 그것은 마치 취관吹管 끝에서 떠오르는 비눗방울처럼 위로 방울방울 피어올랐다가 아무런 흔적도 없이 가볍게 땅을 떠나 허공을 맴돌았다.

그녀에게 익숙한 높이였다. 다만 자신의 몸통이나 발을 더이상 볼 수 없었을 뿐이다. 그녀는 자신이 묻힌 땅을 내려다보았다. 눈을 통해서가 아니었고, 한 줄기의 고통이나 무게도 느껴지지 않았다. 그녀는 이 모든 것이 어찌 된 일인지 알 수 없었다. 마치 그 악몽의 세계를 이해할 수 없었던 것처럼. 어제의 미미는 하루 25위안을 벌며 언젠가 부모님을 모시겠다는 희망으로 타는 플라스틱 냄새를 맡아 가며 열심히 일했지만, 지금 그녀의 훼손당한 육체는 땅속에 누워 있고 영혼은 밤의 빗줄기 속에 표류하고 있었다. 그녀는 한기를 느꼈으나 그것은 피부가 느끼는 감각이 아니라 빗방울의 형태와 빠른 낙하 궤적이 만들어낸 환각이었다.

미미는 무의식적으로 팔을 뻗었다. 흙을 파서 자신을 꺼내려고 했으나 손이 없었다.

세 남자는 멀지 않은 곳에서 담배를 피우고 있었다. 담배의 붉은 빛이 어두워졌다가 밝아졌다. 하얀 연기가 촘촘한 빗방울 사이에서 위태로워 보였다. 그들은 무언가를 속삭이고 있었고 때로 빗물에 꺼진 담배에 다시 불을 붙였다. 그들은 방금 낚시에서 돌아온 사람들처럼 편안해 보였다. 먼 곳에서 빛의 기둥이 캄캄한 해수면을 뚫고 와서 길어지며 세상을 휩쓸고 지나갔다. 빛나는 빗줄기들이 검은색 최고급 캐시미어에 은색 실을 섞은 것처럼 촘촘하게 천을 짰다. 남자들의 형체는 실루엣만 밝고 옆모습은 여전히 어둠 속에 있었다. 익숙한 얼굴들이 웃는 형태로 일그러졌다.

순간, 모든 기억이 폭풍처럼 의식의 정중앙을 휩쓸고 지나갔다. 반복적으로 찾아오던 빛줄기의 박자와 간격, 끈적이던 체액, 치욕, 시큼한 비린내…. 분노가 소용돌이처럼 천천히 확장되더니 광폭한 노여움으로 변했다. 그녀는 그들을 향해 무모하게 돌진했다. 의식은 고무 시트처럼 탄성 있고 얇게 펼쳐졌다. 자신을 능욕했던 남자에 거의 닿기 직전이었다. 그녀는 그의 눈을 파내고, 머리뼈를 부수고, 뇌를 씹어먹고, 생식기를 반으로 물어뜯어 그의 입에 쑤셔 넣을 작정이었다. 그녀는 고문에 대해서 잘 알지는 못했지만, 할 수 있는 모든 방법을 동원해서 그를 고문할 참이었다.

미미는 칼잡이, 까까머리, 문신남의 몸을 통과하는 자신을 느끼며 절망했다. 마치 촘촘한 비를 뚫고 지나가는 바람처럼 접촉도, 마찰도, 체온도 없었다. 점점 커지는 무력감 외에는 아무것도 없었다.

이게 내 영혼일까?

순간 미미는 친숙한 관조 해변을 '보았다'. 바다는 극히 느린 속도로 반짝이며 비스듬하게 해변에 삽입되었고 조수는 은색 흉터처럼 거듭 증식했다가 또다시 치유되었다. 미미는 돌연히 자신이 있는 곳이 어디인지 깨달았다. 금기의 땅, 정숙하지 못한 여자와 사생아의 집단 무덤. 록히드 마틴의 검은 수호신이 비바람 속에 우뚝 서 있었다. 그녀는 갑자기 자신이 혹시 신령을 노하게 하는 일을 저질렀던 건 아닌지, 그래서 이런 운명에 놓이

게 된 건 아닌지 궁금해졌다.

순식간에 그녀는 그 죽음의 신 앞으로 뛰어들었다. 그러나 예전처럼 무릎을 꿇고 기도하는 자세를 취하는 대신 허공에서 비스듬하게 내려왔다. 만약 지금 여전히 육체가 있었더라면 분명 둔황석굴의 벽화 속 압사라*의 자세—두 다리를 뒤로 뻗어 등은 활처럼 휘고 위로 치켜든 얼굴은 위대한 로봇의 눈을 응시하며 하늘을 날아 하강하고 그 뒤로 치마의 리본이 너울거린다—와 닮았을 것이다.

텅 빈 조종실은 심연과도 같았다. 미미는 어둠을 응시하다가 익숙한 냄새를 맡았다. 그것은 코로 맡을 수 있는 공기 중 분자가 아니라 원 형이 남긴 정보전달물질이었다. 미미는 형태 없는 장벽이 그녀와 로봇 사이에서 사방으로 끝없이 펼쳐져 있음을 느꼈다. 반쯤 부수다 만 금고 문처럼 마지막 손길 한 번이면 완전히 새로운 세계가 그녀 앞에 펼쳐질 것만 같았다.

미미는 고대의 원초적 부름과 같은 심연의 유혹을 거부할 수 없었다. 그녀는 이미 가진 것이 없었다. 생명조차도.

의식의 촉수들이 유연한 해초처럼 꿈틀대며 그 벽 사이를 타고 올라 틈새와 장벽을 유지하는 메커니즘을 찾아다녔다. 미미는 이 모든 과정이 너무나도 자연스럽게 진행되고 어떤 동작을 명령할 필요도 없다는 사실에 놀랐다. 사실상 그녀는 자신이 무엇을 하고 있는지도 몰랐다. 단지 신비한 의식을 치르는 주술사

● 힌두교와 불교 문화에 등장하는 춤추는 여신, 물과 구름의 여신.

에게 빙의한 듯 방화벽을 해제하고 프로그래밍 코드를 변경하던 원 형의 손가락을 흐릿하게 떠올렸을 뿐이다. 그녀의 눈에 원 형은 다른 세계에서 온 신이었다.

그리고 지금 그녀는 신조차 하지 못한 일을 해냈다.

장벽은 열리거나 무너지지 않고 그냥 사라졌다. 형태 없는 벽이 사라지는 것과 살기 위해 발버둥 치는 죽은 여자, 둘 중에 어떤 것이 더 우스꽝스러울까. 미미의 의식은 심연으로 빨려 들어갔다.

공간 감각의 반전은 심한 현기증을 불러왔다. 심연의 가장 높은 산봉우리. 미미는 새로운 감각 신호에 적응하려고 애썼다. 마치 영혼이 이상한 새 몸에 박힌 것 같았다. 그녀는 시간이 필요했고 고요히 몸 안에 에너지가 쌓이기를 기다렸다. 처음에는 미약했으나 점차 안정되었다. 흉강 내에 미약한 진동이 시작되었다. 인간의 심장박동과는 다르게 진폭은 낮았으나 빈도수가 매우 높았다. 마치 깊이 잠든 야수가 가볍게 재채기할 때처럼 보는 사람을 놀라게 하기에 충분했다.

그녀는 경련했고, 또다시 경련했다. 그것은 육체가 아니라 의식 깊은 곳에서 기인한 것이었다. 보이지 않는 전기 섬모가 수억 개의 뉴런을 스쳐 지나가며 수정처럼 푸른 파문이 3차원 토폴로지를 따라 출렁이며 펼쳐졌다. 또다시 격렬한 경련이 지나갔다. 새로운 스위치가 연결된 것처럼 예전과는 전혀 다른 세상이 밝아 오는 것을 보았다.

빗방울은 거의 멈추었고, 갠지스강의 모래알 같은 별들이 밤

하늘에 영롱하게 박혀 있었다. 미미는 혼란스러워서 눈을 깜빡이려고 했지만, 눈꺼풀이 없었다. 미미의 외골격이 떨리자 별빛도 동시에 진동하며 그들이 실재함을 알렸다. 하늘은 연한 초록색, 바다는 남색이었다. 그녀가 어디를 보든지 시각의 중심부는 밝고 연하며 윤곽의 디테일이 선명했다. 사방을 향해 방사선 형태로 점점 어두워져서 렌즈 가장자리로 보는 것처럼 왜곡되었다. 외피의 특수 합금이 모든 소리를 흡수하고 걸러내는 것처럼 사방이 죽은 듯 고요했다.

빗방울들이 역을 막 떠나는 기차처럼 천천히 움직이기 시작했다. 갑작스러운 무게감에 미미는 거의 쓰러질 뻔했으나 본능적으로 버티며 일어났다. 그제야 그녀는 자신이 인간의 육체가 아닌, 강철로 만들어진 몸을 조종하고 있음을 깨달았다.

미미-메카가 똑바로 섰다. 그것은 매우 이상한 기분이었다. 미미는 그녀의 진짜 몸이 죽은 채 땅 밑에 묻혀 있다는 것을 잘 알았지만, 지금 그녀는 어깨의 움푹 들어간 곳에 고인 물을 털어내고 전기 활성 인공 근섬유 다발이 수축하는 윙윙 소리에 귀를 기울였다. 숨을 쉬지도, 불안하지도 않았고 행동을 방해하는 어떤 감정도 들지 않았다. 그녀는 자신이 해야 할 일을 알았다.

그리 멀지 않은 곳에 초록빛으로 빛나는 인간 형상 세 개가 어둠 속에서 희미하게 떨고 있었다.

미미-메카가 걷기 시작했다. 발자국 하나하나에 부드러운 진흙땅이 움푹 파였다. 초록 하늘은 불규칙하게 깜빡였고 현실 물리 세계에서는 빗방울의 속도가 여전히 느린데도, 속도가 분명 빨라진 것 같았다. 미미는 이것이 디지털 버섯의 환각 작용일 수도 있다고 생각했다. 그녀의 정신이 빨라졌기 때문에 상대적으로 시간이 느려진 것이다.

검은 갑옷은 빗줄기의 매트릭스를 뚫어냈다. 밤바람이 슈퍼컴퓨터를 통해 정교하게 계산된 갑옷 표면을 스치자, 여우나 부엉이가 울부짖는 듯한 소리가 났다. 미미-메카는 이 거대한 몸체의 운동 속도에 깜짝 놀랐다. 조개껍데기만 하던 세 사람의 형상이 순식간에 사람 크기로 팽창했다. 그녀의 시야에 세 명의 창백한 얼굴이 밝아지며 충격과 공포에 빠진 표정을 비췄다. 그들의 얼굴 근육이 아직 움직이기도 전이었다.

미미-메카는 오른팔을 뻗어 공중에서 비스듬히 내려쳤다. 오른쪽에 웅크리고 앉아 있던 흉터남의 입술 사이에 매달려 있던 담배가 부러졌다. 날카롭고 가지런한 붉은 선이 왼쪽 얼굴의 오래된 흉터를 따라 얼굴의 나머지 부분을 가로질렀다. 머리의 위쪽 절반이 잘려 나갔다. 붉은 선은 그의 왼쪽 어깨뼈까지 그대로 이어지면서 왼쪽 팔 대부분을 가져갔다. 미미는 깨끗하고 완벽한 절단면에서 밝은 파스텔 색조의 액체가 뿜어져 나오는 것을 보았다. 그녀는 이제 색의 밝기가 온도를 의미함을 깨달았다.

그 민트색은 너무 따뜻해서 거의 우유색에 가까웠다.

거의 동시에 그녀의 다른 강철 손이 까까머리의 두개골을 움켜쥐고 땅에서 들어 올렸다. 까까머리는 낚싯바늘에 걸린 메기처럼 발버둥을 쳤고, 다리가 불규칙한 박자로 합금 갑옷에 부딪히며 답답한 소리를 냈다. 바짓가랑이의 젖은 면적이 빠르게 넓어졌다. 미미는 일부러 천천히 압력을 높이면서 까까머리의 머리뼈가 그녀의 손안에서 서서히 변형되고 더 밝은 청백색 액체가 뿜어져 나오는 것을 관찰했다. 미미-메카는 거의 미련이나 다름없는 표정으로 이 과정을 응시했다. 그녀의 손안에는 이제 머리뼈 한 줌과 피, 골 혼합물 따위가 남아 저질의 옥석같이 빛났다.

그녀는 이 게임에 너무 많은 시간을 쓴 나머지 진짜 목표를 잊고 말았다. 칼잡이는 이미 해변을 따라 수백 미터를 달려 나간 후였다. 그의 어깨에 덮인 필름의 불꽃이 금방이라도 꺼질 듯 깜빡이며 격렬하게 흔들렸다.

미미-메카는 두 걸음을 크게 내디뎠으나 곧 모래사장 위에 무릎을 꿇었다. 의식이 흐릿하고 희박해져서 외골격을 통제할 만큼의 힘을 모을 수 없었다. 그제야 미미는 자신이 완벽히 자유로운 영혼이 아니라 땅 밑에서 죽어 가는 육체에 결박되어 있음을 알았다. 그 육체가 죽으면 의식 또한 바로 흩어질 것이다.

그녀는 힘겹게 일어나서 뒤돌아 무거운 걸음으로 집단 매립지로 갔다. 자신의 무덤을 찾으려 했다.

미미-메카의 시야가 바뀌었다. 땅은 빛나는 광선으로 구분된 격자로 나뉘었고 미미의 시선은 격자를 가로질러 흙 속에 묻힌 해골, 관, 부장품을 보았다. 그녀는 괴상한 자세로 묻혀 있는 다양한 시체를 보았다. 일부는 고양이였지만 개가 더 많았고 세 구의 시체가 팔 여섯 개, 머리 세 개짜리 괴물처럼 얽혀 있는 끔찍한 모습도 보았다. 그녀는 작은 시체를 보았다. 큰 머리에 아직 다 자라지 못한 몸, 갓난아기가 매미 애벌레처럼 어두운 바닥에 웅크리고 있었다. 로봇의 근섬유가 몸서리치듯 한꺼번에 수축했다.

미미는 자신을 보았다. 가느다란 그림자가 서서히 어두워지고 있었다. 죽은 개처럼 뻣뻣하게 격자의 한 칸을 조용히 차지하고 누워 있었다. 오래전에 죽은 시체들에 비해 크게 밝지 않았다.

그녀는 로봇 팔을 축축한 흙 속으로 푹 집어 넣고 검은 흙을 한 움큼 파낸 후 다시 집어 넣었다. 미미는 자기 몸이 다칠 수 있다는 건 신경 쓰지 않는다는 듯 단호하게 흙을 팠다. 그녀는 모든 것을 보았고 자신의 절대적인 힘을 완벽히 장악했으며 머리카락 한 올의 오차도 없을 만큼 정밀했다. 흙의 갈라진 틈으로 파란 비닐이 조금씩 드러났다. 마치 온실효과로 상승한 해수면이 육지를 조금씩 집어삼켜 결국은 검은 섬들만 띄엄띄엄 남은 것처럼.

미미-메카는 두 팔로 시신을 무덤에서 들어 올린 후 아주 조심스레 바닥에 내려놓았다. 비닐을 걷어내니 조개처럼 창백하고 약간 초록빛이 나는 살갗이 빗물에 퉁퉁 불어 있었다. 미미는 낯익으면서도 낯선 얼굴을 들여다보았다. 뭐라 형용할 수 없는 기괴한 느낌이었고 평소 거울을 볼 때와는 달랐다. 거울을 볼 때는 무의식적으로 얼굴 근육을 조정해서 가장 아름다운 모습을 만들려 애쓰지만, 현재 그녀가 보는 것은 생명의 흔적 없이 완전히 늘어진 얼굴이었다.

차가운 합금 손가락이 어린 소녀의 몸을 뒤척거렸다. 미미는 어떻게 자기를 구할지 몰랐다. 그녀는 가슴 부위의 연녹색이 점차 주변의 차가운 남색으로 식어 가는 모습을 보았다. 생명이 그녀의 통제 범위를 벗어나고 있었다. 미미는 두꺼운 금속 손가락 두 개를 뻗어 작은 가슴 사이에 댄 후, TV에서 본 것처럼 규칙적으로 누르기 시작했다. 연약한 인체가 기계의 압박에 간헐적으로 떨렸지만, 격자 안의 심장은 여전히 잠잠했고 생명의 흔적이 보이지 않았다.

일어나, 일어나!

미미는 절망에 빠져 소리 없이 외쳤다. 금속 손가락이 순간적으로 통제를 잃자, 그녀의 흉곽이 내려앉으면서 몸이 진흙 속에 물웅덩이를 만들었다. 그녀는 자기 입과 코에서 피, 물, 진흙이 뒤섞인 것이 뿜어져 나오는 것을 보았다. 희망 그 자체를 본 것 같았다.

심장은 아직 회복의 흔적이 없었다.

전기가 필요해!

이 생각은 미미-메카의 신경 다발에 번개처럼 불을 지폈다. 30마이크로초 만에 팔에 있는 전기 활성 인공 근섬유가 회로를 만들어 양극, 음극의 두 단자를 형성했고 근섬유를 수축시켜 전류와 전압을 조절했다. 전쟁터를 오래 경험한 군인이 총성을 들었을 때의 첫 반응이 뇌에서 온 명령인지 근육에 저장된 복잡한 기억인지 모르는 것처럼, 미미도 이 모든 것을 어떻게 해냈는지 알 수 없었다.

타닥. 푸른 불꽃이 번쩍였다. 전류가 왼쪽 가슴뼈에서 심장으로 흐른 뒤 오른쪽 견갑골을 통해 흘러나왔다.

어둠 속에서 초록 새싹 같은 심장이 한 번 수축하는 듯했다.

그녀는 전류량을 높였다. 타닥! 온몸이 땅에서 튀어 올랐다가 다시 떨어지며 진흙이 사방으로 튀었다.

초록 새싹이 격렬하게 수축했다가 이완되었다. 돌연 미미는 자신의 의식을 외골격 바깥으로 잡아당기는 힘을 느꼈다. 힘의 근원은 뜻밖에도 땅바닥에 누워 있는 벌거벗은 소녀였다.

타닥. 또 한 번의 강한 끌어당김. 메스꺼움이 온몸을 휘감았다. 순간 미미는 차갑고 습한, 상처투성이 육체로 돌아간 듯했지만 10마이크로초 내에 견고하고 안전한 강철의 성으로 되돌아갔다.

타닥. 타닥. 타닥.

미미의 의식은 로봇과 육체 사이를 빠르게 오갔고 그녀의 시야는 불분명하게 깜빡였다. 심장은 일정한 박자를 점차 회복하고 있었고 생명력도 점차 강해졌다. 그러나 동시에 그녀는 합금 갑옷에 대한 통제력을 점점 잃어 갔다. 지친 관절이 더 이상 껍질의 무게를 버틸 수 없게 되자, 로봇은 중력에 의해 한쪽으로 기울어지며 넘어졌다. 거대한 금속 껍질 아래에는 혼수상태에 빠진 소녀가 있었다.

고통, 습기, 오한, 메스꺼움, 극도의 피로감. 인간 특유의 감각들이 의식의 한가운데를 더욱 빈번하게 파고들었다. 그녀가 미미-메카로서 마지막으로 본 광경은 비틀거리며 연약한 인간의 육체로 쓰러지는 자신의 모습이었다. 그녀의 새하얀 가슴팍 아래 갓 회복한 심장이 곧 수톤의 전쟁 장난감에 의해 다져진 고기처럼 으스러질 것만 같았다.

안 돼!

놀랍게도 미미는 폭풍우 속에 희미하게 울리는 자기 목소리를 들었다. 그녀가 간신히 눈을 떴을 때 그 앞에는 살육 로봇의 거대하고 흉측한 머리가 있었다. 간결하고 정교한 갑옷의 문양을 따라 빗물이 흘러 그녀의 입술 사이로 떨어졌다. 로봇은 미미의 몸으로 쓰러지는 찰나, 두 팔을 진흙 속으로 내밀어 자신의 무게를 지탱했다.

미미와 죽음 사이는 키스 한 번의 거리에 불과했다.

미미는 고통스러운 몸을 간신히 움직여 로봇 밑에서 조금씩 조금씩 기어 나왔다. 쏟아지는 비가 캄캄한 밤을 뚫고 그녀의 온몸을 적시고 두 눈을 흐렸다. 그녀는 춥고, 떨리고, 무력하고, 막막했다. 그녀의 익숙한 몸은 너무 무거웠고 말을 듣지 않았다. 그 흰 광선이 또다시 나타나 밤하늘과 해수면, 해변, 묘지를 휩쓸더니 차갑게 미미를 가격했다. 그러곤 약간의 동정심이나 따뜻함도 없이 또다시 그곳을 떠났다.

미미는 그녀가 겪은 악몽 같은 일들을 떠올렸다. 빗속에서 그녀는 미친 듯이 토하기 시작했다.

8

뤄진청은 구석에 웅크린 채 몸을 벌벌 떠는 남자를 보았다. 어깨의 불꽃은 희미했고 몸에서는 오줌 냄새가 진동했다. 입꼬리에 침을 질질 흘리며 충혈된 눈을 크게 뜨고 집중하지 못하는 모습에서 예전의 모습은 찾아볼 수 없었다. 뤄진청은 칼잡이가 이렇게 겁에 질린 모습은 처음 보았다. 아홉 살에 가출해서 갱단으로 흘러든 소년은 증오에 이글거리는 눈을 가지고 있었고, 갱단 간 싸움 중에 뤄진청의 눈에 들면서 뤄 가문의 충직한 개로 키워졌다.

소년은 콩나물처럼 마른 몸으로 군중 속에서 자전거 체인을 은색 뱀처럼 휘둘렀다. 분노에 뒤틀린 앳된 얼굴에 핏방울이 가득 튀었다. 온 세상을 파괴하겠다는 듯한 그 표정을, 뤄진청은 결코 잊을 수가 없었다.

뤄진청이 전해 듣기로 칼잡이는 사생아였다. 그의 어머니를 유혹했던 외지 노동자는 칼잡이를 낳자마자 사라져버렸다. 친척들은 그녀에게 아기를 버리라고 권했지만, 그녀는 홀로 키우겠다고 고집했다. 사람들의 수군거림과 경멸 섞인 눈초리 속에 아이는 눈매가 가느다랗고 칼날처럼 날카로운 시선을 가진 아이로 자랐다. 그 나쁜 *외지인이랑 똑 닮았네.* 그의 아버지를 본 적 있는 사람들은 입을 모았다.

훗날 그의 어머니는 현지인과 결혼했다. 새아버지는 어머니가 집을 비우면, 칼잡이를 닭장과 개집에 던져 넣어 닭과 개와 함께 음식 찌꺼기를 두고 싸우게 했고, 그의 몸에 배설물을 뿌렸다. 그러고 나면 그의 어머니에게 말했다. *저급하고 천박한 혈통은 어쩔 수 없군. 짐승 오물을 얼마나 좋아하는지 보라고!* 그 후 어머니는 밤새 칼잡이를 끌어안고 울면서 말했다.

"너를 고통으로부터 보호할 방법이 없구나. 여기를 떠나렴." 칼잡이의 아름다운 눈에서는 눈물이 한 방울도 흐르지 않았다.

칼잡이가 가출한 후로 어머니는 한 번도 그를 찾지 않았다. 오줌 냄새도 놓칠 수 없을 정도로 매우 가까운 곳에 살았는데도 말이다. 어머니, 새아버지, 이복동생은 길에서 칼잡이를 여러 차례 지나쳤지만 알아보지 못했다. 빈번한 싸움으로 다져진 체격과 근육, 짧게 잘라 이상한 색으로 염색한 머리, 덥수룩하고 부드러운 파란색 수염… 칼잡이는 빠르게 자랐다. 그는 가족들이 그의 눈을 알아볼까 봐 언제나 눈을 내리깔고 다녔다.

그의 이복동생은 네 살이 되던 해에 의문의 실종을 당했다. 아무리 찾아도 흔적이 없었고, 외지인에게 유괴당해서 서북 지역으로 팔려 갔다는 소문이 돌았다. 새아버지는 한 달 가까이 통곡했고, 몇 주 동안 십 년은 늙은 듯했다. 심지어 칼잡이조차 연민을 느꼈다.

그냥 살려 둘걸 그랬나. 그는 생각했다. 힌트라도 남겨 뒀어야 했나. 하지만 이미 늦은 후였다.

복수는 마치 생물학적 본능처럼 그의 몸속에 깊이 뿌리박혔다. 아이를 죽였을 때도 그를 닮은 어린 얼굴을 바라보며 조금의 망설임이 없었다.

칼잡이는 세상을 혐오하는 만큼 자신을 혐오했고 뤄진청은 그 점을 잘 알았다. 그것이 칼잡이가 그토록 유용했던 이유였다. 그러나 지금 눈앞의 칼잡이는 거세된 개처럼 싸울 의지가 전혀 없었고 두 다리를 딱 붙인 채 헛소리를 반복하고 있었다.

귀신. 그가 말했다. *귀신이야.*

그것은 너무나도 기이한 살인 사건이었다. 현장에는 시신의 잔해 외에도 배터리가 방전된 채 땅에 기대어 있는 외골격 로봇이 버려져 있었다. 모래사장에, 진흙 속에, 맨발에, 무거운, 사람의 것이 아닌, 수많은 발자국이 있었다.

뤄진청은 살인 사건에 관한 모든 정보를 숨겼다. 비록 수십 년간 강호를 누비며 협박과 폭력을 일삼아 왔지만, 이 사건의 진상은 파악할 수 없었다. 이 피비린내 나는 미로에는 중요한 단서가 하나 빠져 있었다. 수수께끼를 풀 열쇠. 그 약해 빠진 쓰레기 소녀.

다양한 경로를 통해 그는 칼잡이의 음침한 습관을 알고 있었다. 폭력적인 가상 장치에 의존해서 자극을 추구한다는 사실 말이다. 뤄진청은 그것이 그의 가혹했던 어린 시절과 관련 있으리라고 짐작했지만, 마치 아버지와 아들이 공유하는 난처한 비밀이라도 되는 듯 직접 그에게 물은 적은 없었다.

미미는 피해자이자 증인이었다. 어쩌면 죄가 두려워 도망간 용의자일 수도 있다.

로싱푸아가 정한 '기름불' 의식 날짜는 점점 다가왔으나 아들은 여전히 혼수상태였고 마른 사과 조각처럼 매일 더 쪼그라들고 말라 갔다. 모든 일이 계획대로 흘러가지 않았다. 뤄진청은 불안했고, 신령님의 가호와 축복이 필요했다.

우리 거래는 여전히 유효합니까?

그는 반달 모양의 나무조각 두 개를 머리 위로 모아들고 기도를 올린 후 바닥으로 던졌다. 둘로 나뉜 나무조각이 모두 둥근 면이 아래, 평평한 면이 위를 향하고 있었다. 웃는 모양의 점괘는 신령님이 이 일에 가타부타 언급하지 않고 웃어넘긴다는 뜻이다. 뤄진청은 포기하지 않고 연거푸 세 번 더 던졌지만, 매번 웃는 모양이 나왔다.

원 형, 즉 리원은 이상한 냄새를 풍기는 간이 작업장에 앉아 주룩주룩 내리는 빗방울이 주름진 양철 지붕을 때리는 소리를 들었다. 각양각색의 의체가 훼손된 채 여기저기 널려 있었고 벽에는 다양한 두께의 인공 근육과 금속 공구가 걸려 있었다. 방 전체가 피 없는 도축장 같았고 도축자는 그였다.

그 앞에 젊은 쓰레기인간 몇 명이 쭈그리고 앉아 있었다. 회색 합성섬유 옷은 비에 젖었고 모두 머리에 증강현실 안경을 쓰고 있었다. 선이 모두 하나로 이어져 리원의 손에 들린 섬세한 블랙박스에 연결되어 있었다. 그들은 모두 질문을 하고 싶어 안달인 듯했지만 리원의 느린 속도에 계속 제지당했다.

"원 형, 미미를 찾은 사람이 형님입니까? 어디서요?"

리원은 고개를 끄덕였다가 또다시 가로저었다. "마을 입구에서. 미미가 스스로 거기까지 걸어왔어."

"지금 좀 어때요? 그 짐승들, 후손을 못 보게 거세를 시켜버려야지!"

"미미는 지금 병원에 있는데 아직 혼수상태야. 경찰이 지키고 있어서 가볼 수 없어. 뤄씨들도 아마 못 올 거야."

"씨발, 그들 돈 벌어 주느라 우리는 목숨을 거는데 우리 여자애들한테 이런 짓을 한다고? 뭐 이런 법이 다 있습니까?"

"형님, 뤄씨네 저택을 불태우고 뤄씨들을 모조리 죽여서 개밥으로 주자고요!"

모든 젊은이가 그 의견에 찬성했다.

"머리를 좀 써 봐!" 리원의 관자놀이가 두근두근 뛰었고 말할 수 없이 고통스러운 표정을 지었다. 그 순간 그의 눈앞에 낯익은 얼굴이 스쳤다. 여동생이었다. 동생의 얼굴이 미미의 창백한, 유린당한 얼굴에 포개지자 이목구비 때문인지 아니면 절망감 때문인지 몰라도 두 얼굴이 너무나 닮아 보였다. 그는 여동생을 보호하지 못했었다. 그가 아끼는 누군가에게 같은 일이 또다시 일어났을 때의 고통은 너무나 견디기 힘들었다.

"뤄씨들이 그랬다고 어떻게 단정하지? 누가 봤나? 사진은 찍었나? 우리가 증거도 없이 미친개 떼처럼 달려들면 그들과 다를 게 뭐가 있어?"

그는 활활 타올라 터질 것만 같은 분노를 억눌렀다. 분노는 그를 짐승으로, 이성을 잿더미로 만들어 돌이킬 수 없는 일을 저지르려 했다. 하지만 그는 굴복할 수 없었다. 분석하고 생각할 시간이 필요했다. 미미를 위해서는 모든 수를 올바른 경로에 두어야 했다.

젊은이들이 조용해졌다가 잠시 후 쭈뼛대며 리윈에게 어떻게 해야 할지 물었다.

"평소대로라면 그들은 우리 통신선을 감시할 거야. 그리고 길모퉁이마다 전방위 스마트 CCTV를 가동하고, 비디오 피드를 통해 우리 입 모양을 분석하는 등 쓰레기인간들의 일거수일투족을 주시하겠지. 실리콘섬은 저속구역이지만 분명 전용 데이터 회선을 갖고 있을 거야."

"내가 프로그램을 하나 만들었어. 통제되는 바이러스 같은 건데, 활성화되었을 때 안경 두 쌍이 반 미터 내에만 있으면 다른 안경의 공유 설정을 깰 수 있고, 지정된 동영상 정보를 포함해서 자기 안경을 복제해서 보낼 수 있어. 앞으로 며칠 동안 우리는 입과 귀 대신 눈을 통해서 의사소통할 거야. 너희가 거울을 보고 말하는 모습이나 수상한 광경을 동영상으로 찍어서 퍼뜨릴 수 있어. 무슨 말인지 알겠어?"

젊은이들은 한동안 생각하더니, 천상의 신이라도 되는 듯 경외심 가득한 눈빛으로 리윈을 바라보았다. 리윈은 그들의 숭배하는 눈빛을 피하려 서툴게 변명했다.

"마을에 있는 증강현실 안경은 다 내가 구해 온 거야. 내가 만든 자물쇠를 따려고 열쇠를 만든 게 대단할 게 없지."

"그러면 이제 무엇을 해야 합니까?"

"이쪽을 봐 봐." 리원은 쓰레기인간 중 한 명의 머리를 자기 쪽으로 돌렸다. "시험해 봐야 해."

"이건 전쟁이야. 우리와 그들의 전쟁. 미미는 우리의 일원이야. 우리의 가족, 우리의 자매, 우리의 자식이야. 우리가 땅, 공기, 물을 보호하듯 우리는 서로를 보호해야만 해." 리원의 엄숙한 얼굴에 부자연스럽고 씁쓸한 미소가 떠올랐다. 마치 자신이 진짜 범죄자인 양 양심의 가책이 섞여 있었다. "뭐 가문은 미미를 원해. 그들에겐 스마트 감시 시스템이 있지만, 우리에겐 인간 스파이가 있어. 그들이 다시 미미를 해치려 한다면 너희들은 그 장면을 모두에게 전파해야 해. 우리는 명예롭고 정당한 방법으로 실리콘섬 토박이들로부터 정의를 되찾을 거야. 우리 한 명한 명에게 속한 정의를."

리원을 바라보던 젊은이가 안경을 벗고 리원이 손에 든 상자에서 전선을 뽑았다. 그는 깊은 생각에 잠긴 채, 렌즈 오른쪽 위에 녹색 불이 켜지기를 기다렸다가 다른 동료에게로 고개를 돌렸다. 두 사람은 의미심장하게 고개를 끄덕였고 이마가 서로 가까워지자, 짝짓기를 열망하는 반딧불이처럼 또 다른 녹색불이 켜졌다.

내 손으로 처리하는 수밖에.

뤄진청은 차창 밖으로 흐릿하게 비 내리는 풍경을 바라보며 생각에 잠겼다. 첩보에 따르면 미미는 혼수상태로 실리콘섬 중앙병원 중환자실에 입원한 상태였다. 천카이종이 그곳에서 그녀를 돌보고 있었고 미국인과 린이위 주임은 막 그곳을 떠났다. 병실 밖에는 린 주임이 남긴 경호원 몇 명만이 배치되어 있었다. *지금이 손쓰기에 적기입니다!* 수화기 너머의 목소리가 다급하게 말했다.

유리창에 떨어진 빗방울이 바람에 이리저리 굴러다니다가 서로를 끌어당기고 모여들며 작고 반짝이는 물줄기를 형성했다. 그렇게 흐릿한 배경에 복잡한 무늬를 그리다가, 끊어지고 부서져 또다시 반짝이는 물방울로 돌아갔다.

사람의 운명과 같구나. 뤄진청은 혼잣말로 속삭였다.

너는 운명이 자기 손바닥에 있다고 생각하지만, 사실 운명은 누구의 손에도 있지 않다. 운명은 자기만의 길이 있다.

그가 했던 모든 일은 어쩌면 운명에 순응한 결과일 것이다. 마치 바람에 떨어진 물방울들이 지나가는 좁은 경로, 자동차의 진동, 유리창에 붙어 있는 작은 먼지, 그리고 우리가 모르는 무수한 다른 힘들처럼. 젊었을 적에 뤄진청은 그 힘들을 타고난 재능, 노력, 혹은 운이라고 불렀을 테지만 지금은 그것이 전부가 아님을 잘 안다. 인간은 광활하고 예측할 수 없는, 세계라는 거대한 그림 속에서 장님 코끼리 만지듯 단편적이고 제한적인 정보밖에 얻을 수가 없다. 더구나 그 그림은 나날이 빠르게 확장되고 있다.

자동차가 병원 앞에서 멈췄다. 부하 몇몇이 앞장섰고 그가 그뒤를 바짝 따랐다. 그들은 환자나 가족으로 보이려고 일부러 평범한 복장을 했지만, 기계적이고 규칙적인 걸음걸이, 경계하는 몸짓이 그들의 정체를 드러냈다. 사람들은 그들에게 재빨리 길을 내어 주며 불안한 표정을 지었다.

중환자실 문 앞을 지키던 경호원들은 불순한 방문객을 발견하고 지원을 요청하려 했으나, 곧 꼼짝하지 못하고 한쪽 구석에 무릎 꿇었다. 긴 칼날이 눈앞에서 차가운 빛을 내뿜으며 고요하지만 강력하게 그들을 제압했다.

뤄진청은 고개를 끄덕인 후 문을 밀어 혼자서 병실로 들어갔다. 천카이종이 고개를 들었다. 피곤에 지친 얼굴에 의심과 경각심이 가득했다.

"누구십니까?"

"뤄진청이네."

젊은이는 기억 속에서 그 이름을 뒤지는 듯 잠시 멈칫했으나 이내 미간에서 분노를 뿜어냈다.

"여기서 뭐 하는 거죠? 맞아 줄 사람 없습니다."

뤄진청이 대충 머리를 가로저으며 환자를 확인하러 병상으로 다가가자, 천카이종이 몸으로 막아섰다.

"당장 여기서 나가세요." 그가 야수처럼 낮게 으르렁댔다.

"예의를 지키게, 젊은이." 뤄진청은 파란색 포장의 중난하이 담배를 꺼냈고 한 개비 골라 두드리다가 입술 사이에 끼웠다.

"헛소문은 믿지 말게. 난 자네 여자친구한테 손가락 하나 까딱한 적 없으니까." 그는 여러 개의 튜브와 전선이 끼워진 채 침대에 누워 있는 여자를 가리켰다. "저 여자, 자네 여자친구 맞지?"

뤄진청이 라이터를 꺼내기 전에 천카이종이 그의 입에서 담배를 낚아채더니 바닥에 던져 신발로 짓이겼다.

"대가를 치르게 될 겁니다." 그의 눈은 불꽃이 타오르는 듯했고 꽉 쥔 두 주먹이 부들부들 떨렸다. 마치 그의 몸 안에서 두 힘이 세력 다툼을 하는 것 같았다. 결국 그는 주먹을 휘두르는 대신 땅바닥에 침을 탁 뱉었다. 보름 전의 그였다면 그런 행동을 역겹게 생각했을 것이다.

"그래, 그렇게 될 거야. 하지만 그전에 미미가 날 좀 도와줬으면 좋겠어."

카이종은 침대 옆의 비상호출 버튼을 흘끗 보았다. 그의 휴대전화도 거기 있었다. 뤄진청은 손가락을 흔들어 그에게 경거망동하지 말라는 몸짓을 했다.

"밖에 부하들 몇몇이 기다리고 있지만 여기는 나 혼자 들어왔어. 내 진정성의 표현이네. 이해하겠나?"

카이종은 전체 상황을 저울질해 보며 깊게 숨을 들이마셨다. "미미한테 바라는 게 뭡니까?"

"드디어 질문을 하는군! 그래, 좋은 시작이야."

뤄진청은 휴대전화를 꺼내서 스크린을 몇 번 두드리더니 카이종에게 건넸다. "알아보겠나?"

의수를 들고 쓰레기 더미 위에 앉아 사색하는 미미의 흑백 사진이었다. 그것은 천카이종에게 미미의 첫인상이기도 했다. 그는 뒤돌아 미미의 꽉 감긴 눈과 산소마스크에 가려진 상처투성이 얼굴을 확인하고 싶은 충동을 억눌렀다.

"이 사진은 내 아들 뤄즈신이 찍은 거야." 뤄진청의 말투는 훨씬 부드러워졌고 걱정으로 가득했다. "직후에 아이가 이상한 병에 걸려서 혼수상태에 빠졌어. 의사도 못 고쳤어."

"그런데 미미가 고친다고요?" 카이종이 비꼬듯 말했다.

"의식을 치러야 해." 뤄진청은 궁색하게 단어를 신중히 고르며 황당한 해결책을 밝혔다. "기름불 의식. 로싱푸아가 미미를 통해 내 아들의 몸에서 액운을 쫓아낼 거야."

카이종은 그 말을 이해하는 데 모든 두뇌를 사용하는 것처럼 그 자리에 멍하니 서 있었다. 그러다 참지 못하고 웃음을 터뜨렸다. 일촉즉발의 분위기가 순식간에 화기애애하게 바뀌자 부하 몇 명이 이상한 소리의 정체를 확인하려고 창문으로 얼굴을 내밀었다.

"정말 재밌으신 분이네요, 뤄 사장님. 정말 재밌어요." 카이종은 갑자기 얼굴에서 미소를 싹 거두며 잠시의 환상을 깼다. "우매한 주술로 아들을 구한다면 다른 사람의 목숨을 걸어도 괜찮습니까?"

"나도 자네 나이였을 땐 미신을 경멸했지." 뤄진청은 이해한다는 듯 고개를 끄덕이고는 원래의 명령투로 돌아갔다. "사람이 늙으면 본 게 너무 많아서 어떤 것들은 안 믿을 수가 없게 된다네. 계속 넘겨 보게."

카이종은 의심스러운 눈초리로 휴대전화의 앨범 사진을 몇 장 더 넘겼다. 꽃 화분과 바다 풍경 사진 몇 장을 넘기던 그는 갑자기 동공이 확장되고 숨이 막혔다. 휴대전화가 그의 떨리는 손안에서 흔들렸다.

"내 부하들이야. 내 명령에 불복종하고 미미에게 나쁜 짓을 했기에 그 대가를 치렀어." 뤄진청은 잠시 멈춰 서서 카이종을 쳐다보았다. "그런데 내가 한 게 아니야."

휴대전화 앨범 속 훼손된 시체들의 끔찍한 사진들이 천천히 새벽빛에 금색 광택을 내는 검은 로봇 사진으로 넘어갔다. 얼굴은 땅으로 향한 채 두 팔을 진흙 속에 깊이 파묻고 있었고, 로봇의 가슴 바로 밑에는 사람 크기만큼 움푹 파인 곳이 있었다. 그 윤곽이 눈에 익었다.

"이해가 잘 안 됩니다만…" 카이종은 미간을 찌푸렸다. 눈앞에는 정보들이 복잡한 그물망처럼 얽혔지만, 중간에 캄캄한 구멍처럼 빠진 조각이 있었다.

"린이위 그 개새끼는 고기에 비계가 없으면 발조차 내밀지 않아." 뤄진청은 카이종의 반응을 주의 깊게 관찰했다. "아, 자네 상사도 진실을 다 얘기하진 않았나 보군. 그도 정부 사람들을 통해서 미미를 찾고 있어. 린 씨들이 분명 이익 보는 부분이 있을 거야."

"하지만 왜요?"

"그게 바로 내가 여기 온 이유야. 모든 수수께끼의 답은 그녀에게 있으니까." 뤄진청은 침대에 누워 있는 미미를 바라보며 한마디를 더했다. "그리고 내 아들의 목숨도."

카이종이 침대 옆으로 다가왔다. 그의 부드럽고 슬픈 시선이 미미의 창백한 피부 위의 멍, 긁힌 자국, 붉은 상처에 닿았다. 다양한 색의 튜브와 전선을 따라 모니터의 진녹색 화면이 일정한 파형을 그리고 있었다. 그는 입술을 깨물며 고통스러운 표정을 지었다. 목구멍에서 왈칵 숨이 부풀어 오르는 것 같았지만 억지로 가라앉혔다. 고개를 떨구고 있는 동안 잠시 공주에게 입맞춤하여 잠을 깨우는 왕자가 된다는 환상을 품었지만, 그는 목석처럼 가만히 서 있었다.

"지금 그녀를 데려간다고 해도 당신은 이득이 없습니다." 천카이종이 느릿느릿하게 말했다. "모르시겠어요? 전쟁은 이미 시작되었어요."

부드러운 조명 아래 뤄진청의 표정이 어두워졌다. 카이종의 말이 불편한 듯, 턱을 앙다물고 팔짱을 낀 어깨를 으쓱해 보였다.

린이위와 스콧 브랜들은 승용차 뒷좌석에 나란히 앉아 빗물에 흐릿해진 창밖 풍경을 바라보며 아무 말도 하지 않았다. 실리콘섬의 회색 시내가 후기 인상파 그림처럼 대담한 터치로 차의 양쪽을 스쳐 지나갔다.

스콧의 전화가 울렸다. 그는 흘끗 보더니 거절 버튼을 눌렀다. 또다시 전화벨이 울렸다.

린 주임이 그를 쳐다보며 부탁하는 손짓을 해보였다. 스콧은 다시 거절 버튼을 눌렀고 린 주임에게 과장되게 격식을 차린 미소를 지었다. 린 주임은 실리콘섬 방언으로 재빨리 뭐라고 중얼거렸다.

"그렇게 예의 차리실 필요 없습니다, 린 주임님. 영어 하실 줄 아는 거 다 알아요."

"…아주 조금요. 임시 통역사? 곧 여기 와요. 천카이종이 바빠서요."

"지나치게 겸손하시군요. 통역 따위 필요 없잖아요. 이력서를 봤는데 실리콘섬에서 가장 뛰어난 학생이셨더군요." 스콧은 계속 웃었다.

"그래도 당신은 통역사가 필요합니다, 브랜들 씨." 린 주임의 얼굴에서 습관적으로 짓던 순종적인 표정이 싹 사라지더니, 차갑고 유창하게 말했다.

"이제 스콧 씨라고 부르지 않기로 한 건가요? 직설적으로 말해서 미안하지만, 연기가 과했습니다."

"실리콘섬에서는 때로 생존을 위해 연기가 필요합니다. 여기서 사업을 하려면 우리의 규칙을 따르셔야 합니다."

"전적으로 이해합니다. 그런데 당신이 어느 편인지 잘 모르겠군요. 모든 사람의 비위를 맞출 수는 없습니다."

"미국인인 경우에 더욱 그렇죠." 린 주임의 눈이 교활하게 빛났다. "당신은 내가 정부와 가문만을 생각하고, 실리콘섬을 신경 쓰지 않는 두 얼굴의 위선자라고 생각하죠. 하지만 이렇게 생각해 보셨습니까? 실리콘섬은 우리를 입혀 주고 먹여 주는 부모와 같습니다. 부모 없이 우린 아무것도 아니죠."

뭔가 재미난 일이 생각난 것처럼 스콧이 눈썹을 치켜올렸다.

"제가 이야기 하나 해드릴까요?" 스콧이 말했다. "어렸을 때 한번은 부모님 방에 들어갔다가 두 분이 나체로 침대에 누워 있는 것을 봤어요. 아름다움이라곤 전혀 없는, 그냥 벗은 몸이었죠. 저는 충격과 수치심에 아무것도 못 본 척 방을 나왔습니다. 하지만 지금의 저라면 아마 이불을 덮어 주었을 겁니다. 저희 부모님을 사랑하니까요. 당신처럼요."

"제 생각에는 비유가 적절하지 않은 것 같습니다. 모든 일은 양면성을 갖는데 당신은 그중 한 면만 보려 하잖아요."

"예를 들면?" 스콧은 경멸하듯 킬킬대며 웃었다. "태극의 음양 같은 걸 말하는 건가요?"

"예를 들면," 린 주임은 초조함을 억누르려는 듯 크게 숨을 들이마셨다. "테라그린은 언제나 세 가문을 장애물로 생각할 뿐 때로는 일부 가문과 동맹하여 다른 가문을 견제하는 분할통치 전략을 사용하지 못합니다. 테라그린은 항상 정부가 강력한 행정명령을 내리기를 원하지만, 전거지감前車之鑒, 즉 뒤집힌 앞수레를 보고 얻는 교훈이 있었기에 신중할 수밖에 없음을 모릅니다. 테라그린은 환경보호와 생산성을 명목으로 실리콘섬을 설득하려 하지만, 로봇이 훨씬 더 효율적이고 환경친화적일 수 있다는 건 모르는 듯합니다. 토박이들은 잉여 노동자들이 어떻게 될지, 사회 불안 요소가 되지 않을지 걱정하고 있습니다. 게다가 계속 귀치다오 환경부 장관 이야기를 꺼내는데…"

"아?" 스콧이 자세를 고쳐 앉았다.

"당신네 데이터베이스가 항상 전능한 건 아닌 것 같군요. 당신 컴퓨터에서 데이터를 빼내려고 했던 청년은 급진주의 환경 단체 '콴둥'의 일원입니다. 콴둥의 설립자 궈치더는 궈치다오 장관의 쌍둥이 동생이죠. 그러니 모든 일에 섣불리 결론 내리지 마세요. 중국에서는 흔히 '의논해서 결정하고, 그후에 움직이라'고 합니다."

스콧은 생각에 잠긴 듯 아무 말도 하지 않았다.

린 주임의 말투가 갑자기 부드러워졌다. 그는 다양한 성격의 가면을 너무 능숙하게 바꿔 써서 듣는 사람이 따라잡기 어려울 정도였다.

"저에 관해서는, 단 하나만 믿으시면 됩니다. 실리콘섬에서 제가 당신들과 가장 가까운 곳에 서 있다는 것을요."

갑자기 휴대전화 벨소리가 급박하게 울리며 그의 고백을 방해했다. 그는 스콧을 흘끗 쳐다보고는 전화를 받았다. 순식간에 그의 안색이 싹 변했다. 그는 운전기사에게 차를 돌리라고 말하고는 또 다른 번호로 전화를 걸었다.

"누가 중환자실에 침입했습니다…." 그의 말은 마치 빗물을 뒤집어쓰고 전봇대에 걸려 있는 비닐봉지처럼 허공에 둥둥 떠 있었다.

그들은 우리를 '쓰레기인간'이라고 부른다. 쓰레기는 더럽고, 열등하고, 하찮고, 쓸모없지만 어디에나 있다. 그들은 매일 쓰레기를 만들며 그들은 쓰레기인간 없이 살 수 없다.

그들은 우리가 작업장, 폐수 웅덩이, 소각장, 버려진 들판에 갇혀 있다고 생각하지만, 틀렸다. 우리는 호텔 보안실, 식당 주방, 병원 멸균실에도 존재한다. 그들이 마시는 깨끗한 물, 운전하는 차, 나이트클럽에서 일하는 아가씨들, 베이비시터까지, 그들이 몸을 더럽히고 싶지 않아 하는 모든 장소가, 우리 쓰레기인간이 생계를 위해 고군분투하는 일터다. 그들은 정말로 우리를 피할 수 있다고 생각하는가?

그들이 미미를 잡아갔을 때, 우리는 보았지만, 아무 말도 하지 않았다. 우리는 그들의 위세에 이미 길들었다. 쓰레기 취급을 받으며 굴욕과 폭력을 당하고, 이용당한 후 버려지고, 소리 없이 사라지는 일에 익숙해져 있다. 우리는 구타, 담배로 지지기, 물고문, 절단, 강간, 전기 충격, 생매장 등 이 소녀에게 가해진 모든 고문을 상상할 수 있었다.

다만 우리는 다음 차례가 우리가 아니기를 기도할 뿐이다.

그러나 그녀는 살아서 돌아왔다. 비 오는 밤, 벌거벗고 상처투성이의 몸으로, 붉은 피를 흘리며 쓰레기인간들로 가득한 마을과 길거리를 통과했다. 좀비처럼. 하지만 모든 목격자에게 그들 또한 미래의 좀비에 불과함을 일깨워 주었다. 그녀는 영매처럼 신령의 메시지를 전했다. 인간은 존재 자체만을 위해서 사는 게 아니라는 것을.

전쟁은 시작되었다.

"잘 썼군." 병원에서 뤄진청은 진심으로 칭찬했다. "자네가 썼나?"

"지하 세계 전단입니다." 천카이종이 고개를 저었다.

"나도 자네는 아닐 거라 생각했어." 뤄진청이 미소를 지었다. 눈앞에 리원의 얼굴이 스치고 지나갔다. "미국인들까지 이 흙탕물에 발 들일 필요는 없지."

"토박이들에게 보여 주려고 일부러 쓴 겁니다."

"아무 결과도 못 얻을 거야. 날 믿어, 자네보다 중국인들을 잘 아니까."

"저도 중국인입니다. 갈등과 압박은 이미 오래 쌓이면서 끓어올랐고 이제 불꽃 하나면 충분하죠. 지금 미미를 데려가면 불씨에 기름을 붓는 격이 될 겁니다."

뤄진청은 카이종의 말이 일리 있다고 인정할 수밖에 없었다. "그럼 자네 생각은 뭔가?" 그는 마음을 바꿨다. 원래는 병실에 들어가서 강제로 소녀를 데리고 나올 작정이었다. 하지만 지금 그의 직감이 그것은 불가능하다고 말하고 있었다.

"진실을 공개하고, 살인자는 엄하게 벌하고, 분명한 규칙을 정하는 겁니다." 카이종은 사전에 준비가 된 것 같았다.

"하, 여전히 미국인처럼 구네." 뤄진청이 냉소를 날렸다. 그는 게임의 규칙을 다시 정하고 카드를 뒤섞자고 제안하고 있었다. 그러면 테라그린이 이 상황을 틈타 주도권을 잡을 수도 있었다. "진실은 혼수상태로 이 침대에 누워 있고, 책임질 자들은 이미 다 죽었네. 분명한 규칙? 그건 늘 단 하나뿐이었어. 약육강

식, 적자생존 말이야."

천카이종이 대답하기도 전에 병원의 정적을 깨고 경고음이 쉴 새 없이 울부짖었다.

"사장님!" 창밖에서 부하들의 긴장된 목소리가 들려왔다. 뤄진청은 빠른 걸음으로 병실을 빠져나왔고 약 10미터 밖에 자동 무기로 무장한 경찰들이 복도를 가득 메우고 있는 것을 보았다. 그는 두 손을 들고 화력이 팽팽하게 대치하고 있는 곳으로 천천히 걸어갔다.

"오해입니다, 오해!" 그는 친근한 미소를 지으며 고개를 돌려 부하들에게 칼을 버리라고 명령했다. 칼들이 타일 바닥에 날카로운 소리를 내며 떨어졌다.

경찰 측 지휘관이 뤄진청을 알아본 것 같았다. 그의 명령이 떨어지자 총구가 일제히 바닥을 향해 떨어졌다. 그 또한 밝은 미소를 지으며 조금 전까지 용의자 측 우두머리였던 뤄진청과 열렬히 악수를 교환했다. 너무나 급변한 상황에 카이종은 놀라움을 금치 못했다.

"뤄 사장님, 무슨 일입니까? 병원에 폭력배들이 침입해서 인질극을 벌인다고 신고를 받았습니다. 린 주임님이 직접 연락하셨고 곧 도착하실 겁니다."

뤄진청의 얼굴이 불편한 듯 씰룩거렸다. 그는 아직 린씨 가문과 직접 얼굴을 맞대고 싶지 않았다. "젊은이들이 워낙 혈기 왕성해서 작은 다툼이 있었어요. 바로 떠나겠습니다."

"아… 그러면 제가 곤란해져서요….." 경찰 지휘관이 난처한 표정을 지었다. "몇 명만 연행해서 조사해야 할 것 같은데, 좀 도와주시겠습니까?"

"물론이죠, 당연히 협조하겠습니다." 뤄진청이 고개를 끄덕이자 부하 몇 명이 앞으로 나왔고 고강도 플라스틱 수갑을 순순히 차고는 경찰을 따라갔다. 뤄진청은 여전히 중환자실에 있는 천카이종을 향해 고개를 끄덕였다. 그것은 작별 인사 같기도, 돌아오겠다는 의미 같기도 했다.

그가 막 세 걸음을 떼는데 갑자기 누가 자기 이름을 부르는 소리를 들은 것 같아 잠시 멈춰 섰다. 뒤돌아보니 침대 옆에 경악한 채 서 있는 카이종이 보였다.

그것은 소리가 아니었다. 적어도 사람의 귀가 감지할 수 있는 소리는 아니었다. 발 딛고 있는 땅바닥에서부터, 알프스산맥 사이를 부는 칼바람처럼 불안한 진동이 중환자실 밖으로 흘러나왔다. 가슴이 거대한 압력에 짓눌려 숨쉬기가 어려웠고, 마치 어떤 손이 그의 몸속을 휘젓고 헤집어 장기의 위치를 마음대로 바꾸는 것처럼 심장이 거칠게 뛰었다. 관자놀이에 정맥이 불거지고, 두개골에 무수한 쇠못이 박히는 것만 같았다. 그는 메스꺼움, 공포, 현기증에 압도당해 바닥에 두 무릎을 꿇은 채로 격렬하게 구역질을 했다.

온 세상이 눈앞에서 흔들리는 것 같았다. 사물의 가장자리가 전부 흐릿해지면서 무지개 같은 빛을 발했다. 그는 걷잡을 수 없이 흔들리는 것이 자기 눈동자임을 알았지만, 그 진동은 바로 앞 유리창에 반사되는 빛의 진동과 동기화되지 않았다. 유리창의 작은 편광 각도로 인해 하늘과 구름이 깊이 있게 보였고, 진동의 주파수는 점점 더 빨라졌다. 검은 새 한 마리가 거울 속을 지나가자 유리가 병실 안에서 바깥으로 폭발했다. 마치 새가 유리창을 깨뜨린 것처럼, 유리 파편이 진주알처럼 공중으로 뿜어져 나가 바닥으로 산산이 흩어졌다.

뤄진청은 땅바닥에 피가 가득 고여 있는 것을 보았다. 그 근원은 그의 입과 코였다. 눈언저리로 경찰들이 온몸을 뒤틀며 고통스러워하는 모습이 보였다. 그들의 형상이 점점 흐릿하고 느려지면서 정처 없이 떠다니는 외로운 귀신처럼 보였다.

뤄진청은 이렇게 죽는다고 생각했다. 무의미하고 터무니없는 잔인한 죽음. 필리핀에서 실종된 오촌 형의 가족처럼, 또한 혼수상태에 빠진 그의 아들처럼. 이 가문에 어떤 사악한 힘이 끊임없이 따라다니는 것 같았다. 악마와 파우스트의 거래처럼 부귀와 권세를 누릴 기회와 함께 유전자에 저주를 내린 것 같았다.

아마도 현생에 업보를 받는 것이겠지. 뤄진청의 머릿속에 그가 죽인 사람들, 지은 죄들이 기차가 터널을 지나듯이 획획 지나갔다. 정지화면이 빠른 섬광 속에 되살아나 덜컥대는 스톱모션 애니메이션처럼 그의 파란만장한 삶을 재연했고 기차는 아득히 멀지만 밝고 따뜻한 피안의 출구를 향해 달렸다.

다음 생에 봅시다. 그는 조용히 세상과 작별을 고했다.

갑자기 진동이 멈췄고 모든 것이 원래대로 고요해졌다. 그의 의식은 견고한 현실 세계로 돌아왔다.

뤄진청은 고개를 들어 시선을 집중하려 애썼다. 깨진 창문과 문을 통해 그는 털끝 하나 다치지 않은 천카이종을 보았다. 그는 정신이 멍한 상태로 침대 머리맡에 반쯤 꿇어앉아 있었다. 그와 천카이종 사이에는 의료 장비들이 경호원처럼 줄지어 선 채, 미미에게 연결된 전선과 벽에 꽂힌 전선들을 현수교 케이블 처럼 팽팽하게 당기고 있었고, 다기능 모니터의 매끈한 화면은 꺼져 있었다. 한동안 엉망이었던 파형이 깨진 유리를 가로질러 백색소음 속으로 사라졌다. 인공호흡기와 제세동기의 패널이 관성 속에 잠시 흔들리다 분리되어 바닥으로 떨어졌다.

"저주파 공격입니다… 젠장….."

어떤 이들은 비명을 질렀고 어떤 이들은 낮게 신음했다.

"증원 요청! 증원 요청!"

무전기에서 흘러나오는 고주파 회신이 뤄진청의 고통받는 두개골을 칼로 찌르는 것 같았다.

부상한 경찰들의 윤곽이 점점 뚜렷해졌다. 혼수상태인 사람, 코와 귀에서 피를 흘리는 사람, 허둥지둥 숨을 곳을 찾는 사람, 도움을 구하는 사람… 논리라곤 없는 파르스*의 한 장면 같았다.

뤄진청은 머리와 몸에 붙은 유리 파편을 털고 얼굴의 핏자 국을 쓱 닦은 후 비틀대며 자리에서 일어났다. 중환자실이라고 쓰인 LED등이 문 위에서 떨어진 채 초록 불을 깜빡이며 전선에 대롱대롱 매달려 있었다. 그는 거의 불가능한 추측을 검증할 생 각이었다.

● farce. 프랑스 중세 희극의 한 유형으로, 해학을 기발하게 표현하여 관객을 웃기는 연극.

그는 의료 장비들이 형성한 방어선 앞에서 멈춰 섰다. 생명 없는 이 기계들이 언제든 살아나 입을 벌리고 달려들 것만 같았다. 하지만 그런 일은 발생하지 않았다. 기계들은 고장 난 등을 깜빡이고 오작동으로 인한 소음을 내며 가만히 서 있을 뿐이었다. 카이종은 정재파定在波의 작용 범위 밖에 있었기에 무사했지만, 지난 몇 분간의 사건에 압도된 것 같았다. 침대에 누워 있는 미미를 무의식적으로 몸으로 감싸긴 했지만, 뻣뻣한 표정으로 어찌할 바를 몰랐다.

"그 여자야." 뤄진청이 말했다.

카이종은 그를 쳐다보았다. 몸은 뻣뻣하게 굳었고 얼굴에 두려움이 가득했다. 그의 공포는 뤄진청의 모호한 한마디가 아니라, 그 뒤에 숨은 거대한 상상의 공간으로부터 오는 것 같았다. 그의 머릿속에서 논리와 직관은 순간 팽팽하게 맞서 승패를 가리지 못했다. 그는 입을 열었지만 아무 말도 하지 못했다.

뤄진청은 탐색하듯 한 걸음 앞으로 내딛고는 또다시 한 걸음을 내디뎠다. 아무 일도 일어나지 않았다. 그가 기계들의 방어선을 통과하는 순간, 쩍하고 갈라지는 소리가 들리더니 미미의 몸에 연결되어 있던 관과 선 그리고 산소마스크가 떨어지면서 탄성을 더해 여러 개의 채찍처럼 허공에서 뤄진청을 향해 큰 소리를 내며 날아왔다.

뤄진청은 미리 대비한 듯, 몸을 숙여 공격을 피했다. 전선, 튜브, 산소호흡기가 힘없는 촉수처럼 흐느적거리며 아무도 해치지 않고 바닥으로 떨어졌다. 그는 복잡한 표정으로 천카이종을 바라보았지만 더 이상 침대에 가까이 다가가지는 못했다.

순간 카이종이 놀란 듯 벌떡 일어나더니 침대에서 한 발짝 뒤로 물러났다.

조금 전까지 시체처럼 뻣뻣하던 소녀의 몸이 살짝 떨렸다. 불과 1분 전만 해도 원수처럼 대적하던 천카이종과 뤄진청은 이제 똑같이 공포, 의심, 희망이 뒤섞인 표정을 짓고 있었다. 어쩌면 그들은 미미라는 이 쓰레기인간 소녀가 자신들은 물론, 인류가 이해할 수 있는 범위나 상상력을 넘어섰다는 미묘한 공감에 다다랐을지도 모른다.

창백하고 상처투성이인 미미의 얼굴이 잠시 실룩이더니 오른쪽 입꼬리가 살짝 올라갔다. 신비로우면서도 위험한 미소가 물결처럼 일렁이다가 순식간에 사라졌다. 그녀의 눈꺼풀이 가늘게 떨렸다. 언제든 두 눈을 번쩍 뜨고 이 냉혹한 세상을 다시 바라볼 것 같았다. 카이종은 주먹을 꽉 쥔 채 기다렸다. 손에 땀이 흥건했다. 그 떨림은 수십 초, 아니 몇 분간 지속되었지만, 방 안의 두 사람에게는 영원처럼 느껴졌다.

떨림이 멈추더니 반투명의 눈꺼풀이 분홍 꽃잎처럼 눈구멍에 밀착되었다. 카이종과 뤄진청은 거의 동시에 참았던 숨을 내쉬었다.

3초 후 떨림이 다시 시작되었다.

9

스콧은 택시에서 내린 후 노스페이스 방수 재킷의 지퍼를 끝까지 올리고 모자 부분을 꽉 조여 눈에 잘 띄는 백인 외모를 가렸다. 그는 이른 아침에 선착장으로 재빨리 걸어가 당일 잡은 해산물을 파는 상인들과 생선 비린내를 피해 빽빽하게 들어선 어선과 삼판선 사이에서 무언가를 찾았다.

그는 곧 목표물을 찾아냈다. 막 하역을 위해 정박한 낡은 스피드보트였다. 페인트가 벗겨지고 녹슨 부분이 얼룩덜룩 드러난 선체가 오랫동안 싸워 온 늙은 백상아리 같았다. 선장이 지역어로 해안의 짐꾼을 부르자, 빈 선체가 물 위로 둥실 떴고 쓰레기로 가득한 해수면 위에서 파도에 살랑살랑 흔들렸다.

스콧이 배에 올라타자, 갑판이 둔탁한 소리를 냈다. 선장은 눈을 부릅뜨고 스콧에게 뭐라고 쏟아부을 참이었으나, 순간 코앞에 놓인 현금 다발을 보고는 욕이 쑥 들어갔다.

"기름은 충분…해요?" 스콧이 어색한 중국어로 물었다. 선장이 그의 표준어를 알아들을 때까지 그는 몇 번이나 반복해서 물어야 했다.

"어디 가는데요?"

"바다요. 그냥 좀 돌아보려고요." 스콧이 아무렇지 않은 표정을 지었다. 가볍게 주위를 돌아보니 아무도 그들을 신경 쓰지 않았다.

"멀리는 못 가요. 집에 가서 아침 먹어야 해서." 선장이 시동을 걸자 귀가 먹먹해지는 소음과 함께 선미에서 하얀 물보라가 일었다.

스피드보트는 혼잡한 항구를 떠나 탁 트인 바다 깊숙한 곳으로 향하며 점차 흐릿해지는 하얀 흔적을 만들었다.

지난 며칠 섭씨 40도에 가깝던 기온은 열대성 폭풍의 영향으로 가파르게 떨어졌다. 차가운 바닷바람을 따라 물방울이 스콧의 맨 뺨을 산발적으로 때렸으나 빗방울인지 물보라인지 알수 없었다. 그는 휴대전화기의 GPS를 보면서 선장에게 힘겹게 항로 전환을 지시했다. 주위에는 더 이상 넓은 육지가 보이지 않았고 가끔 암초 같은 섬들이 개 송곳니처럼 튀어나오는 정도였다.

"더 가면 돌아갈 기름이 없어요." 선장은 자신의 결정을 후회하는 듯 속도를 늦추며 등 뒤의 외국인을 경계했다.

"저쪽이요." 스콧은 휴대전화의 지도를 내려다보며 텅 빈 바다를 가리켰다. 선장은 현지 사투리로 뭐라고 중얼거리더니 마지못해 배를 댔다.

"더는 못 갑니다." 엔진 소음이 잦아들다가 시동이 꺼졌다. 배는 관성으로 인해 약간 앞으로 미끄러진 후 하늘과 바다 사이에서 출렁댔다.

선장은 경계하는 표정으로 스콧을 주시하며 언제라도 갑판 위의 쇠 지렛대를 집어들 참이었다. 비록 눈앞의 이 외국인이 머리 하나만큼 더 컸지만 말이다.

스콧은 그에게 미소를 지었다. 주머니를 뒤적였지만 친근감을 표시할 담배는 찾지 못했다. 그는 어깨를 으쓱한 후 두 손을 펼쳐 남자를 진정시키려 했다. 시간이 되었다. 그는 눈을 가늘게 뜨고 해수면을 바라보았지만, 난감하게도 바다는 여전히 텅 비어 있었다.

거칠고 까무잡잡한 피부의 선장은 인내심의 한계에 다다른 듯 금방이라도 쇠막대기를 휘둘러 스콧을 배에서 떨어뜨린 후 안전한 항구로 돌아갈 것만 같았다. 그때 그의 뒤에서 가벼운 엔진 소리가 들렸다. 경량의 이층 여객 및 화물용 디젤선이 멀리서 다가오고 있었는데 흘수선이 시대에 뒤떨어진 녹색으로 칠해져 있었다. 사람의 흔적은 보이지 않았다.

스콧은 자신이 믿을 만한 사람이란 걸 증명하듯 선장을 향해 다시 한 번 웃었다.

디젤선이 스피드보트 바로 옆에서 멈췄다. 그 여파로 인해 발밑에서 갑판이 더욱 심하게 흔들렸다. 선실 측면에서 문이 열리며 동남아시아 사람의 얼굴이 나타났다. "스콧 브랜들 씨?" 그가 억양이 강한 영어로 물었다.

"네, 접니다." 스콧은 손을 내밀었다. 악수를 하거나 배 안으로 끌어당겨 주기를 기대하면서.

하지만 남자는 위성 전화기를 건넸다.

"이해가 안 되네요." 스콧이 불만스러운 표정으로 말했다. "당신 상사는 어딨습니까?"

"전화요." 남자는 전화 받는 몸짓을 하며 짧게 말했다.

"아니요." 스콧이 억지로 웃음을 짜냈다. "이런 식으로 사업을 하다니, 진정성이라곤 없군요. 당신 상사를 만나야겠어요. 알겠어요? 아니면 거래는 끝입니다!"

"전화요." 남자도 미소로 답하며 단어를 짜 맞췄다. "당신, 보세요, 그녀."

스콧의 손에 들린 우주왕복선처럼 생긴 위성 전화기의 벨이 울렸다. 흔하지 않은 자메이카 스타일의 전자음이 울려 퍼지자, 그제야 그는 전화가 화상 전화란 걸 알았다. 당황한 그는 주위를 한번 둘러보고는 깊게 숨을 들이켜고 수락 버튼을 눌렀다.

"이런 환경에서 뵙게 되어 송구합니다. 우리의 안전을 보장할 수 있는 유일한 방법이어서요. 이것은 고도의 암호화를 거친 상업용 위성 채널이며, 제 배에는 간섭파를 생성하는 장비가 탑재되어 있어 도청이나 녹음을 시도하는 사람은 백색소음만 듣게 됩니다."

화면에 서른다섯 살가량 되어 보이는 동양 여성이 나타났다. 그녀는 영국식 영어를 유창하게 구사했고 깔끔한 단발머리가 구릿빛 피부에 잘 어울렸다. 그녀는 자신감 넘치고 차분한 표정이었고, 스콧과 꾸준히 시선을 맞추는 것을 보아 이런 미팅에 익숙해 보였다.

"만나 뵙게 되어 기쁩니다, 스콧 브랜들 씨." 여자는 고개를 숙이며 일본 게이샤처럼 공손히 예를 갖췄다. "저는 이 작전의 총책임자인 호치우숙이입니다."

스콧은 고개를 끄떡인 후, 인사치레 없이 바로 본론으로 들어갔다. "호치우숙이 씨, 당신의 부하가 제 컴퓨터에서 기밀 정보를 훔치려 했습니다. 당신의 지시였습니까?"

호치우숙이는 당황한 것 같았지만 재빨리 표정을 바꾸고 당당히 대답했다. "네, 제가 전적으로 책임지겠습니다. 하지만 제 이야기를 다 듣고 판단해 주십시오."

"말씀해 보시죠."

"두 달 전, 저희 콴둥 조직은 미국 뉴저지항에서 출발해 홍콩 콰이칭을 거쳐 실리콘섬으로 가는 컨테이너선에 고위험 바이러스에 감염된 의체 폐기물이 섞였다는 첩보를 입수했습니다. 저희 판단으로는 SBT의 춘계 재활용 프로젝트에서 나온 것으로 보입니다. 저희는 사물인터넷 RFID 태그를 통해 컨테이너의 이동 경로를 추적하여 선박이 콰이칭에 입항하기 전에 이를 차단하고 진실을 대중에게 알리고자 했습니다. 그런데 뜻밖의 사고로 저희는 어쩔 수 없이 작전을 중단해야 했습니다. 창푸호의 화물은 하역 후 중국 내륙 각지로 운송되며, 더 이상 기술적으로 추적할 방법이 없습니다만, 문제 되는 폐기물들이 지금 실리콘섬에 있다고 믿을 만한 근거가 있습니다. 스콧 브랜들 씨, 당신이 저희의 이유입니다."

스콧은 눈썹을 치켜떴지만, 즉각 반응하지 않았다. 심문실의 그 청년은 콴둥 측이 이미 특정 정보 채널을 통해 그의 정체를 파악했음을 분명히 알고 있었다. '스콧 브랜들'은 그의 수많은 가명 중 하나일 뿐이었다. 그의 직업은 종종 '경제 암살자'라는 자극적인 별명으로 불리기도 한다. 그는 언론기관의 과장과 겹박은 신경 쓰지 않았지만, 업무상 종종 살인이 필요하다는 사실을 부인할 수는 없었다.

구원에는 희생이 따른다. 언제나 그랬듯이.

그는 이러한 신앙고백으로 자신을 설득했다. 그는 에너지 전문가, 금융 분석가, 환경 연구원, 인프라 엔지니어 등의 역할을 수행하며 거대 재벌 혹은 다국적 기업에 고용되어 굶주린 사냥꾼처럼 제3세계 국가들을 누볐다. 아마존의 열대우림에서 모잠비크 초원, 인도 남부의 지옥 같은 빈민가, 동남아시아의 풍요로운 해변까지, 그들은 두 자릿수 경제성장, 일자리 창출 그리고 현지 정부가 가장 중요시하는 사회적 안정이라는 멋진 비전을 제시했다. 그들은 현지인들에게 산업 단지, 발전소, 깨끗한 물, 공항을 제공해 거짓으로 신뢰를 쌓았다. 현지인들은 공장으로 몰려들었고 그들의 부모가 버는 돈보다 낮은 임금을 받으며 반복적이고 기계적인 일에 투입되어 로봇처럼 뼈빠지게 일했다.

세상은 원래 다 그렇게 돌아가니까요. 스콧은 심문실에서 청년이 수갑을 찬 채 말했던 진실을 떠올렸다.

경제 암살자들은 첨단기술, 대출 완화, 유리한 구매 조건 등 달콤한 미끼를 던지며 '발전'과 '공동 개발'이라는 명목으로 지방정부와 계약을 체결하여 대규모 토목 프로젝트를 진행하며 막대한 부채를 안김과 동시에 유전, 광물, 멸종 위기종의 유전자 등 귀중한 자원을 제공하는 계약에 서명하도록 했다.

경제 암살자가 수수료를 챙기고, 공무원들이 뇌물을 챙기면, 국민은 빚더미와 오염된 국토를 떠안았다.

"저는 그런 연관성은 느끼지 못했습니다." 스콧이 순진하게 말했다.

"스콧, 배우로 직업을 바꾸셔도 될 것 같은데요. 스콧이라고 불러도 될까요?" 호치우숙이가 친절한 미소를 띠며 스콧을 무장해제시키려 했다. "테라그린 리사이클링과 SBT의 지분 구조를 보니 '아라시오재단'이라는 공동 주주가 있던데요. 이 기관에 대해서는 공개된 정보가 전혀 없더군요."

스콧은 침묵했다.

"당신이 예전에 소속되었던 모든 회사의 주주이기도 하고요." 숙이가 무심코 협상 카드를 던졌다.

"지금 협박하는 겁니까?" 스콧은 더 이상 참을 수 없었다.

"손에 묻은 피를 씻을 기회라고 생각하세요."

"고맙지만 전 비누가 좋아요."

"스콧, 이번이 마지막 기회입니다. 실리콘섬이 제2의 아마다바드가 될 수도 있습니다. 그런 비극을 또 보고 싶은 건가요?"

"그건 사고였어요!" 스콧은 순간 통제력을 잃고 날카롭게 외쳤다.

"128명이 사망했고 운동능력을 일부 혹은 전부 상실한 사람이 600명 이상입니다. 그게 사고라고요? 그 아이들의 눈을 똑바로 볼 수 있습니까?"

"저는 그곳에 있었습니다." 스콧이 목소리를 낮췄다. 물속에 잠긴 낸시의 창백한 얼굴이 스쳐 지나갔다. 그는 저항을 포기한 듯했다. "진짜 원하는 게 뭐죠?"

"증거! SBT를 무너뜨릴 확실한 증거요. 그들이 어떻게 유독성 의체 폐기물을 개발도상국으로 수출할 수 있고, 어떻게 은폐하는지 알고 싶습니다."

"호치우숙이 씨, 제가 왜 당신들 같은 극단적 환경주의자의 도덕적 우월감을 충족시키기 위해 목숨을 걸어야 합니까?"

여자는 질문을 이미 예상한 듯 웃었다. "그게 다가 아닙니다. 엔론 스캔들 이후 주식시장이 어떤 반응했는지 기억하시나요?"

"SBT를 공매도할 생각입니까?" 스콧은 머릿속으로 재빨리 계산을 돌렸다. 타이밍만 잘 맞추면 그들은 수십억 달러를 벌 수도 있을 것이다. "저는 당신들이 순수한 이상주의자라고만 생각했습니다."

"콴둥은 결과 지향적인 이상주의자에게 가장 적합합니다." 호치우숙이의 대답은 자동 전화 응답기처럼 정확했다.

"알겠습니다. 당신들이 그토록 신경 쓰는 게 뭔지 말해 보시죠."

화면 속 숙이의 얼굴에서 웃음기가 사라졌다. 어디서부터 말해야 할지 고민하는 듯했다.

"웨이스트 타이드 프로젝트에 관해 들어 보셨나요?"

천카이종은 희미한 새벽빛 사이로 멀리 중환자실 창문에 하얀 형체가 흔들리는 것을 보았다. 카이종은 그를 기다리는 의료진이라고 생각하고 급히 달려갔다.

15분 전, 병원에서 미미가 깨어났다는 긴급한 전화가 왔다. 카이종은 아무에게도 알리지 않고 씻지도 못한 채 택시를 잡아탔고, 밤낮으로 생각하던 그녀에게로 향했다. 택시 안 라디오에서 차이코프스키의 〈1812년 서곡〉이 흐르며 현재 시각을 알렸다. 베이징 시각으로 6시 01분이었다. 반 박자 빨라진 열정적인 멜로디가 뉴스 속보처럼 그의 머릿속을 맴돌았다.

공기 중에는 목련 향기가 가득했다. 그 속에 섞여 든 소독약 냄새가 달콤함 속 한 줄기 불안감처럼 느껴졌다.

카이종은 엘리베이터를 기다리지 않고 계단으로 3층까지 뛰어 올라갔지만, 중환자실 입구에서 잠시 마음을 가라앉혔다. 그리고 문을 열었다.

방에는 불이 꺼져 있었고 침대는 텅 비어 있었다. 그가 간호사 호출 벨을 누르려는 순간, 창가에 그를 등진 채 조용히 서 있는 누군가의 형상을 발견했다. 희미한 아침 햇살이 익숙한 윤곽을 그렸다.

"미미?" 천카이종이 조심스레 불렀다. 마음에 불안감이 엄습했다.

젊은 여자는 여전히 움직이지 않고 그대로였다. 몇 초 뒤, 목 뒤편에 붙어 있는 보디 필름의 '미' 자가 금빛으로 빛났다. 얇은 병원복 아래에서 '미' 자가 일정하게 밝은 빛을 내고 있었다. 그

녀가 미소를 지으며 돌아보았다. 빛과 그림자의 경계선이 그녀
의 얼굴 위를 스캔하며 미소가 완전히 그림자 속에 묻힐 때까지
지나갔다.

"카이종, 왔군요." 그녀의 목소리는 마치 아무 일도 없었던
것처럼 여전히 맑고 부드러웠다.

카이종은 잠시 멍하게 서 있다가 인사에 답했다. 그는 병실
안의 등을 켜고, 미미에게 다가가 그녀의 웃는 얼굴을 자세히
살펴보았다. 상처는 놀랄 만큼 잘 아물었고, 이마에는 희미한 흉
터 몇 개만 남아 있었다.

"왜요? 저를 못 알아보시나요?"

"아닙니다. 몸은 이제 좀 좋아졌어요?" 카이종은 습관적으
로 미미의 어깨를 안으려 손을 뻗었다가, 미국이 아니라는 것을
깨닫고 허공에서 손을 어색하게 멈췄다.

갑자기 미미가 그의 손을 끌어당겨 자기 손으로 감쌌다. 미
리 짜인 프로그램에 따라 움직이는 것처럼 동작이 정확하고 단
호했다.

"네… 죽었다가 되살아난 것만큼요."

그녀의 갑작스러운 행동에 카이종은 깜짝 놀랐다. 온몸에 전
기가 흐르는 듯한 느낌에 아무 대답도 할 수 없었다.

미미는 잠시 의아한 듯하더니, 곧 깨달았다는 표정을 지었
다. 그녀는 카이종의 손을 놓고 고개를 숙이며 부드럽게 말했다.
"그동안 저를 돌봐 주었다고 들었어요. 당신이 아니었으면 저는
오래전에 죽었을 거예요."

카이종은 안도의 한숨을 내쉬고는 다시 미미의 손을 잡았다. "그런 말 말아요. 린 주임이 24시간 경호원을 배치한다고 했으니 더 이상 위험하지 않을 겁니다."

"위험이요?"

"이제 다 지나갔어요. 그때 제가 당신을 더 안전한 곳으로 보냈더라면…." 카이종은 고통스러운 듯 입술을 깨물었다. 바보처럼 아무 의미 없는 말을 지껄이는 느낌이었다.

미미의 눈에 망설임이 살짝 스쳤다. "무슨 일이 있었나요? 전혀… 기억이 나지 않아요."

"의사가 회복할 시간이 좀 필요하다고 했어요." 관조 해변에서 미소 짓던 미미의 얼굴이 카이종의 뇌리를 스치자, 천만 개의 바늘이 심장을 찌르는 것 같았다. 그는 억지로 분노를 억눌렀다. "좀 쉬어요. 의사를 불러서 병원에 계속 입원해 있을지, 아니면 집에 가도 되는지 알아볼게요."

"집이요?" 미미의 얼굴은 혼란으로 가득했다.

카이종은 잠시 말문이 막혔다. 미미의 집은 수천 킬로미터 떨어진 곳에 있어서 갈 수가 없다. 예전에 미미는 실리콘섬의 어느 곳에도 소속감이나 애착이 없다고 이야기했었다. 기억이 없는 곳은 집이라 부를 수 없다. 카이종은 그 마음을 누구보다 잘 이해했다.

"당신의 진짜 집 말이에요." 카이종은 따뜻하게 웃으며 미미를 달랬다.

그가 막 뒤돌아 떠나려는데, 뒤편에서 홍얼대는 소리가 들렸다. 그 익숙한 멜로디는 바로 라디오 방송국에서 정각 시보음으로 사용하는 〈1812년 서곡〉의 한 부분이었다. 카이종의 낯빛이 순식간에 변했다. 그의 생각 속에서 음악을 훔친 후 미미의 성대에 이식한 것 같았다. 무표정한 얼굴로 그를 똑바로 쳐다보며 입술을 가볍게 벌린 미미의 모습이 정교한 인간 오르골 같았다. 입술 사이로 정확한 음정이 흘러나왔고 심지어 빨라지는 부분의 박자까지 똑같았다. 짧은 구간이 아무 감정도 없이 계속 반복되다가 갑자기 멈췄다.

카이종의 목뒤로 소름이 돋았다. 그는 그녀를 좀 더 자세히 살펴보고 싶은 충동을 억누르고 중환자실을 뛰쳐나왔다. 한때 그가 구했던 소녀를 도망치듯 떠났다.

호텔로 돌아온 스콧은 심한 메스꺼움을 느꼈다. 바다에서 뱃멀미를 한 탓도 있지만, 나머지는 속았다는 느낌 때문이었다.

그는 채팅 프로그램을 통해 연결을 시도했으나 오토가와 히로후미는 끝내 응답하지 않았다. 그제야 지금이 미국 동부 시각으로 새벽 2시 반임을 알아차렸다. *빌어먹을 거짓말쟁이!* 분노한 스콧은 화풀이용으로 포르노 사이트에 접속하려 했으나 브라우저에 계속해서 '451 Forbidden' 문자열이 떴다. 이는 현지의 법규로 인해 해당 웹페이지가 표시되지 않는 HTTP 상태임을 알리는 코드로, 레이 브래드버리의 유명한 소설에서 유래했다.[*]

전송 속도제한구역에서는 합법적으로 자위할 권리조차 허

용되지 않는군.

그는 웃지 못했다. 원래는 이번 임무가 동남아시아, 인도 남부, 서아프리카에서 했던 더러운 일보다는 깨끗하리라고 생각했다. 그것은 완전한 착각이었다.

비밀은 희토류 금속이었다. 황금보다 훨씬 귀한, 재생 불가능한 자원. 희토류 금속은 동화 속 마녀의 마법 가루처럼 소량만으로도 기존 재료의 전술적 성능을 크게 끌어올리고 군사 기술을 놀랍게 발전시켜 현대 전쟁터에서 압도적 우위를 점할 수 있었다.

『손자병법』. 스콧은 웨스트포인트에서 배웠던 중국의 고전을 생각했다. 지금은 살인의 기술로 진화했다. 그는 또한 테라그린 리사이클링의 내부 설명회에서 직원들에게 보여 주었던 동영상을 기억했다.

냉전 시기에 소련의 파파급, 알파급, 마이크급, 시에라급 잠수함은 전 세계의 전략적 요충지를 누비는 유령처럼 최대 40노트로 수심 400~600미터까지 잠수할 수 있었다. 그에 반해 미국 어뢰는 거북이처럼 느렸다. 소련은 희토류 레늄을 사용하여 티타늄 합금의 강도를 크게 강화했고 더욱 빠른 항해 속도와 심해 잠수가 가능한 킬러 잠수함을 만들었다.

걸프전의 화염 속에서도 4000미터까지 '볼' 수 있는 희토류 이트륨 원소를 사용한 미군의 M1A2 에이브럼스 탱크의 레이저

● 브래드버리의 대표작 『화씨 451』에 등장한다.

거리 측정기는 측정 거리가 고작 2000미터에 불과한 이라크의 T-72 전차를 신속하게 발견하고 조준, 잠금, 발사하여 산산조각 낼 수 있었다. 마찬가지로 란타늄을 함유한 야간 투시경 덕분에 미군은 밤에도 낮처럼 선명하게 보았고 적을 정확하게 사살할 수 있었다.

그러나 전 세계 희토류 매장량의 절반이 중국에 집중되어 있었고 중국이 전 세계 생산량의 95퍼센트를 책임지고 있었다. 2007년 이후 중국 정부가 엄격한 쿼터제를 도입해 희토류 총수출량을 크게 제한하자 희토류의 국제 시장가격이 급등했다. '중국의 세기!'라며 서방 언론들은 경악을 금치 못했다. 값싼 희토류에 익숙했던 시대가 지나가면서 선진국들은 오랜 연구와 노력으로 유지해 온 그들의 기술 우위가 점차 사라질 위기에 처했다. 세계는 권력 재분배를 앞두고 있었다.

스콧은 금방이라도 무너질 것 같은 감정을 간신히 추스르고 VPN 소프트웨어를 실행했다. 모든 패킷이 암호화되어 해외 서버로 전송될 수 있도록 해외의 VPN 서버로 연결되는 암호화된 터널이 생성된 후 최종 목표인 동유럽 하드코어 포르노 사이트로 리디렉션되기를 기다렸다. 연결 속도는 느렸지만, 최소한 만리방화벽the Great Firewall(GRW)은 우회할 수 있었다.

36계 중 제8계 암도진창暗渡陳倉, 어둠 속에서 진창을 건너다. 테라그린 리사이클링이 택한 길과 같다.

테라그린은 소비재 전자 폐기물에서 희토류 원소를 회수하는 기술을 개발했다. 폐기된 칩, 배터리, 디스플레이 및 유사한 전자제품에 사용되는 희토류의 80퍼센트 이상을 추출한 후 재사용할 수 있었다. 그러나 처리 과정에서 발생하는 환경오염이 미국환경보호청EPA 기준을 훨씬 초과했기 때문에 환경보호 기금을 추가로 내야 했다. 게다가 이미 천정부지인 인건비에다가, 미국의 법률에 따라 노동자를 위해 고가의 보험에 가입해야 했고, 혹시 10년 후에 업무 관련 질병이 발생할 경우를 대비한 기금을 적립해 둬야 했다.

한마디로 수지타산이 맞지 않았다.

이것이 바로 민주주의의 약점이다. 국회의원들이 마침내 사안의 심각성을 깨닫고 법안을 제출하고, 이익집단들이 마침내 다툼을 끝내고, 관련 산업 정책을 추진하는 날이면 미합중국은 아마 이미 삼류국가로 전락했거나, 혹은 중화 경제권의 종속국으로 변했을 것이다. 유럽연합의 해체는 생생한 교훈이었다. 서구인들은 2022년 중국 기업이 스페인의 이비사Ibiza 해변을 인수한 후, 중국의 오성홍기가 휘날리던 광경을 잊지 못할 것이다.

그리하여 테라그린은 현행법의 틀 안에서 '녹색 경제'의 가치를 내걸고 쓰레기와 오염 물질을 해외로, 광활한 개발도상국의 땅으로 이전하는 아웃소싱 전략을 발명했다. 테라그린 리사이클링은 개발도상국이 산업 단지와 생산 설비를 건설하고, 그들의 많은, 값싼 노동력을 활용하며 계약에 따라 생산된 값비싼 희토류를 아주 싼 가격에 우선 구매할 수 있는 권리를 챙겼다.

스콧은 내부 보고서의 마지막 페이지에 있던 거대한 정삼각형을 기억했다. 각각의 꼭지점에는 색색의 동그라미가 그려져 있었고 그 안에 굵은 글씨로 윈-윈-윈이라고 적혀 있었다.

경제 발전을 원하는 정부에게, 우리는 GDP를 제공합니다.
먹고살기를 원하는 국민에게, 우리는 일자리를 제공합니다.
우리는 희토류를 저렴한 가격에 얻습니다.
모든 비용은 신중하게 계산되었습니다.

스콧은 약간의 불안감을 느꼈다. 아마다바드에서 독성 가스가 누출되는 사고가 발생한 후, 그는 종종 악몽을 꾸었다. 녹색 안개 속에 퉁퉁 부은 시체들이 바닥에 널려 있었고 그들의 눈은 수정체 변형으로 뿌옇게 변해 있었다. 비용 절감을 위해 그는 입찰 과정에서 현지 제조업체의 가스 밸브를 사용했다. 그들은 더 낮은 가격과 더 높은 리베이트를 제시했다.

그 회색 눈들이 가공되지 않은 수천 개의 진주처럼 깜빡이기 시작했다. 그는 비명을 지르며 깨어났다. 온몸에 식은땀이 흘렀다. 정신과 의사는 그를 구하지 못했지만 예수 그리스도는 해냈다.

이제 그는 신이 없는 또 다른 땅에 발을 내딛고 신성 모독을 저지르려 하고 있었다.

스콧은 무언가 해야 할 것 같았다. 그는 이사회를 설득해서 투자금의 일부를 지역 환경 개선 활동을 위해 사용하도록 했다. 물론 EPA의 기준에 따르면 개선된 환경 또한 지옥보다 훨씬 나을 것은 없었지만 말이다.

세상에는 다양한 형태의 *깨끗함*, 다양한 형태의 *공정함*, 다양한 형태의 *행복*이 존재하지만, 인간은 그중 하나를 선택하거나, 아니면 선택된 것을 받아들일 수밖에 없어. 스콧은 스스로를 위로했다. 나는 내가 할 수 있는 일을 할 뿐이야.

그러나 이제 콴둥 측은 실리콘섬이 또다시 그의 손에 피를 묻힐 거라고 말하고 있었다.

포르노 사이트의 데이터는 VPN 서버의 암호화된 터널을 통과해서 그에게 돌아왔다. 그의 스크린에는 형형색색의 화면 조각 사이에서 흔들거리는 우크라이나 모델이 등장했다. 그녀는 춤추고 애를 태우며, 가능한 모든 수단을 동원해서 방문자가 유료 채널을 클릭해서 가상이지만 원초적인 욕구를 충족하도록 유도했다. 가상 캐릭터는 회사 상사, 이웃, 선생님, 학생, 패스트 푸드점 계산원, 한물간 스타, 범죄자, 정치인, 행인, 애완동물, 남편/아내… 혹은 자기 자신이 될 수도 있었다.

스콧은 흥분은커녕 짜증이 났다. 마우스가 목적 없이 웹페이지를 돌아다니자, 가상 모델은 화살표의 움직임에 따라 기계적인 자세와 과장된 신음으로 반응했다. 갑자기 자신이 무엇을 해야 할지 깨달은 그가 검색 엔진으로 넘어와 'Waste Tide'를 입력하자 0.13초 후 5100건 이상의 검색 결과가 화면에 나타났다.

그는 'Project Waste Tide'라는 링크를 클릭했다. VPN 서버가 차단된 페이지를 열 수 있다고 확신했다. 추적 결과, 링크된 동영상은 검열 메커니즘을 피하기 위해 지상으로부터 약 400킬로미터 떨어진 지구 저궤도 우주정거장 서버에 저장되어 있었다. 이름은 아나키.클라우드Anarchy.Cloud였다. VPN 서버는 일반적인 로딩 시간보다 두 배 이상 느렸고, 빈 화면에는 도트 매트

릭스 프린터처럼 조금씩 조금씩 텍스트가 쌓이며 정보의 황무지
를 채워 갔다.

10

"대체 미미에게 무슨 일이 일어난 거죠?" 카이종은 의사에게 단도직입적으로 물었다.

그건 미미가 아니었다. 최소한, 그가 알던 미미는 아니었다. 미미의 말투와 행동을 의도적으로 모방하는 무엇인 것 같았다. *비인간적인 무엇.* 그는 몸서리를 쳤다.

미미는 그를 카이종이라고 부른 적이 없다. 늘 '가짜 외국인'이라고 했었다.

"상황이 좀 복잡한데요…" 의사는 잠시 망설이다가 태블릿에 3D 스캔 사진을 띄웠다. "저도 처음 봅니다. 이런… 뇌 지도는요."

그가 태블릿을 두드렸다. "이것이 일반적인 BEAMBrain Electrical Activity Mapping 이미지입니다." 어두운 색 대뇌가 가상 공간에 걸려 있었다. 애니메이션이 다양한 횡단면을 분석하자 불규칙한 얼룩이나 줄무늬가 나타났다 사라지며 뇌의 여러 영역이 기능에 따라 다르게 활동하고 있음을 보여 주었다. "이것이 환자의 이미지입니다."

카이종은 번쩍이는 이미지를 확대해서 보았다.

일반인의 BEAM 이미지가 발묵 기법으로 그린 산수화라면, 미미의 뇌는 마치 당나라 시대 공필 기법으로 그린 사실주의 작품처럼 꼼꼼하고 세밀했다. 대뇌 횡단면 영상의 전환되는 에니메이션이 복잡하고 휘황찬란한 궁궐을 닮은 이미지를 만들어 냈다. 서로 다른 색깔로 표현된 뇌의 각 구역은 정교한 장부촉을 홈에 끼운 듯 잘 들어맞으면서도 밀물과 썰물의 물결을 역동적으로 그려내고 있었다. 전체적인 장면은 거대한 도시를 지나는 화려한 카니발 행렬 같지만 멀리서 보면 질서정연하고 조화로운 아름다움이 드러났다.

"어떻게 이럴 수가 있죠?"

"좋은 질문입니다. 일부 생화학적 지표를 보니 바이러스가 뇌에 침입했던 것 같습니다. 실제로 감염은 일회성이 아니라 여러 번 발생했으며, 마지막 감염은 약 한 달 전이었습니다. 바이러스가 이 희귀성 질환의 일부 원인이 될 수는 있지만, 유일한 원인은 아닌 것으로 보입니다. 또 환자의 뇌에서 이것을 발견했는데요."

또 한 장의 뇌 지도가 떠워졌다. 반투명하고 윤곽이 희미해서 카이종은 뇌의 특정 영역에 안개가 끼어서 선명하지 않은 것 같다고 생각했다. 아마도 해상도의 문제인 듯했다.

"이 부분이 이마엽입니다. 이마 뒤에 있죠." 의사가 특정 영역을 확대했다. 구글 어스에서 지구 상공의 구름을 뚫고 내려가 특정 국가, 도시, 도로를 내려다보는 것처럼 신의 시각을 연상시켰다. "뇌에서 인지, 행동, 감정, 학습 강화, 통증 등을 관장하는 중요한 영역입니다. 현재 백만 배로 확대한 이미지를 보고 있습니다."

우주의 성운이 다가오듯 안개층이 서서히 걷히면서 각각의 별들로 변했다. 그들은 금속성 빛을 발하며 뉴런과 세포외기질로 이루어진 광활한 우주에 떠 있었다.

"이 금속 입자들은 반지름이 1~2.5마이크로미터로 뉴런보다도 작습니다. 일반적으로 이런 유해한 입자들은 호흡을 통해 폐로 들어가 폐렴 혹은 폐섬유화를 일으키고 면역 기능까지 손상시킬 수 있죠. 그러나 이 경우 혈액뇌장벽Blood-Brain Barrier을 통과하여 대뇌피질까지 들어갔는데, 저도 어떻게 이런 일이 가능한지 모르겠습니다."

카이종은 컴퓨터 시뮬레이션으로 만들어진 뉴런의 축삭돌기로 이루어진 푸른 정글을 응시했다. 영화 〈2001 스페이스 오디세이〉에 등장하는 검은 돌기둥 같은 금속 입자가 고요히 끝없는 매트릭스를 우주 끝까지 배출하며 떠다니고 있었다. 그는 비굴한 모습으로 불탄 플라스틱 냄새를 맡는 미미의 모습, 샤오룽 마을의 지옥처럼 끈적하고 탁한 공기, 버려진 전자 장난감들, 버려진 들판, 불타는 쓰레기, 유독성 토양 위에서 꽃처럼 웃음을 터뜨리는 아이들의 모습을 떠올렸다.

때가 되지 않아서일 뿐, 언젠가는 반드시 되돌려받는다. 그

● 不是不報 , 時候未到. 인과응보, 권선징악이란 뜻의 중국 속담.

는 오래된 중국 속담을 떠올렸다. 역사의 보복은 항상 불확실성으로 가득했다. 때로는 인종 전체처럼 넓은 범위로 보복하기도 하지만, 때로는 황무지의 고목을 강타하는 번개처럼, 그래서 고목이 횃불처럼 활활 타올라 밤하늘을 비출 만큼 정밀할 때도 있다.

미미가 바로 수십억 중 한 명 나오는 행운아였다.

"생명에 지장이 있습니까?" 카이종이 걱정스럽게 물었다.

"솔직히, 정말 모르겠습니다. 제 경험치를 넘어선 상황이에요. 대뇌피질에 박힌 금속 입자들이 복잡한 격자를 형성하여 신경망과 일종의 시너지 효과를 내는 것 같은데, 어떻게 이렇게 되었는지는 묻지 마십시오. 제가 아는 건, 현대 신경외과 기술로는 이러한 깊이와 정밀도로 이식할 수 없으며 이런 구조를 만들어낼 수도 없다는 것뿐입니다. 마치 뇌가 지뢰밭으로 변한 거나 마찬가지죠. 언제, 어떤 신경 말단에서 찰칵 하는 연쇄반응을 일으킬지 모릅니다."

의사가 손가락을 튕기며 굳은 표정을 지었다.

카이종은 침묵했다. 그는 원래 이번 사건만 마무리되고 나면 자기가 미미를 외부의 위협에서 보호할 수 있으리라고 믿었다. 마음속 깊은 곳에서 미미의 비극을 그날 자신이 약속에 늦었던 탓으로 돌리고 있었다. 그는 수도 없이 생각했다. 만약 시간을 되돌릴 수 있다면, 만약 천씨 우두머리와의 대화를 조금 일찍 끝냈다면, 제시간에 미미의 작업장에 도착했더라면… 모든 결과가 달라졌을까?

그러나 역사에 '만약'이란 존재하지 않는다.

카이종은 마음 깊은 곳에서 자신을 보물을 들고 귀향하는 사신처럼 상상했음을 부인할 수 없었다. 보물함을 '짠' 하고 열기만 하면 실리콘섬의 모든 문제가 순식간에 사라지기라도 할 것처럼. 하지만 그는 이제야 그것이 얼마나 큰 착각이었는지 깨달았다. 그는 실리콘섬을 구할 수 없었고, 미미를 구할 수 없었으며, 자신은 더욱 구할 수 없었다. 우스꽝스러운 우월감은 냉혹한 현실 앞에 산산조각이 났고, 달리면 달릴수록 원래의 목표에서 멀어져만 갔다.

"정기검진을 받았더라면 좀 더 일찍 발견했을 텐데…." 의사의 목소리에는 안타까움이 역력했다.

"미미는 원래 천씨가 아니라 뤄씨 가문 소속입니다."

카이종의 눈앞에 얼굴 하나가 떠올랐다. 매끈하고 창백하고 부은 얼굴, 마치 포르말린 속에 떠다니는 죽은 조직 같은, 뤄진청의 얼굴이었다.

의사는 이해한다는 표정을 지었다.

이 사이트는 분명 공식 웹사이트가 아니라 광팬들이 만든 위키백과에 더 가까웠다. 글자, 그림, 연표, 동영상 들이 질서 없이 마구 뒤섞여 있었다. 스콧은 빠르게 사이트를 훑어보았다. 많은 글이 논리 비약이 심했고, 그도 익히 들어본 음모론으로 가득했다. 인류 역사에 관해 병적으로 왜곡된 상상으로 가득한 뇌로부터 나온 산물이었다.

웹사이트는 한동안 업데이트되지 않았는데도 스콧은 그가 원하던 내용을 찾을 수 있었다.

15분 분량의 요약된 비디오였다.

시작은 조잡한 흑백 다큐멘터리의 한 단락이었다. 전함 한 척이 바다에서 활활 타올랐고, 회색으로 불타오르는 그 배는 수면 아래로 천천히 침몰했다. 자막 내용은 이러했다.

1943년 3월 3일, 일본의 구축함 아라시오荒潮(황조)호가 비스마르크 해전에서 미군 B-25C 미첼 폭격기(별칭: 채터 박스)에 의해 방향타가 파괴되어 다른 배와 충돌한 후, 결국 뉴기니 핀샤펜 동남쪽 55해리 바다에서 침몰했다. 함장인 구보키 히데오 중령을 제외하고 선상의 생존자 176명은 모두 구조되었다.

군복을 입은 구보키 히데오의 사진이 화면에 등장했다. 그리고 대학교 캠퍼스의 한 실험실로 장면이 바뀌었다. 우아한 동아시아계 여성이 실험 장비 앞에서 실험에 집중하고 있었고, 때때로 촬영자와 소리 없이 대화하기도 했다.

일본의 패전 이후 구보키의 약혼녀 스즈키 세이센은 석사 학위를 위해 미국으로 떠났고 결국 미국 시민권을 얻었다. 그녀는 컬럼비아 대학교에서 생화학 박사 학위를 취득했으며, 1952년부터 미군의 지시에 따라 극비 프로젝트인 '웨이스트 타이드WASTE TIDE'를 이끌었다. 프로젝트 이름은 약혼자가 사망한 함선의 이름을 딴 것이었다.

스콧은 마침내 테라그린의 주주, 그 미스터리한 재단의 유래를 알게 되었다.

비디오의 다음 단락은 '미군 일급 기밀'이라고 표시되어 있었다. 고정된 카메라로 촬영된 것 같았는데 우측 하단부에서 깜빡이는 숫자를 통해 현재 비디오가 수십 배 빠르게 재생되고 있음을 알 수 있었다. 배경은 인공 조명이 있는 밀실이었고, 렌즈가 향하는 쪽의 벽에는 단방향의 관찰용 창문이 있어 카메라 아래쪽의 벽을 비추었는데, 소름 끼칠 만큼 텅 비어 있었다.

1955년부터 1972년까지 웨이스트 타이드 프로젝트는 메릴랜드에서 사형수 혹은 종신형을 받은 수감자를 대상으로 진행된 생체실험이다. 프로젝트의 목적은 대량 배치가 가능한 환각 무기를 개발하여 직접 싸우지 않고도 전쟁에서 승리하는 것이었다. 연구진은 다양한 천연 및 합성 약물을 실험하여 최종적으로 에어로졸 형태로 피부 혹은 호흡기를 통해 흡수되는 3-퀴누클리디닐-벤질레이트, 일명 QNB라는 물질을 합성해냈다.

죄수 한 명이 방으로 이끌려 들어가 단방향 관찰용 창문 앞에 앉았다. 비디오는 정상 속도보다 몇 배나 빠르게 재생되었고, 죄수의 모습은 통제할 수 없는 신경성 경련처럼 마구 흔들렸다. 그는 아무도 없는 방에 보이지 않는 괴물들이 그의 정신을 교란하고 안전을 위협하는 듯 가만히 있지 못했다. 그는 소리 없이 포효하고, 벽에 머리를 부딪치고, 머리카락을 뜯고, 바닥을 뒹굴고, 옷을 갈기갈기 찢었다. 백색소음의 파동이 카메라 화면에 때때로 등장하여 화면을 일그러뜨렸다.

갑자기 영상이 느려지면서 정상 속도로 재생되었다. 나체의 남자가 카메라를 향한 채 두 손으로 얼굴을 만지작거렸다. 그러다가 아무 경고도 없이, 마치 욕조 배수구에서 고무마개를 빼내듯 손가락으로 안구를 침착하게 후벼 팠다. 눈알, 혈관, 신경다발이 그의 손바닥으로부터 떨어지고, 빈 구멍에서 시커먼 액체가 쏟아졌다. 그는 무거운 짐을 벗은 것처럼 바닥에 주저앉았으나 몸을 지탱하지 못하고 척추가 뽑힌 것처럼 부드럽게 바닥으로 쓰러졌다.

QNB는 아세틸콜린의 경쟁적 저해제●다. 아세틸콜린은 감각 자극에 대한 반응성을 높이고 학습 기억, 공간 작업 기억, 주의력, 근육 수축, 탐색 행동 및 기타 인지 기능에 중요한 역할을 하는 신경전달물질이다. QNB는 평활근, 외분비선, 자율신경절, 대뇌의 시냅스에서 발견되는 무스카린 수용체에 작용하여 수용체에 도달하는 아세틸콜린의 농도를 효과적으로 낮추고, 동공 확장, 심박수 감소, 피부 홍조 등의 증상을 유발한다. 심한 경우 혼수상태, 운동실조, 시공간 감각 상실, 기억력 장애, 현실과 환상 혼동, 비합리적 공포, 혹은 스스로 통제할 수 없는 반자동적 행동(탈의, 혼잣말, 뽑기, 긁기 등)이 나타날 수 있다.

광장에서 기괴하게 춤추는 사람들, 정글에서 신비한 제사를 올리는 원시 부족, 파티에서 흥청망청 노는 젊은 남녀, 질서정

● competitive inhibitor. 효소의 활성 부위에 결합하는 기질과 분자 구조가 비슷해 경쟁적으로 작용하여 결합하는 물질을 말한다.

연한 군대 사열 등 일련의 점프컷으로 편집된 영상이 이어졌다. 선택된 영상들은 색조와 질감이 모두 달랐다. 특히 영상과 함께 복고풍의 독일 일렉트로니카 음악이 흘러나와 시청하는 사람의 기분에 강력한 영향을 미쳤다. 스콧은 이 영상들의 의도가 무엇인지 종잡을 수 없었다. 그는 언뜻 여러 차례 인종 대학살과 식인 장면을 본 듯도 했고, 주홍색, 흔들림, 불빛 등의 개별 장면만 본 듯도 했다. 그는 점점 불안해졌다.

더욱 놀라운 것은 QNB를 통해 여러 사용자가 환각 경험을 공유할 수 있다는 것이다. 예를 들어, 두 명의 피실험자가 가상의 담배를 서로 주고받거나, 보이지 않는 라켓과 공으로 테니스 게임을 할 수도 있다. 만약 영향을 받는 사람의 수가 특정 임곗값을 초과하면 대규모 종교 체험을 촉발할 수도 있다. 때로는 예수, 알라, 석가모니 등 기존의 신을 불러오기도 했지만 때로는 완전히 새로운 신이 만들어지기도 했다. 그 결과는 종종 엄청난 공황과 재난으로 끝났다.

전쟁이 시작되었다. 야간 투시경 속 사막 상공을 날아다니는 녹색 탄환, 도시의 폐허를 빠르게 누비는 기동부대, 피곤과 절망에 찌든 군인의 얼굴, 정치인이 팔을 흔들어 가며 연설하는 모습, 낮게 목표물을 스치는 폭격기, 폭발하는 장갑차, 터져버리는 인체, 전쟁의 잔해로 가득한 거리에서 뛰놀던 어린이들이 1초 후 팔다리 없는 전쟁 생존자로 변하는 모습. 스콧에게는 전혀 낯설지 않은 광경이었다.

베트남전의 패배와 막대한 손해는 1975년 이후 QNB의 군사적 사용을 간접적으로 촉진했다. 이는 미국이 아프가니스탄, 페르시아만, 사라예보, 에티오피아 등 여러 국지전에서 승리하고 미군 사상자를 크게 줄이는 데 이바지했다. 미군의 내부 기밀문서에 따르면 QNB는 장기적 후유증이 없는 비살상 화학무기로 간주되었으며, 지도층에게는 이것의 사용이 '평화를 위해 싸우는' 미국의 이미지에 부합한다는 확신을 주었다. 물론 진실은 전혀 그렇지 않았다.

한 중년 남자가 화면에 등장했다. 신분을 가리기 위해 얼굴은 흐릿하게 처리되고 목소리도 변조되었다. 자막에는 그가 미군 하사이자 베트남전 참전용사이며 방독면 손상으로 상당한 양의 QNB를 흡인한 것으로 나와 있었다. 전역한 지 10년이 넘었고, 지금은 물류업계에 종사하고 있었다.

회견자: (화면은 끄고 소리만) 당시 느낌이 어땠습니까?

남자: …기억나지 않습니다. (천천히 고개를 젓는다) 죄송합니다. 기억이 안 나요. 끔찍했어요. (침묵) 죄송합니다. 기억하고 싶지 않아요.

회견자: 내부 문서를 보니… 적과 같은 환상을 공유했다고 생각했습니까?

남자: (혼란스러워하며) 확실하진 않습니다. 제가 본 것을 이해할 수 없었어요. 제가 느낀 것은 공포, 분노, 전우들을 향한 화가 전부였어요. 마치… 그들이 악의 편이기라도 한 것처럼요. 그들을 죽이고 싶은 마음이 들었습니다. 전부 다.

회견자: 그래서 그렇게 했습니까?

남자: (격렬하게 반응하며) 아니오! 물론 아닙니다! (다시 확신하지 못하는 듯) 아마 꿈속에서는 그랬을지도요.

부대 소속 병사들은 이상 행동을 사유로 그를 신고했으며, 그는 강제로 병원으로 이송되어 정신과 진료를 받은 후 조기 전역했다.

회견자: 이제 그 후유증에서 벗어났습니까?

남자: (침묵, 거친 호흡) 아직도 가끔 악몽을 꿉니다. 의사는 PTSD(외상후스트레스장애)라는데⋯ 제 생각에는 그게 아니에요. 러브크래프트의 소설 읽어 본 적 있어요? 크툴루였던가? 제 꿈이 그런 식이에요. (호흡이 점점 가빠지고 목소리가 커지며) 어둡고, 혼란스럽고, 더럽고⋯ 무언가가 뇌 안에서 나를 찢어버릴 것 같아요. 육체적인 고통을 말하는 게 아니에요. 잠에서 깨어나 창밖에 별이 총총 끝없이 펼쳐진 밤하늘을 봐요. 그게 동공이에요. 그게 매 순간 계속 저를 보고 있어요. 그게 어떤 기분인지 알아요? 어떤 기분인지 씨발 아냐고요⋯.

[카메라가 접근한다, 남자 목의 경동맥이 마구 뛴다. 화면이 검게 바뀐다.]

데이비드 M. 프리드먼, 전 육군 하사는 인터뷰한 날로부터 3주 후, 아파트 자택에서 총을 물고 발사하여 사망한 채 발견되었다. 향년 38세였다.

스콧은 위장의 불쾌함이 가라앉을 때까지 영상을 잠시 멈추었다가 다시 재생 버튼을 눌렀다. 이 짧은 동영상에는 그의 예상보다 훨씬 많은 정보가 담겨 있었다.

미미가 사라졌다. 중환자실은 텅 비어 있었다.

카이종은 미친 듯이 문 앞 경비원들을 추궁했지만, 그들은 어깨를 으쓱하며 애매모호한 답변만 늘어놓았다. 그는 계단을 뛰어 내려갔다. 가슴이 조여 왔고 불길한 예감이 들었다. 예전 그날처럼 다시 미미를 잃는다면 그걸로 끝일 것만 같았다. 병원 앞에 미미의 흔적은 없었다. 일찍 일어난 환자들과 보호자들이 새벽 햇살 아래 창백한 얼굴을 빛내며 걷고 있었다.

절망적으로 주변을 두리번거리던 카이종은 도움이 될 만한 연락처를 찾기 위해 필사적으로 머릿속을 뒤졌다. 그는 부모님의 근본주의적 신앙을 따르느라 증강현실용 의체를 배척했던 것을 후회했다. 그러다가 문득 1층 카페에서 허겁지겁 아침을 먹는 미미를 보았다. 미미의 맞은편에는 한 남자가 카이종을 등진 채 앉아 있었다.

그 건장한 체격이 너무 익숙해서 카이종은 심장이 마구 뛰기 시작했다. 머릿속에 뤄진청의 잔혹한 미소가 스치고 지나갔다.

그는 테이블로 다가가 미미와 뤄진청 사이에 섰다. 두 손으로 테이블을 짚은 채 몸을 숙여, 어차피 이판사판이라는 태도로 뤄진청을 노려보았다.

"카이종, 같이 아침 먹을래요? 제가 배고프다고 말하니 여기 뤄 씨 아저씨가 같이 식사하자고 하셨어요." 미미가 순진한 표정으로 그를 바라보았다. 입가에 붙은 밥풀이 음식을 씹을 때마다 위아래로 움직였다.

"고맙습니다. 뤄 씨 아저씨, 다 드셨으면 일찍 들어가십시오. 미미도 아직 쉬어야 하고요." 카이종은 애써 말투를 골랐다.

"그렇게 예의 차릴 필요 없네. 다 한 식구 아닌가." 뤄진청이 미소 지었다. "미미가 식사 후에 신이를 보러 가자고 하더군. 마침 오늘은 만사가 형통한 길일이야."

카이종은 놀란 표정으로 미미를 보았다. 그녀는 젓가락으로 유탸오油條를 하나 집어 들었다. 현지인들은 그것을 '기름에 튀긴 귀신油炸鬼'이라 불렀다.

"의사가 퇴원시키거나, 본인이 원하는 게 아닌 이상 미미는 아무 데도 못 갑니다."

"자네도 같이 가지. 아마 아는 얼굴들이 있을 거야." 뤄진청은 주위를 한번 둘러보더니 턱을 살짝 들어 카이종에게 경거망동하지 말라는 신호를 보냈다. 카이종은 카페테리아 구석 자리에 앉아 있는 남자 몇 명을 발견했다. 평범한 손님처럼 보이기는 했지만, 그들은 유탸오, 두유, 장아찌를 곁들인 죽이 탐난다는 듯한 표정으로 미미의 테이블을 이따금씩 훔쳐보았다.

뤄진청은 카이종에게 앉으라고 손짓한 후 실리콘섬 방언으로 말하기 시작했다.

"자네는 아버지를 많이 닮았군. 고집 세고 억척스럽고 뭐가 좋고 나쁜지 분간 못 하는 게."

카이종은 불쾌감과 분노를 억누르려 노력하며 천천히 자리에 앉았다.

"그땐 우리가 젊었었지. 아마 자네보다 몇 살 안 많았을 거야. 난 자네 아버지를 센저 형님이라 불렀어. 아버지는 야심이 컸어. 실리콘섬을 광둥성 동부의 주요 화물 항구로 만들고 싶어 했지만 그러려면 돈도, 시간도 많이 필요했어."

뤄진청이 얼굴을 반쯤 들어 올렸다. 그의 시선은 역사의 장막을 뚫고 먼 과거로 돌아가는 것 같았다.

"정부는 그렇게 오래 기다릴 수 없었어. 그들은 성과를 원했지. GDP를 끌어올리고, 멋들어진 보고서를 만들고, 승진하고, 부자가 되는, 만질 수도 볼 수도 있는 그런 성과. 실리콘섬은 다른 길을 선택했어. 우리가 지금 서 있는 이 길 말이야."

카이종이 반박하려 했으나 뤄진청은 눈빛으로 그를 저지했다.

"너무 성급하게 결론 내리지 말게, 젊은이. 역사가 지금과 같은 모습인 이유는 늘 일정한 법칙을 따랐기 때문이야. 그게 아니었다면 오늘 자네와 내가 여기서 대화를 나눌 일도 없었겠지. 자네 아버지는 멀리 내다볼 줄 아는 사람이었고 대담했어. 쉽게 얻을 수 있는 부를 포기하고 나라를 떠나 아무 연고 없는 미국 땅에서 고군분투했기에 자네가 좋은 환경에서 자랄 수 있었어. 자네는 내가 이기적이라고, 불법을 자행한다고 말하겠지만 상관없어. 내 생각은 간단해. 강한 동물만이 자손들이 노예나 사냥감이 되지 않도록 보호할 수 있어. 사람도 마찬가지지. 그러니 보게나, 자네 아버지와 나는 사실 똑같은 사람이라네. 단지 사랑을 표현하는 방식이 다를 뿐이야."

만약 카이종이 쓰레기인간을 학대하는 뤄씨 일가의 모습을 무수히 목격하지 않았다면 그의 감동적인 연설에 박수를 보냈을지도 모른다. 그는 아버지를 떠올렸다. 이국땅을 전전하던 빛바랜 기억을 떠올렸다. 그는 조건반사처럼 생물학적 혐오를 느꼈다.

그는 어떤 논리로도 그러한 표류를, 그리고 뿌리 뽑힌 삶을 아버지의 사랑과 연결할 수 없었다.

이렇게 많은 해가 흘렀음에도 그는 아버지의 결정을 이해할 수 없었다. 이성적으로는 아버지의 결정을 합리화할 확실한 증거를 여럿 댈 수 있었지만, 감정적으로는 받아들일 수 없었다. 한 사람이 자신을 의지하는 가족들을 데리고 그가 태어나고 자란 땅과 모든 물질적, 문화적 토대를 떠나 다른 안정감을 찾는다는 건, 역사를 살펴봐도 전쟁 혹은 대기근 시기라면 모를까, 태평성대에 일어날 일은 아니었다.

미미는 매운 소스를 가져와 죽에 넣고 비볐다. 붉은색과 흰색의 소용돌이, 강한 맛과 담백한 맛이 조화롭게 어우러져 혀의 미뢰를 자극했다. 천카이종은 미미를 바라보며 그녀를 향한 미묘한 감정을 깨달았다. 일반적인 남녀 사이라기보다 서로 동병상련을 느끼는 죄수들의 감정 같았다. 그들은 실리콘섬의 이방인이었지만 그곳에 그물처럼 얽힌 복잡한 감정을 부인할 수 없었다.

"뤄 씨 아저씨, 다 먹었어요." 미미가 고개를 들며 입 주변의 밥풀을 혀로 핥았다. 목뒤의 글자가 멈추지 않고 계속 빛났다.

뤄진청이 자리에서 일어나자 카이종도 따라 일어났다. 두 사람은 서로를 바라보며 아무 말도 하지 않았다. 미미는 평온한 얼굴로 그들을 올려다보았다.

"당신을 믿어도 되겠습니까?" 마침내 카이종이 어쩔 수 없이 입을 떼며 뤄진청의 어깨에 손을 올렸다. 그는 이런 행동이 무례하다는 걸 알았지만, 다른 방법이 없었다. "미미를 해치지 않는다고 약속할 수 있습니까?"

뤄진청은 카이종의 손을 어깨에서 떼어 자기 손에 쥐더니 억지로 두 번 흔들었다. "실리콘섬에는 이런 말이 있네. '뤄 사장은 한 입으로 두말하지 않는다.'" 그의 미소에서 약간의 민망함과 자부심이 느껴졌다. "그게 바로 나야."

스콧의 영상에 스즈키 세이센이 다시 등장했다. 수십 년의 세월이 지나 이젠 머리카락도 하얗게 세고 피부도 팽팽하지 않았지만, 특유의 우아함과 기품은 여전했다. 그녀는 기업, 인권 단체, 국제 NGO, 정부 기관 등 다양한 포럼에 나타났다. 그녀는 팔을 흔들며 무언가를 변호하듯 목소리를 높였지만, 청중은 거의 없었다. 그녀의 모습은 세월의 풍파 속에 말라버린 버드나무처럼 노쇠하고 고독해 보였다.

스즈키 박사의 꾸준한 로비 활동의 결과로 1997년에 QNB는 화학무기금지협약에 정식 등재되었다. 그녀는 말년을 QNB의 장기적 후유증의 효과적 치료법을 연구하는 데 바쳤고, 피해자의 대뇌에 아세틸콜린 수용체를 복구하기 위해 유전자 변형 바이러스를 이용한 치료법을 발명했다. 그러나 자금과 기술력 부족으로 임상실험에 이르지는 못했다. 스즈키 박사는 평생 미혼으로 살았으며, 군의 비밀 유지 조항 때문에 QNB 후유증을 앓는 피해자 수를 밝히지 않았다.

화면이 흐려지며 연한 노란색으로 바뀌었고 점차 초점이 맞춰지면서 배경의 촘촘한 벽지 무늬가 드러났다. 흰옷을 입은 고령의 여인이 카메라 앞에 앉아 있었다. 단정하고 편안한 자세로 고도로 절제된 아름다움을 드러냈다. 그녀의 오른쪽 팔 안쪽에는 자동 주사기가 하얀 곡선을 그리며 테이프로 고정되어 있었고, 녹색 LED등이 깜빡였다. 화면 하단의 날짜는 2003년 3월 3일을 가리켰다.

그녀는 고개를 끄덕이고 미소를 지었다. 주름이 얼굴에 부드러운 곡선을 그렸다.

그녀가 영어로 말했다.

"저는 스즈키 세이센입니다. QNB의 개발자이자 죄인입니다.

60년 전 오늘, 제 약혼자 구보키 히데오는 해전에서 목숨을 잃었습니다. 그의 비극적인 죽음으로 인해 저는 잘못된 결정을 내렸습니다. 저는 혼자 힘으로 전쟁이 사람들에게 입히는 상처를 막으려고 했어요. 모두 아시다시피 저는 미국에 와서 학위를 받은 후 QNB를 발명했습니다. 그들은 제게 수천 명의 병사들이 제 발명품 덕분에 목숨을 구했고 사랑하는 사람들과 재회했다고 했습니다.

그 말은 사실이자 거짓이었습니다.

QNB는 뇌의 말단 신경 수용체에 돌이킬 수 없는 생리학적 변화를 초래합니다. 그들은 평생 섬망, 공포, 환각 속에서 살아야 할 수도 있습니다. 저는 제 과오를 바로잡으려 했지만 너무 늦은 후였습니다. 모든 피해자에게 사죄합니다.

연구 과정에서 다치거나 사망한 모든 피실험자에게도 사과드립니다. 여러분은 이미 범죄의 대가를 치렀고, 제가 가한 고문을 받을 이유가 없었습니다. 선한 의도로 행한 악도 악입니다. 어쩌면 제 마음속에 복수하고자 하는 악이 선으로 위장하여 이 모든 일을 일으켰던 것일지도 모릅니다. 저는 정말 모르겠어요. 부디 제 사과를 받아 주시기를 바랍니다."

노파는 고개를 깊이 숙였다. 목 뒤의 늘어진 피부가 새의 날개막처럼 팽팽하게 펼쳐졌다.

"오늘은 제 약혼자의 기일이자, 제 속죄일입니다. 저의 보잘것없는 죽음을 통해 전쟁이 육체뿐 아니라 영혼도 파괴한다는 사실을 전할 수 있길 바랍니다. 모든 망혼의 명복을 빕니다."

그녀는 다시 한번 미소를 짓고 자동 주사기의 버튼을 눌렀다. 녹색 불이 빠르게 깜빡이다가 노란색으로 바뀌고, 빨간색으로 바뀌더니 마침내 꺼졌다.

스즈키 세이센은 숨을 길게 들이마시고 혈관에 퍼지는 화학 물질을 음미하듯 눈을 감았다. 삶의 굴곡이 새겨진 그녀의 표정이, 주름이 하나하나 이완되는 것처럼 급격히 변했다. 그녀는 갑자기 눈을 부릅뜨더니 카메라 위 어딘가를 응시했고 그녀의 얼굴은 오랫동안 보지 못했던 친구를 다시 만난 것처럼 반가움으로 환하게 빛났다. 그녀가 일본어로 조용히 말했다.

"사랑하는 히데오, 높이 고갯마루에서 쉬고 있군요, 아래서는 종다리의 울음소리가 들려와요.●"

그녀는 잠든 것처럼 다시 눈을 감았다. 들썩이던 몸의 움직임이 점차 느려지다가 멈추었고 어떤 형체 없는 것이 노쇠한 껍질에 빠져나왔다. 스즈키 박사는 줄이 끊어진 꼭두각시처럼 중력의 영향을 받으며 천천히 쓰러졌다. 그녀의 고귀한 머리가 푹 꺾였고 이어서 온몸이 의자 깊숙이 내려앉았다.

스즈키 세이센은 83세로 사망했다. 웨이스트 타이드 프로젝트는 그 후 조용히 종료되었고 관련 문서는 봉인되었다. 그녀가 생전 취득한 특허 300건의 소유권은 행방을 알 수 없으며, 그 수가 불분명한 QNB 후유증 환자들은 세계 각지에서 고통 속에 살고 있다.

스콧은 스즈키 박사의 처량한 죽음이 눈앞에 아른거려 방 안

● [원주] 스즈키 세이센이 인용한 하이쿠는 에도 시대 시인인 마츠오 바쇼가 1688년 45세에 지은 것이다. 나라 지방의 호소-토게/토노미네에서 류몬산을 통과하면서 본 풍경을 묘사하고 있다.

에 멍하니 앉아 있었다. 그는 웨이스트 타이드 프로젝트에 이런 충격적인 비밀이 숨겨져 있으리라곤 상상조차 못했다. 복잡한 감정이 가슴에서 솟구쳤다. 과학자이자 죄인, 60년 넘는 세월 동안 약혼자를 기다린 한 여인에게 존경심과 함께 큰 동정심이 들었다. 그녀는 자신과 무관한 책임감과 죄책감을 너무 많이 짊어지고 살았다.

나는 그렇지 않은가? 문득 스치는 생각에 그는 웃음을 터뜨렸다. 동정심마저 자기 보호를 위한 방어기제에 불과했다.

방대한 정보가 마치 바다에 떠오른 암초 섬처럼 수면 위로 드러나며 혼란스러운 미로를 형성했다. 스콧은 교향악단을 이끄는 지휘자처럼 손을 들어 우아한 선을 그렸다. 그의 손짓은 눈부시게 흐트러졌고 고정밀 센서가 이를 포착하여 해당 정보 노드에 작용하는 디지털 신호로 전환했다. 이동, 확대, 접기, 펼치기, 세부 사항 표시, 연결… 번쩍이는 그물이 불규칙한 토폴로지와 함께 점차 모습을 형성하며 뒤틀린 이성의 아름다움을 발산했다.

스콧의 입꼬리가 살짝 올라갔다. 수수께끼를 풀 방법을 알 것 같았다.

그는 검지를 부드럽게 움직여, '미미'라는 이름의 정보 노드를 네트워크의 한가운데로 옮겨 왔고 금색 물음표를 표시했다.

11

그녀는 자신이 '미미'라는 껍데기 안에 갇혀 있다고 생각했지만, 갇혀 있는 이유는 알지 못했다.

그 아득한 악몽에서처럼 그녀는 강철 거인의 몸 안으로 들어가 거인 그 자체가 되었다. 금속 팔을 휘두르며 차가운 비바람의 장벽을 찢고, 달리고, 도약하고, 사냥하고… 살해했다. 그녀는 그것이 실제가 아니란 걸 알았다. 아니, 실제가 아니기를 바랐다.

그러나 지금 미미는 자기 몸의 손님이 된 듯한 환각을 느끼고 있었다. 의식을 회복한 순간부터 그 감각은 점점 더 강해졌다. 더 큰 문제는 로봇을 조종하던 때처럼 자기 육체를 자유자재로 제어할 수가 없는 것이었다. 그러한 불안감은 시시때때로 나타나 자율신경계와 심장을 움켜쥐고 흔들었지만, 그러고 나면 뇌의 특정 부위에서 유래를 알 수 없는 기쁨과 평화가 분비되어 불안을 가라앉히고 구름 위를 둥둥 떠다니는 기분이 느껴졌다. 때로는 마치 어떤 행동이나 생각을 하는 것을 막으려는 것처럼 가슴이 두근거리고 불안감이 엄습했고, 환상 속 팔다리에 바늘로 찌르는 듯한 통증이 느껴졌다.

육체가 그 안에 갇힌 영혼을 길들이려 하는 것 같았다.

그녀는 병원에서 깨어난 후 창가에 서서 택시에서 서둘러 내리는 카이종을 지켜보던 것을 기억했다. 그에게 손을 흔들고 소리를 지르고 싶었다. 가능한 한 모든 수를 동원해서, 자신이 그곳에 서 있다고 알리고 싶었다. 그녀는 가짜 외국인을 안아 주고 싶었다. 비록 한번 해 본 적도, 꿈도 꿔 본 적 없는 행동이었지만 말이다. *너는 그냥 쓰레기인간에 불과해.* 그 꼬리표는 목뒤에 붙은 필름보다 훨씬 단단하게 그녀의 마음속 깊이 새겨져 지울 수 없었다. 그녀의 모든 행동과 선택은 보이지 않는 선, 그 꼬리표 앞에 막혀 한 걸음도 내딛지 못했다.

그녀는 다만 그곳에 서 있을 뿐이었다. 전혀 움직이지 않고 카이종이 뒤편의 방문 입구에 나타날 때까지 기다렸다.

그후 그녀는 불가능한 대화가 이어지는 것을 들었다. 미미의 입술에서 상상할 수 없는 말들이 흘러나왔다가 사라졌다. 그녀는 미미의 손이 카이종의 손을 잡았다가 놓고, 다시 카이종의 손이 그녀의 손을 꽉 잡는 것을 보았다. 그녀는 자기가 분명 미쳤다고 생각했다.

이 육체는 그녀가 꿈꿔 왔지만, 감히 실행에 옮기지 못했던 소원을 실현했다. 비록 사소한 것이었지만 말이다. 하지만 몸짓 하나하나가 카이종을 조종하려는 것 같아서 불안했다. 정보를 받아들이고 해석하는 데 남녀의 차이가 이렇게 큰지 몰랐다. 그러한 차이는 분명 악용될 수도 있었다. 그에 따른 수치심과 만족감은 거의 동시에 그녀의 의식을 채웠다. 매운 소스가 하얀 죽에 섞였을 때처럼.

그녀는 음악 소리를 들었다. 마음에서 흘러나오는 음악. 그 것은 마치 태엽을 감은 오르골에서 흐르는 멜로디처럼 끝없이 반복되었다. 경쾌한 멜로디는 익숙했고 뒤틀린 호른 소리와 말 단 신경을 자극하는 드럼 박자와 어우러져 기이한 쾌감을 선사 했다.

더욱 끔찍하게도 그녀는 이 음악이 어디에서 왔는지 정확히 알았다. 그녀가 한 번도 가져 본 적 없는 논리적 통합 능력이 조 각조각의 단서를 단숨에 엮어 눈앞에 펼쳐 놓았다.

택시의 싸구려 음향 기기는 저음부와 중음부를 구분하지 못 해서 성부가 단순하고 고음과 화성에 의존하지 않는 음악을 틀 어야 승객들이 견딜 수 있었다. 실리콘섬 교통 방송국은 이런 특성을 고려하여 짝퉁으로 가공한 노래들을 다량으로 방송했는 데, 이는 택시 기사들의 출근길 고정 채널이 되었고 참아 주기 어려운 또 하나의 지역색이 되었다. 하지만 정각이면 모든 현지 방송국이 본사에서 내려온 시보를 송출해야 했다. 우아한 클래 식 명곡을 배경으로 두 편의 광고도 포함되어 있었다. 교통 방 송국은 시간을 절약하려 그 부분을 자동으로 압축했고 그에 따 라 음악은 반 박자 빨라졌다.

미미의 입에서 흘러나오던 〈1812년 서곡〉과 똑같았다.

그녀는 자신이 두려워졌다. 뼛속까지 파고드는 깊은 공포감 이었다. 그녀는 카이종과 택시를 타고 여러 곳에 가기도 했고,

작업장에서 라디오로 각종 버전의 시보 음악을 여러 번 듣기도 했다. 어쩌면 저녁 식사 자리에서 원 형이 괴짜들이나 신경 쓸 이러한 기술을 언급하는 것을 우연히 들었을 수도 있다. 하지만 자신의 뇌에 자질구레한 정보를 짧은 시간 내에 조직하여 여러 누에고치에서 뽑아낸 비단실처럼 하나의 정보로 엮어내는 힘이 있다고는 상상도 못했다.

미미는 이러한 새 인식 체계의 의미를 이해할 수 없었다. 그녀가 본 것은 카이종의 얼굴에 드러난 충격과 공포뿐이었다. 슬픔과 쓸쓸함이 파도처럼 밀려왔다.

그녀는 이제 세상을 다르게 느끼고 있었다. 정확하게 표현할 방법은 몰랐지만, 우물 속에서 뛰어나와 처음으로 탁 트인 하늘과 땅을 보고 세상에 대해 좀 더 다양하고 섬세한 시각을 갖게 된 사람 같았다. 관조 해변에서의 일을 떠올릴 때도 단순한 혐오와 분노를 넘어 더 크고 복잡한 감정을 느꼈다. 그녀는 칼잡이가 그렇게 행동하는 이유, 그리고 그의 결말조차 알 것 같았고 결국 동정심마저 들었다.

뤄씨 일가는 사당을 의식을 올릴 장소로 바꿨다. 정제된 붉은 벽돌, 회벽, 청기와. 신당에는 태국 치앙마이에서 모셔 온 금부처를 모시고 그 아래에 조상들의 위패를 순서대로 늘어놓았다. 모락모락 피어오르는 향 연기 속에 붉은 전기 촛불이 깜빡였다. 뤄즈신의 침대는 사당 한가운데로 옮겨져 있었다. 그의 창백하고 앙상한 몸에는 튜브와 전선이 가득 연결되어 있었고 눈은 꼭 감고 있어 생기라곤 없었다. 심전도 모니터의 느린 박동수만 아니었다면 익사 시체로 오인할 정도였다.

이곳에서 의식을 올려야만 부처님과 조상님의 신력을 빌려 악귀를 물리칠 수 있다고 했으나 방 안 모든 이가 얼음 창고에 갇힌 것처럼 벌벌 떨었고, 기괴한 분위기에 사로잡혀 척추에 찌릿한 느낌을 받았다.

천카이종은 린이위 주임이 사당으로 걸어 들어오는 것을 보고, 비로소 '아는 얼굴'이 누군지, 그리고 병원의 '엄중한 경비'가 어떻게 그렇게 쉽게 뚫렸는지 깨달았다. 린 주임은 그에게 고개를 끄덕였지만 더 이상 다가오지는 않았다. 그는 혼수상태로 누워 있는 아이가 자기 아들인 양 뤄진청보다 훨씬 심각한 표정이었다.

미미는 침착하게 앉아서 쇼가 시작되기를 기다리고 있었다.

카이종은 관심을 다시 미미에게로 돌렸다. 미미에게서는 예전의 습관적인 소심함은 사라지고, 대신 내면 깊은 곳에서 우러나오는 평온함, 상황을 완전히 통제하는 듯한 자신감이 흘렀다. 카이종은 그녀가 연기한다고 생각하지 않았다. 미미의 목뒤에서 빛나는 '미' 자가 그 증거였다. 미미의 몸 안에서 무언가가 변했다. 그 금속 입자인가? 카이종은 마음이 불안해졌다. 새로운 미미를 어떻게 대해야 할지 몰라 두려움마저 느꼈다.

그녀의 얼굴은 예전과 달라 보였다. 아랫입술에 불안할 때마다 깨문 자국이 더 이상 없었고 눈썹은 더 올라간 것처럼 보였다. *저 얼굴 아래 어떤 영혼이 숨겨져 있을까?*

로싱푸아는 제시간에 나타났다. 오색찬란한 민소매 원피스에 붉은 화장으로 피부 주름을 덮고 눈을 부라리는 모습이 마치 성난 악귀 같았다. 그녀는 미미를 뤄즈신의 정수리에서부터 90센티미터가량 떨어진 곳에 앉게 해서 금부처와 일직선을 이루도록 했고, 그런 다음 자기 것과 똑같은 녹색 '칙勅'자 필름을 즈신과 미미의 이마에 붙였다.

그녀는 촛불에 불을 붙이고 쑥, 창포, 마늘로 담근 매운 성수를 사당 주위에 뿌리며 사방의 신령들에게 가호를 구했다. 기도를 마친 후, 그녀는 침대 앞으로 돌아와 조수로부터 기름이 가득 담긴 그릇을 받아 들었다. 다시 주문을 외우다가 그릇에 불을 붙이자, 불완전 연소를 뜻하는 주황색 불꽃이 그녀의 손에서 타오르며 불안하게 춤을 췄다.

그녀는 즈신의 침대 주위를 시계방향으로 돌기 시작했다. 소리 없는 북소리를 따르는 것처럼 걸음은 느리고 괴이했다. 그녀는 낮은 목소리로 불교 경전을 읊다가 중간중간 달밤에 소나무 숲을 통과하는 바람처럼 날카로운 소리를 질렀다. 그곳에 있던 사람들 모두 등줄기가 서늘해졌다.

카이종은 심장이 입 밖으로 튀어나올 것 같았다. 로싱푸아가 한 걸음씩 내디딜 때마다 그녀가 실수로 뜨거운 기름불을 미미에게 쏟을까 봐 두려웠다. 그는 이런 미신을 믿지 않았고, 이 의식을 통해 뤄즈신이 혼수상태에서 깨어난다거나, 미미가 아이를 대신해 죽으리라곤 생각하지 않았다. 그러나 그가 목도하는 이 광경에는 그가 설명할 수 없는 부분도 분명히 있었다. 예를 들어, 로싱푸아는 표면 온도가 분명 세 자릿수는 되어 보이는 사기그릇을 어떻게 맨손으로 들고 있는가?

미미는 조금의 놀람이나 두려움 없이 호기심 가득한 표정으로 로싱푸아를 지켜보았다. 기름불을 든 여인이 그녀의 주위를 돌 때마다 그녀의 얼굴이 밝아졌다가 어두워졌으며, 두 눈이 기묘한 패턴의 빛을 반사했다.

몇 명 안 되는 VIP들이 낮게 탄성을 뱉었다. 뤄즈신의 이마에 붙인 '칙' 자 필름이 초록빛으로 깜빡이며 켜졌고, 거의 동시에 미미와 로싱푸아의 필름에도 불이 켜졌다.

무당은 더욱 빠르게 움직였다. 분주한 일벌처럼 즈신의 침대와 미미 사이를 오가며 복잡한 8자 궤적을 그렸고, 때로 방향을 급격히 바꿨다. 그녀의 손에서 불이 활활 타올랐고, 그녀의 포효가 사방을 울렸다. 그들의 이마에 붙은 '칙' 자는 동시에 깜빡거리다 박자에 맞추어 그 속도가 빨라졌지만, 즈신의 심전도는 여전히 일정했다.

관중들은 숨을 멈춘 채 절정의 순간을 기다렸다. 미미가 공포의 비명을 지르는 순간 무당은 그릇을 바닥에 내동댕이친 다음 목청껏 소리를 질러 '교대' 의식을 마무리할 것이다. 하지만 오늘은 계획대로 진행되지 않고 있었다. 미미는 여전히 미동도 없이 앉아 있었고 무당은 이미 숨을 헐떡였다. 땀이 얼굴의 화장을 타고 몇 줄기로 흘러내려 마치 피눈물 같았다.

카이종은 이 쇼가 어떻게 끝날지 궁금해하며 흥미진진하게 지켜보았다.

또다시 비명이 울렸다. 미미의 이마에 붙은 필름이 더 이상 다른 두 명과 동기화되지 않고, 다른 빈도로 깜빡이기 시작했다. 그녀의 평온하던 표정도 달라졌다. 미간을 찌푸리고 무언가를 깊이 생각하거나 아니면 보이지 않는 무언가와 겨루는 것 같았다. 그녀는 눈꺼풀을 파르르 떨면서 허공의 한 지점을 응시했다. 그 익숙한 떨림에 카이종의 심장이 쿵쿵 뛰기 시작했다.

즈신의 이마의 필름도 박자가 당겨지며 로싱푸아의 필름이 깜빡이는 리듬에서 벗어나 미미의 리듬에 더 가까워졌다. 보이지 않는 손이 세 명의 주파수를 조율하고 있는 것 같았다. 이제 미미와 혼수상태의 소년은 같은 채널 안에 있었다. 뤄진청의 얼굴에 가느다란 희망과 불안이 뒤섞인, 형용하기 어려운 표정이 떠올랐다.

심전도의 반복된 파형에 약간의 교란이 일어났다. 잔잔한 호수에 조약돌이 던져진 것처럼, 잔물결이 천천히 퍼지면서 봉우리와 계곡의 위치가 바뀌고 진폭이 줄어들고 확장했다.

무당의 발이 휘청였고 날름거리는 불꽃이 그녀의 손목을 거의 핥을 뻔했다. 카이종은 참을 수 없어서 당장 올라가서 그녀를 저지하려 했으나, 그 순간 손 하나가 그의 어깨를 부드럽지만 힘 있게 잡았다. 린이위 주임이 그를 막으며 고개를 저었다. *기다려, 곧 해결될 테니까.*

로싱푸아의 초록 불이 자기 리듬을 잃고 다른 두 사람의 리듬에 가까워지며 새로운 합일점을 찾아갔다. 그녀는 자신의 올부짖음조차 통제하지 못할 만큼 쇠약했고, 피로와 공포가 뒤섞여 더욱 흉측한 표정을 지었다. 뤄진청의 어두운 얼굴이 그녀의 시야에 들어왔다. 그녀는 이제 멈출 수 없음을, 실패가 무엇을 의미하는지 알았다.

그러나 금부처의 미소조차 그녀를 구하지 못했다.

피할 수 없는 비틀거림이 찾아왔다. 로싱푸아는 바닥에 얼굴을 박고 쓰러졌다. 사기그릇이 불을 뿜으면서 공중에 잠시 머물렀다가 뒤집히며 무당의 몸으로 떨어졌다. 밝은 노란색의 불꽃이 액체를 따라 그녀의 몸을 뒤덮었고, 형형색색의 원피스가 불길에 타올랐다. 그녀의 조수는 비명을 지르며 옷을 벗기고 이리저리 두들기며 불을 끄려고 했다. 비참한 통곡 소리가 향 연기에 섞여 사당을 가득 채웠다.

사기그릇이 굴러서 카이종의 발밑에서 멈췄다. 린 주임은 재빨리 다가가서 쭈그리고 앉은 채로 손가락으로 그릇 표면을 만져 보았다. 그는 카이종을 올려보며 소리 없이 입 모양을 지어 보였다. "사기꾼."

카이종은 눈썹을 찌푸리며 침대에 누워 있는 소년에게로 시선을 돌렸다. 뤄진청은 이미 침대 곁에서 아들을 뚫어져라 바라보고 있었다. 바로 옆에서 바닥을 뒹굴고 비명을 지르며 불을 끄려는 두 광대는 전혀 존재하지 않는 듯했다. 뤄즈신의 심전도는 새로운 리듬으로 안정되었다. 그와 미미의 동기화된 '칙' 자 필름은 녹색 불이 완전히 꺼질 때까지 깜빡임이 점점 느려지고 어두워졌다.

미미는 이마에서 필름을 가볍게 떼어냈다. 피곤한 표정이었다.

모두 앞으로 한 발짝 다가갔지만, 뤄진청에게 너무 가까이 다가가지는 못했다. 사람들은 즈신의 침대에서 1미터 정도 떨어져서 소년의 눈꺼풀이 막 렘수면에 들어간 것처럼 떨리는 모습을 지켜보았다.

"힘리, 힘리…." 뤄진청이 현지 사투리로 아들을 부드럽게 불렀다. 눈빛에 부성애가 가득했다.

카이종은 그가 얼마나 빠르게 표정과 말투를 바꾸는지에 어느 정도 탄복할 수밖에 없었다. 부성애에 대한 뤄진청의 독백을 떠올리며 자기도 모르게 먼 곳에 있는 아버지를 떠올렸다. 어쩌면 뤄진청이 옳았을지도 모른다.

눈의 떨림이 멈췄다. 한참 후, 뤄즈신이 두 눈을 천천히 뜨자, 순수한 연갈색 눈동자가 드러났다.

"힘리!" 뤄진청의 눈에 눈물이 반짝였다.

소년은 주위를 의심스러운 듯 바라보며 상황을 파악했다. 그는 자신이 언제, 어디서, 누구였는지 그리고 눈물을 흘리며 자신을 보는 남자가 누구인지 기억하려 애쓰는 것 같았다.

"…빠바(아빠)?" 소년이 조심스레 입을 뗐다.

뤄진청은 너무 놀라 그 자리에 굳어버렸다. 그 자리에 있는 모두가 그 말을 분명히 들었다. 비록 미세한 성조의 차이였지만 절대 놓칠 수 없는 변화였다. 실리콘섬 토박이인 이 소년은 몇 달간의 혼수상태에서 깨어나 현지 사투리가 아닌 정확한 표준어로 말하고 있었다.

그 순간 카이종은 미미의 눈꼬리에 살짝 스친 웃음기를 포착했다.

미미는 새 몸과 타협하는 법을 배우는 중이었다. 그것은 불안감을 극복하는 것에서부터 시작했다.

뤄진청의 얼굴이 중환자실 복도에 처음 나타났을 때, 미미는 사냥꾼의 냄새를 맡은 산토끼처럼 도망가고 싶은 충동을 억누를 수가 없었다. 그러나 그녀는 도망치지 않았다. 미미의 몸이 그녀를 그 자리에 속박했다. 미미의 목뒤의 금색 필름은 잠시 어두워졌다가도 금세 밝아졌다. 끔찍한 기억의 파도는 의식 바깥으로 사라지고, 남은 것은 그 기억이 장벽에 부딪히는 불안한 감각뿐이었다. 그녀는 자신의 연기 실력에 놀랐다. 호흡은 안정적이었고 얼굴 근육도 편안하게 이완되었다. 그녀는 멍한 눈빛으로 뤄진청에게 간단한 메시지를 전했다. *아무것도 기억나지 않아요.*

뤄진청은 그녀를 믿었다.

이러한 통제력은 그녀가 뤄진청의 사당에 들어서고, 뤄즈신의 침대 옆에 앉을 때까지 지속되었다. 그녀는 비현실적으로 멀게 느껴지는 그 오후, 자신을 찔렀던 의체를, 사진을 도촬하던 소년을, 차가운 피를 떠올렸다. 모든 것이 그때 시작되었다.

미미는 양심의 가책을 느꼈다. 어머니는 하늘이 항상 지켜보고 있으니 언제나 친절해야 한다고 가르쳤다. 실리콘섬에 온 후로 그녀는 어머니의 가르침이 이 세상의 보편적 진리가 아님을 천천히 깨달았다. 그녀의 주위에 모욕과 상처는 일상다반사였고, 하늘에 눈이 수억 개라고 해도 세상의 현실에는 모두 눈을 감은 것 같았다.

미미는 모든 사물에 신령이 깃든다고 믿는 실용적 범신론자가 되었다. 성심성의껏 기도하고 필요한 제물을 바치면 보호받을 수 있다고 믿었다. 이것이 바로 쓰레기인간이 이 생지옥에서 살아남는 방법이었다. 폐기물 처리장 밖에는 곳곳에 플라스틱 부스러기를 태우는 향로가 있었고, 그것은 주문과 상징이 그려진 폴리이미드 필름과 함께 행인들에게 금지된 장소에 함부로 들어가지 말라고 경고하며 유령처럼 빛을 밝혔다.

이 소년도 혹시 누군가를 위한 제물인가? 이 아이의 희생으로 누가 이득을 볼까? 미미는 기름불을 들고 쉴 새 없이 곁을 오가는 로싱푸아를 보며 의구심이 들었다.

눈앞에 빗방울 같은 녹색 불이 나타났다. 뤄즈신과 무당의 이마에도 동시에 불이 켜졌다. 하나는 가만히 있고, 하나는 움직이는 두 불빛이 마치 기술과 마법이 교차하는 우주의 항성과 행성 같았다. 그녀는 이 불빛이 자신과 관련이 없다는 걸 알았다. 아마 로싱푸아와 조수가 원격으로 조작한 결과일 가능성이 더 높았다. 소년의 상태는 실질적인 변화가 없었다.

마치 어떤 스위치가 켜진 것처럼 그녀는 미미의 몸에서 미세한 변화를 감지했다. 피부와 털이 곤두서고 시야가 환해졌으며, 뇌에서부터 통제할 수 없는 떨림이 시작되어 눈썹의 피부로 전달된 후 다시 물결처럼 퍼졌다. 순식간에 그녀는 자기 몸이 의도하는 바를 알아차렸다. 어떻게 그런 깨달음에 이르렀는지는 설명할 수 없었지만 말이다. 이마 필름의 무선 주파수와 센서를 통해 의식을 잇는 보이지 않는 다리가 만들어졌고, 한쪽 끝에는 자신이, 다른 쪽 끝에는 뤄즈신이 있었다.

그녀는 자신이 해야 할 일을 알았다. 소년을 깨워서 당시의 과오를 만회해야 했다. 그의 아버지가 미미에게 어떤 폭력을 가했든, 소년에게는 죄가 없다. 원 형이 소년을 다치게 했을 때 그를 저지하지 않은 것은 그녀의 책임이었다. 미미의 시선에서, 세상은 이렇게 간단하고 명확한 규칙을 따랐어야 했다. 복잡한 사람들이 일을 점점 더 복잡하고 이해하기 어렵게 만들었다.

그러나 상황은 그녀의 생각만큼 간단하지 않았다.

소년의 의식은 바이러스성 뇌수막염으로 인해 억제된 상태였고 신경세포의 전달 수용체는 바이러스에 의해 생성된 단백질로 인해 차단되어 생체 전기 신호를 받아들일 수 없었다. 그러나 그것이 관건은 아니었다. 차단 기제는 이미 사전에 프로그래밍된 단백질 발현 조절로 붕괴되어 일반적인 강도의 신경 자극에 더 이상 영향을 미치지 않아야 했다. 그녀는 이 데이터의 의미를 이해하지 못했지만, 그녀의 몸은 그것을 직관적으로 이해했다. 미미의 의식은 필름의 무선 주파수를 발판 삼아 소년의 뇌에 촉수처럼 들어갔고 피질층의 여러 구역을 돌아다니며 더 깊은 원인을 찾았다.

언어였다.

놀랍게도 미미는 바이러스의 의식 억제 단백질이 안전 메커니즘처럼 작용하고 있음을 알아차렸다. 전기 회로의 퓨즈처럼 뇌 신경의 정보가 특정 에너지 부하를 초과하면 활성화되어 연결을 차단하고 뉴런 소진을 막도록 설정되어 있었다. 그러나 어떤 이유에서인지 뤄즈신의 차단 메커니즘은 안전 임곗값이 극도로 낮아서 실리콘섬 방언으로 생각하는 순간 퓨즈가 나가면서 신경 전달 회로가 차단되었다.

실리콘섬 방언은 8개의 성조와 복잡한 변음 규칙을 가진 고대 방언이다. 따라서 4성으로 구성된 현대 표준중국어보다 정보 엔트로피가 훨씬 크다. 이것이야말로 소년이 혼수상태에 빠진 근본적인 이유였다.

그녀는 앞으로 일어날 일에 대해 전혀 준비되지 않은 상태였다. 갑자기 그녀의 정신 촉수가 딱딱해지면서 소년의 좌반구 아래쪽 아래이마이랑에 위치한, 언어 생성과 제어를 담당하는 브로카 영역에 도달했다. 정밀한 레이저 메스처럼 촉수는 이 세상에서 가장 정밀하고 복잡한 창조물을 매만졌다. 수십억 년의 연습과 경험을 소유하기라도 한 것처럼.

이마에서 땀방울이 맺혀 머리 가장자리를 적셨다. 그녀는 자기 몸이 가진 힘에 다시금 놀랐지만 이번에는 끝이 좋기를 바랐다.

촉수가 부드러워지고 수축한 후 필름을 통해 그녀의 몸으로 돌아오다가, 무심결에 로싱푸아의 의식을 건드렸다.

사기꾼. 그녀는 순식간에 모든 것을 이해했다. 원 형이 가져온 신비한 헬멧이 실수로 그녀의 몸에 변화된 배아를 심었고,

뤄진청과 칼잡이가 폭력을 통해 배아를 껍질에서 부화시켰다면, 이 늙은 여인은 미미를 '기름불' 의식이라는 어설픈 사기극에 끌어들임으로써 모든 촉발 요인을 연결하고 의식 속 괴물을 완전한 형태로 살려냈다.

로싱푸아가 오늘의 미미를 만들어낸 것이다.

순간의 생각과 함께 모든 게 끝났다. 미미는 불꽃이 떠오르고 뒤집어졌다가 다시 떨어져, 바닥에 괴상하게 쓰러져 있는 중년 여성의 몸에서 피어오르는 모습을 지켜보았다. *존경의 의미로, 작은 선물이에요.* 미미는 한쪽 입꼬리를 치켜올려 거리낌 없는 미소를 지었다.

현장은 아수라장으로 변했다. 불을 끄는 사람들, 쇼를 구경하는 사람들, 뤄진청은 침대 앞에 무릎을 꿇고 사랑하는 아들을 불렀고, 린 주임과 천카이종은 한쪽에서 밀담을 나누고 있었다.

아버지의 눈물 섞인 부름에 소년은 천천히 눈을 떴다. 미미는 친절하게도 언어 이해를 담당하는 베르니케 영역은 손대지 않았기에 소년은 여전히 실리콘섬 방언을 이해할 수 있었다. 그러나 그는 앞으로 오직 성조를 4개만 가지는 표준어로만 말할 수 있을 것이다. 그의 아버지가 경멸하는 외지 출신 쓰레기인간들처럼 말이다.

그는 변음 구조를 가진 실리콘섬 방언으로 아빠라는 의미의 빠바(ba^7ba^5)가 아니라, 표준어로 빠바(ba^4ba)라고 불렀다. 뤄진청은 순식간에 얼어붙었다.

카이종의 걱정스러운 시선이 미미의 얼굴을 스쳤다. 미미는 큰 소리로 웃고 싶은 충동을 억눌렀다. 비록 속으로는 매우 적절한 농담이었다고 생각했지만 말이다.

물을 운반하는 삼륜차가 뤄 가문 저택 입구 앞에 잠시 주차하고, 하인들이 와서 생수를 손수레에 싣기를 기다리고 있었다. 삼륜차를 운전하는 중년의 쓰레기인간은 유난히 초조한 모습으로 입으로는 끊임없이 뭔가를 중얼거렸고, 머리에 쓴 증강현실 안경은 초록빛을 반짝였다. 마침내 삼륜차에서 생수를 모두 하차하자 차체가 약간 들리나 싶더니 기사는 우회전해 미친 듯이 왔던 길을 되돌아 달렸다. 심지어 등 뒤에서 돈을 계산해 준다고 외치는 뤄 가문 일꾼의 부름도 무시했다.

그는 뒤를 몇 번 돌아봤으나, 뒤따라오는 사람은 아무도 없었다. 그는 서서히 속도를 줄여 교통이 혼잡한 실리콘섬 시내로 진입했다.

"허 씨, 왜 그래요?" 쓰레기인간 몇 명이 그에게 아는 척을 했다. "귀신이라도 본 것 같아요."

허 씨는 땀에 젖은 얼굴에 웃음기라고는 전혀 내비치지 않았다. 그는 대답 없이 삼륜차를 세우고 그중 한 명에게 가까이 오라고 손짓했다. 허 씨가 상대방의 이마에 부딪히려는 듯 몸을 숙이자 상대방의 안경에도 곧 녹색 불이 켜졌다. 허 씨는 더 머물지 않고 바로 시동을 걸었고, 10분 전에 촬영한 영상을 계속 전송하며 달렸다.

그 영상은 뤄 가문의 저택으로 빠르게 진입하는 검은색 자동차를 담고 있었다. 비록 먼 거리였지만 차에서 내리는 사람의 형상은 구분할 수 있었다. 한 소녀가 부축받으며 저택으로 들어갔다. 그녀의 헐렁한 흰옷은 패션이라기보다 병원복에 가까웠다.

허 씨는 그 소녀가 미미라고 확신했다. 그는 리원에게 이 소식을 바로 알려야만 했다.

해가 천천히 중천으로 떠오르더니 뜨겁게 달아올랐다. 허 씨는 끈적끈적하고 두꺼운 증기에 둘러싸여 앞으로 나아가기가 어려웠다. 사방에서 온갖 소음과 악취가 덮쳐 왔고 조금씩 들리는 말소리들은 이해하기 어려웠다. 수많은 눈이 그의 시야를 스쳤다. 쓰레기인간, 실리콘섬 토박이 그리고 누군지 분간할 수 없는 다른 이들의 눈이었다. 그는 길에서 마주친 쓰레기인간들이 19세기 유럽 신사처럼 이마를 기울여 인사하는 모습을 보았다. 실리콘섬 토박이들은 그들을 의심스러운 눈초리로 쳐다보았다. 스스로가 우월하다고 생각하는 토박이들은 쓰레기인간들이 서로에게 인사하는 방식을 이해할 수도, 받아들일 수도 없는 것 같았다.

허 씨는 감시 카메라에 수상해 보이지 않도록 삼륜차를 최대한 안정적이고 자연스럽게 운전하며 번잡한 시장을 통과했다. 그러나 결국은 땀에 젖은 미소를 감추지 못하고 가슴을 들썩이며 웃음을 터뜨렸다.

두 명의 미미가 있었다. 미미는 점차 그 사실을 받아들이고 그들에게 각각 '미미0', '미미1'이라는 이름을 붙여 주었다.

미미0은 외지에서 온 쓰레기인간 소녀였다. 신중하고, 사람들을 경계하고, 과도하게 예민하지만 호기심으로 가득하고, 고장 난 칩독을 불쌍하게 여기며, 정체성이 모호한 실리콘섬 청년을 좋아하지만 자신이 없어서 안전한 거리를 유지한다. 그녀는 영원히 그날 밤을 기억할 것이다. 생체 발광 해파리가 성운처럼 회전하던, 바다 표면이 수십억 개의 물고기 비늘처럼 은빛으로 반짝이던, 카이종과 나란히 누워 밤하늘을 바라보던, 이름 모를 감정에 그녀의 심장이 한 박자 건너뛰고 세상이 흔들리듯 어지럽고 아찔했던 그날 밤을.

미미0은 바로 그녀다.

미미1은 그녀가 요약할 수 없는 존재다. 그 길고, 어둡고, 비가 쏟아지던 밤에 유령처럼 그녀의 몸에 강림하여 주인이 되었다. 그것은 전지전능한 것 같았다. 그들은 한 육체를 공유했지만, 미미0은 무임승차 승객처럼 미미1의 생각에 접근할 수도, 간섭할 수도 없었다. 그녀는 미미1이 보여 주려는 것들을 보았고, 비인간적으로 복잡하고 심오한 의식의 흐름을 따라 배우고 깨닫고 발전하려 애썼다. 미미0은 미미1을 두려워하면서도, 기계처럼 정밀하고 정확한 통제력을 숭배했다. 마치 산 정상에서 모든 생명을 내려다보는 듯한, 평생 경험해 보지 못한 웅장함과 아름다움마저 느꼈다. 그녀는 다리가 풀리고 온몸이 떨리며 방광을 통제하기 어려웠지만, 진실을 알고 싶은 욕망을 멈출 수 없었다.

상상 속에서 미미1의 형상은 귀신이 빙의된 것처럼 항상 번쩍이며 서양 여성의 얼굴과 겹쳐졌다. 그녀는 그게 누군지 너무나 알고 싶었지만, 제삼자의 개입이 상황을 더 복잡하게 만들 것 같기도 했다.

그리고 이 순간, 미미0과 미미1은 드물게 '피곤'이라는 공감대를 형성했다. 소년을 깨우는 일에 너무 많은 에너지를 소모하여 체력 보충이 필요했다. 미미는 또다시 배가 고팠다.

하지만 쇼는 아직 끝나지 않았다.

뤄진청은 소년을 정신없이 진찰하는 수행 의료진에게 고함을 치는 중이었고, 로싱푸아는 불에 탄 원피스 구멍으로 살찐 옆구리를 드러내며 조수와 함께 도망치려 했으나 곧 뤄씨의 경비원들에게 붙잡혀 구석에 무릎을 꿇고 우두머리의 명령을 기다리고 있었다. 린이위 주임은 상황 보고를 하는 듯 방 안 상황을 살피며 변함없이 어두운 표정으로 계속 전화통을 잡고 있었다. 미미의 시야에 천카이종이 들어왔다. 곁에서 무릎을 꿇은 채 초조한 표정으로 그녀에게 무언가를 계속 묻고 있었다.

모든 소음이 서로 합쳐져 뜨개실처럼 질감 없는 벽을 짰고, 그것은 윙윙대며 그녀의 청신경을 압박했다. 혈당 수치가 임계치 이하로 내려가자 실신을 피하기 위해 일부 감각기관이 차단된 것 같았다. 그녀는 카이종의 입 모양을 읽으려 애썼으나 그럴 수 없었다. 집중력이 모래처럼 의식의 틈으로 빠져나가 바닥에 흩뿌려지고 먼지에 섞였다.

누군가 사당 안으로 뛰어들었다. 열린 문틈으로 흰빛이 구체처럼 확장되었다가 희미해졌다. 그는 악을 쓰며 무언가를 외쳤고, 모두가 동작을 멈추고 그를 돌아봤다. 그 말은 너무 많이 반복되어 음절 하나하나가 미미의 뇌 안에 중첩되며 강화되었다. 모호한 어둠 속에서 서서히 선명한 단어가 떠올랐고, 그녀는 마침내 이해했다.

"쓰레기인간들이 온다! 쓰레기인간들이 온다!"

실리콘섬 토박이들의 얼굴에 가득한 공포에 미미는 혼란스러워졌다. 그녀가 익숙한 세계에서는 그러한 공포가 쓰레기인간들만의 것이었고, 토박이들을 마주칠 때 특히 그랬다. 그녀는 쓰레기인간들이 땅바닥에 꿇어앉아 용서를 비는 모습을 수없이 보았다. 그 강인하고, 연약하고, 늙고, 어리고, 더럽고, 힘없는 쓰레기인간들은 토박이의 옷을 더럽혀서, 무심코 너무 오래 쳐다봐서, 아이를 만져서, 차에 부딪혀서, 혹은 그저 쓰레기인간이라는 이유로 무릎을 꿇고 자비를 구했다.

그녀는 무릎 꿇은 사람들의 눈빛을 잊지 못했다. 그 눈빛은 불꽃이 얼어붙은 고드름처럼 그녀의 가슴을 찔렀다. 만약 한 명이라도 그렇게 하지 않는다면 그들은 이튿날 '착한 개'처럼 길바닥에서 썩은 시체로 발견되었을지도 모른다. 또한 그녀는 토박이들의 눈빛도 잊지 못했다. 그들은 마치 자신은 전혀 다른 인종이라는 듯 턱을 치켜들고서 유전자나 문화적으로 다를 것 없는 사람들을 가축 보듯이 내려보았다.

그러나 지금 토박이들은 두려워한다. 무엇이 그들을 두렵게 만들었을까?

　모두가 출구로 향했다. 카이종의 부축으로 미미도 뒤따랐다. 동공이 수축하며 눈이 점차 집 밖의 밝은 빛에 적응했다. 그녀는 공포의 근원을 보았다.

　뤄씨 저택 바깥, 철문 앞의 경비원들과 침독들을 마주하고 백 명이 넘는 쓰레기인간이 새까맣게 밀집해 있었다. 햇살 아래에 선 그들은 몸과 얼굴이 검게 얼룩져 표정을 읽을 수 없었다. 그것은 플라스틱과 염소 표백 금속을 소각할 때 나오는 유독한 먼지와 가스로 생긴 얼룩이었다. 그들은 배를 채울 음식 부스러기와 먼 꿈을 얻는 대가로 건강과 생명을 희생하며 실리콘섬의 번영을 일궈냈지만 여전히 노예, 벌레, 일회용 쓰레기 취급을 당했다. 그들은 무감각한 시선으로 이 모든 것을 지켜만 볼 수밖에 없었다.

　이미 너무 오래 기다렸다. 그들의 눈 속 얼음은 햇빛에 녹아 이글거리는 불꽃으로 변했다.

　미미는 군중 가운데 서 있는 원 형을 보았다. 현수막도, 구호도 없이 침묵만이 흘렀다. 그러나 미미가 실리콘섬 토박이들에게 붙들려 나오는 것을 본 순간, 보이지 않는 힘이 군중에게 퍼지는 것 같았다. 논밭을 가로지르는 바람처럼 근육이 긴장하는 소리가 아드레날린의 기운을 퍼뜨렸다.

　린 주임은 휴대전화에 대고 고함을 지르기 시작했다.

　미미는 흐르는 모래처럼 의식이 두 갈래로 분리되는 것을 느꼈다. 지친 미미0은 이미 혼돈 속에 길을 잃었으나 미미1은 쓰레기인간들이 자신을 위해서 왔다는 걸 알았고 일촉즉발의 전쟁을 어떻게 불붙일지 혹은 잠재울지 알고 있었다. 그녀는 선택해야만 했다.

그녀는 걸음을 멈추고 카이종의 부축을 뿌리쳤다. 한때 자신만만했던 카이종의 얼굴이 불확실함과 망설임으로 가득한 것을 보고 빙긋 웃었다. 천천히 그러나 단호하게 그녀는 홀로 앞으로 나아갔다. 지글지글 타는 태양 아래 몸이 쇠약해진 느낌이었다. 한 걸음 내디딜 때마다 부드러운 진흙탕을 걷는 것 같았고 어디에 힘을 줘야 할지 알 수 없었다. 철문이 덜컹 하는 소리와 함께 서서히 틈이 벌어지자 바깥의 군중들이 때로는 흐릿하게 때로는 선명하게 보였다. 작은 배를 타고 밤바다를 표류하는 것 같았다. 부드러운 파도를 따라 몸이 떠올랐다가 다시 가라앉았다.

그녀는 그 좁은 문 앞에 섰다. 철창의 비릿하고 달큼한 녹 냄새까지 맡을 수 있을 것 같았다. 미미는 고개를 돌려 망설임 없이 뒤따라오는 카이종을 보았다. 손을 들어 올린 모습이 작별 인사를 하는 것 같기도, 돌격 신호를 알리는 전사 같기도 했다.

그녀는 마침내 한계에 다다랐다. 그녀를 지탱하던 힘이 전부 빠져버리자, 바닥으로 풀썩 쓰러졌다.

군중들은 깜짝 놀라 소리를 질렀다.

그러나 그녀는 딱딱한 땅에 부딪히지 않았다. 천카이종이 한 걸음 뛰쳐나가 마지막 순간에 미미의 몸을 받쳐 그의 품에 끌어당겼다.

이 동작은 철문 바깥에 있던 사람들을 격분시켰다. 마침내 그들의 인내심은 한계를 넘어섰고, 가슴에서 짐승 같은 소리를 내지르며 반쯤 열린 문을 향해 돌진했다. 맨살이 철문에 부딪혀 엄청난 굉음을 냈다. 놀란 경비원들은 철문을 닫으려고 했지만 이미 너무 늦었다. 침독들이 맹렬하게 짖으며 문으로 밀물처럼 밀려드는 쓰레기인간들에게 달려들었다.

미미는 흰빛에 휩싸인 카이종의 희미한 실루엣을 올려다보며 그의 단단하고 따뜻한 품을 느꼈다. 그녀는 이렇게 한 것이 자신인지 아니면 미미1의 치밀한 계획이었는지 알 수 없었다. 공기를 통해 큰 해일이 해안가를 덮치기 직전의 초음파 같은 진동이 들리며 그녀의 오장육부를 헤집고 불안하게 만들었다.

검은 그림자가 고속 촬영된 영상처럼 매우 느린 속도로 카이종을 덮쳐 오는 것이 보였다. 둔탁한 소리가 허공에 길게 울렸고 카이종의 팔이 힘없이 떨어지고 머리가 뒤로 젖혀지면서 허공에 피의 곡선을 그렸다. 그녀는 비명을 지르고 싶었고 자리에서 일어나고 싶었지만, 마치 끈이 떨어진 꼭두각시처럼 몸이 말을 듣지 않았다.

따뜻한 액체가 미미의 얼굴에 떨어지며 비린내가 짙어졌다. 그녀는 자신이 변화무쌍한 대국 중에 버려진 한 수라고 확신하기 시작했다.

12

뤄진청은 화리목花梨木 소파에 앉아 있었고, 린이위는 여전히 서 있었다. 그들 앞에는 단단하고 거대한 마호가니 책상이 놓여 있었다. 책상 너머에는 듬성듬성 몇 가닥 난 머리카락만 드러낸 남자가 그들을 등진 채 의자에 앉아 있었다. 그 남자는 벽 안으로 설치된 거대한 어항을 응시했다. 어떤 부드럽고 거대한 생물체가 현란한 배경 앞에서 천천히 움직이고 있었다.

그는 뒤에서 애타게 지시를 기다리는 두 방문객을 잊은 듯했다.

"웡 시장님…." 참지 못한 린 주임이 입을 열었지만, 잠시 주춤거렸다.

뤄진청이 린 주임을 경멸하듯 쳐다보며 말했다. "빨리 조처하지 않으면, 더 큰 문제가 생길 것 같습니다."

가죽 등받이 뒤편에 앉아 있는 남자는 여전히 침묵했다. 두 사람의 인내심이 거의 바닥을 치려는 순간, 느리지만 강력한 대답이 돌아왔다.

"더 큰 문제? 10대 소녀를 납치하고, 수백 명의 이주 노동자가 집결해서 경찰과 무력 충돌하는 것보다 더 심각한 문제가 뭡니까? 아, 파업 때문에 뭐 가문 사업이 손실을 봤으니 정부가 보상하라 이건가요?"

뤄진청은 잠시 말문이 막혔다. 옆에서 린이위가 고소하다는 듯 몰래 비웃는 소리가 들리는 것 같았다.

"그런데 린 주임, 자네는 사실을 알고도 보고하지 않았으니 이 소란에 당신의 공도 있지 않나?" 린 주임은 뺨을 한 대 맞은 것처럼 입꼬리를 씰룩거렸다. "허가도 없이 경찰력을 동원한 일은 별거 아닐 수도 있고 큰일일 수도 있지. 다행히 인명 피해는 없었지만, 미국인들은 어떻게 회유할지 궁금하군."

"네! 이미 지역에서 가장 권위 있는 안과 의사들을 데려와 치료에 집중하고 있습니다. 난폭한 쓰레기인간들도 체포했습니다." 의자 뒤편에서 괴상한 비웃음이 흘러나왔다.

"우리 린 주임, 자네는 능력도 좋고 사람도 좋네만 정치적 감각을 더 키워야 할 것 같아. 남들은 '쓰레기인간' 같은 단어를 써도 될지 몰라도 자네는 아니란 말이야. 내 말 알아듣겠나?"

"네, 네…" 린 주임의 이마에 땀방울이 맺혔다. 뤄진청은 웃지 않으려고 무진장 애를 썼다.

"이번 프로젝트의 입찰 과정은 엄청난 관심을 받았습니다." 웡 시장이 말을 이었다. "성 정부에서는 실리콘섬이 중미 협력의 시초가 되었으면 한다고 전해 왔습니다. 뤄 사장님, 도와주지 않아도 상관은 없는데, 찬물은 끼얹지 마세요. 지금 세 가문 중 당신네가 가장 비협조적이고 문제가 많습니다. 그럴 거면 당신이 시장 자리에 앉아서 하고 싶은 대로 하시죠? 그러면 만족하겠습니까?"

"웡 시장님, 무슨 말을 그렇게 하십니까. 저는 단지 미국인들이 좀 더 부담하기를 바랄 뿐입니다. 시장님처럼 저도 실리콘섬의 이익을 위해 일하는 사람입니다." 달래는 듯한 말투였지만 뤄진칭의 말에는 가시가 숨어 있었다.

"더 부담하는 정도가 아니라, 눈을 내놓게 생겼잖습니까! 그걸로 되겠습니까? 린 주임, 오래 서 있었는데 이제 좀 앉지그래. 의자에서 굴러떨어질까 봐 걱정인가?"

"괜찮습니다. 서 있으면 더 멀리 볼 수 있거든요." 린이위는 일부러 뤄진칭을 흘깃 쳐다보았다.

"멀리 본다고? 휴, 자네는 보면서도 못 보고 있네. 저쪽을 좀 보게."

두 사람의 의심스러운 시선은 웡 시장의 손짓을 따라 유리 어항으로 향했다.

어항은 평범해 보였지만, 내부의 모래, 흙, 산호, 식물 모두 원생 해역에서 정성껏 이식한 것이라 했다. 심지어 수질, 미량 원소, 수소 이온 농도, 빛, 온도, 파도의 패턴까지도 기술적으로 조절하여 실제 바다 환경을 재현했다. 그러나 물고기는 이곳의 주인공이 아니었다. 이 작은 세계의 통치자는 외투막 크기가 50센티미터쯤 되는 문어였는데, 실리콘섬 주변에서 흔한 품종이었다. 지금 이 두족류 생물은 2400개의 빨판을 이용해 어항 유리 벽에 게으르게 매달려 있었는데, 가끔씩 다리를 구부리거나 흔들며 다음 먹이를 기다렸다.

뤄진청은 시장이 손을 들어 흰색 리모컨을 누르는 것을 보았다.

어항의 배경이 바다 밑바닥 풍경에서 순식간에 용암이 흐르는 땅으로 바뀌며 섬뜩한 붉은빛을 발했다. 거의 동시에 뤄진청은 문어가 술에 취한 것처럼 머리끝에서 발끝까지 빨갛게 변하는 것을 목격했다. 문어의 피부에는 심지어 배경에서 부풀어 올랐다 터지는 용암의 거품처럼 밝은 노란색 원이 나타났다가 사라졌다.

리모컨을 한 번 더 누르자, 용암이 흐르는 땅은 사막으로 변했다. 문어의 피부 전체가 모래 같은 황갈색으로 변했고, 뜨거운 바람이 만들어낸 모래의 물결무늬까지 표현했다.

사막이 열대 정글로 바뀌었다. 이번엔 문어의 초록색이 흐리고 고르지 않아 배경 속에 완벽하게 은신하지 못했다. 시장은 이것이 문어 체내의 아스타잔틴 때문이라고 설명했다.

정글이 격렬하고 변화무쌍한 동영상으로 바뀌었다. 마치 미치광이가 즉흥적으로 휘갈긴 낙서처럼 색깔이 마구 뒤섞여 있고 아무 규칙도 없었다. 문어는 변화를 따라잡기 위해 애썼지만, 이따금 그림 일부만 포착할 수 있었다. 문어 피부의 변화 속도는 분명히 느려지고 있었다.

혼란스러운 배경이 거울로 바뀌었다.

문어는 깜짝 놀란 것 같았다. 조금 전의 여유로운 자세 대신 세 다리로만 유리에 흡착하고 나머지 다섯 다리는 마치 주권을 알리듯 높이 치켜들었다. 거울 속의 쌍둥이 왕도 똑같이 위세를 떨치며 촉수를 흔들었다. 문어 두 마리의 피부가 반짝이기 시작했다. 문어의 발색단에서 다양한 색소가 채워진 탄성 주머니가 팽창과 수축을 반복했다. 모니터의 픽셀 어레이나 빠른 속도로 회전하는 만화경처럼 발색단들이 모여 무궁무진한 패턴을 만들었다.

뤄진청은 경이로운 표정으로 이 광경을 바라보며 시장이 왜 그렇게 매료된 듯 보였는지 이해하기 시작했다.

변화는 멈추지 않았다.

시장이 다시 리모컨을 누르자 모든 것은 처음의 평온하고 푸른 모습으로 돌아갔다. 문어는 자갈과 모래 틈새로 천천히 미끄러져 들어가 바닥과 하나가 되었다.

"이 작은 생물은 지구상에서 인류와 가장 이질적인 생물 중 하나지요. 세 개의 심장, 두 개의 기억 시스템을 가졌고 온몸이 민감한 화학 수용체와 촉각 수용체로 덮여 있습니다." 시장은 진짜 문어 전문가처럼 강의했다. "그러나 한편으로는 인류와 아주 비슷합니다."

"환경에 민감해서 계속해서 자신을 바꾸고 변장하며 심지어 자신에게 현혹되어 죽음의 고리에 빠지기도 하죠. 한번은 거울 속 문어가 안정적인 패턴으로 변하는 것을 보고 싶어서 꾹 참고 기다렸는데, 결국 죽은 문어만 얻었소. 그때 깨달았지. 안정은 죽음을 의미한다는 걸."

마침내 가죽 의자가 180도 돌면서 앉아 있는 사람의 얼굴이 드러났다. 웡 시장은 담담한 표정을 짓고 있었고, 눈빛은 약간 지루해 보이기까지 했다.

"린 주임은 임시 통행금지를 주장하고 있고, 뤄 사장은 모든 이주 노동자의 통신 채널을 차단하자고 제안하고 있습니다. 이두 가지 방법은 같은 결과를 초래할 수 있습니다. 작은 소란을 진압한다 해도 큰 소란이 멀지 않을 겁니다."

뤄진청과 린이위는 서로를 무력하게 바라보았다. 오늘 웡 시장에게서 원하는 답변을 기대할 수 없다는 걸 알고, 패배를 인정한 채 물러날 수밖에 없었다. 집무실을 떠나는 순간 시장의 의미심장한 작별인사가 들렸다.

"실리콘섬이 어떻게 데이터 속도제한 구역이 되었는지 잊지 않았으면 좋겠습니다." 뤄진청은 입술을 깨물었고 결단을 내린 듯 이를 악물었다.

스콧 브랜들은 자정에서 5분이 지난 시각, 배가 고파 야시장에가 보고 싶다며 임시 통역사에게 전화를 걸었다. 수화기 너머의 남자는 억지로 불쾌감을 억누르는 눈치로, 먼저 린 주임과 상의해 보겠다고 말했다. 5분 후, 스콧의 전화가 울렸을 때 통역사는 말투가 훨씬 누그러진 상태였고 심지어 스콧을 실리콘섬에서 가장 유명한 야시장 음식 거리에 데려가겠다고 했다.

천카이종은 여전히 입원 상태로 경과를 관찰 중이라 스콧은 린 주임의 임시방편을 받아들일 수밖에 없었다. 새 통역은 신위라는 청년이었다. 그는 아직 대학 졸업 전으로, 방학 때 고향에 돌아왔다가 이 일을 맡게 되었다. 그는 영어 억양이 형편없었고 가끔 잘못된 표현도 사용했지만, 실리콘섬의 상황에 대해서는 천카이종보다 잘 알았다.

통역 실수가 있을 때마다 신위는 매번 같은 평계를 댔다. "실리콘섬 방언은 현존하는 중국어 방언 중에 가장 오래되고 독특한 것이라서요. 영어는 둘째치고, 표준중국어로도 어떻게 통역할지 모르는 단어가 많아요."

그러면 스콧은 어깨를 으쓱하며 말했다. "어차피 별 기대 안 했어요." 그런 다음 웃으며 상처받은 듯한 청년의 어깨를 두드렸다.

자정이 넘은 시간이었는데도 먹거리 시장은 불빛이 환했고 손님들로 분주했다. 다양한 냄새와 색깔이 공중에서 얽혀 방문자들의 식욕을 자극했다. 스콧은 진짜 관광객처럼 신위를 따라 노점을 일일이 돌아다니며 현지 음식의 재료, 조리법, 문화적 배경을 알아보았다. 많은 요리가 그의 상상보다 훨씬 복잡하고 미묘했다. 물론 그가 건국 250년밖에 되지 않은 신생국 출신임을 고려하면, 고기를 껍질만 벗겨 불에 던져 넣는 데서 몇 단계 발전한 수준의 요리 문화가 이상할 건 없었다.

가끔 스콧은 걸음을 멈추고 무언가를 감상하는 척 뒤를 살폈다. 작은 체구의 남자가 호텔을 나선 후부터 그들을 그림자처럼 따라다니며 약 10미터 거리를 유지했다. 지난번 바다에서 돌아온 후부터 스콧을 미행하는 스파이가 더 촘촘하게 배치되었지만, 그는 줄곧 그들이 어느 쪽 부하인지 파악하지 못했다.

생선 가게에 멈췄다. 물 없는 수족관에 비린내가 진동했다.

어린아이 몸통만 한 우럭 머리와 토막이 공중에 매달려 있었고 진열대에는 다양한 모양과 색깔의 해산물이 잘게 갈린 얼음 위에 펼쳐져 있었다. 전갱이, 무태장어, 참돔, 각시붕어, 쥐치, 꽃게, 새꼬막, 맛조개, 털탑고동, 코끼리조개, 오징어, 갑오징어, 모래새우, 갯가재….

스콧은 이어지는 해산물 이름들과 반짝이는 비늘, 막, 등껍질에 매료되었다. 특히 그는 청흑색 갑각류 한 접시에 관심이 생겼다. 바다에서 갓 잡은 듯한, 조리나 가공을 전혀 거치지 않은 상태였는데 상인이 그에게 맛을 보라고 권했다. 신위가 갯가재의 껍질을 뜯어 반투명한 속살을 드러낸 후 스콧에게 건넸다.

스콧은 코를 벌름거렸지만 이상한 냄새는 전혀 맡지 못했다. 조심스레 한 점을 뜯어 입에 넣자 쫀득한 식감과 신선한 단맛에 미각이 살아났다.

스콧은 도쿄 아카사카에서 최고급 회를 먹어본 적 있다. 도쿄 근교 미우라의 항구에서 갓 잡은 참치 턱살이었다. 한 마리에 단 두 조각밖에 나오지 않는 부위로 눈꽃 무늬의 지방과 어유魚油의 깊은 풍미가 어우러져 잊을 수 없는 맛을 선사했다.

그러나 이 정도의 맛은 아니었다. 전혀 아니었다.

기쁨과 놀라움이 섞인 스콧의 표정을 보고 신위는 서둘러 이것이 갯가재장이라고 소개했다. 소금, 요리술, 간장, 마늘, 고추, 고수 및 기타 조미료에 10~12시간 재운 다음, 꺼내서 영하 15~20도로 냉동 보관하여 육질을 수축시켜 아삭한 식감을 낸다고 했다.

스콧은 맛을 음미하려 조금 더 큰 조각 하나를 뜯어서 입에 넣었다. 그때 신위가 아쉬운 듯한 목소리로 말했다. 최근 몇 년 바닷물 오염과 식도염 발병 증가 때문에 해산물을 날것으로 섭취하지 말라는 정부 지침이 여러 번 내려왔다고 말이다. 그 말에 갑자기 사레가 들린 스콧은 격렬하게 기침하며 붉어진 얼굴로 눈물 콧물을 쏟았다.

신위가 웃으며 그의 등을 부드럽게 두드렸다. "괜찮아요. 한 입 갖곤 안 죽어요."

스콧은 청년이 자신에게 제대로 되갚았다는 사실을 깨닫고 웃었다. 그는 말린 복어를 맛보라는 노점상의 제안을 정중히 거절하고 신위와 함께 소고기 식당으로 들어갔다.

"실리콘섬 사람들은 정말 먹을 줄 아는군요." 그는 뒤를 돌아 미행하던 스파이가 길 건너편 국숫집에 자리 잡는 것을 보았다. "외지에서 대학을 다니면 고향 음식이 그립겠어요."

"물론입니다. 실리콘섬 토박이들은 어딜 가든지 고향의 맛을 기억해요. 한번은 수십 년 전에 이곳을 떠난 나이 든 화교 관광객 가이드를 한 적이 있어요. 저쪽에 있는 분식점에 모시고 갔는데, 무려 비빔국수 네 그릇을 단숨에 먹어 치우더니 말없이 우시더라고요." 신위는 허공에서 젓가락을 흔들었다. 옛일을 떠올리며 감동한 게 분명했다.

"졸업 후엔 다시 이곳으로 돌아올 생각인가요?"

"…모르겠어요." 조금 전까지 활기차던 신위의 에너지가 순식간에 종적을 감췄다. "부모님은 해외로 이민 갈 방법을 찾아

보라고 하세요. 그곳 환경이 더 좋고, 장래도 더 밝을 거라고….
아시잖아요. 실리콘섬은 속도제한 구역이라."

"다들 그렇게 말하더군요." 스콧은 미소를 지으며 무심코 뒤를 돌아보다가 미행하던 남자와 눈이 마주쳤다. 그는 재빨리 시선을 돌렸다. "제가 추천서 같은 걸 도와줄 수 있겠네요. 알다시피 테라그린 리사이클링도 글로벌 다국적 기업이라."

"알아요! 세계 500대 기업이죠! 정말 감사합니다, 브랜들 씨."

"천만에요. 아, 맞다. 부탁 하나만 해도 될까요?"

"말씀만 하세요!"

"이 주소에서 테이크아웃 좀 해 줄래요? 성게 하나 주문하고 싶어서." 스콧이 휴대전화로 신위에게 주소를 보여 줬다.

"물론입니다. 그런데…." 신위가 생각에 잠긴 듯 잠시 뜸을 들이다 말을 이었다. "성게에 중금속이 많다니까 많이 드시진 마세요."

젊은 시절 뤄진청은 소유욕이 매우 강했다. 장난감, 자동차, 돈, 여자, 권력을 막론하고 원하는 것을 얻기 위해 수단과 방법을 가리지 않았다. 그는 이러한 욕망을 어린 시절의 결핍 때문으로 돌렸고, 나이가 들면서 그것이 성공의 원동력이었던 것처럼 미화했다.

그러나 그는 소유만으로 자산 가치를 극대화할 수 없음을 서서히 깨달았다. 자본이 흐르고 순환하게 만드는 것이야말로 정보화 시대에 부자가 되는 열쇠였다.

뤄진청은 주요 항구, 다양한 채널의 구매자 및 국제 원자재 가격 변동에 관한 최신 정보를 수집하는 효과적인 정보 네트워크를 구축하여 e-폐기물 거래 체인에서 확고한 협상력을 가지고 저가에 매입하여 고가에 판매했다. 그는 제대로 된 정보 없이 거래가 이루어지던 과거를 여전히 기억했다. 판매상은 보통 컨테이너를 열어 놓고 구매상들이 한눈에 본 후 가격을 판단하게 했다. 교활한 사람들은 종종 이윤이 높은 폐기물을 맨 위로 올리고, 쓸모없고 값싼, 처리하기 어려운 폐기물을 아래쪽에 숨겨서 높은 가격을 받았다.

원석 노점상에서 도박하는 것과 비슷했다. 원석을 깨기 전에는 그 안에 옥이나 수정이 들어 있는지, 아니면 그냥 돌멩이인지 알 수 없다. 하루아침에 백만장자가 될 수도, 아니면 파산할 수도 있었다. e-폐기물 사업은 그렇게까지 위험하지는 않았지만 뤄진청 같은 거물 거래자는 큰 거래가 있을 때마다 부처님께 공양을 올리며 컨테이너에 행운이 들어 있기를 기도했다.

정보의 흐름을 완벽히 파악한 그는 선박의 항로, 컨테이너 번호, 화물 적하 목록, 적재 시간, 출발지 위탁업체 정보 등 공개된 정보를 바탕으로 컨테이너 내 e-폐기물의 가치를 판단했다. 그후 예상 처리 시간을 바탕으로 상품 출하 시 예상 시장가격을 추정하여 최종 입찰가를 결정했고, 그 덕에 협상 자리에 충분히 무장하고 나설 수 있었다. 이 원칙 덕분에 뤄 가문은 모든 거래에서 평균 이상의 수익을 거두었다. 그 결과 그 또한 업계에서 명성을 쌓았고, 뤄 사장의 이름은 널리 알려졌다.

그가 공책을 탁자 위에 올려놓고 세 가문을 위협하는 리원을 보며 복잡한 감정이 들었던 것도 그래서였다. 그 청년의 사고방식과 카리스마는 그의 젊은 시절을 떠올리게 했다. 리원이 쓰레기인간만 아니었어도 뤄진청은 그를 동업자로 삼았을 수도, 함께 큰일을 도모했을지도 모른다. 안타깝게도 이 모든 가설은 작디작은 전제 하나로 인해 이뤄지지 못했다.

뤄진청은 궁금했다. *이렇게 재능 있는 청년이 왜 쓰레기인간들에 섞여 희망 없는 하류 생활을 할까?*

그는 이 질문을 금세 잊었다. 어차피 답을 얻을 수 없는 문제였다. 다만 뤄진청은 리원이 실리콘섬이 정부의 행정처분을 받아 저속구역에 편입된 후 처음으로 도착한 쓰레기인간 대열 중 한 명이라는 사실을 알아냈다. 예전에 들어온 이주 노동자들에 비해 새로운 노동자들은 조금 더 높은 임금을 받았는데, 이는 저속구역이 된 후로 많은 노동자가 떠나면서 일시적으로 수요가 급증했기 때문이다.

실제로 이주 노동자뿐 아니라 가문 대대로 실리콘섬에 살던 일부 가족들까지 이민을 떠났다. 정보의 속도가 모든 것을 결정하는 시대에 속도제한은 가치도, 기회도, 미래도 없음을 의미했다. 제아무리 역사와 핏줄로 이어진 고향이라 할지라도, 자기 후손이 미래가 없는 곳에서 살기를 원하는 부모는 없을 것이다.

실리콘섬의 속도제한을 초래한 사건에 대해 정부는 공식적인 설명을 내놓지 않았다. 많은 소문이 돌았고, 그중 일부는 할

리우드 영화 못지않게 스릴 넘치고 기괴했다. 뤄진청은 정부와의 특수 관계 덕분에 공무원들과의 술자리에서 단편적인 정보를 수집했고, 이를 짜 맞춰서 진실을 대략 파악했다.

그 사건은 사기를 당해 실리콘섬으로 유입된 한 소녀로부터 시작되었다. 훗날 정부는 그녀가 자기 의지로 가출했다고 발표했다.

이런 일은 사실 드물지 않았다. 중국 남동부 연해 지역, 경제가 발전된 지역에는 이렇게 가출을 '당한' 청소년이 많이 있었다. 이들은 쥐꼬리만 한 임금을 받으며 언젠가는 출세해서 금의환향하겠다는 꿈을 꾸었다. 번영의 변두리에서 그들은 매일 기계적이고 반복적이고 자질구레한 조립 작업을 했다.

그 소녀는 집에 몇 번 편지를 보냈다. 대략 자신이 실리콘섬에서 아르바이트를 하며 잘 지내고 있으니 걱정하지 말라는 내용이었다. 그러나 그후 연락은 끊겼다. 가족들은 애간장을 태웠지만 안타깝게도 그들 또한 연안에서 수천 킬로미터 떨어진 중국 남서부의 가난한 농민일 뿐이었다. 그들은 인터넷을 통해 실리콘섬 경찰에 연락하여 사람을 찾아 달라고 요청했다. 결론은 짐작 가능하듯, '행방불명'이었다.

소녀에겐 대도시에서 대학을 다니는 오빠가 있었다. 집안이 가난해서 부모는 남매 중 한 명만 대학에 보낼 수 있었다고 한다. 오빠는 똑똑하고 성적도 뛰어나, 가족들이 모든 출세 희망을 그에게 걸었지만 오히려 그는 기회를 여동생에게 양보하고자 했다. 오빠의 눈에 남자는 재능과 노력, 운이 따른다면 스스로 땅을 갈 수 있는 한 줄기 희망이라도 있는 황소와 같았지만, 여자는 맨몸으로 거친 바다와 맞서야 하는 진주조개 같았기 때문이다. 그는 유일한 여동생의 앞날이 걱정이었다.

그가 막 대학 시험을 포기하려는 찰나, 여동생은 더 극단적인 선택을 했다.

그녀는 편지 한 장만 남기고 집을 나갔다. 그녀는 오빠와 사이가 가까웠고, 그의 희생을 이해했다. 그녀는 오빠가 꿈꾸는 대학에 들어갈 만큼 좋은 성적을 받지 못하면 다시는 만나지 않겠다고 했다. 이 편지는 훗날 정부가 그녀가 흔한 가출 청소년이라고 주장하는 강력한 증거가 되었다.

오빠는 동생의 고집스러운 성격을 잘 알았기에 마음속 불안을 다스리며 마침내 수석으로 명문 대학에 합격했다. 그는 남은 생을 여동생에게 진 빚을 갚고 그녀를 돌보는 데 쓰겠다고 결심했다. 그러나 그가 4년간의 성실한 학업을 막 마치고 첫 결실을 얻기 위해 구직 활동을 시작하던 찰나, 여동생이 실종되었다.

'행방불명'이라는 단어가 얼음송곳처럼 그의 가슴에 박혔다. 그는 더 이상 누구도 믿지 않으리라 결심했고 자신만의 방식으로 동생을 찾기로 했다.

특정 방향으로 전파되는 컴퓨터 바이러스가 실리콘섬의 IP 사이에 퍼지면서 점점 더 많은 컴퓨터를 감염시키고, 쓰레기인간들이 자주 사용하는 웹 단말기를 장악하기 시작했다. 이 바이러스는 감염된 단말기를 통과하는 모든 정보를 특정 단어, 구문, 의미 패턴을 찾는 알고리즘으로 필터링하는 것 외에는 아무 증상이 없었다. 타깃의 주소는 동적 방식으로 교묘하게 위장되어 패킷을 추적하여 최종 목적지를 찾는 건 롤러코스터에서 쏜 총알의 탄도 궤적을 추적하는 것 못지않게 어려웠다.

그는 엄청난 인내심으로 실리콘섬 지하 포럼에서 돌아다니는, 암호화된 동영상을 구했다.

그것은 생중계 영상이었다. 어두운 배경에 두 남자의 얼굴은 전부 흐리게 처리되었고, 반나체의 몸과 손에 든 도구만 보였다. 세 번째 남자의 목소리가 화면 밖에서 들려왔다. 그들의 목소리는 음성변조를 거쳐 신원을 알 수 없게 처리되었지만, 실리콘섬 방언으로 말하는 것만은 분명했다. 영상은 증강현실 안경을 통해 녹화된 것으로, 일인칭 시점답게 초점이 흔들리면서도 그곳에 있다는 몰입감을 강하게 선사했다.

몸 하나가 걸레 뭉치처럼 벽 구석에 웅크린 채 때때로 비인간적인 신음을 뱉었다. 이상하게도 수면 모드로 설정된 증강현실 안경이 그녀의 머리에 씌워져 있었고 노란 불빛이 숨을 쉬듯 천천히 어두워졌다가 밝아지기를 반복했다.

시야에 보이는 두 남자는 대화를 나누며 때로 킬킬 웃었다. 오빠는 번역 소프트웨어의 도움으로 이들이 상사로부터 이 '쓰레기'를 처리하라는 명령을 받았다는 걸 알게 되었다. 이 여성은 현지에 연고가 없는 이주민으로 '전자마약'에 중독되어 노동 능력을 상실한 상태였다. 따라서 정부 조사관의 눈에는 고용주의 기록을 훼손하는 '위생상의 오점'이었을 것이다. 또한 남자들은 그녀의 전정기관이 이미 돌이킬 수 없게 손상되어 더 이상 생존

가능성이 없다고도 했다. 그들은 그녀를 고통에서 벗어나게 해 줄 참이었다.

증강현실 안경을 쓴 카메라맨이 몸을 숙여 딱딱한 물체로 바닥을 때리면서 소리를 냈고, 동시에 고양이를 부를 때처럼 혀를 쯧쯧 차는 소리를 냈다. 그러자 그 '쓰레기'가 갑자기 거친 숨을 내쉬며 일어나더니 카메라를 향해 빠르게 기어 왔다. 카메라맨의 손에서 물건을 낚아채서 자기 안경의 카드 단자에 꽂았다. 불빛이 노란색에서 녹색으로 변하면서 데이터를 전송 중인 듯 빠르게 깜빡였다. 여자는 얼굴을 숙이고 목구멍에서 파충류 같은 울음소리를 냈다. 마치 특정 신경 자극에 대한 갈증이 괴물처럼 인간의 존엄성을 모두 집어삼킨 듯했다.

이것만 주면 이 여자한테 뭐든지 시킬 수 있습니다. 그때까지 침묵하던 카메라맨이 입을 열었다.

여자의 안경이 갑자기 밝아지면서 어둠 속에서 섬뜩한 빛을 발했다. 그녀는 노래를 부르기 시작했다. 지역 민요 같은 노래였다. 가느다랗고 높은 목소리가 한밤중에 차가운 뱀처럼 꿈틀거렸고 그녀의 팔다리도 노래에 맞춰 춤을 추는 동안 기계적으로 뒤틀렸다.

아니, 노래도 할 줄 아네! 대단한 공연이야! 두 남자도 낄낄대며 과장된 동작으로 그녀를 따라 춤추기 시작했다.

갑자기 여자의 목소리가 거칠고 날카로워졌다. 그녀는 미친 것처럼 달려가서 그중 한 남자의 허벅지를 끌어안고 매달렸다. 나머지 두 사람은 너무 놀라 한동안 어쩔 줄 모르고 있었다. 그러자 카메라맨이 손에 들고 있던 삽을 들어 여자의 머리를 세게 내리쳤다. 그녀는 바닥에 쓰러졌다.

내가 준 버섯이 별로 맘에 안 들었나 보네요.

남자는 움직이지 않는 몸을 향해 다가갔다. 안경을 벗기고 그녀의 얼굴을 카메라 쪽으로 돌렸다.

오빠는 영상이 여기에서 멈추기를 얼마나 바랐는지 모른다. 그래서 한 줄기 거짓 희망이라도 유지할 수 있기를 간절히 바랐다. 그러나 그는 계속 시청했다. 화면은 오랫동안 심하게 흔들거렸고 어지러울 만큼 어두웠다. 시야에 갑자기 여자의 얼굴이 크게 확대되었다. 그녀의 눈은 반쯤 뜬 채였고 동공은 고르지 않게 확장된 채 숨을 가늘게 헐떡였다. 관자놀이에서 짙은 색 액체가 두 줄기 농축된 눈물처럼 천천히 흘러내렸다.

그의 여동생이었다.

쓰레기 봉지 하나만 줘 봐. 카메라맨이 말했다. *데리고 나가야겠어.*

그는 모니터를 껐다. 떨리는 손으로 담배에 불을 붙여 두 모금을 들이마시더니 이내 바닥에 던진 후 발로 짓이겼다. 그는 밤새도록 침묵했고, 마침내 일반적이지 않은 자신의 분노가 폭력 자체에서 온 것이 아니라 폭력을 보여 주는 방식 때문임을 깨달았다. 가해자는 일인칭 시점으로 화면을 보여 주는 기술을 통해 영상을 보는 모든 사람을 폭력의 주체로 만들고 함께 가학적 쾌감을 경험하도록 했다. 오빠는 스스로를 향한 강력한 생물학적 혐오를 억누르려 노력했다. 마치 자신이 여동생을 죽인 것 같았다.

물론 이야기는 화자가 상상한 것일 뿐, 실제 현실에서 오빠는 동영상을 실리콘섬 경찰에게 넘겼다. 이것이 실마리가 되어 동생의 시신이라도 찾기를 바라면서. 그러나 경찰은 다른 길을 택했다. 그들은 인터넷에서 이 영상의 흔적을 전부 지우고 모든 정보 채널을 봉쇄했다. 그러곤 모래 더미에 머리를 파묻는 타조처럼 아무 일도 없었던 것처럼 행동했다.

이것이 그들이 위기에 대응하는 방식이었다.

오빠는 깊은 절망에 빠졌다. 그의 분노는 수천 킬로미터의 거리 사이에서 늘어나고 얇아져서 형체 없는 데이터 조각으로 흩어졌다. 마침내 그는 이 비극의 원인이 보이지도 않고 만질 수도 없는 벽임을 깨달았다. 이 벽은 같은 핏줄을 공유하는 동족을 둘로 갈라 그 삶에 높고 낮음, 귀하고 천함이라는 꼬리표를 붙였다.

그는 반격할 준비가 되었다.

매개변수를 수정한 바이러스는 실리콘섬의 데이터 터미널들을 휩쓸었다. 굶주린 메뚜기 떼처럼 그것은 접근한 모든 정보를 씹고 걸러냈다. 그 결과는 여러 차례의 라우팅을 거쳐 주요 언론 매체에 전달되었는데 그중에는 실리콘섬 정부의 주요 프로젝트 입찰 과정에 관한 기밀문서도 있었다. 불붙은 성냥이 희미한 모닥불에 하나씩 떨어지듯 불길은 힘겹게 그리고 천천히 냄비 안 개구리를 익혔다.

정부 스캔들에 관한 언론 매체의 열띤 보도로 인해 실종 소녀 뉴스는 매력을 잃었다. 사람들의 관심은 시들해지고 옮겨 갔으며 새로운 스캔들과 새로운 셀럽이 끊임없이 등장해 마치 그렇게 하는 것이 미덕이라는 듯 희소하고 귀한 관심을 소비했다.

정부 고위층은 실리콘섬의 정보 유출 사건에 크게 분노했다. 그러나 이는 부패와 부정행위 때문이 아니라 언론 매체가 지방 정부의 이미지를 실추시켰고 담당 공무원의 승진에 영향을 미쳤기 때문이다.

결국 관리 당국은 실리콘섬이 데이터 보안 관리에 소홀했던 대가를 치러야 한다고 결정했다. 실리콘섬은 동부 연해 지역의 높은 전송 속도에서 두 단계 강등되어 내륙의 낙후된 지역에서나 쓰는 저속구역에 갇히게 되었다. 데이터 특구만이 누릴 수 있는 정부 혜택뿐만이 아니라 더 이상 증강현실도, 기업 수준의 클라우드 서비스도 없었다.

세계 디지털 지도의 한구석에서 실리콘섬의 빛이 꺼졌다.

막대한 손해를 입은 재력가들은 현상금을 걸어 바이러스 유포자를 잡으려 했다. 그를 잡아 두 손과 두 눈을 없애거나 아예 머리를 잘라 생명유지 장치에 연결해서 여생을 생지옥에서 보내게 하겠다고 다짐했지만 결코 성공하지 못했다. 사라진 소녀의 오빠는 자기 꼬리를 삼킨 우로보로스 뱀처럼 결국 자신을 완전히 삼켜버리고, 아무런 흔적도 없이 물리적/디지털 세계에서 사라졌다.

뤄진청은 이야기의 결말을 생각할 때마다 만약 그 똑똑한 청년이 살아 있다면 지금 무엇을 하고 있을지 상상했다. 여전히 여동생의 살해범을 찾으려 고군분투하고 있을까? 아니면 삶의 희망을 접고 죽음을 결심했을 수도 있을 것이다. *군자의 복수는 10년이 걸려도 늦지 않다.* 그는 복수에 불타는 한 쌍의 눈동자가 바로 뒤에 있는 것처럼 파르르 몸서리를 쳤다.

아니야, 그건 내 잘못이 아니었어.

그는 스스로를 위로했다. 그 시절에는 모든 가문이 통제력을 유지하려고 쓰레기인간들에게 불법 디지털 버섯을 판매하는 유사한 활동을 했다. 만약 자제력이 약한 중독자들이 약을 과도하게 사용해서 노동 능력을 상실할 경우, 가문이 곤란에 빠지지 않도록 처리해야 했다. 집안마다 이런 문제를 처리하는 방법은 각각 달랐는데, 중독자를 해외로 추방하거나, 혹은 아예 증발시켜버리기도 했다.

새끼를 보호하는 건 모든 동물이 타고나는 본능이지만 그때 그가 보호했던 건 몇 년간 그를 따르던 들개 새끼였을 뿐이다. 오늘 그 썩을 놈의 들개 새끼는 또다시 같은 뼈다귀에 걸려 넘어졌지만, 이번에 일으킨 파도는 빛이 보이지 않는 심해에서 소용돌이치며 분노의 폭풍을 예고하고 있었다.

뤄진칭은 이번에는 그 개새끼를 희생시키기로 결심했다. 칼잡이라는 이름의 개를.

어두운 표정의 남자는 스콧이 신위와 헤어지는 모습을 보고 잠시 고민하다가 결국 스콧을 따라나섰다.

새벽 2시의 식당가는 인파가 많이 줄었지만, 노점상과 식당의 LED등은 언제나처럼 번쩍거리며 밝게 빛났다. 스콧이 발걸음을 재촉하자 주변의 빛들이 흔들리며 긴 잔상을 남겼다. 수천 가지의 향기가 그의 코로 들어왔고 낯선 유기 분자의 산물이 그의 신경을 자극하며 경각심을 일깨웠다.

실리콘섬 사람들이 음식에 쏟는 지혜의 일부만이라도 환경 보호에 쓴다면. 스콧은 유감스러웠다. 그를 미행하는 남자는 더욱 가까이 따라붙어서 스콧은 그의 다급한 발소리마저 들을 수 있었다. 손님 없는 길 한편에 자동 필름 부스가 형광빛을 번쩍였다. 스콧은 아이디어가 하나 떠올랐고 그 안으로 들어가 문을 살짝 닫았다.

부스 안은 좁고 답답했다. 스콧은 목과 허리를 구부려 큰 덩치를 작은 부스 안에 구겨 넣어야 했다. 화면 속 가상 모델이 기계적인 미소를 지으며 이번 시즌 최신 무늬와 기계 사용법을 설명했다. 부스 벽에 설치된 다방향으로 늘어나는 인공 팔에는 유연한 소재의 실리콘 디스크가 부착되어 있었다. 이 디스크에 일회용 감응 필름을 붙여 구워낸다. 스콧은 동전을 몇 개 넣고 화려한 하트 무늬를 선택했고 적용 온도를 최대로 조정했다.

이 온도는 단단한 표면에 필름을 붙일 때만 적합합니다. 가상 모델은 같은 말을 반복하며 동시에 경고음을 울렸다.

그는 숨죽인 채 기다렸다.

3분이 지났다. 부스 문 너머로는 아무 기척이 없었다. 스콧의 인내심이 거의 바닥나려는 순간, 그는 호기심 가득한 손이 천천히 부스 문을 여는 것을 보았다. 물고기가 미끼를 물었다.

스콧은 그 손을 단숨에 낚아채 부스 안으로 끌어당겼고 문을 닫았다. 스파이의 놀란 얼굴이 스콧의 근육질 가슴에 부딪힐 듯했다. 그는 영어로 죄송하다는 말을 반복하며 좁아터진 두 사람만의 세계에서 빠져나가려 했다. 스콧은 무릎을 남자의 허리까지 올려 그를 벽에 밀어붙였고 왼손으로 그의 목을 졸랐다. 동시에 오른손으로는 주머니에서 무기를 꺼내려 하는 그의 오른손을 잡았다.

"누구 밑에서 일하지?" 스콧이 왼손에 힘을 가하자, 남자의 눈알이 불거지고 이마에 핏대가 서면서 온 얼굴이 붉어졌다.

"죄송합니다! 죄송합니다!" 남자는 고장 난 레코드처럼 같은 말을 반복했다.

"말해!" 스콧이 그의 무릎을 걷어차자, 남자는 바닥에 꿇어앉았다. 그의 머리는 스콧의 손에 의해 디스플레이 화면에 짓눌렸다. 선명한 형광 무늬가 그의 얼굴 앞에서 춤추듯 깜박였다. 스콧은 가열된 실리콘 디스크가 달린 인공 팔을 남자의 뺨 바로 앞까지 끌어당겼다. 디스크 중앙에 하트 무늬 필름이 지글거리는 소리를 냈다. 남자는 펄펄 끓는 온도를 느끼자, 얼굴에 땀방울이 맺히고 두려운 표정을 지었다. 그는 더 이상 어설픈 영어를 반복하지 않고 실리콘섬 사투리를 중얼대기 시작했다.

"이름!" 스콧도 디스크의 열기를 견디기 어려웠다. 그의 셔츠가 땀으로 흠뻑 젖었다.

남자는 젖먹던 힘까지 쥐어짜며 격렬히 저항했다. 뜨거운 디스크가 그의 왼쪽 얼굴에 입을 맞추자 튀김 기름에 식재료가 떨어질 때의 소리가 났다. 스콧은 고기가 타는 익숙한 냄새를 맡았고, 남자는 상상을 초월할 정도로 날카롭게 비명을 질렀다. 비명은 이내 약해져 햇빛에 노출된 침독처럼 빠르게 헐떡이는 곡소리로 바뀌었다.

디스크가 입을 맞출 때처럼 쪽 소리를 내며 떨어졌다. 남자는 힘없이 바닥으로 미끄러져 2제곱미터도 안 되는 좁은 바닥에 웅크렸다. 왼쪽 뺨에는 분홍빛 거대한 하트 무늬가 찍혀 있었다.

스콧은 남자를 뒤져서 칼과 오래된 휴대전화를 찾아내곤 그의 가슴을 세게 걸어찼다. 남자는 한차례 신음했지만 다른 움직임은 없었다. 스콧은 부스에서 나와 칼은 풀덤불에 던지고 휴대전화는 잘 챙겨 넣은 후 땀으로 젖은 옷을 정돈하고 약속 장소로 향했다.

"무슨 일입니까, 브랜들 씨? 땀에 흠뻑 젖었어요." 신위는 이미 기다린 지 한참이었다. "여깄습니다. 말씀하신 성게요."

스콧은 냉기를 뿜는 작은 상자를 받아 들고 이마의 땀을 훔쳤다. "그동안 운동을 못 해서 조깅을 좀 했습니다."

"조깅이요? 실리콘섬에서요? 이 날씨에요?" 신위는 이해할 수 없다는 표정이었다. "이런 게 문화차이인가 보군요."

연결 중… 연결 완료… 암호화 액티브….

히로후미 오토가와: 깨끗합니까?

창펑샤: 네.

히로후미 오토가와: 진행 상황이 어떻습니까?

창펑샤: 천카이종은 수술을 무사히 마치고 회복 중입니다. 예상대로 이번 사건은 우리 측에 유리한 협상 카드가 되었습니다.

히로후미 오토가와: 상황이 좋게 흘러가고 있는지는 잘 모르겠군요.

창펑샤: 하, 걱정 마세요. 제가 죽기 전에 계약은 꼭 성사시킬 테니까.

히로후미 오토가와: 위험 요소를 발견하면 즉시 알려주셔야 합니다.

창펑샤: 음, 말씀하시니 말인데, 하나 있습니다.

히로후미 오토가와: ….

창펑샤: SBT-VBPII32503439. 개발 중인 시제품을 포함하여 SBT의 모든 상품 시리얼 넘버를 조사해 봤지만, 이 번호는 없었습니다. 당신이 저한테 말한 '가벼운 사고'는 아닌 게 분명하고, 심지어 사람을 위해 설계된 것도 아닙니다. 현재 이것은 시한폭탄과 비슷합니다. 언제 터질지 모르고, 실리콘섬 프로젝트에 어떤 영향을 미칠지도 모릅니다.

히로후미 오토가와: ….

창펑샤: 경제 암살자가 아라시오재단이 부여한 임무를 수행할 때 모든 정보를 알 권리는 없다는 걸 이해합니다만, 마찬가지로 연대 위험을 감수할 책임도 없습니다. 이 조항을 계약서에 넣어 주십시오. 계속 아무 말씀 안 하시면, 대화를 원하는 다른 사람과 이

야기하겠습니다.

히로후미 오토가와: … 굉장히 긴 이야기가 될 겁니다.

창펑샤: 실리콘섬의 긴 밤은 이제 시작입니다. 이야기가 끝날 때까지
깨어 있겠다고 약속하죠.

13

밤의 어둠은 아직 스러지지 않았고 밝은 가로등이 해안의 윤곽을 비췄다. 바다에는 어젯밤 소나기가 남긴 듯한 물웅덩이가 남색 하늘빛을 띠었다. 하늘 가장자리엔 황금빛 붉은 선이 희미하게 나타나 타오르고 퍼졌다. 불타는 커튼처럼 동쪽 하늘을 덮을, 강렬한 새벽을 예고하고 있었다. 나무들은 그림자 속에 가만히 선 채 나뭇가지를 축 늘어뜨렸다. 오늘 또한 바람 한 점 없이 뜨거운 여름날일 것이다.

스콧은 옷을 입은 채로 누워서 창밖이 점점 밝아오는 것을 바라보았다. 잠을 자야 한다는 걸 알았지만, 최소한 그의 심장은 휴식을 필요로 했지만, 전혀 잠이 오지 않았다. 미국 동부 표준 시간에 있는 '히로후미 오토가와'는 그의 협박에 못 이겨 퍼즐의 일부 조각을 드러냈다. 하지만 그 답변은 더 많은 질문으로 이어졌다. 그의 마음은 모래판 놀이를 할 때처럼 복잡한 미로를 만들고, 흔적도 없이 싹 엎어버렸다가 또다시 새로운 대체물을 세웠다.

스콧은 자기 신경 시스템이 피드백 루프●에 빠졌다고 느꼈다. 그는 바깥으로 나가 걷기로 했다.

호텔 앞 명품 진열장을 지나가는데, 무언가가 그의 눈을 사로잡았다. 바로 2015년에 출시된 한정판 Diesel×Ducati Monster 1100EVO 오토바이였다.

같은 모델의 다른 오토바이와 다르게 이 디젤-두카티 협업 모델은 기존의 유광 금속 재질의 외관이 아니라 엔진 커버부터 배기관, 바퀴, 차축까지를 모두 무광 그린과 카본 블랙으로 코팅하여 거대한 딱정벌레를 연상시켰다.

스콧은 뇌 일부가 환해지는 걸 느꼈다. 그는 이 저속구역에서 너무 오래 억눌려 있었다. 거북이처럼 느린 네트워크 속도와 지지부진한 프로젝트 때문에 숨 막히고 답답했다. 그 순간 스콧은 지금 자신에게 필요한 것을 깨달았다. 속도. 연약한 육체를 칼날 끝에 내던지는 한이 있더라도 무모하게 질주하는 감각. 숨이 막힐 듯 강렬한 욕망이 스콧의 온몸을 휩쓸었다. 그의 육체로 이 차가운 금속 괴물에 바짝 올라타, 함께 진동하고 으르렁대며 끝없이 질주하고 싶었다.

10분 후, 전지전능한 린이위 주임의 이름을 대고 그는 열쇠, 고글, 헬멧, 무료 주유 카드를 얻어냈다.

렌탈 담당 청년은 전전긍긍하며 여러 가지 주의 사항을 재차 강조했다. 스콧은 손으로 그를 밀어냈다. *내가 오토바이로 미국을 횡단할 때 넌 아빠 고환 속 정자에 불과했다고.*

● feedback loop, 되먹임 고리. 물리학적 혹은 생물학적 시스템에서 산출된 결과가 자동적으로 시스템에 재투입되도록 설정된 순환 회로.

공랭식 L형 2기통 엔진이 우르릉 소리를 내며 100마력을 안정적으로 뿜어냈다. 최대 1078cc의 배기량이 나란히 쌓인 두 개의 카본 블랙 배기관을 통해 성난 황소의 콧김처럼 솟구쳤다. 스콧은 몸을 숙여 오토바이에 올라탔다. 정밀한 인체공학적 디자인이 선사하는 편안함을 느끼며 고글과 헬멧을 조정했고 스로틀을 가볍게 비틀었다. 그러곤 거대한 딱정벌레의 등에 타서 한적한 거리를 향해 날았다.

날이 일러 e-폐기물을 실은 트럭들이 도착하기 전이었고 실리콘섬 사람들은 아직 잠든 시간이었다. 가끔 술에 취한 남자가 길가에 누워 있었는데 그 곁의 분홍색 토사물에서는 여전히 따뜻한 김이 피어올랐다. 자동 청소차는 레트로 8비트 전자음악을 틀고 천천히 도로를 쓸고 지나갔고, 바다로 향하는 어선들은 먼 옛날 괴수들이 안개 속에서 호각을 불 듯 기적을 울렸다. 조금씩 조금씩 빛이 어둠을 몰아내자 마침내 해가 떠올랐다.

스콧은 돌풍처럼 이 모든 것을 스쳐 지나갔다. 풍경은 그의 시야에서 늘어지고 왜곡되어 마치 후기인상파 화가들의 거친 붓 터치처럼 흐려졌다. 그는 절규를 참을 수 없었고 모든 소리는 흐르는 공기와 함께 뒤로 밀려나며 빠르게 사라졌다. 그는 변속하면서 낮은 기어에서 더 강한 회전력을 감지했다. 그의 두 다리 사이의 기계가 자기 몸과 하나가 된 것처럼 어떤 도로 상황에서도 민감하고 적절하게 그의 의도대로 움직일 수 있었다.

인간과 기계의 융합. 이 생각이 스콧의 머릿속에 걷잡을 수 없이 떠올랐다. 몇 시간 전에 들은 충격적인 이야기처럼 말이다.

일련번호 SBT-VBPII32503439인 의문의 의체는 마루뼈와 뒤통수뼈의 일부가 포함된 관상봉합과 시옷봉합 사이의 두개골 뒤편을 대체하기 위한 것이었다. 그러나 인간을 위해 설계되지는 않았다. 가운데 볼록하게 튀어나온 부분은 고릴라, 침팬지, 오랑우탄의 시상능을 재현한 것이었다.[●]

이야기는 또다시 웨이스트 타이드 프로젝트로 돌아가야 한다. 2차대전 중 미군이 어뢰의 항로를 유도해서 명중률을 높인 주파수 도약 암호화 통신모델의 특허는 훗날 퀄컴의 기반 기술이 되었다. 이와 마찬가지로 웨이스트 타이드 프로젝트가 종료된 후, 군은 SBT와 테라그린 리사이클링의 핵심 기술을 포함한 다양한 분야의 300개 이상의 특허를 신설 민간기업으로 이전했다.

그러나 웨이스트 타이드 프로젝트는 결코 중단된 적이 없다. 보다 분산되고 은밀한 방식으로 다양한 인류 기술 영역에 침투하여 세계의 발전 궤도를 바꾸어 놓았다. 여러 차례 자금 조달, 분할, 합병을 거치며 아라시오재단 산하 여러 기업의 군사적 배경은 은폐되었지만 그들의 다양한 극비 연구 프로젝트는 은밀하게 계속 진행되었다.

이 중에는 스즈키 박사가 말년에 추진했던 프로젝트도 있었다. 유전자 변형 바이러스를 사용하여 QNB로 손상된 무스카린

● 뇌를 보호하는 뇌머리뼈(두개골)는 6개로 구성된다. 이 중 이마뼈(전두골)와 마루뼈(두정골) 사이의 공간이 관상봉합, 마루뼈와 뒤통수뼈(후두골)사이의 공간이 시옷봉합이다. 시상능矢狀稜, sagittal crest은 고릴라 같은 유인원의 마루뼈 꼭대기에서 시상 방향으로 도드라진 뼈의 능선이다.

수용체를 복구하는 실험적 치료법이었지만, 연구 목표는 완전히 달라졌다. '스즈키 변종'으로 알려진 이 바이러스는 다른 신경 구조를 표적으로 삼도록 변형되어 놀라운 상업적 가치를 지닌 새로운 변종들로 진화했다.

그중 하나는 뇌 노화에 대항하는 최종 무기일 수도 있었다.

인간의 뇌에는 뉴런이 약 천억 개 있다. 뉴런마다 시냅스를 통해 또다시 최대 천 개에 달하는 다른 뉴런에 연결된다. 신경전달물질을 통해 뉴런은 서로 소통하며, 정보 공유, 행동 조정, 기억 형성 등의 기능을 수행한다. 시냅스의 손상과 노화는 신경장애, 기억 상실, 자폐, 알츠하이머 등과 같은 퇴행성 신경질환을 유발할 수 있다. 이러한 손상은 시간의 화살처럼 대부분 되돌릴 수 없다.

그러나 신종 바이러스 중 하나는 시냅스 연결을 강화하는 히스톤 탈아세틸화효소HDAC 억제제와 협력하여 노화된 축삭돌기에서 새로운 연결을 형성할 수 있었다. 이는 영생을 향한 인류의 길에서 중요한 단계였으나, 인류가 연약하고 노화하기 쉬운 포유류의 껍질을 포기해야 한다는 전제가 있었다.**

백미러에 정체불명의 은회색 볼보가 나타났다. 볼보는 헤드

●● 히스톤은 세포핵 속에 들어 있는 핵단백질의 하나로, DNA 전사가 일어날 때 구조적으로 중요한 역할을 한다. 히스톤의 꼬리에 아세틸기가 결합하는 아세틸화 반응은 DNA 전사보다 앞서 일어난다. 반대로 히스톤 꼬리가 탈아세틸화되면 전사가 억제된다. 노화된 세포는 전사가 잘 일어나지 않는 탈아세틸화 상태인데, 여기에 억제제가 작용하면 전사가 재개될 것이다. 그래서 '영생' 프로젝트라고 말하는 것이다.

라이트를 깜빡이며 스콧에게 잠시 멈추라는 신호를 보냈다. 그는 눈썹을 찡그렸다. 이 한도 끝도 없는 고양이와 쥐 놀음에 싫증이 났다. 그는 두카티를 한껏 가속했고, 오토바이는 속도를 높여 앞으로 튀어 나갔다가 다시 민첩하게 옆길로 빠졌다.

분노 때문인지 아니면 속도 때문인지는 몰라도 스콧의 심장이 또다시 불규칙하게 뛰었다. 그는 가속을 멈추고 오토바이의 속도를 줄이면서 자동심장박동기가 제 역할을 하기를 기다렸다.

또 다른 신종 바이러스는 배터리 산업에 혁신을 일으켰다.

과학자들은 동물 세포가 금속 원자를 응집할 수 있도록 하는 유전자 코돈을 발견했고 미량의 단일 가닥 DNA를 바이러스에 도입하여 바이러스 표면에 특정 분자를 형성하는 금속 원자와 입자를 선택적으로 부착할 수 있었다. 이렇게 접착으로 형성된 복합체는 효과적인 배터리 양극이자, 이상적인 전도체가 되었다.

바이러스 배터리 기술은 모든 면에서 혁신적이었다. 설계자는 바이러스에 주입된 DNA를 정밀하게 조정하여 다양한 금속 전극을 만들 수 있고, 해당 성분을 실온에서 혼합하여 배터리를 만들 수 있어, 고온에서 제조해야 했던 전통적인 배터리의 위험을 피할 수 있었다. 무엇보다 이렇게 만든 전극은 나노미터 수준에서 10센티미터 크기까지 유연하게 만들 수 있었다. 이것은 배터리가 더 이상 육중하고 번거롭지 않으며 우리가 상상하는 어떤 물체에도 내장할 수 있게 된 것을 의미했다.

스콧의 가슴에 내장된 손톱만 한 바이러스 배터리처럼 말이다. 그것은 중요한 순간에 그의 생명을 여러 번 구했다.

오토바이가 굉음을 울리며 해변도로를 달렸다. 짭짤한 바닷바람이 스콧의 얼굴을 때렸고, 그는 간만의 신선한 공기를 탐욕스레 들이마셨다. 바다 너머로 파도가 일렬로 늘어서 황금빛으로 빛났다. 거대하고 불규칙한 구름이 꼬리를 길게 끄는 모습이 마치 수천 마리의 청동 말이 바다에서 뛰어올라 물보라를 일으키며 암초 섬을 밟고 중천으로 질주하는 것 같았다.

세상은 또다시 새날을 시작했다.

천카이종은 거울에 비친 자신을 바라보며 왼쪽 눈을 감았다 떴고, 그리고 다시 오른쪽 눈을 감았다. 느낌이 뭔가 이상했다.

수술은 성공적이었다. 손상된 오른쪽 눈을 완전히 제거하고 SBT에서 출시한 최신형 Cyclops VII 전자 모델로 교체했다. 홍채의 색은 세심하게 보정되어 양쪽 눈의 차이를 거의 알아볼 수 없었다. 오히려 너무 완벽하게 만들어진 탓에 세월이 왼쪽 눈에 남긴 얼룩과 혈관이 없어 훨씬 초롱초롱해 보였다.

결국 사이보그가 되었구나. 부모님에게 이 사실을 설명한다고 상상하니 울컥한 감정이 올라왔다. 어쩌면 말하지 않는 게 나을 것이다. 그는 종종 신앙고백을 읊조리던 어머니를 생각했다. 특히 뉴스를 시청하다가 일인칭 시점의 화면이 그녀를 어지럽게 했을 때면 말이다.

사람은 자기 눈으로만 세상을 봐야 한다. 자아를 초월한 관

점으로 *세상을 보려는 시도는 신에 대한 도전이다.*

인공 망막은 훌륭하게 작동했다. 그가 잠들어 있는 동안 의사는 기능적자기공명영상으로 전자 의안義眼 사용 매뉴얼을 그의 시각피질에 '설치'했다. 그후 뇌전도에 나타난 '수면 방추 sleep spindles'에 따르면 정보가 해마에서 피질로 옮겨져 영구 저장되었다. 마치 USB의 데이터가 하드디스크로 저장된 것처럼 말이다. 오른쪽 눈으로 보는 법은 자전거 타기나, 수영, 영어 말하기나 다름없이 천카이종의 영구적인 기술이 되었다.

For all tomorrow's parties. 全为明日派对. (내일의 모든 참여자를 위하여.)

천카이종이 오른쪽 눈을 의식할 때마다 영어와 중국어로 된 광고 문구가 머릿속에 떠올랐다. 어쩌면 사용 매뉴얼에 설치된 알람일 것이다. 제조사는 자신감의 상징처럼 당당하게 고객들에게 말하고 있었다. *걱정 마세요! SBT는 안구, 심장, 근육 혹은 기타 의체 구입 시 3년 보증을 제공합니다.*

그러나 그가 속했던 세상에서는 의체의 교체 주기가 훨씬 짧았다. 실제로 언론은 '신체 급속 소비재'라는 다소 심각한 단어로 이를 설명했다. SBT의 기술은 의체를 모바일 앱, 운동화, 패션, 온라인 게임 같은 비즈니스로 전환했다. 누구나 슈퍼마켓에서처럼 자신에게 적합하고, 저렴하며, 사후 서비스가 분명한 제품을 찾을 수 있었다. 게다가 암시장에는 의체에 불법적인 즐거움을 더할 수 있는 수많은 탈옥* 도구가 유행했다.

사람들이 모임에서 만나면 더 이상 최신형 전자제품, 장신구, 헤어스타일이 아닌 균형감각을 향상시키는 인공 달팽이관, 신축성이 뛰어난 인공 근육, 의식으로 제어하는 의족, 감각기관을 강화하는 업데이트된 소프트웨어를 자랑했다.

SBT는 유기체와 디지털 세계를 연결하는 혁신적인 물질을 개발했다. 오징어의 아가미에서 추출한 변형 키토산 복합체는 유기체의 뇌 신호를 전달하는 이온 흐름을 기계가 해독할 수 있는 전류로 변환하여 생물학적 신경과 기계 사이에 피드백 회로를 원활히 구축할 수 있었다. 이때부터 인체의 경계는 상상을 초월하여 확장되었다.

천카이종은 예전에 룸메이트 테드가 주말 파티에서 남들과 팔다리를 바꾸어 상대의 감각을 통해 광란의 감각을 체험하는 모습을 본 적이 있었다. 그는 타임스퀘어 광장에 처음 발을 디딘 텍사스 시골 청년처럼 눈을 어디에 둘지 몰랐고 당황했다. 그에게 술은 술이고, 마약은 마약이고, 원나잇스탠드는 원나잇스탠드일 뿐, 개인의 민감도 한계치와 감각 수용체 사이에 큰 차이가 있을 줄은 몰랐기 때문이다.

똑바로 서 있지도 못하는 테드는 새 여자친구를 붙잡은 채로 설명했다. 새빨갛게 달군 납덩이를 이마에 댄 다음 머리의 모든 구멍에 크림색의 차가운 젤라틴 촉수를 꽂아서 앞뒤로 왔다갔

●　전자기기의 제한된 권한을 임의로 해제하는 행위.

다 튕기는 느낌이라고 말이다. 응, 차이가 그렇게 커.

천카이종은 전혀 이해할 수 없다고 답했다.

그는 아웃사이더가 되었다. 유행과는 멀리 떨어져 먼지 쌓인 도서관의 서가 사이에 숨었다. 수백수천 년 전에 죽은 철학자 혹은 현자 들과 시간을 뛰어넘어 대화를 나눴고, 지도교수 외에는 아무도 관심을 두지 않는 난해한 논문을 완성했다. 그것만이 그가 안전하다고 느끼고, 광란의 세계로부터 자신을 보호하는 유일한 방법이었다. 혹시 자신도 상업적 박자에 맞춰 춤을 추며 감각의 축제에 동참하다가 육체의 깊은 곳에서 길을 잃을까 두려웠다.

어느 날 밤, 테드가 방문을 두드렸다. 기괴한 표정을 지으며 그가 물었다. 친구, 나 좀 도와줘.

카이종은 책을 덮고, 룸메이트가 쉰 목소리로 들려주는 자초지종을 들었다.

테드의 여자친구인 레베카는 에콰도르를 여행하던 도중 불의의 화재로 친구들과 함께 사망했다. 화재 당시의 고온으로 인해 시신은 내화성 의체를 제외하고는 거의 남지 않았다. 테드와 레베카는 여름 파티에서 만났고, 서로를 기쁘게 하기 위해 의체를 자주 교체하면서 항상 신선한 느낌을 유지했다. 문제는 바로 여기에 있었다.

심각한 화재로 DNA 감식은 무용지물이었고, 의체는 너무 손상되어 데이터를 복구할 수 없었다. 검시관들은 복잡한 고분자 복합체 더미를 어찌하지 못하고 전부 한 상자에 넣어 미국에 돌려보냈다. 슬픔에 빠진 레베카의 부모님은 다른 미국 부모들과 마찬가지로 딸의 삶에 관해서 일주일에 한 번인 통화 수준으로만 알고 있었고, 그녀의 몸에 무엇을 했는지는 알 방법이 없었다. 그들은 딸의 시신을 묻기 전에 테드가 시신 식별에 도움을 주길 바랐다. 하나님이 그녀의 잃어버린 영혼을 거두어 주시기를.

안타깝게도 테드는 안구 네 쌍, 반쯤 녹은 실리콘 가슴 다섯 개, 오른손 한 개, 왼쪽 다리 두 개를 보며 머릿속이 새하얘졌다. 레베카가 의체를 너무 빈번하게 교체했기 때문에 다양한 버전 간의 미세한 차이점을 기억할 수 없었다.

그러나 테드는 마침내 카이종이 레베카와 마지막으로 만났을 때의 대화를 기억해냈다.

네 오른쪽 눈은 참 특별해. 카이종이 말했다. *중국에는 명모선래明眸善睞라는 말이 있거든.*

그게 무슨 뜻인데? 레베카가 활짝 웃으며 물었다.

네 눈이 말할 줄 아는 것처럼 반짝인다는 뜻이야. 카이종은 얼굴을 붉혔다.

어쭈? 이 녀석. 테드가 주먹으로 장난스레 카이종의 팔을 때렸다. *말발이 이렇게 좋은진 몰랐는데.* 그는 고개를 돌려 여자 친구를 사랑스럽게 바라보았다. *근데 이 눈이 왜 나한텐 이렇게 조용하지?*

새거잖아. 곧 익숙해질 거야. 레베카는 고개를 들어 그에게 입을 맞췄다.

지금 테드는 퀭한 눈으로 카이종을 바라보고 있었다. 그는 꾀죄죄하고 후줄근한 모습으로 카이종의 팔에 매달려 애원했다. *부탁이야, 말할 줄 아는 그 눈을 찾을 수 있게 도와줘.*

하지만… 카이종은 난처한 표정으로 설명했다. *그건 레베카가 살아 있을 때였고….*

넌 중국인이잖아! 중국인은 어차피 신을 안 믿는다며! 레베카가 살았든 죽었든 뭐가 달라? 테드가 소리쳤다.

그리하여 카이종은 처음으로 영안실에 입회했다. 스테인리스 서랍을 열자 기괴한 모양의 인공 장기와 팔다리가 든 비닐봉지들이 나왔다. 직원은 비닐봉지 하나를 꺼냈다. 내용물은 마트에서 파는 신선한 유전자 조작 레몬처럼 부자연스러운 흰색이었다. 그것은 사망자의 의안 여덟 개였다.

천카이종은 메스꺼움을 억누르고 하나씩 살펴보았다. 각각의 눈알을 감싸고 있는 투명한 고분자 막이 반쯤 불에 탄 채 그 안의 섬세한 구조를 감싸고 있어서 한 입 베어 먹은 아이스크림 같았다. 그것들 모두 한때는 아름다운 얼굴에 박혀 있었고, 그중 하나는 카이종에게 매혹적인 미소를 보냈었다.

그러나 지금은 전부 보기 흉측하고 생기라곤 없었다.

카이종은 뒤돌아 패배를 인정하려 했으나 테드의 절망적인 눈빛에 멈칫했다. 그는 잠시 망설이다가 무작위로 눈 두 개를 가리킨 후 고개를 끄덕였다.

두 개의 전자 의안은 정교하게 조각된 화장용 유골함에 놓였다. 신부가 성경을 읽는 동안 부모와 친구들은 낮게 흐느끼며 손으로 가슴에 십자가를 그었다. 전자 찬송가가 흐르고 햇빛이 스테인드글라스에 굴절되어 수차례 수술을 거친 레베카의 완벽한 얼굴에 쏟아졌다.

천카이종은 마침내 이 사실을 인정하게 되었다. 유행에 민감한 선진국의 신세대에게 의체는 더 이상 장애인의 보조기구나 마음대로 교체할 수 있는 신체 부품이나 장식이 아니라 삶의 일부라는 것을. 그것은 우리의 희로애락을, 우리의 계급, 사회관계, 기억을 저장했다.

당신의 의체는 바로 당신이다.

뤄진청은 느린 궁수弓手가 필요했다.

쓰레기인간들이 뭔가를 꾸미고 있다는 건 알았지만, 그는 자세한 사항을 알지 못했다. 그들은 뤄진청에게 미미를 살해 미수한 자를 내놓으라고 요구하며, 그때까지 일터에 복귀하지 않겠다고 했다. 뤄진청은 그것이 더 고통스러운 무언가를 감추려는 표면적인 요구에 불과함을 알았다.

인터넷 속도가 정상인 구역에서는 일반인도 쉽게 다양한 툴을 사용하여 순식간에 지나가는 특정 목표물을 추적할 수 있었다. 마치 활과 화살을 들고 숲에서 사냥감을 찾는 사냥꾼처럼 말이다. 그는 활 대신 고정밀 자동소총에 야간 투시경, 적외선 탐지기, 음파 탐지기 등을 설치할 수 있었고 또한 도보 대신 이족보행 외골격 로봇을 착용하여 기동성을 높이거나, 산탄총으로 표적을 유인한 후 위치를 드러내 일격에 사살할 수도 있었다.

그러나 실리콘섬은 저속구역이었다. 즉 모든 것이 느리다는 뜻이다. 임곗값을 초과하는 데이터 스트림은 경보음을 발생시켜 국가 보안기관의 눈길을 끌 것이다. 사냥꾼은 자신이 매미를 쫓는 사마귀라고 생각하겠지만, 더 강력한 사냥꾼인 검은 방울새가 그를 노리고 있었다. 활과 화살만이 가장 안전한 무기였다. 그러나 최악의 상황은 이뿐만이 아니었다. 빛의 속도가 1억 배로 느려진다고 상상하면, 3미터 떨어진 먹잇감의 이미지가 망막에 맺혔다가 시각을 주관하는 신경을 자극할 때쯤이면, 그것은 이미 1초 전의 정보이다. 설령 먹잇감이 똑같이 느린 속도로 움직인다고 해도 위치 추적 시스템의 효율성은 기하급수적으로 감소할 것이다. 이러한 세상에서 사냥은 장님이 바다에서 바늘 찾는 것보다 나을 게 없었다.

느린 궁수의 존재는 저속구역의 다양한 데이터 추적 문제로 인해 등장했다. 현상금 사냥꾼처럼 그들도 위험하고 합법성이 모호하며 공식적으로 처리할 수 없는 일들을 처리했다. 이것이 느린 궁수의 핵심 경쟁력이었다.

그들은 스스로 성공 비결을 '느린 화살로 그물을 던지는' 전략이라고 설명했다. 개념적으로는 수만 개의 화살을 사방으로 동시에 쏘는 것과 비슷하지만, 화살은 보이지 않는 정보 연결고리를 통해 서로 연결되어 있었다. 저속구역의 숲에서는 화살이 나무와 나무 사이의 틈으로 거의 정지한 것처럼 천천히 지나가며 촘촘히 그물망을 짰다. 사냥꾼이 할 일은 먹잇감이 그물에 걸려들기를 기다리는 것뿐이었다. 접촉 한 번이면 근처에 연결된 모든 화살이 그 지점으로 날아와 천천히, 하지만 강력하게 먹잇감의 살을 찢고 나무에 못 박을 것이다.

은유들이 시각적 명확성을 제공했다. 고속 슐리렌 사진이 만들어낸 흔들리는 선처럼 숲을 가로지르는 그림자, 화살이 날아가면서 일으킨 먼지와 낙엽이 햇살 아래 흩날리고 회전하며 반짝이는 모습, 가장 민감한 후각 수용체를 자극하는 부식된 흙냄새와 꽃, 과일, 푸른 잎의 향기, 심지어 먹잇감의 상처에서 뿜어지는 따뜻한 액체의 짭짤한 비린내까지.

물론 디지털 세계에 이런 것들은 존재하지 않았다. 대신 고도로 추상화된 알고리즘과 프로그램이 복잡하고 지저분한 현실 세계를 일련의 수학적 토폴로지 모델로 대체했다. 진짜 거미줄처럼 그물에 걸린 벌레로 인해 거미줄이 변형될 수 있으며, 변형이 진행되는 속도는 저속구역의 데이터 전송 속도보다 빨랐다. 두 지점 사이의 최단 경로는 더 이상 직선이 아니었다. 이 기술은 인간의 직관과 논리를 거스르는 듯하지만 실제로 효과가 입증되었다.

당시 실리콘섬을 망친 업그레이드된 바이러스처럼 말이다.

뤄진칭은 '전창振昌'이라는 이름의 철물점에 들어섰다. 내부가 탄광처럼 어두웠다. 눈이 어두움에 적응하자, 벽에 쭉 걸린 산업화 이전의 도구들이 보여 그는 깜짝 놀랐다. 구시대의 비효율적 도구들은 수백수천 시간의 노동과 기술이 응집된 금속성 빛을 반짝이며 원시적이면서 견고한 아름다움을 뿜냈다. 하나하나가 수작업으로 만들어져 제작자가 영혼을 녹여낸 것처럼 모양이 독특했다. 심지어 흠집마저 말이다. 현대식 대량생산 라인의 완벽한 금형에서 나온 제품과는 품질을 비교할 수 없었다.

뤄진청은 특이한 모양의 단검을 하나 꺼냈다. 칼자루의 목 부분에는 호랑이 얼굴이 새겨져 있었다. 칼날은 광택 없이 거칠고 차가운 빛을 내뿜었다.

"훌륭한 칼이군." 뤄진청이 감탄했다. "다만 너무 빨라서 그렇지."

"너무 빠르다고요?" 직원인 청년은 귀를 의심했다. "혹시 칼날이 무딘 장식용 칼을 찾으십니까?"

"그냥 조금 느린 것이면 좋겠어."

직원은 잠시 고민했다. "얼마나 느린 것 말씀입니까?"

"달을 비추는 두 번째 파도의 바닷물처럼 느린 것 말이야."

"이쪽으로 오시죠." 젊은이는 몸을 틀어 안쪽의 더욱 어두운 통로를 보여 주며 뤄진청에게 들어가라는 표시를 했다.

뤄진청은 처음에는 올라가다 다시 내려가는 느낌을 받았다. 몇 번이나 벽에 머리를 부딪힐까 조마조마했지만, 생각보다 통로는 넓었다. 다만 공기가 습하고 뜨거워서 숨쉬기가 어려웠다. 한동안 걷자 저 멀리 물안개 속으로 빛이 보였다. 그것은 문이었고, 문틈 사이로 에어컨의 강한 냉기가 새어 나왔다.

"호랑이 형님, 사장님이 찾으십니다." 청년은 뤄진청을 문 안으로 안내하고 공손히 물러났다.

그곳은 아마 뤄진청이 지금껏 본 방 중에 가장 더럽고 지저분한 방이었을 것이다. 파리가 윙윙 날아다니는 폐기물 창고보다 나을 것이 없었다. 수많은 전선이 창자처럼 널브러져 있었고 또한 여러 기계에 덩굴처럼 연결되어 설 자리도 없었다. 고출력 에어컨 장치가 하얀 안개를 뿜어내며 바닥부터 천장까지 가득 채운 컴퓨터들을 식혔다. 녹색 불빛이 깜빡였고 모든 기계가 벌집처럼 끊임없이 윙윙 소리를 냈다.

"단단한 호랑이." 느린 궁수는 검은색 후드티를 입고 작은 책상에 웅크리고 있었다. 그 앞에는 여러 대의 고화질 모니터가 작은 화면들로 나뉘어 있었다. 숫자가 스크롤링되는 것도 있었고, 웹페이지가 깜빡이거나 코딩이 진행되는 것도, 신음하며 떨리는 나체의 몸이 등장하는 것도 있었다.

남자는 뜨거운 소고기 완탕면을 흡입하고 있었다. 후루룩 쩝쩝대는 소리가 크게 들렸다. 뤄진청은 뒤에서 참을성 있게 기다렸다.

마침내 단단한 호랑이가 흡족한 듯 고개를 들더니 꺽 하고 트림했다. "뤄 사장님처럼 귀한 손님이 무슨 일로 여기까지?"

뤄진청은 화면 한켠에서 철물점에 설치된 CCTV 카메라의 실시간 화면과 컴퓨터가 그의 얼굴을 인식하여 검색해낸 데이터 자료를 보았다.

"단단한 호랑이는 과연 눈이 날카롭군. 최근 상황을 잘 알 테니 더 이상 시간 낭비하지 않겠소. 몇 명의 데이터 활동을 좀 지켜봐 주었으면 합니다."

"몇 명이요? 정말 겸손하시군요. 뤄 사장님이 관리하는 쓰레기인간만 해도 네 자릿수는 될 텐데요." 단단한 호랑이는 수면 부족인 듯 칙칙한 얼굴로 뒤를 돌아보았다. "파업한 사람만 해도 수백 명일 겁니다."

"세부 사항은⋯."

"가격은 세부 사항에 따라 달라집니다."

"내가 돈을 못 낼까 봐 걱정인가?"

"사장님께 감히 돈을 받아낼 사람이 없을까 봐 걱정입니다."

"좋아, 선불로 반을 내지." 뤼진청은 불쾌한 듯 두 눈을 굴려 액수를 어림잡았다. "나머지는 작업이 끝나면 주겠네."

"선불 70프로입니다. 그리고 뤼 사장님⋯" 단단한 호랑이는 자신 있게 웃었다. 현지 발음으로 그의 별명 응녠허우Ngên Houn 는 '반드시, 분명히'라는 뜻이다. "꼭 동의해 주셔야 하는 일이 있습니다."

"말해 보게."

"지금 계획하시는 쇼핑 거리를 동쪽으로 한 길 건너로 옮기시죠. 저는 이사를 원하지 않고 제 이웃들도 새 구역에서 쓰레기인간들과 살고 싶지 않아 합니다. 사장님 계획이야 꼭 이 길이 아니어도 되지만, 실리콘섬이 저속구역인 한 느린 궁수는 꼭 필요할 겁니다."

뤼진청이 눈썹을 찡그렸다. 손바닥에 찌르는 통증이 느껴졌는데 자기도 모르게 계속 호랑이 문양 단검을 손에 쥐고 있었다. 칼집에서 칼을 뽑자 칼날에 당황한 단단한 호랑이의 얼굴이 비쳤다. 그는 단 한 번의 재빠른 동작으로 단단한 호랑이를 향해 힘껏 칼을 휘둘렀고 칼날이 피부에 닿으려는 순간, 손목을 비틀어 칼을 책상에 거세게 꽂았다. 나무 파편이 사방으로 흩어졌다.

"그렇게 하지." 뤄진청은 방금 자신을 납득시킨 것처럼 여유로운 미소를 지으며 대답했다.

석양의 어두움을 틈타 리원은 '경미한 불법행위'만 저질러 석방된 쓰레기인간 수십 명을 거느리고 마을로 돌아왔다. 연루된 인원이 너무 많아 실리콘섬의 제한된 경찰력으론 도저히 감당할 수 없었고 구속 수감을 하는 것은 불가능했다. 실제로 그렇게 큰 잘못을 저지르지도 않았기 때문에 디지털 파일에 영구 기록만 남기고 구두 경고와 함께 풀려났다. 다만 천카이종을 다치게 한 재수 없는 영혼은 죽을 만큼 맞은 후 구류되어 재판을 기다리고 있었다.

"때릴 사람을 아주 제대로 골랐네요. 하필 그 자리에 한 명 있던 미국인을 때려서 민사 분쟁을 외교 사건으로 격상시켰으니." 컴퓨터로 기록을 입력하던 경찰관이 농담했다.

"납치에 심각한 부상이 생긴 사건을 어떻게 '민사 분쟁'으로 치부합니까?" 리원이 물었다. "게다가 미미는 이제 막 미성년자를 벗어났습니다."

"현재 조사 중입니다." 경찰관의 태도가 갑자기 경직되었다. "철저하게 조사해서 완벽한 보고서를 작성하도록 하겠습니다."

"저는 완벽한 보고서가 아니라 정의를 원합니다!"

"계속 떠들면 감방에서 정의를 기다리도록 해 드리죠."

리원은 꽉 이를 악물고 더 이상 말하지 않았다. 그는 머릿속으로 생각을 정리했다. 자유의 몸이 되자마자 부하들에게 최선을 다해 계획을 진행하라고 명령할 것이다. 뤄씨 저택에서 미미가 쓰러지는 장면이 계속 머릿속을 맴돌며 생각을 방해했다. 마치 차가운 발톱이 척추를 타고 내려가 그의 내장을 움켜쥐고 뒤흔드는 것 같았다. 그는 그 느낌이 죄책감이라는 걸 깨달았다.

마침내 그는 자신의 작업장으로 돌아왔다. 어둡고 더럽고 냄새 나고 엉망이었지만, 마음이 편안했다. 역시 집이 최고다.

"잘 들어. 네 업무는 모든 침독의 결정 논리를 수정하는 거야. 뤄씨 일족이 다가오면 즉시 짖게 만들어." 가슴의 필름에 전쟁을 뜻하는 보라색 '전戰'자가 켜지자 청년은 명령을 수행하러 작업장 밖으로 뛰어나갔다.

"넌 몇 명을 데리고 관조 해변으로 가서 메카를 가져와."

"넌 천씨와 린씨 가문 영토로 가서 상황을 파악하고 그쪽 형제들을 대기시켜."

리원은 마침내 명령을 내린 장군처럼 한숨을 쉬었지만 이내 가장 걱정했던 일이 또다시 그의 신경을 거슬렀다.

"미미는 어딨어? 당장 안내해."

병원의 보안 시스템은 더 이상 신뢰할 수 없었기에 그들은 미미를 쓰레기인간을 전문적으로 진료하는 무면허 의사에게 데려갔다. 비록 환경은 열악했지만 필요한 의료 장비는 전부 갖춰져 있었다. 모두가 진 선생님이라 부르는 남자는 미미의 몸에 진단용 단말기를 부착한 후 모니터의 혼란스러운 숫자와 도형들을 보며 눈살을 찌푸렸다. 미미의 혈당 수치는 정상적인 심폐 기능에 필요한 에너지를 공급하기 어려울 정도로 임계치를 훨씬 밑돌았다.

"환자는 비정상적으로 허기진 상태입니다." 의사가 진단을 내렸다.

물론 그것은 첫 단계에 불과했다. 분석 결과 미미의 에너지는 83퍼센트가 뇌 활동에 소모되고 있었다. 이러한 뇌 대사 수준은 포유류는 물론, 대뇌 구조를 가진 지구 생물 중에 전례가 없었으며 또한 일반적인 음식 섭취로는 이 놀라운 에너지 소모 수준을 충족시킬 수 없었다.

그러나 뒷골목 의사들은 다들 비밀스러운 처방전을 갖고 있었다.

진 선생은 미미의 팔꿈치 안쪽에 자동 주사기를 꽂은 후 은밀한 반지하 창고에서 밀봉된 빨간색 약병 여섯 개를 찾아 왔다.

"이것만 남았습니다. 군부대를 위해 만들어진 고열량 과당 혼합물이에요. 한 번 투여하면 12시간 동안 ATP 공급을 유지할 수 있습니다. 특수부대에서는 이 약에 의지해서 안 먹고 안 자고, 쉬지도 않고 계속 작전을 수행하죠. 하지만 약이 다 떨어지면 스스로 방법을 찾아야 합니다."

그리하여 리원이 미미를 만났을 때 미미는 더 이상 지쳐 있지 않았고 오히려 지나치게 활력이 넘쳤다. 미미는 아무것도 기억하지 못하는 것처럼 입꼬리를 살짝 치켜올리고, 두 눈을 동그랗게 뜬 채 리원을 호기심 가득한 표정으로 바라보았다. 잠시 머릿속을 뒤지던 미미는 늘 부르던 '원 형'이 아니라, 리원이라는 이름을 차분하게 불렀다.

"미미? 정말 너 맞아?" 리원은 충동적으로 물었지만 경솔했다는 것을 깨달았다.

"그럼 누구겠어요?" 미미는 예전처럼 다정한 미소를 지었다.

리원은 머릿속을 떠도는 괴상한 생각을 떨치려 애썼다. *그래, 미미가 아니면 누구겠어?* 그를 괴롭히던 불안감은 강렬한 기쁨으로 대체되었고 안도감이 온몸을 휩쓸었다. 그가 증강현실 안경의 녹화 기능을 켜자 녹색 불이 켜졌다.

"인사해! 이 좋은 소식을 우리 식구들에게도 알려야지."

미미가 그의 시야에 나타났지만, 왠지 모르게 그녀의 이미지는 흐릿하게 반짝이기 시작했다. 마치 보이지 않는 외부의 광원이 무한히 먼 곳에서 비추는 듯이 따스하고 고요하며 눈부셨다. 리원은 미미를 정면으로 마주했지만, 미미가 왠지 예전보다 커 보였다. 심지어 위엄마저 풍기는 바람에 그녀의 눈을 똑바로 볼 수 없었다. 들리는 듯, 아닌 듯한 소리가 맴돌았고 그는 그것이 시각에서 유래한 공감각 때문인지 아니면 정말로 부가적인 음성 정보가 디코딩된 건지 알 수 없었다. 미미의 미소는 마력을 가진 것처럼 그의 마음을 설레게 했고, 왠지 감동하여 울고 싶은 충동마저 느꼈다. 순간 그는 다른 누군가를 본 것 같았다. 신비로운 서양 여자의 얼굴이 미미의 얼굴과 겹쳤고, 어쩐지 예전에 본 적이 있는 것 같았다.

리원은 최대한 이성적으로 상황을 판단하려 했지만, 미미에게서 소용돌이치며 뿜어 나오는 무지갯빛 후광 때문에 그 노력은 헛수고였다. 그의 가슴에는 오직 순수한 숭배와 약간의 두려움만 남아 있었다.

"제가 돌아왔어요."

죽음에서 부활한 여신이 세상에 선포했다. 신의 계시는 핵분열 연쇄반응처럼 쓰레기인간들 사이에서 빠르게 퍼졌다.

14

어떤 이유에선지 스콧은 그 이야기를 머리에서 떨칠 수 없었다.

FDA가 미국 내 임상실험을 엄격하게 금지한 후, 고위험 약물들의 임상실험은 대다수 개발도상국으로 이전되었다. 루마니아 이아시, 인도 뉴델리, 튀니지 메그린Mégrine, 아르헨티나 산티아고델에스테로처럼 부패가 만연하고 관리 감독이 잘 이뤄지지 않는 지역에서는 단돈 몇 푼에도 수백수천 명씩 임상실험에 자원했다. 대부분 자금은 병원, 의사, 임상실험 대상자 모집책에게 흘러들었고 제약회사는 FDA 승인을 위해 필요한 자료를 획득한 후 신약으로 수십억 달러를 벌었다.

피험자는 대부분 미성년자였기 때문에 나이를 속였다. 가난하다는 것은 값비싼 현대 의료 서비스를 받지 못한다는 의미였다. 따라서 그들의 몸은 신약의 유효성분에 민감하게 반응하여 '깨끗한 실험용 생쥐'라고 불렸다. 그들은 꾸깃꾸깃한 지폐 몇 장과 공짜 아침 식사를 대가로 아직 알려지지 않은 부작용과 긴 잠복기, 높은 사망 위험을 감수했다.

이것이 발전의 대가였다. 승자독식.

그러나 아라시오재단이 지배하는 SBT는 이런 방식으로 아웃소싱을 진행하지 않았다. 그들의 프로젝트는 너무 많은 위험 요소와 기밀을 다루는 뇌-기계 인터페이스를 다뤘다. SBT는 다른 피난처를 찾아냈다. 인간과 DNA의 99.4퍼센트를 공유하고 지능 수준이 5~7세 인간 어린이와 비슷한 침팬지였다.

SBT의 엔지니어는 수술을 통해 침팬지의 뇌를 의체로 대체했다. 그리하여 다양한 전기 신호로 뇌를 자극하여 특정 영역의 뉴런 다발이 어떻게 반응하고 변하는지 쉽게 관찰할 수 있었다. 탐침으로 인한 손상을 피할 뿐 아니라 자극의 정밀성과 강도를 보장하는 반침습적 시술이었다.

엔지니어들은 스키너상자와 비슷한 상벌 시스템을 도입했다. 축적된 실험 데이터를 통해 간단한 운동신경 매핑 모델을 구축했으며, 충분한 훈련을 받은 침팬지는 로봇 팔을 조작해 팔에 닿지 않는 음식을 집어 먹을 수 있었다. 실험자들은 또한 침팬지 뇌 속 공포나 보상 영역을 자극하는 신호를 입력하여 동물의 움직임을 지시하고 간단한 작업을 완수할 수 있었다.

연구팀의 천재 하나가 인공 두개골에 바이러스 배터리를 장착했다. 그 결과, 털이 북슬북슬하고 따뜻한 피를 가진, 원격조종 암컷 침팬지가 탄생했다. 엔지니어들은 투표를 거쳐 옛날 로봇 애니메이션에 나왔던 여성 로봇의 이름을 따서 '에바'라는 이름을 붙였다.

에바는 놀라운 학습 능력을 보여 주었다. 아무런 힌트 없이 혼자서 하노이탑 퍼즐*을 풀 수 있었다. 실험팀의 스타가 된 에바는 다른 침팬지들이 받지 못하는 특별 대우를 받았다. 혼자 방을 썼고, 열대과일과 그녀가 제일 좋아하는 한국식 굴비를 무제한 제공받았다. 일부 엔지니어는 그녀에게 발레용 토슈즈를 사 주기도 했다. 이러한 황당한 행위는 후에 관리자로부터 제지당했다.

에바의 지능을 높이기 위해 시냅스 연결을 강화하는 약물을 주입하자는 대담한 제안이 등장했다. 이에 심각하게 반대하는 사람은 없었다. 왜냐하면 이 프로젝트는 이미 너무 많은 자금을 소진했고, 뇌-기계 인터페이스의 초기 시제품이 나오기엔 아직 갈 길이 너무 멀었기 때문이다.

'똑똑해진' 에바는 예상과 다르게 모든 테스트 항목에서 예전보다 크게 낮은 점수를 보였다. 침팬지 에바는 불안하고 두렵고 우울해 보였다. CCTV를 보니 에바는 방에 사람이 없을 때 숨을 내쉬는 동안 입술과 코를 다양하게 조절하며 연조직이 진동하도록 노력했다. 연구진들은 그녀가 폐에서 배출되는 공기의 양을 조절함으로써 사람처럼 발성하는 법을 배우려 한다고 결론지었다. 그녀는 사람처럼 말하고 싶어 했다.

그러나 에바는 결국 실패했다. 백만 년의 진화가 하룻밤 사이에 이뤄질 수는 없었다.

● 크기가 다른 원반이 여러 개 꽂혀 있는 기둥을 가운데 두고 좌우로 빈 기둥이 하나씩 있다. 원반을 1개씩 옮기되 땅에 원반을 놓아서는 안 되며 작은 원반 위에 큰 원반을 쌓지 않는다는 규칙에 따라 모든 원반을 새로운 기둥으로 옮겨야 한다. 1950년대에 등장한 인공지능 프로그램의 문제해결 능력을 훈련시킬 목적으로도 활용된 퍼즐이다.

연구진은 그녀를 위해 특별한 터치형 키보드를 개발했고 전기자극과 패턴 인식을 통해 '바나나' '사람' '기쁘다' '먹다'처럼 간단한 개념을 가르쳤다. 그러나 그들은 '에바'를 '다른 침팬지'들과 구별하는 법을 가르치는 데 어려움을 겪었다. 에바는 자신을 다른 침팬지들과 구별하지 못하는 것 같았다. 언어학자들은 그녀에게 자아라는 개념을 이해시키려 노력했지만, 그녀는 분노, 울음, 눈가림 등의 공포 반응을 보였다.

어느 날 마침내 에바는 긴 문장으로 자신의 소망을 표현했다. 그녀의 짙은 색 눈은 마노瑪瑙의 무늬처럼 겹겹이 애절했고 부드러운 입술은 반복적으로 오물거렸으며 손은 배를 어루만졌다. 에바는 외로웠다. 그녀는 더 이상 예전의 에바가 아니었으며, 다른 침팬지들에게 돌아가기를 원했다.

연구팀은 성대한 귀가 파티를 열었다. 에바에게 맞춤형 드레스를 입히고, 케이크를 선물하고, 촛불을 끄도록 했고, 그녀를 진짜 사람처럼 대했다. 그런 다음 그들은 에바가 옷을 벗도록 도운 후 그녀를 다른 침팬지들이 사는 큰 우리에 들여보냈다.

인간들은 다른 침팬지들이 순간 내뿜은 눈빛을 이해하지 못했다. 그들은 가족 드라마에서처럼 훈훈한 장면을 기대하며 우리 밖에서 기다렸다. 인류의 병신 같은 쇼비니즘.

거의 동시에 우리 한구석에 웅크리고 있던 모든 침팬지가 미친 듯이 에바에게 달려들더니 괴성을 지르며 날카로운 이빨로 에바를 물어뜯었다. 그들의 눈에서 증오와 분노가 쏟아져 나왔다. 눈앞 침팬지의 몸에 낯선 영혼이 숨어 능숙한 사기꾼처럼 그들을 속이고 있었다. 이제 그들이 그녀에 대한 진실을 밝힐 참이었다.

당황한 연구진들은 그제야 충격에서 벗어나 테이저건과 신경안정제를 찾아내서 통제 불능의 침팬지들을 쫓아내려고 안간힘을 썼다. 그러나 남은 것은 에바의 처참한 사체뿐이었다. 피가 흐르는 슬픈 두 눈으로 생기 없이 천장을 응시했고 매우 혼란스러운 표정이었다. 그녀의 인공 두개골은 열린 채로 반쯤 뜯어먹힌 분홍색 뇌를 드러내고 있었다.

우유색 뇌수를 담은 용기처럼 인공 장기가 시체 옆에 놓여 있는 모습은 또 한 번 문명의 실패를 증언하는 것 같았다.

그것은 증거로 밀봉되어 냉동 보관되었다. 일련번호는 SBT-VBPII32503439였다.

천카이종은 두 눈이 세상을 어떻게 다르게 보는지 비교해 보고 싶어 견딜 수 없었다.

그는 손으로 눈을 하나씩 번갈아 가리며 시선을 천천히 방 전체로 옮겼다. 순백의 침대 시트가 부드럽게 빛났고, 베이지색 커튼 옆 같은 색의 벽이 세밀한 그라데이션으로 색채와 질감을 드러냈다. 탁자와 의자 세트의 원근감도 정확했으며, 탁자 위 작은 물건들에는 그림자가 흐릿하게 드리워져 정상 시야와 다를 바 없이 공간감을 표현했다. 굳이 불만 사항을 찾는다면 오른쪽 눈을 아주 빨리 움직였을 때 원래 흐릿해져야 할 물체가 아주 선명하다는 점이었다.

사용 설명서에는 인공 안구의 움직이는 이미지 처리 알고리즘이 아직 개선 중이니, 사용자들은 다음 패치를 기대해 달라고 쓰여 있었다.

세상의 빛은 고도로 통합된 복잡한 광학 시스템에 의해 초점이 맞춰진 후 면적 16제곱밀리미터, 두께 100마이크론에 불과한 유연한 폴리이미드 기반 인공 망막에 도달했다. 그후 특수 제작된 칩이 그 빛을 수백만 나노미터 크기의 미세 전극에서 방출되는 펄스 부호로 변환했다. 그 신호가 망막 신경절, 시신경, 외측슬상핵을 거쳐 최종적으로 일차 시각 피질에 도착하면 시각이 생성되었다.

이 의안을 통해 정상 시력의 99.95퍼센트를 회복할 수 있었다. 이는 실제로 수십억 년의 진화를 거친 가장 정밀하고 신비한 창조물인 눈을 대체했으며, 어떤 면에서는 실제 눈보다 나을 수도 있었다.

망막은 모세혈관으로 한 겹 싸여 있다. 빛이 혈관과 신경을 통과하여 빛에 민감한 막대세포와 원뿔세포에 도달해야만 한다. 모세혈관의 그림자는 빛의 품질을 저하하고 시신경유두는 맹점을 유발한다. 우리의 눈은 시야를 탐색하기 위해서 미세 운동을 계속해야 한다. 그래야 뇌가 잘못된 이미지를 수정하고 그림자를 제거하여 완벽한 이미지를 형성할 수 있다.

이러한 구조적 결함은 뇌의 부담을 가중할 뿐 아니라 우리의 눈을 비정상적으로 약하게 만든다. 출혈이나 멍으로 생긴 그림자도 시각에 영향을 미친다. 더 심각한 문제는 광수용체 층이 망막세포 상피에만 느슨하게 붙어 있어 가벼운 외상에도 박리가 발생하여 영구적인 실명을 유발할 수 있다는 점이다. 그에 반해 의안은 이러한 결함을 기술적으로 완전히 극복했다.

만약 의안을 한쪽 눈만 사용하실 경우, 두 눈 사이의 균형을 맞추기 위해 알고리즘을 사용하여 원래 눈의 결함을 시뮬레이션해드리겠습니다. 사용 설명서에 이렇게 적혀 있었다.

카이종은 문을 열고 발코니로 나갔다. 햇빛이 너무 밝아서 왼쪽 눈을 가늘게 떴다. 오른쪽 눈의 조리개는 빠르게 수축하여 시야에 비치는 광경을 한층 부드럽게 만들었다. 단순히 한쪽 눈만 바뀐 것이 아니라, 온 세상이 바뀌었다.

적응할 시간이 좀 필요해. 천카이종은 점점 불안해졌다.

그는 발코니에서 나무들과 구불구불한 오솔길, 정자, 인공호수, 암석이 있는 아름다운 정원을 볼 수 있었다. 많은 환자가 보호자와 함께 걸으며 기력을 회복하고 있었다.

환자복을 입은 소년 하나가 꽃밭을 질주했고 그 뒤를 좀 더 나이 많은 아이들이 게임을 하듯 쫓고 있었다. 카이종은 그들의 발에서 빠르게 움직이는 물체에 집중하려 애썼다. 이론적으로 의안의 초점 범위는 인간의 눈보다 10배 이상 넓지만, 공장 출하 시에는 일반 시력이 기본 설정이었다. 전 세계 고객들이 의안의 기능을 향상하기 위해 증강현실 플러그인을 의안에 설치하는 데 열중했지만, 저속구역에서는 데이터 버퍼링으로 인해 시야에 장애가 발생할 수 있었다. 이는 카이종의 Cyclops VII에 사전 설치뙨 네트워크 모듈이 사실상 무용지물이라는 의미였다.

아이들의 발밑에 있는 물체는 공이었는데 일반적인 공은 아니었다. 공은 저절로 움직이는 듯이 보였고 형형색색으로 깜빡이며 불규칙하게 움직였다. 아이들은 공의 색깔이 바뀔 때마다 각각 다른 발놀림으로 공을 차서 경로를 바꾸었고 환호성 혹은 좌절의 비명을 질렀다. 천카이종에게는 전혀 익숙하지 않은 게임이었다.

몸집이 작은 그 소년은 의심의 여지 없이 최고의 선수였다. 발놀림이 초원을 뛰노는 가젤처럼 빠르고 민첩했고, 무심하게 발을 내민 듯해도 항상 남들보다 먼저 공 색깔이 변하는 정확한 지점에 닿았다. 발이 아니라 손으로 공을 다루는 것 같았다.

게임이 끝나자 나머지 아이들이 소년을 축하하며 위로 들어 올렸다. 소년의 바짓단이 위로 당겨 올라가면서 운동화 안에 어울리지 않게 꽂혀 있는 두 개의 은회색 구조물이 드러났다. 피부도, 근육도 없는 의족이 햇빛 아래 차갑게 반짝였다. 아이들은 부러움이 가득한 눈길로 그의 의족을 쓰다듬었다. 크리스마스 선물을 탐내듯 자신도 언젠가는 이런 의족을 갖기를 꿈꿨다. 살과 피로 이루어진 진짜 팔다리와 맞바꿔야 하더라도.

카이종은 이상하게도 수술 이후 꿈에서 미미와 무당이 등장하는 장면을 반복적으로 보았다. 과학, 논리, 유물론 등 그가 믿던 모든 것이 그 쇼에서 산산조각이 났다. 그는 더 이상 무엇이 공연용 속임수이고, 무엇이 진짜인지 확신할 수 없었다. 불확실함이 커지면서 실리콘섬 사람들에 대한 공감도 점점 커졌다. 그들은 이곳에서 태어나고 자랐으며 이곳의 바다, 공기, 토양은 그들이 믿는 모든 것을 형성했다. 그들은 단지 그들의 신앙에 따라 살 뿐 이 세상 다른 사람들과 다르지 않았다.

천카이종은 자신의 오른쪽 눈을 앗아간 쓰레기인간을 증오하지 않았다. 오히려 자신의 오랜 편견이 부끄러웠다. 쓰레기인간들의 도덕적 원칙이나 신앙은 보스턴대학교의 엘리트 지성인보다 천박하거나 문명에서 훨씬 더 멀지도 않았다. 그들의 선택은 인류가 진화해 온 수십만 년간 변하지 않는 삶의 본질에 더 가까웠다.

카이종은 먼바다로 시선을 돌렸다. 바다는 끊임없이 구겨지는 종이처럼 가늘고 긴 파도를 찢어냈고 석영 파편 같은 빛을 반짝이며 한 페이지 한 페이지를 넘기다가 모래사장의 가장자리에서 사라졌다. 하늘에서 구름이 소용돌이치며 햇빛을 천천히 삼켜 나갔다. 세상은 더 이상 어버이 세대가 지켜 오던 세상이 아니었고, 신은 그들이 믿던 신이 아니었다. 이제 사람들은 정직, 친절, 미덕보다도 힘을 훨씬 더 숭배했다. 그는 이제 무엇이 진리에 더 가까운지 알 수 없었다.

그는 자신이 미미와 조금 더 가까워졌다는 사실만 알았다.

스콧은 애써 생각을 정리하고 현실로 돌아왔다. 두카티는 환한 햇살을 뚫고 우르릉대며 전진했다. 그는 슬픔을 느꼈다. 머물 집도 세상도 찾지 못한 침팬지 에바에게, 그리고 자신에게.

그는 한밤중에 한참 망설이다가 국제전화를 걸어 전처인 수전과 무의미한 인사를 나누고 딸과 통화하는 것이 습관이었다. 트레이시는 학교에서 인기가 많았고 파티, 데이트, 록 뮤지컬 〈오렌지 블러드〉 리허설로 매우 바빴다. 그녀는 "아빠, 사랑해요"라는 말만 짧게 남기고 스콧이 미처 대답하기도 전에 전화를 끊어버렸다. 스콧은 고요한 어둠 속에 홀로 남았다. 집은 지리적으로나 시간적으로나 이미 멀고 추상적인 개념이 되어버렸다.

그들을 탓하진 않아. 진심으로.

스콧은 그 옛날 사진을 고집스레 지갑에 넣던 순간부터, 어쩌면 죽는 날까지 그 그림자가 자신을 따라다니리란 걸 알았다. 하지만 그것은 상상보다 훨씬 심각해서 그의 마음속 사랑, 희망, 용기를 전부 집어삼켰고 아내와 딸 그리고 주변 모두에게 암처럼 퍼져 나갔다.

트레이시가 말했다. *나를 영원히 세 살 아이처럼 생각하지 않았으면 좋겠어요.*

수전은 말했다. *당신은 더 이상 내가 알던 그 사람이 아니에요. 우리가 아무리 인내하고 보살펴도 당신 마음은 여전히 칠흑처럼 어두워요. 꼭 끝없는 구덩이 같아요. 미안하지만 나는 평생 이렇게 살 수 없어요.*

낸시가 아직 살아 있다면 지금쯤 미미와 비슷한 나이일 것이다. 스콧은 중환자실에서 그 쓰레기 소녀를 만난 뒤부터 머릿속에 자꾸만 자기 딸이 떠올랐다.

그는 미미가 그 의체와 마지막으로 접촉한 사람이라는 것을 알고 있었다. 스콧은 린 주임의 이야기를 통해 바이러스가 이미 미미에게 영향을 미치고 있으며, 이미 상상을 초월하는 수준임을 확신했다. 스즈키 변종은 강력한 생존 본능을 가진 것처럼 인간의 욕구에 계속해서 적응했고, 자신의 특성을 변화시키면서 혈통을 이을 기회를 얻었다. 신속한 변이에 기반한 생존전략이었다.

미미의 미래는 아무도 모른다. 그녀는 이미 에바처럼 집으로 돌아갈 수 없었다.

스콧은 이 어린 여성의 몸에 실리콘섬의 순환경제 프로젝트보다 수천 배 더 값진 비밀이 숨겨져 있음을 직감했다. 그의 눈앞에 목표를 향해 가는 길이 증강현실 지도처럼 훤히 보였다. 그는 천카이종의 미성숙한 사랑을 이용해서 선의의 거짓말을 꾸며낸 후 실리콘섬을 떠나 미미의 잠재 가치를 충분히 발휘할 수 있는 국제 시장으로 데려갈 것이다. 필요하다면 콴둥 측이 제공한 성게 포장 박스를 열어 마지막 카드를 보여 줄 수도 있을 것이다.

네가 정말 원하는 게 그거야? 스콧은 자신에게 물었다.

아니, 난 그녀를 구하고 싶어. 그녀를 해치지 않을 거야. 절대로.

병원 검사 결과에 따르면 미미의 뇌는 언제 터질지 모르는 지뢰밭 같아서 언제든 생명이 위험할 수 있다고 했다. 스콧은 그 점을 반복해서 되새겼다. 실리콘섬은 물론 중국 전역의 기술로도 그녀를 살리기에는 역부족이었다. 미미에게는 세계 최고의 의료진이 필요하고, 이를 위해서는 당연히 대가를 치러야 한다.

모든 것이 당연해졌다.

스콧은 자신이 왜 위선적인 핑계를 계속 대면서 자기 행동을 덜 비열하고 덜 사악해 보이도록 포장해야 하는지 잘 알았다. 그는 자신을 구해야만 했다. 자기 여생을 그 그늘에서 해방해야만 했다.

스콧은 그 한 줄기 빛이 미미라고 믿었다.

다만 마지막 퍼즐 한 조각이 그를 여전히 불안하게 했다.

히로후미 오타가와는 밀봉 후 냉장 보관된 의체가 시스템에 의해 의료 폐기물로 식별된 후 컴퓨터화된 분류 라인을 통해 실리콘섬 쓰레기로 포장되었다고 알려 주었다. 즉 아무도 이 사고에 대해 책임질 필요가 없다는 뜻이었다. 그것은 오류였다. SBT의 보안팀은 과거에 비슷한 사고가 발생한 적 있는지 조사 중이었다. 고위험 바이러스에 감염된 의체를 부적절하게 폐기했다면 엄청난 스캔들이 될 것이며 언론 매체들은 코카인 냄새를 맡은 마약 탐지견처럼 진실을 팔 것이다.

예상치 못한 오류. 스콧은 가만히 생각했다. *SBT의 주가를 폭락시키고 콴둥 조직의 명성을 떨치게 만들 수 있는 오류. 나는 그 시스템 오류를 위한 패치였다.*

하지만 만약 그것이 오류가 아니라면?

햇볕에 도로가 달아올랐다. 스콧은 온몸이 땀으로 흠뻑 젖었고 두카티의 열기가 그의 허벅지 양쪽을 익혔다. 그는 호텔로 돌아가 시원하게 샤워를 하고 싶었다. 그가 가속 스로틀을 돌리자, 오토바이는 구부러진 해안선을 따라 고속도로의 마지막 출구에 다다랐다. 그가 따돌렸던 볼보가 길 가장자리에서 기다리고 있었다.

그는 갑자기 화가 머리끝까지 올라 스로틀을 최대로 돌렸고 번개처럼 볼보를 지나쳤다. 약 0.5초에 불과한 시간에 백미러를 통해 운전자의 얼굴이 보였다. 그의 뺨에 화상 상처가 선명했다. 스콧은 즉시 모든 것을 이해했다. 그가 달리는 도로는 양쪽이 모두 가파른 경사로였고 다른 길이 없었다.

그의 속도는 시속 120킬로미터에 가까워졌다. 언덕길을 넘자 가벼운 두카티는 공중으로 치솟았다가 다시 땅에 떨어졌다. 볼보는 바짝 뒤를 따르면서 몇 번 추월을 시도했지만, 스콧이 교묘하게 선로를 가로막아 돌진하지 못하게 했다. 마치 날벌레를 쫓는 새처럼 회색과 검은색의 그림자가 차례로 도로를 스치며 달렸다. 엔진의 굉음이 들판에 울려 퍼지자 놀란 새들이 날아갔다.

볼보는 인내심을 잃은 듯 두카티를 압박하기 시작했다. 둔탁하고 긁히는 듯한 충격음과 함께 두카티와 볼보가 짧고 힘찬 작별 키스처럼 잠시 하나가 되었다가 금세 떨어졌다.

곧바로 또 한 번의 충돌. 이전보다 훨씬 육중했다.

스콧은 욕설을 내뱉으며 오토바이를 안정시키려 애썼지만, 오토바이와 자동차의 힘겨루기는 라이트급과 헤비급의 싸움 같아서 승산이 없었다. 두카티는 오른편에서 날카로운 마찰음을 내며 길가의 울퉁불퉁하고 날카로운 암벽을 향해 밀려났다.

스콧은 브레이크를 힘껏 밟았다. 앞바퀴와 지면이 마찰하며 비명을 질렀고 ABS가 작동되었다. 날씬하고 우아한 두카티가 볼보와 절벽의 좁은 틈으로 무사히 빠져나왔다. 스콧은 바위의 거친 표면이 살갗을 스치는 것을 느꼈다. 그는 오토바이를 똑바로 세우려 애썼으나 차체가 너무 심하게 비틀리는 바람에 바닥으로 굴러떨어졌다.

볼보 또한 급정거했다. 그 남자는 차에서 내리지 않고 무언가를 확인하는 듯했으나, 스콧이 일어나서 오토바이를 일으켜 세우자 경멸하듯 비웃으며 미등을 두 번 깜빡이곤 곧장 속도를 내서 떠났다. 마치 앞서 일어난 모든 일이 목적 없는 술래잡기 게임이었다는 듯이.

스콧은 몸을 살펴보았다. 가벼운 찰과상 몇 군데가 전부였다. 그가 다시 두카티에 올라타자, 엔진이 결핵 환자가 기침하는 듯한 소리를 냈다. 그는 풍차와의 대결에서 승리한 기사처럼 고개를 들고 천천히 호텔로 향했다.

협상 테이블에서 우스꽝스러운 장면이 연출되었다.

세 가문의 대표들이 웡 시장과 격렬한 논쟁을 벌였다. 세 가문 사이에서도 의견이 분분했다. 린이위가 중간에 여러 번 끼어들어 과거를 잊고 실리콘섬의 미래를 위해 조금씩 양보하자고 권했지만, 뤄진청에게 계속 저지당하는 바람에 짜증스럽고 난처한 표정이었다. 천셴원은 사사건건 뤄진청의 의견에 반대하는 듯했지만, 결정적인 순간에는 모호한 대답을 내놓았다. 오직 린 가문의 대표만이 협상에 진심인 것처럼 보였으나 정부와 미리 협의했을 가능성도 있었다. 스콧은 한쪽에 멍하니 앉아서 카이종이 통역해 주기를 기다렸다. 그러나 카이종은 그 상황에는 무관심했고 정신이 딴 데 있는 것 같았다.

"지금 무슨 얘기 중인가?" 스콧이 인내심의 한계에 도달해 카이종에게 물었다.

카이종이 꿈에서 깨어난 듯 졸린 목소리로 대답했다. "아시잖아요, 투자 비율, 잉여 노동력 처분, 토지 계획, 정책적 혜택…. 돈과 관련된 모든 것이요."

"기술에 대해서는 논의했나? 이 프로젝트가 실리콘섬에 줄 혜택에 대해서는? 그들의 후손은 더 이상 이런 더러운 공기를 마실 필요가 없고, 멀리서 식수를 사 올 필요도 없을 텐데." 스콧은 이해할 수 없다는 표정이었다.

카이종은 상사를 향해 몸을 돌려 차가운 목소리로 말했다. "저들은 신경 쓰지 않습니다."

스콧은 가죽 의자 등받이에 몸을 기대며 생각에 잠겼다. "이제야 왜 중국인들을 보고 똑똑하긴 하지만 현명하거나 지성 있는 민족은 아니라고 하는지 알 것 같군. 오, 자네 기분을 상하게 했다면 미안하네."

"아닙니다. 저도 그 말씀에 동의합니다. 설령 계약서에 서명한다고 해도 실리콘섬과 이 사람들은 변하지 않을 겁니다."

"두고 보자고." 스콧은 카이종의 어깨를 툭툭 두드렸다.

의안의 가장자리 강화 알고리즘은 여전히 개선이 필요해 보였다. 그것은 투구게* 겹눈의 측방 억제 기능을 모방한 것으로 알려졌다. 예를 들어 카이종이 스피커 하나에 시선을 집중하면 그 주변 사물의 해상도가 감소하면서 초점 피사체가 선명해졌지만, 알고리즘이 작동하는 방식이 너무 부자연스러워 방 안을 둘러보기가 어려웠다.

결국 카이종은 회의실 배경을 차지하고 있는 거대한 그림으로 시선을 옮겼다. 이 벽화는 한 베트남 화교 사업가가 기증한 것으로 선명한 검은 배경에 금, 은, 납, 주석으로 만든 실로 실리콘섬의 윤곽을 그려낸 후 귀중한 야광 달팽이, 전복, 진주조개의 껍데기 조각으로 상감하여 예술적 가치가 매우 높았다. 카이종은 그 장면이 익숙하다고 생각했지만 한참 지나서야 이것이 관조 정자 밖에서 달빛이 비치는 실리콘섬을 바라보는 그림임을 깨달았다. 삽시간에 모든 추억이 물밀듯이 밀려와 그의 마음을 어지럽혔다. 불과 몇 주 전의 일이었지만 격세지감을 느꼈다.

달빛 아래 맑고 환하던 그녀의 얼굴이 그의 마음속에서 점점 커졌다. 그는 그녀가 보고 싶었다. 그리움은 통증과 함께 그의 오장육부를 누볐다. 긴 바늘이 붉은 실 하나를 꿰고 온몸을 헤집고 다니듯 생생히 아팠다.

카이종은 미미에 대한 감정을 정확히 정의할 수 없었다. 동경? 호기심? 동병상련? 보호본능? 두려움? 아니면 전부? 아니

● 약 2억 년 전의 모습을 거의 그대로 유지하고 있어 '살아 있는 화석'으로 불리는 절지동물이다.

다. 그보다 훨씬 깊고 복잡한 감정이었다. 말로 명쾌하게 설명할 수 없었지만, 그는 의안이 보내는 시각 신호를 통해 느낄 수 있었다.

일종의 불완전한 사랑?

미미를 만나고 싶다는 것만은 확실했다. 그녀가 미미이든, 이미 다른 어떤 존재가 되었든 간에.

그러나 쓰레기인간들의 분노 그리고 파업은 천카이종의 오른쪽 눈을 망가뜨렸을 뿐 아니라 실리콘섬 토박이들과 쓰레기인간들 사이의 아슬아슬한 평화를 완전히 무너뜨렸다.

바깥 거리에는 마을의 경계선을 따라 노란 경찰 통제선이 쳐져 있었고 경찰이 24시간 순찰했다. 실리콘섬 출신이 아닌 폐기물 노동자가 마을에 들어오려면 고용주의 전자 승인서를 제출해야 했다. 실리콘섬에는 적색경보가 내려졌다. 이따금 추적추적 내리는 검은 비처럼 두려움이 실리콘섬 토박이들의 마음을 적셨다. 경찰 통제선 맞은 편에는 정적만이 감돌았고, 텅 빈 폐기물 처리장에서 침독들이 끊임없이 짖어 댔다. 하루에 두 번씩 음식과 물을 공급하는 캐러밴을 제외하고는 쓰레기인간들과의 접촉이 전혀 없었으며 그들이 어떤 계획을 세우고 있는지는 아무도 몰랐다.

그것은 24시간 내로 실리콘섬에 상륙할 강력한 슈퍼태풍과도 같았다. 국제 관례에 따라 태풍에는 우팁Wutip이라는 이름이 붙었는데, 이는 광둥어로 '나비'라는 뜻으로, 그 태풍의 막강한 위력과는 어울리지 않았다.

카이종은 주민들의 걱정스러운 얼굴 뒤에 감춰진 속마음을 이해했다. 나는 쓰레기인간에게 해를 가한 적 없으니, 그들의 보복을 걱정할 이유가 없어. 하지만 이곳에 살았다면 누구도 결백하지 않았다. 아무리 사소한 것이라 해도 쓰레기인간들의 피땀 어린 노동으로부터 사익을 추구하지 않은 사람은 없었기 때문이다. 누구나 한 번쯤은 쓰레기인간들을 경멸이나 혐오의 시선으로 바라본 적이, 부주의하거나 상처 주는 말로 모욕한 적이 있었다. 누구나 아주 잠깐이라도 쓰레기인간들은 원래 천하게 태어났고 쓰레기와 함께할 운명을 타고났다고 생각한 적이 있었다.

너희 중에 죄 없는 자가 먼저 저 여인에게 돌을 던져라.

천카이종은 자신이 속한 나라를 생각했다. 자유, 민주, 평등의 나라라고 자부하는 그 사회에서 배제와 차별은 더 은밀하고 교묘하게 이루어졌다. 클럽이나 파티 초대장은 의안으로 보내져 홍채 인식을 거쳤고, 위장 내 강화 효소를 배양하지 않은 사람은 마트에서 특정 식음료를 살 수 없었다. 유전자 결함이 있는 부모는 출산 허가조차 받지 못했고, 부자들은 신체 부품을 끊임없이 교체하여 수명을 연장하고 사실상 영구적으로 사회적 부를 독점했다.

카이종은 자신이 한숨을 쉬는지도 모른 채 고개를 저었다.

"그녀를 생각하고 있나?" 스콧이 갑자기 물었다.

"네?"

"그 여자아이 말이야. 미미."

카이종은 침묵했다.

"자네는 여기 온 이후로 많이 변했군." 스콧이 말했다.

카이종은 어깨를 으쓱해 보였다.

"처음 여기 왔을 때는 영웅처럼 행동했지. 적어도 영웅인 척은 했어. 하지만 지금은 탈영병 같아."

"저는 아무것도 할 수 없고, 아무도 구할 수 없어요."

카이종의 목소리가 떨렸고 눈가는 촉촉했다.

"그녀를 볼 수도 없어요."

"내가 군대에 있을 때, 내 교관은 할리우드 영웅처럼 굴지 말라고 했었지. 진정한 영웅은 명령, 임무, 삶의 차이를 알고 결정적인 순간에 우선순위를 제대로 매길 줄 안다고 했어."

"의사들은 미미가 언제 죽을지 모른다고 합니다. 이곳에는 그녀를 치료할 만한 의료 시스템이 없고요." 카이종은 차분하게 말하려고 애를 썼다. "하지만 미미는 뤄씨 가문 소속이니 그들은 그녀를 협상 카드로 사용할 겁니다."

"이해해. 그래서 지금이 자네의 결정적 순간이라는 거야."

"무슨 말씀인지 모르겠군요."

"아주 간단해. 만약 자네가 순환경제 프로젝트를 우선시한다면 다른 문제는 잊고 거래 성사에만 집중하면 돼." 스콧이 말을 잠시 멈췄다. "하지만 만약 미미의 목숨이 더 중요하다면 뤄진청과 협상해서 그녀를 데려오면 돼. 그러면 프로젝트는 엿먹는 거지."

"지금 저를 시험하는 겁니까?" 천카이종의 얼굴에 의심이 가득했다.

"아니. 저들을 보게." 스콧은 협상 대표들을 가리켰다. "저들이 신경 쓰는 게 뭔가?"

"돈과 권력이겠죠." 카이종은 잠시 생각하다가 보탰다. "그리고 아마도 여자들과… 그들의 아이들이요."

스콧은 완벽하게 흰 치아를 드러내며 웃었다. "거봐, 자네는 그들을 이해하잖아. 사람들은 언제나 잘못된 일에 너무 많은 대가를 치르지. 나도 그랬고. 한번 곰곰이 잘 생각해 보고 그다음에 답을 주게."

카이종의 의자가 바닥을 긁었다. 그는 불안감을 감추기 위해 자세를 어색하게 바꿨다. 옆에서 논쟁하는 공무원과 사업가 들의 목소리는 점점 부드러워졌고, 그들의 형태가 그림자 혹은 꼭두각시처럼 흐려지면서 기계적으로 같은 문장을 반복하는 것처럼 보였다. 그러나 그 뒤에 있는 거대한 벽화는 더욱 선명해지고 윤곽이 뚜렷해졌고, 희귀한 조개껍데기들이 달빛 아래 두 눈처럼 반짝이며 진보의 물결 속에서 변화무쌍한 실리콘섬의 판도를 장식하고 있었다.

그는 결정을 회피하는 데 익숙한 사람이었다. 언제나 보이지 않는 역사의 힘에 굴복하는 것이 논리적이고 유일한 선택지라며 스스로를 위로했었다. 하지만 그의 눈빛은 이제 망설임에서 결단으로 바뀌었다. 결정은 더 이상 어렵지 않았다.

카이종은 스콧의 어깨를 두드렸다. 항상 신중했던 그가 자기 상사에게 이렇게 친근한 태도를 보인 것은 처음이었다. 스콧은 아직 아물지 않은 어깨 상처 때문에 고통스러운 표정을 지었다.

"감사합니다."

천카이종의 두 눈은 또다시 희망으로 빛났다. 오른쪽 눈동자에 왼쪽보다 조금 더 많은 감사가 담겨 있었다.

WASTE TIDE

3부

TIDE

분노의 폭풍

완벽하지 않은 것에서 완벽을 보는 것이야말로 세상을 사랑하는 방법이다.

... you see perfection in imperfection itself. And that is how we should learn to love the world.

— 슬라보이 지제크, 점검된 삶*Examined Life*

15

해 질 무렵 시작된 비는 그칠 기미가 보이지 않았다.

밝은 노란색의 경찰 통제선이 바람에 흔들리며 가끔 휘파람 소리를 냈다. 가로등은 따뜻하고 흐릿한 빛을 원뿔 모양으로 비추었고 그 안에 빗방울이 물고기 떼가 사선을 그리듯 촘촘히 떨어졌다. 초소에서 보초병이 교대하며 거수경례를 나눴다. 검은색 고무 우비에서 떨어진 물방울이 장화로 흐른 후 바닥에 고였다. 새 보초병이 몸을 떨며 뱉어낸 하얀 입김은 바람결에 금세 흩어졌다. 실리콘섬은 한여름이었지만 지금은 겨울철의 축축한 지하실처럼 찬 기운이 감돌았다.

경찰 통제선 반대편은 여전히 고요했다. 가끔 어스름 속에서 개 몇 마리가 율동적으로 서로를 향해 짖으며 멀리 떨어진 빈 공간을 암시했다. 쓰레기인간들의 판잣집 마을은, 거무죽죽한 집들이 길게 자란 풀숲에 아무렇게나 나뒹구는 시체처럼 널려 있어 마치 집단 묘지처럼 보였다. 묘지의 구멍 같은 창문과 문 틈으로 은은한 빛이 새어 나와 그들이 죽음의 고통 속에서 울부짖는 것처럼 보였다. 그들의 마지막 숨은 비바람에 떨리며 언제라도 꺼져버릴 것만 같았다.

"내일 식수와 식량 배급을 절반으로 줄인다고 합니다." 리원은 희미한 빛을 통해 창문 밖의 춥고 어두운 밤을 바라보았다. 빗물이 값싼 물결무늬 철판으로 만든 지붕을 끊임없이 두드려 콩 볶듯이 요란한 소리를 냈다. "그들도 이제 한계예요."

"우리가 그들보다 한발 빠를 거예요." 미미가 담담하게 대답하며 빨간 액체가 든 약병을 자동 주사기에 주입했다. 고열량 과당 혼합물을 향후 12시간 동안 혈관에 서서히 주입해서 대사율이 높은 뇌가 정상적인 작동을 유지하기에 충분한 ATP를 공급할 것이다. 이를 위해 그녀는 빠른 호흡, 높은 체온, 정서적 불안정 등의 대가를 치러야 했다. 사랑에 빠졌을 때의 느낌과 크게 다르지 않았다.

그녀의 수중에 남은 마지막 약병이었다.

"준비가 다 되었어." 리원은 작업장에서 칩독이 낮게 으르렁대는 소리를 들었다. 리원은 미미의 도움으로 칩독의 제어 모듈을 해제해 통신수단으로 개조했으며, 필요하면 무기로도 사용할 수 있었다.

"관조 해변의 신령은 재충전되었나요?" 미미가 물었다.

"이미 작업장에서 대기 중이야. 근데 무선 통신 프로토콜은 어떻게 크래킹했어?"

"당신이 열쇠로 자물쇠를 여는 것과 같은 방법으로요."

그것이 리원이 불안한 이유였다. 원리는 이해했지만 미미가 어떤 경로로 그 결과를 얻었는지 알 수 없었기 때문이다. 미미는 더 이상 예전에 알던 단순하고 무식한 쓰레기 소녀가 아니었다. 어쩌면 처음부터 그런 존재가 아니었을지도 모른다. 그의 눈앞에 있는 미미는 오랜 시간 전쟁터에서 훈련받은 베테랑처럼 그 전략과 계략이 너무 깊어서 차마 헤아릴 수 없었다.

"정말 괜찮겠어?" 리원은 미미가 증강현실 안경을 쓰고 귀 옆의 작은 장치를 작동하는 것을 걱정스레 바라보았다. 파란색 LED가 빛나기 시작했다. "언젠가는 네 운도 바닥날 텐데."

미미는 빙긋이 웃을 뿐 아무 대답도 하지 않았다.

그녀가 아직 미미0이었을 때, 원 형은 종종 기술을 뽐내곤 했다. 그는 개조한 무전기와 크래킹한 소프트웨어를 사용해서 어떻게 속도제한 방화벽을 일시적으로 우회하여 증강현실 안경을 고속 네트워크에 연결하고 자유롭게 세상을 보는 즐거움을 누리는지를 시연해 보였다. 그 싸구려 장비는 실리콘섬 암시장에서 고가에 거래되었고, 그것을 사용할 만큼 배짱 있는 사람은 많지 않았다.

아주아주 조심해야 해. 원 형은 미미에게 경고했다. 어떤 사이트에도 로그인하거나 댓글을 달지 마. 아무런 흔적을 남겨선 안 돼. 빨간불이 켜지면 즉시 인터넷을 차단해. 그건 거미줄을 지키는 거미가 비정상적인 진동을 감지했다는 뜻이라, 곧 거미줄을 추적해서 사용자를 찾을 거야. 일단 거미줄에 걸리면 절대 못 빠져나와. 거미는 송곳니로 네 몸을 뚫을 거고, 신경을 마비시키고 근육을 녹이는 독소를 주입한 다음 너를 천천히 씹어서 위산으로 소화시킬 거야.

속도제한 방화벽을 우회하는 건 중대한 범죄였다. 누구 한 명 사라져도 아무도 눈치채지 못할 것이다.

그러나 이제 그녀는 한 무리의 사람들과 함께 방화벽을 무너뜨리려 하고 있었다. 마치 낙하산 하나만 짊어진 채 고층빌딩 꼭대기에서 뛰어내리는 사람들 같았다.

LED에서 뿜어나오는 푸른 보랏빛이 미미의 얼굴을 비췄다. 얼굴의 부드러운 윤곽이 우주에 떠 있는 것처럼 신비롭고 완벽해 보였다

리원은 그녀에게 매료되어 넋을 잃고 바라보았다. 하지만 곧 자신의 그런 반응에 화가 났다. 그러한 경외감은 쓰레기인간들을 감염시키기 위해 시각 바이러스에 심어 놓은 인공적인 느낌에 불과하다는 것을 이미 알고 있었다. 그는 이 광란의 게임에 대한 대가를 치르게 될 것이다. 그는 예전에 미미가 고속 네트워크에 접속하는 동안 종종 디지털 버섯을 이용했다는 사실을 떠올렸다. 그녀의 표정은 마치 정보를 검색하는 행위가 자아가 심연으로 추락하는 것을 막기 위한 보상 행위에 불과한 것처럼 혼란스럽고 아득했다.

아니면 미미가 아니라 그녀의 무의식 속 다른 인격이 미미의 육체를 통해 세상을 공부하려 했던 것일까?

리원은 갑자기 몸을 부르르 떨었다. 개미 떼가 목뒤를 타고 천천히 뒤통수로 기어오르는 것 같았다. 그는 안경의 패턴 인식 기능을 몰래 켠 다음 날아가는 파리를 기다리는 개구리처럼 그 낯선 서양인의 얼굴이 스쳐 지나가기를 기다렸다.

갑자기 나타난 그 얼굴은 미미의 얼굴에 빛의 베일처럼 잠시 덮였다가 사라졌다.

잡았다!

컴퓨터는 곧 검색 결과를 리원의 시야에 보여 주었지만, 의문은 더 깊어졌다. 그 얼굴은 훗날 CDMA 디지털 무선 네트워크의 기반이 되는 주파수 도약 기술을 발명한 할리우드 스타, 헤디 라마Hedy Lamarr의 것이었다. 그녀는 한때 세계에서 가장 아름답고 똑똑한 여성이라 불렸었다.

마침내 그는 HEMK 엑스타세라는 이상한 디지털 마약을 떠올렸다. HEMK는 라마의 본명인 헤드윅 에바 마리아 키슬러 Hedwig Eva Maria Kiesler의 이니셜이었고, 엑스타세Extase는 1933년 18세였던 라마의 데뷔작인 관능적인 영화의 제목이었다.

하지만 죽은 지 수십 년이 지난 천재 여배우가 왜 미미의 뇌에 나타났을까?

"음악 좀 틀어 주세요."

미미가 말했다.

리원으로부터 가상 인격을 부여받은 소녀가 마네의 올랭피아처럼 등받이에 비스듬히 기대 누웠다. 그 순간 리원은 왜 자신이 재프로그래밍된 침독처럼 그녀를 위해 모든 것을 기꺼이 감수하는지 깨달았다. 현 상태의 미미는 모든 층의 그물망과 세계를 넘나드는 사이버 여신이었다. 그는 아마 그녀를 위해서라면 뭐든지 할 것이다.

"톡 쏘는 걸로요."

3부 분노의 폭풍

스콧의 커다란 그림자가 철문 앞에 서 있었다. 넓직한 검은색 우산이 감시용 카메라로부터 그의 얼굴을 가렸다. 쉴 새 없이 떨어지는 검은 빗물이 우산 가장자리에서 맥없이 흘러내렸다. 조명이 켜졌고 여러 방향에서 우산에 초점을 맞춘 광선이 밝은 지점으로 모이면서 따뜻한 증기가 피어올랐다. 숨겨진 스피커에서 누군가가 스콧이 익숙하지 않은 언어로 호통쳤다. 스콧은 그의 창백한, 서양인의 얼굴이 조명에 비치도록 우산 각도를 살짝 틀었다. 빗물이 그의 신발을 흠뻑 적셨다.

철문이 고통스러운 비명을 지르며 양쪽으로 천천히 열렸고 건물 안의 개들이 사납게 짖기 시작했다.

스콧은 비껴 들어가며 이 사나운 생물들을 처음 보았던 때를 떠올렸다. 샤오룽 마을에서의 오후가 아주 먼 옛날처럼 느껴졌다.

뤄진청이 저택 입구에서 그를 맞았다. 스콧이 테라그린의 마닐라 자료에서 그를 처음 보았을 때처럼 활짝 웃고 있었고, 그의 곁에는 포악해 보이는 근육질 남자 몇몇이 주변을 살피고 있었다.

"브랜들 씨! 영광입니다. 이번 태풍이 귀빈을 모셨군요. 그런데 조수는 어디에 있죠?"

"사장님은 영어와 사업에 능통하시다고 들었습니다. 오늘은 최소 인원으로 이야기하는 게 좋겠다는 논의가 있었습니다."

두 사람이 자리에 앉자 뤄진청은 부하들에게 나가라고 손짓한 다음 팔선 찻상 앞에서 분주히 움직이기 시작했다. 불을 켜고, 물을 끓이고, 찻잎을 풀고, 찻주전자의 뚜껑을 열고, 찻잎을 넣고, 물을 붓고, 찻잔을 닦았다. 마치 예술 공연 같은 일련의 과정을 거쳐 차 한 잔이 준비되었다. 스콧이 입을 다물지 못하고 바라보는 동안, 뤄진청은 호두만 한 자사紫砂* 찻잔 세 개를 품品 자 모양으로 늘어놓은 후 첫 번째 찻물을 잔 세 개에 골고루 부었다가 바로 따라버렸다. 차의 부드러운 향기가 스콧의 코를 가득 채웠고 모든 폐포에 스며드는 듯했다.

뤄진청은 다시 찻주전자를 새 물로 채웠다. 물고기 눈 같은 기포가 올라오며 물이 막 끓기 시작할 때 찻주전자에 붓고 찻잔 사이를 오가며 잔이 70퍼센트 채워질 때까지 따랐고, 남은 차를 찻잔에 한 방울씩 떨어뜨렸다. 뤄진청은 마침내 완성된 차를 스콧에게 두 손으로 건넸다.

"자, 브랜들 씨. 최고급 봉황백엽단총차鳳凰白葉單叢茶**를 맛보십시오. 우롱차의 일종입니다." 뤄진청은 방금 태극권 수련을 마친 것처럼 침착하고 평온한 표정이었다.

"과연 강후차가 높은 평가를 받는 이유를 알겠군요." 스콧은 정교한 찻잔을 들고 감탄했다. 그 안의 액체는 반투명한 황금빛이었고, 풍부한 차 향기 외에도 계화, 재스민, 꿀 향기를 은은하게 풍겼다.

"찻잎은 해발 천 미터가 넘는 평황현의 우둥봉에서 채취합

● 장쑤성 이싱宜興에서 생산되는 도자기용 흙. 자사로 만든 다구는 중국 전통 문화에서 매우 중요하게 여겨진다.

●● 광둥성 차오저우시 봉황산에서 생산되는 우롱차. 봉황수선鳳凰水仙 중에서 품질이 뛰어난 것을 봉황단총이라 한다. 그중 백엽단총은 잎이 연한 색을 띠는 나무의 찻잎으로 만든 차이다.

니다. 일 년 내내 구름과 안개 속에서 자연의 정수를 흡수하죠. 차 이름에서 '단총'이라 함은 차나무마다 각기 향이 다르므로 차별화해서 세심하게 가공해야 한다는 뜻입니다."

스콧은 차를 한 모금 마시며 감탄사를 터뜨렸다. 꽃향기와 부드러운 차의 풍미가 입안에서 소용돌이쳤고 삼키고 나니 혀끝에 달콤한 여운이 감돌았다. 현대의 기계화된 생산 라인을 통해 이 미묘한 맛을 재현하는 건 상상도 할 수 없었다. 뤄진청은 미소를 지으며 한 잔을 더 권했다.

"이곳 실리콘섬에서는 두 명 혹은 네 명이 차를 마실 때도 항상 세 잔을 준비합니다. 인원을 초과하는 잔은 손님에게 드리고, 남은 잔이 없으면 주인은 마시지 않지요. 원칙은 언제나 상대방을 먼저 생각하는 것입니다. 그건 사업을 할 때도 똑같습니다." 뤄진청은 마지막 남은 찻잔을 들고, 눈을 살짝 감은 채 음미했다.

"저희가 말하는 '윈-윈'과 같은 것이라 생각합니다." 스콧은 방금 깨달은 것처럼 행동했다.

"오늘 제 집에는 어떤 일로 발걸음을 하셨는지요?"

"우리 둘 다 '윈-윈'할 좋은 사업을 제안하러 왔습니다."

"아." 뤄진청은 두 눈을 뜨고 창밖에 몰아치는 폭풍우를 바라보았다. "그러면 직설적으로 말씀드리겠습니다. 당신이 원하는 건 그 쓰레기 소녀죠."

스콧은 잠자코 있었다. 이 늙은 여우는 그의 상상보다 훨씬 더 기민했다.

"그녀는 쓰레기 소녀에 불과하지만, 여전히 뤄 가문 소속입니다. 마치 우퉁봉의 차나무와 비슷하죠. 타고난 재능은 있지만 따고, 발효하고, 굽고, 말리는 과정을 거쳐야 최종 시장가치를 알 수 있을 겁니다. 저는 제가 책임지는 젊은이들의 이익을 보호할 의무가 있습니다."

스콧은 하마터면 큰 소리로 웃을 뻔했다. 범죄의 주범인 그가 미미가 겪은 모든 고난이 마치 그와 무관하다는 듯 '책임'에 관해 이야기하고 있었다. 스콧은 중국인들을 충분히 이해한다고 생각했지만, 이들은 언제나 그의 상상력의 한계에 도전했다. 그들은 전통적인 태극 문양처럼, 모순에 신경 쓰지 않고 어떻게든 최고와 최악의 특성을 융합하고 조화시키려고 노력했다.

"금액은 신경 쓰지 마십시오. 저는 이름 없는 스타트업이 아니라 테라그린 소속입니다."

"금액을 어느 정도 생각하시죠?" 교활한 늙은 여우가 더 이상 흔들리는 꼬리를 숨기지 못했다.

"아시다시피, 이 프로젝트의 공식적인 계약은 다음 주에 있습니다. 그전까지는 무엇이든 가능하죠." 스콧은 잔을 내려놓고 프로다운, 양면적인 미소를 지었다.

"케이크는 이미 담판장에서 다 나눴다고 생각하는데요."

"더 큰 조각을 드릴 수 있습니다."

"얼마나요?"

"사람을 제게 무사히 데려오면, 기존 합의에서 3퍼센트의 지분을 추가로 드리겠습니다."

"다른 가문 중에 자기 몫을 토해낼 사람은 없습니다."

"테라그린은 가능합니다."

뤄진청은 심사숙고하는 표정이었다. 잠시 후, 그는 스콧을 지그시 바라보며 말했다. "그 소녀가 그만큼의 가치가 있다고 요? 만약 제가 보내지 않겠다면 어떻게 하시겠습니까?"

"그렇다면 이 사건은 아무도 원치 않는 정치적 스캔들이 될 겁니다. 그리고 결국 저는 그녀를 데려갈 겁니다." 스콧의 말투는 차갑고 단호했다.

뤄진청의 입장에서는 미미가 모든 불행의 시작점이긴 했지만, 종착점은 아니었다. 그는 '기름불' 의식을 치르면서 그 소녀의 놀라운 능력을 목격했다. 그녀는 아들을 깨웠지만 평생 웃음거리가 될 만한 후유증 또한 남겼다. 그녀가 폭력, 돈, 권위로 통제할 수 없는, 자신이 이해할 수 있는 경계 바깥에 있음을 잘 알았다. 그는 스콧이 제시한 조건에 매우 만족했지만, 습관적인 호기심으로 스콧의 속내를 떠보고 싶었다.

"잘 생각해 보겠습니다." 뤄진청은 차 세 잔을 다시 채운 후 스콧에게 권했다.

"그러면 내일 답변을 주십시오." 스콧은 단숨에 잔을 비웠다.

뤄진청의 부하가 황급히 응접실로 들어와 뤄진청에게 휴대전화를 건넸다. 그는 휴대전화를 흘끗 본 후 자리에서 일어났다. "죄송합니다." 뤄진청이 말했다. "급히 주의를 요하는 일이 생겨서요."

"괜찮습니다. 오늘 환대해 주셔서 감사합니다." 스콧은 자리에서 일어나서 막 두 걸음을 떼었다가, 무언가가 생각난 듯 돌아와서 주머니에서 꺼낸 휴대전화를 찻상 위에 내려놓았다.

"이걸 주인에게 돌려주시겠습니까? 그리고 그 '사랑스러운' 얼굴에 유감이라고 좀 전해 주십시오." 그는 미소를 지으며 뤄진청의 경비들의 에스코트를 받으며 방을 떠났다. 현관 앞에서 그는 우산을 폈고, 쏟아지는 빗속으로 단호하게 발을 디뎠다.

뤄진청은 떠나는 그의 모습을 바라보며 얼굴에 몇 번이나 경련을 일으켰다. 그가 휴대전화를 들자 소프트웨어로 변조된 단단한 호랑이의 음성이 흘러나왔다.

"뤄 사장님, 보여 드릴 게 있습니다."

천카이종의 비옷이 광풍에 휩쓸리면서 뒤쪽으로 펼쳐져 거대한 박쥐 날개를 펼친 것처럼 어두운 가로등 불빛의 가장자리에서 불안정하게 번뜩거렸다.

빗방울은 점점 더 촘촘해졌고, 바람의 가속을 받은 빗방울이 맨 얼굴을 고통스럽게 때렸다. 그의 오른쪽 눈은 어두운 곳에서 육안보다 훨씬 민감하게 반응하도록 설정되어 있었기 때문에 그의 뇌는 두 눈의 이미지를 결합하여 어느 정도 타협을 거쳤다. 그러나 빗물 때문에 한쪽 눈을 감으면 세상이 어두워지거나 밝아졌다.

그는 고글을 착용하지 않은 것을 후회했지만, 쓰레기인간이 그런 장비를 가지고 있을 리 없었다.

그는 경비병을 향해 비틀대며 걸어갔다. 경비병은 손을 들어 그에게 멈추라는 신호를 보냈다. 천카이종이 전자 신분증을 그의 손에 들려 있는 기계에 갖다 대자 삐 소리가 울렸다. 경비병은 미심쩍어 하는 표정으로 신분증의 사진과 그의 얼굴을 대조했다. 카이종은 애써 침착함을 유지한 채, 얼굴이 더 잘 보이도록 이마에 붙은 머리카락을 옆으로 쓸어 넘겼다. 경비병이 가도 된다고 손짓하자 그는 참았던 숨을 내쉬었다. 반대 방향으로 실리콘섬에 진입하려 했으면 이보다 훨씬 어려웠을 것이다.

밤바람이 무자비하게 비옷을 파고들어 온기를 빼앗아 갔다. 카이종은 진흙 길을 힘겹게 걸었다. 빗물은 깊이가 각기 다른 웅덩이에 고여 희미한 빛을 불규칙한 거울처럼 굴절시키며 길을 가리켰다. 그의 마음에 희미한 어린 시절의 기억이 떠올랐다. 실리콘섬은 태풍의 공격을 자주 받았고, 마을은 지형상 침수에 매우 취약했다. 카이종은 종종 나무 양동이를 타고 손을 노로 삼아 진흙탕 속에서 친구들과 물싸움을 하곤 했다. 그것은 아마 실리콘섬에 관한 몇 안 되는 즐거운 추억일 것이다.

태풍은 매년 명절처럼 실리콘섬을 찾아왔다. 때로는 한번으로 그치지 않았다. 농민들은 점차 자연과의 싸움에서 항복하고 밭을 떠나 무역, 어업, 폐기물 재활용에 종사했다. 사람들은 이를 두고 진보라고 했지만, 카이종은 확신할 수 없었다.

희미하고 먼 불빛에 의지해 카이종은 쓰레기인간들의 마을로 향했다. 그곳에는 외관이 비슷한 판잣집이 수백 채 있었고 그는 어디서부터 시작해야 할지 몰랐다. 가장 간단한 방법은 아마 예전처럼 문으로 곧장 들어가 미미를 찾는 것이겠지만 이제 상황은 더 이상 녹록치 않았다. 선동용 전단지가 실리콘섬 거리 곳곳에 뿌려진 상태였고 토박이인 카이종이 자신을 드러내는 것이 그다지 좋지 않을 수도 있었다.

또 다른 불확실성 요소는 미미의 현재 태도였다.

그는 미미를 찾아서 함께 실리콘섬을 떠나자고 설득해야 했다. 그런 다음 태평양을 건너 미국 전문가들로 하여금 그녀의 머리를 열고 그 안의 시한폭탄을 제거하도록 할 것이다. 이런 이야기는 현지의 전설보다 훨씬 기괴한 소리로 들렸다. 과연 그녀가 그의 말을 믿을까?

더 큰 의문은, 그녀가 천카이종의 도움을 필요로 하냐는 것이다.

폭우로 인해 모든 칩독이 이미 집 안으로 들여보내졌고, 비바람 때문에 예민한 후각은 쓸모없어졌다. 카이종은 스콧처럼 맨손으로 흉악한 개들을 제압하지 않아도 되어 다행이라 생각하며, 살금살금 판잣집으로 다가가 창문가를 들여다보았다.

낯선 쓰레기인간 남자가 침대에 반나체 상태로 누워 있었고, 머리에 쓴 증강현실 안경은 푸른빛을 깜빡였다.

카이종은 몸을 숙이고 해변에 좌초한 고래처럼 서툴게 뒤뚱거리며 다른 집으로 향했다. 그 집 안에는 폐전자부품으로 만든 조악한 악세사리로 치장한 두 여성이 있었다. 그들의 증강현실 안경이 동시에 깜빡였다. 그는 또다시 자리를 떴고, 이어진 여러 채의 집에서 비슷한 광경을 목격했다. 카이종은 이것이 우연이 아님을 깨달았다.

그는 두 집 사이에서 좁은 틈을 발견하고 그 안으로 몸을 집어넣었다. 빗물에 젖은 쓰레기에서 퀴퀴한 악취가 났다. 양쪽 벽은 녹과 이끼가 섞인 색깔이었고 남성과 여성 성기를 아무렇게나 그린 낙서가 어지럽게 뒤덮여 있었다. 모든 것이 끈적거리고 더러웠다. 카이종은 숨을 참으며, 동시에 열 수 없을 것처럼 서로 가까이 붙은 두 개의 창 사이로 조심스레 머리를 내밀었다. 그의 예상대로 두 판잣집의 주민들은 증강현실 안경을 쓴 채 침대에 누워 있었고, 푸른빛의 리듬마저 동기화되어 조용하고 정지된 음악회의 관객들 같았다.

카이종은 미미가 기름불 의식을 치를 때의 기이한 광경을 떠올리지 않을 수 없었다.

반짝이는 불빛뿐 아니라 때로는 긴장하고, 때로는 경탄하고, 때로는 웃는 쓰레기인간들의 표정 역시 동기화된 것 같았다. 마치 거대한 손에서 보이지 않는 실들이 무수히 내려와 이 더러운 땅의 판잣집마다 뻗어 나가 쓰레기인간의 얼굴 근육을 조종하는 것 같았다. 카이종의 경험상 이러한 효과는 모든 참가자가 똑같은 감정적 열정에 사로잡힌 원리주의 종교의식에서나 가능했다. 차가운 공기가 그의 옷깃을 파고든 듯한 느낌이 들었고 카이종은 온몸에 털이 곤두서는 것 같았다.

"누구세요?"

등 뒤에서 누군가 외치는 소리가 들렸다.

그는 허둥지둥 몸을 돌려 설명하려 했지만, 미끄러운 땅에 발을 헛디뎌 진흙탕에 굴러떨어지고 말았다. 썩은 흙내가 입과 코를 가득 채웠고 온몸이 흠뻑 젖었다. 천카이종은 몇 번 구역질하며 입안의 진흙을 뱉어냈지만 일어나기도 전에 차가운 무언가가 목에 닿았다.

그것은 비바람 속에 차가운 빛을 반짝이는 물고기 뼈 모양의 날카로운 칼날이었다. 카이종은 그 칼이 대리석처럼 단단한 팔근육의 칼집에서 튀어나온 사람 몸의 일부라는 사실에 깜짝 놀랐다. 칼을 가진 사람은 빛을 등진 채 들어왔기 때문에 얼굴은 어둠에 가려져 있었고, 빗방울이 그의 몸을 때리는 요란한 소리만 들렸다.

"여기 사람이 아니군." 여자 목소리였다. "죽어 줘야겠어."

16

시공간을 나누는 그물망. 뤄진청은 거실 벽의 프로젝터를 바라보며 깊은 생각에 잠겼다.

단단한 호랑이가 은신처에서 전용 광섬유 케이블을 통해 그에게 실시간 영상 데이터를 전송하고 있었다.

실시간 동영상은 희소행렬과 푸리에 변환으로 처리된 후 크게 압축되었지만 저속구역에서는 여전히 지연, 점프, 끊김 현상이 나타났다. 어두운 배경에 은하계의 별 같은 빛의 점들이 3차원 공간에서 불규칙한 표면으로 표현되었다. 수십억 개의 보석으로 연결된 인드라의 그물처럼 우주의 무한한 연결성을 반영하며, 이곳의 빛은 우주의 기복과 굴곡을 묘사했다. 각각의 빛은 데이터의 유형과 유속을 나타내는 다양한 색깔과 밝기로 빛났지만 축소된 데이터에서는 그 차이가 눈에 잘 띄지 않았다.

네트워크에서 비친 빛이 뤄진청의 몸에 닿자 그는 은하계 가장자리에 나타난 유령처럼 보였고 마치 세상이 잃어버린 한 조각처럼 보였다.

단단한 호랑이의 낮고 깊은 목소리가 휴대전화를 통해 흘러나왔다. 그는 청중들이 이해하든 말든 뤄진청이 보았던 광경을 전문용어로 거침없이 설명했다.

"아무것도 안 보이는데…." 뤄진청이 중얼거렸다.

은하계에서 작은 직사각형 영역이 선택되었고 그곳이 확대되어 화면에 나타났다. 뤄진청은 우주선을 타고 낯선 별들의 바다로 날아가는 듯한 기분이 들었다. 수백 개의 빛이 뤄진청의 주변에서 불타올랐고 밀집된 데이터가 깜빡이며 빛 주위를 에워쌌다. 그중 몇 개는 더욱 밝아지면서 강조되었고 나머지는 희미한 배경 속으로 사라졌다.

"느린 활 시스템이 일반적이지 않은 움직임 몇 개를 포착했습니다. 이 점 몇 개는 갑자기 훨씬 활발해졌지만, 경고 임계선은 건드리지 않았습니다."

"정확한 위치를 찾을 수 있나?" 뤄진청이 물었다.

"네트워크상의 위치와 거리는 IPv6 주소를 기반으로 추정합니다. 리다이렉트와 프록시 은폐가 있지만, 그들의 물리적 위치를 추적하는 건 가능합니다. 하지만 그게 문제의 전부는 아닙니다…."

화면이 다시 축소되어 전체 은하계로 돌아갔다. 흩어져 있는 수백 개의 빛이 동시에 반짝였고 배열된 위치에서 규칙성을 찾을 수 없었다.

"은하계에 수백만 광년 떨어져 있는 수백 개의 별들이 한꺼번에 초강력 플레어를 방출해야 모든 별이 방출하는 빛과 에너지가 동시에 관측자에게 도달합니다. 조율해야 하는 시간 범위는 마이크로초에서 수세기에 이를 정도로 매우 넓습니다. 아주 뛰어난 주파수 도약 위장 기술이죠. 쓰레기인간들의 장비가 이런 기술을 구현할 수 있다고 생각하지 않습니다."

그 미국 놈이 또… 뤄진청은 생각했다. "다른 방법은 없나?"

"단단한 호랑이가 있다고 하면 반드시 있습니다." 단단한 호랑이는 별로 웃기지 않은 이 지역 농담을 건네며 목소리에서 흥분을 감추지 못했다.

"제 시스템에서 각 데이터 노드는 다른 모든 매개변수의 변화를 실시간으로 반영합니다. 이는 속도제한을 극복하는 열쇠이기도 하지요. 이미 동기화 상태에서 깜빡이는 노드를 수없이 걸러냈는데, 그중 하나는 중앙 노드여야만 합니다. 아직 데이터가 더 필요해요. 시간을 좀 주시죠."

뤄진청은 뒤돌아 거대한 데이터의 은하수 속에 얼굴을 숨겼고 더 이상 표정을 읽을 수 없었다. 그는 팔선 탁자로 돌아가 스콧 브랜들이 두고 간 휴대전화를 집어 들고 시간을 확인했다.

"20분 주지."

"20분?"

스콧은 차 안에 앉아서, 임시 통역사인 신위가 휴대전화에 심어 놓은 도청 장치를 통해 들리는 내용을 동시통역하는 것을 듣고 있었다.

"무슨 말인지 정말 하나도 모르겠어요." 신위가 부끄러움에 빨개진 귀를 문질렀다. 복잡한 전문용어들 틈에서 길을 잃은 것 같았다.

"정말 죄송합니다."

"괜찮아." 스콧이 와이퍼를 작동시키자, 앞 유리의 물 커튼이 부채꼴 모양으로 긁혀 나가며 시야가 선명해졌다. 그리 멀지 않은 곳에 위치한 뤄씨 저택은 폭풍우 속에 음산한 요새처럼 서 있었다.

"조금 더 기다려 주겠나?"

"사실, 절 그냥 보내 주셨으면 좋겠어요." 신위가 웃었다. "솔직히 말씀드려서 산터우만 대교를 건설한 이후로 이렇게 큰 태풍은 처음이에요. 어르신들 말씀이 옛날에는 자동차가 떠내려갈 정도로 홍수가 심각했다고 하더군요."

"다리 건설하고 태풍하고 무슨 상관이지?" 스콧은 건성으로 대화를 이으면서 뤄씨 저택 안의 동정을 살피는 데 집중했다.

"풍수가 바뀌었거든요. 실리콘섬과 산터우를 연결하려면 다리가 봉황섬을 가로질러야 하는데 봉황 날개가 다리 교각에 짓눌려 더 이상 못 난다고 하더라고요. 그때부터 강력한 태풍은 항상 다른 곳으로 지나가고 더 이상 이곳을 정면 강타하지 않아요. 당연히 산터우와 실리콘섬의 운도 이 다리에 억눌려 내리막길을 간다고 얘기하는 사람들도 있어요."

"흥미롭군…." 사실 스콧은 이렇게 말하고 싶었다. 당신네 중국인들은 아무 관련 없는 것들 사이에서 인과관계를 찾는데 능하지만, 절대 자신에게서 원인을 찾으려 하진 않아.

뤄진청은 아들의 병을 미미 탓으로 돌렸고, 미미는 자신의 불행을 신령에 의지해서 설명했으며 천카이종은 모든 것을 필연적인 역사의 한 부분이라고 단순화했다. 이러한 얕은 사고방식은 그들의 유전자에 깊이 박혀 있다시피 하여 세대를 거듭하며 이들 문화의 지배적 특징이 될 때까지 강화되었다. 스콧은 옳고 그름을 따지는 데는 관심이 없었지만 이런 현상이 흥미롭게 느껴졌다.

도청된 정보에 따르면 쓰레기인간들이 무언가를 계획하고 있음은 분명했다. 뤄진청의 인내심 또한 점점 무너지고 있었다. 이 대목에서 스콧은 모든 것이 자신의 설계대로 잘 진행되길 바라며 행동할 기회를 기다릴 수밖에 없지만, 이 게임은 변수가 너무 많아 작은 편차 하나에 전체 판이 뒤엎힐 수도 있었다.

카이종의 휴대전화에 어떻게 해도 연결이 되지 않자, 스콧은 저속구역 전용의 낡은 통신수단이 싫어지기 시작했다.

"스콧," 신위가 미간을 찡그리며 말했다. "그들이 또다시 말하기 시작합니다."

"뭐라고 하는지 알려줘."

"알겠습니다." 이어폰에서 날카로운 소음이 울리자, 신위는 이어폰을 내동댕이치고 온몸을 벌벌 떨면서 놀란 얼굴로 스콧을 바라보았다. "그들이 알아요!"

카이종이 미미의 이름을 부르자, 날카로운 칼날이 그의 목에서 멈칫했다.

"넌 누구야? 여기서 뭔 짓거리야?" 여자의 말투는 거칠었고, 칼을 치울 기미가 전혀 보이지 않았다. 흙탕물이 그의 머리카락을 타고 뚝뚝 떨어졌고, 그는 씁쓸하고 비린 맛을 느꼈다. 그는 눈을 찡그려서 빗물이 들어오는 것을 막으려 했다. 그러나 감히 손을 움직이거나 할 수는 없어서 더듬더듬 말했다. "미미…를 구해줘… 위험해….'

그 여자는 갑자기 농담이라도 들은 듯 크게 웃음을 터뜨렸다.

"너부터 구해야 될 것 같은데, 이 멍청아!"

카이종은 침착하려 애썼다. 진실을 말하면 더 심한 대우를 받을 수 있다는 걸 알았다. 빗물이 흙탕물에 거친 파문을 일으켰다. *젠장, 생각해. 쓰레기인간처럼 생각해 봐.*

그는 판자촌 안으로 무언가 무거운 물체가 끌려 들어간 것처럼 진흙 속에 길게 이어진 깊은 자국을 보았다. 그는 뤄진청의 휴대전화에서 보았던, 해변에 무릎 꿇은 로봇 사진을 떠올렸다. 그는 갑자기 깨달았다.

"너희들이 관조 해변의 신령을 옮겼지?" 그는 고개를 들고 확신에 찬 눈빛으로 여자를 쳐다보았다. "그가 화났어, 몹시 화가 났다고! 죽은 뤄씨 폭력배들 기억해? 그건 단지 시작에 불과해."

생선 뼈 모양의 칼이 팔 근육에 의해 형성된 칼집에 온순한 애완동물처럼 쏙 들어갔다. 여자는 한 손으로 카이종을 흙탕물에서 들어 올려 쓰레기 봉지를 대하듯 한쪽으로 내동댕이쳤다.

3부 분노의 폭풍

371

"이게 거짓말이면," 여자가 말했다. "네 불알을 잘라서 개 먹이로 줄 테니 그런 줄 알아." 최소한 그녀의 목소리에 깃든 살기 중 일부는 모종의 경외감으로 대체되었다.

카이종은 건장한 여자의 뒤를 따라 진흙탕 속을 비틀대며 걸었다. 그는 물에 젖은 주머니 속 휴대전화를 눌러 봤지만 완고한 돌멩이인 양 아무 반응이 없었다. 비바람이 거세게 몰아쳤다. 여자는 때때로 바람 속을 날아다니는 은색 나비 떼를 피하려고 걸음을 멈췄다. 모서리가 면도칼만큼이나 날카로운 금속 파편들이었다.

"그녀는 저 안에 있어." 여자가 판잣집을 가리키며 소리쳤다. 강풍 때문에 그녀의 목소리가 잘 들리지 않았다. "하지만 지금은 못 들어가!"

"왜?" 카이종도 외쳤다.

"안 된다면 안 되는 줄 알아."

순간 카이종은 힘을 내어 그를 움켜잡으려는 여자의 팔을 피하며 판잣집으로 돌진했다. 발이 삐끗하면서 부드럽고 역겨운 진흙 속으로 미끄러졌다. 판잣집 안에서 푸른 섬광이 번쩍이는 순간, 그는 등에 심한 충격을 느끼며 바닥으로 고꾸라졌다. 그의 팔과 다리는 즉시 프로레슬링 기술에 걸려 단단히 고정되었다. 탈구된 관절에서 불길한 소리가 났고 극심한 통증이 밀려왔다.

"내가 씨발 움직이지 말랬잖아!" 그녀는 힘이 빠진 카이종의 왼쪽 다리를 붙잡고 의체 폐기물이 가득한 임시 창고로 끌고 갔다. 그녀는 쓰레기 더미에서 고무 밀도 하나를 찾아냈고 놀라운 힘으로 그것을 밧줄처럼 길게 늘여 수도관에 카이종의 손을 단단하게 묶었다.

"이번 일을 교훈으로 삼아. 다음에는 네 거시기를 쓸 거니까." 여자는 킬킬대며 미미의 판잣집으로 들어갔다.

카이종은 화가 났지만, 이 어이없는 상황에 헛웃음이 나왔다. 변형된 고무 음경이 손목을 점점 파고들었다. 그는 몸부림을 쳤지만 빠져나올 수 없었다. 비바람이 점점 거세지면서 튀어 오른 의체가 그를 향해 돌진했고 피하려 노력했으나 소용없었다. 대부분의 의체가 실리콘 재질이라 다행이었다. 이어서 금속이 삐걱거리는 소리가 들리더니 머리 위 골판지 무늬의 철제 지붕에 균열이 생겼다. 바람에 철판이 얇은 종잇장처럼 비틀어지고 우그러졌다.

젠장! 만약 판잣집이 무너지면 모든 구조물의 무게가 그에게 떨어질 것이다. 깔려 죽지 않아도 질식할지 모른다. 카이종은 조금이라도 이동해서 최소한 목숨만은 건질 수 있기를 바라며 수도관을 힘껏 흔들었다. 그러나 녹슨 수도관은 꿈쩍도 하지 않았다.

카이종은 고무 딜도를 이빨로 악물고 필사적으로 턱에 힘을 가했다. 그는 쇼어 경도* 90A짜리 합성 소재를 물어뜯을 수 있기를 바랐지만, 가짜 음경에 이빨 자국 하나 남기지 못했다. 내 인생을 통틀어 가장 난처한 상황이군. 카이종은 생각했다. 인생

● Shore hardness. 재료의 경도 측정 단위. 측정기에서 0~100의 숫자로 표시
되며 숫자가 클수록 단단하다.

이 이렇게 끝나다니.

날카로운 금속 파열음이 몇 차례 더 울렸고, 카이종은 주름진 지붕이 마법 양탄자처럼 밤공기 속으로 사라지는 것을 보았다. 창고의 전체 구조가 흔들리고 변형되면서 느리고 날카로운 소리를 냈다. 창고는 곧 균형을 잃고 해체되어 쓰레기 더미로 흩어질 것이다. 그리고 천카이종은 데이미언 허스트Damien Hirst의 전위예술 작품처럼 수천 개의 더러운 의체 폐기물과 함께 묻힐 것이다. 다만 그의 시신을 구매하려고 수백만 파운드를 낼 사람은 없을 것이다.

금속성 소음이 별안간 뚝 그쳤고 사방이 고요해졌다.

카이종은 두 눈을 꽉 감고 하나님께 이 뒤늦은 믿음을 용서해 달라고 기도했다.

영국의 정통 일렉트로니카 그룹 프로디지Prodigy의 다섯 번째 정규 앨범 〈Invaders Must Die〉의 마지막 수록곡 'Stand Up'이 미미의 귓가에 울려 퍼졌다. 하지만 미미는 그 사실을 몰랐다. 다만 강렬한 일렉트로니카 리듬과 멜로디 라인에 맞춰 그녀의 시야가 살짝 흔들렸다. 그녀는 질주하는 야생마들을 길들이고 있었다.

수백 명의 쓰레기인간이 증강현실 안경을 통해 미미와 연결되어 시야를 공유했다. 미미의 시야에 밝기, 각도, 색상이 다른 무수한 천장이 스쳐 지나갔다. 미미는 쓸모없는 데이터의 간섭을 과감하게 제거하고, 음악의 리듬에 맞춰 고속 데이터 스트림을 모든 터미널로 분산시켰다. 오르골의 금속편과 롤러처럼 롤러의 돌기가 금속편의 여러 갈래를 울려 서로 다른 주파수로 정보를 전송하고, 수신 측의 디코딩 메커니즘에 의해 완전한 음악으로 재조립되었다. 그것은 리원이 가장 자랑스러워하는 업적이었다.

산터우에서 가장 가까운 서버에만 접속할 수 있어. 리원은 그렇게 말했다.

그걸로 충분해요. 미미는 그렇게 답했다.

미미0은 등 뒤에 흩어져 혼란스러워하는 의식들을 느낄 수 있었다. 그녀는 곧 그들을 기이한 여정으로 이끌 것이다. 다만 그녀는 또 다른 자신이 어떻게 이 모든 것을 해내는지 이해할 수 없었다. 세포분열, 식물의 주광성, 동물이 먹이를 찾고 짝짓기와 번식을 하는 것처럼 숨겨진 본능인 것 같았다. 그녀가 이룬 유일한 진전은 두 미미 사이의 대화에 익숙해진 것이었는데, 마치 인격 분열의 전조증상 같았다.

빛이 있으라. 미미0이 생각했다.

그녀는 그들을 보았다. 수십만 개의 역동적인 이미지가 동시에 시야를 덮쳤다. 인간의 뇌로는 처리할 수 없을 정도로 방대한 데이터였다. 그녀는 속이 메스꺼웠고 방향감각을 잃은 것 같았다.

산터우의 '복안複眼' 시스템에 오신 것을 환영합니다. 이 시스템은 수백만 대의 카메라와 인공지능 이미지 식별 기술을 사용하여 도시의 모든 거리와 사람의 표정을 하루 24시간, 일주일 내내 자세히 모니터링하고 범죄나 테러를 일으킬 수 있는 모든 흔적을 찾아 시민의 생명과 재산을 보호했다. 이제 미미는 그것의 심장에 침범했다. 그녀는 특별한 것을 찾고 있었다.

그녀는 곧 건초더미에서 바늘 찾기 같은 자신의 검색 방식이 비효율적임을 깨달았다. 미미1은 비디오를 디스플레이하는 로직을 재구성하여 거리의 지리적 위치와 카메라의 방향에 따라 산터우 전역을 일인칭 시점으로 재구성했다. 일반적인 인간의 시각과 달리 어느 시각에서도 360도로 구현되는 파노라마 뷰를 제공했다. 흡사 파르마 대성당에 있는 코레조의 돔 프레스코화 〈성모승천〉처럼 관찰하는 지점마다 사방이 원형의 소용돌이처럼 보였고 원근법의 소멸점은 원의 중심에 배치되었다. 가까이 다가갈수록 소용돌이의 중심에는 겹겹이 끝없는 디테일이 드러났다.

세계가 이상한 사과라고 상상해 보라. 위아래 움푹 들어간 꼭지가 서로 연결될 때까지 변형되고 깊어지다가 도넛 모양이 된다. 한편 사과 껍질은 온전해서 끝없는 러닝머신처럼 도넛의 '구멍'을 미끄러지며 오르내릴 수 있다. 관찰자는 구멍 어느 지점에서나 고리 모양으로 끊임없이 펼쳐지는 세계를 본다.

더 신기한 것은 관찰자가 도넛 고리의 어느 지점을 향해 움직이면 그 지점이 자동으로 열리고 확장되어 관찰자를 새로운 도넛 모양의 광경으로 둘러싸는 것이다. 완벽한 자기조직 프랙탈 구조였다.

수백 명의 승객이 미미의 날개 아래에서 꿈틀대며 조바심을 냈다.

미미가 움직였다. 그녀는 이성적으로 자기 몸이 여전히 작은 양철집에 갇힌 채 폭풍우 속에 떨고 있음을 알았다. 게다가 그녀의 의식은 불과 수십 킬로미터 떨어진 데이터 센터의 답답한 철제 상자 안에서 헤매고 있음을 알고 있었다. 그러나 그녀의 주변에서 소용돌이치는 이미지들은 그녀가 철제 콘크리트의 정글 위를 날아다니는 천사로 변신한 듯한 환영을 제공했다. 그녀의 가상 육체는 거리를 휩쓸고 집, 상점, 다리, 공원, 엘리베이터, 기차, 버스를 통과하며, 불이 켜진 수많은 창문을 순식간에 들여다보았다. 사각지대 따위는 허용하지 않았다.

해 질 녘이었지만, 도시는 이미 다채로운 태피스트리처럼 깨어나고 있었다.

빗속에서 정체된 차량 행렬이 천천히 움직이며 도시의 주요 동맥과 모세혈관 같은 간선도로를 반짝이는 피처럼 흘렀다. 똑같이 불안하고 무감각한 수십만 명의 얼굴이 차창 뒤에 숨겨졌고, 때때로 와이퍼가 움직이며 비에 젖은 네온 빛을 닦아냈다. 자율주행 차량들은 컴퓨터를 믿지 않는 보수적인 운전자들의 행렬에 갇혀 경적을 길게 울렸고, 소음 측정 데시벨이 점점 높아졌다. 수많은 백미러 속에 비틀어진 입 모양이 불순한 의도를 드러냈다.

30만 개의 창문이 자동으로 밝아졌고, 스마트 센서가 집주인의 기분을 파악하여 실내 온도, 조명, TV 채널 또는 음악 스타일을 자동으로 조절했다. 5천 개의 음식점은 자동 생성된 테이크아웃 주문을 받았다. 건강 모니터링 시스템은 신체 필름에 동기화되어 체온, 심박수, 칼로리 섭취/소모, 자가 전류 피부 반응 등을 기반으로 다음 날의 활동을 계획했다. 피곤에 지친 얼굴들이 연이어 등장했다.

고층 빌딩의 사무실들은 대낮처럼 환했다. 거대한 동공이 확대되어 폐회로 카메라를 통해 스크린을 응시하는 10만 개의 얼굴을 들여다보면 그들의 긴장, 불안, 기대, 혼란, 만족, 불신, 질투, 분노가 빠르게 쇄신되었고 그들의 안경은 화면 속을 가로지르는 데이터를 반사했다. 그들의 표정은 공허하면서도 깊었다. 자신의 삶과 가치관의 관계에 대한 개념이 없었고, 변화를 갈망하는 동시에 두려워했다. 그들은 스크린을 응시하듯 서로를 응시했고, 스크린을 혐오하듯 서로를 혐오했다. 그들은 하나같이 냉담하고 따분한 얼굴을 하고 있었다.

젊은 여교사가 스크린 속 학부모들에게 아이들이 가상 세계에 강박적으로 몰두하는 것에 대해 우려를 표명했다. 통화를 종료한 그녀는 지체 없이 자신의 가상현실 장비를 착용했다.

학교에서 주최하는 메이커 페어Maker Fair에서 우승하고 싶던 한 소년은 신경 개조 키트를 들고 아버지가 사랑하는 독일 셰퍼드를 향해 살금살금 다가갔다.

나체의 남자가 암호화된 채널에 접속했다. 센서로 가득한 알비노 악어와 기계 문어가 늪에서 레슬링을 하고 있었다. 악어의 피부에서 나오는 전기 신호가 성적 자극으로 변환되어 남성의 대뇌피질에 직접 주입되었다. 이 채널에서는 또 다른 1만 5천 명이 같은 취향을 공유했다.

동네 광장에서는 은퇴한 여성들이 들리지 않는 음악 속에 규칙적인 리듬을 밟으며 춤을 췄다. 그녀들은 각자 주문 제작한 증강현실 파트너들과 함께 춤을 추고 있었는데 마음으로는 수십 년 전의 날렵하고 민첩한 모습을 되찾은 것 같았다.

고급 아파트에서 한 남자가 침대에 뻣뻣하게 앉아 TV 속 코미디언의 과장된 표정과 진부한 루틴을 무표정하게 감상하고 있었다. 그는 거대한 화면에 비친 자기 얼굴을 보며 소리 없이 흐느끼다가 권총을 집어 들었다.

한 무리의 새 떼가 저녁 하늘로 날아올랐다. 검은 연기처럼 흩어졌다가 또다시 모여들어 조용한 쪽빛 하늘에 불규칙적인 형상을 만들었다. 때로 서치라이트의 불빛이 스치면 검은 연기가 은빛 자갈로 변해서 반짝이기도 했다. 한 마리의 새가 움직이는 궤적을 포착하기 위해 카메라는 연달아 고속 촬영을 하고 초점은 한계치까지 당겨졌다. 모든 새는 같은 새처럼 보였다. 무리가 나는 방향을 따라가며 옆에 있는 동료의 자세를 모방했으며 낙오하거나 제멋대로 움직이는 새는 없었다. 대자연 속에서 이것은 식량과 안전을 의미했다.

그녀는 카메라를 빠르게 훑어보며 이질적인 이미지들을 매끄럽고 역동적인 화면으로 재구성했다. 다이빙하는 새처럼 그녀는 수백 미터 높이의 유리 벽을 지나며 급강하했다. 거울에는 네온사인이 번쩍이는 도시의 기괴하고 왜곡된 모습이 비쳤다.

네온사인은 소비주의 이데올로기를 모든 관찰자의 망막에 새겨 넣고 그들의 시선이 이동함에 따라 함께 떠다니며 변화했다.

그녀는 자신을 제외한 모든 것을 보았다.

미미는 더 많은 사람을 보았다. 고독한 사람, 도박꾼, 무고한 사람… 그들은 도시의 밝은 곳 혹은 어두운 곳에서 수백만 달러의 자산을 가지고, 혹은 무일푼으로 기술이 가져다준 편리성을 누렸고 전례 없는 정보와 자극을 추구했다. 하지만 그들은 행복하지 않았다. 이유가 무엇이든 간에, 그 능력은 이미 퇴화하여 맹장처럼 잘려 나간 것 같았다. 그러나 행복에 대한 갈망은 사랑니처럼 완고하게 자라났다.

미미는 문명의 총아인 그들에게 연민을 느꼈다.

그녀는 자신이 원하던 것을 찾았다. 낡은 밴 위에 설치된 초소형 단말기 위성통신 이동 기지국이었다. 밴에 붙은 표지판에 따르면 이는 개인 소유의 방송 장비였다. 그녀는 카메라를 통해 네트워크에 침입할 수 없었다. 실제로 움직여야 했다.

시간이 얼마 없어. 빨리 가서 재미 좀 보자! 그녀는 미미1이 흥분과 혼란 속에 있는 관광객들에게 하는 말을 들은 것 같았다.

함부로 나서지 마. 미미0이 미미1에게 경고했다.

왜? 미미1이 웃으며 대답했다.

그녀는 대역폭을 절약하기 위해 비디오를 차단하고 네트워크가 빈 곳으로 뛰어들었다. 위성 밴의 위치를 곧 확인했으나 차량의 네트워크가 VSAT* 시스템에 연결되어 있지 않았다. 미미의 머릿속에 여러 가지 방안이 떠올랐으나 엄격한 분석을 통해 하나씩 제거했다.

안내 말씀. 느린 화살이 우릴 따라잡기까지 3분 25초, 거미들에게 경고가 가기까지 2분 30초 남았어. 미미1이 귓가에 속삭였다.

시끄러워. 그렇게 잘 알면 네가 해보던가! 미미0이 화를 냈다.

아주 간단해. 미미1이 핸들을 낚아챘다. *그냥 놔.*

과속하던 대형 버스가 통제 불능이 되어 투명한 벽에 부딪힌 것 같은 상황이었다. 미미는 두 힘 사이에 끼어 숨을 쉴 수가 없었다. 뒷좌석의 관광객들은 앞 유리창으로 총알처럼 튕겨 나갔으나, 막아 줄 유리창은 없었다. 그녀와 함께하던 모든 탑재 의식은 갑자기 풀려났고 고삐가 묶인 수백 마리의 야생마처럼 각기 다른 방향으로 달리다가 차체의 무게에 얽매여 서로 뒤엉켰다. 그들은 빠른 대화를 통해 타협점을 찾아 하나의 힘으로 뭉쳤다.

미미는 그들의 목적지를 깨달았다. 순간 공포에 휩싸였으나 이미 그들을 막을 겨를이 없었다.

관광객들은 산터우의 외곽에 설치된 교도소 보안 시스템에 접속했다. 미미1이 제공한 크랙킹 도구를 이용해 감방의 모든 잠금 장치를 풀었고, 교도관들을 사무실에 가둔 후 거꾸로 잠갔다. 죄수들이 반응하는 데는 수초밖에 걸리지 않았다. 그들은 그 놀라운 기회를 낭비하지 않고 앞다투어 문을 박차고 나와 빗속

● very small aperture terminal, 소형 위성 지구국. 지름 60~180센티미터의 접시형 안테나로 정지궤도에서 선회 중인 통신위성과 교신해 데이터를 세계 곳곳에 보내고 받을 수 있다.

자유로운 세계를 향해 달렸다.

왜 이러는 거야? 미미0은 미미1에게 화를 냈다.

가만히 있어 봐. 미미1은 그녀에게 위성 밴으로 돌아가라고 손짓했다.

2.37초 만에 산터우의 '복안' 시스템이 교도소 내 비정상적인 활동을 감지하고 전체 경찰력을 긴급 동원하는 2급 경보를 발령했다. 위성 밴을 소유한 방송국은 이 소식을 접하고 제작진에게 현장에 가서 속보 영상을 찍으라고 지시했다. 국영 방송국과의 경쟁에서 이길 수 있었던 것은 발 빠른 대응 덕분이었다. VSAT 시스템에 녹색 불이 켜지고 위성 신호를 찾기 시작했다.

봤지? 미미1이 비웃듯 허리를 숙였다. *앞장서세요.*

미미0은 더 이상 그녀를 상대하지 않고 곧장 VSAT 시스템에 침입하여 저궤도 서버 스테이션 쪽으로 안테나의 방향을 재배치하려 시도했다.

지상파 간섭이 너무 심해서 신호를 안정적으로 얻을 수가 없어. VSAT 시스템에서 사용하는 C대역은 마이크로파 중계선 대역과 일부 겹치는 반면, 파장이 짧은 Ku대역은 비에 의해 심각한 방해를 받았다. 게다가 고르지 않은 지형에서 밴이 빠르게 이동하는 바람에 업링크 신호가 서버에 제대로 고정되지 않았다.

그럼 또 우리가 해결해야겠네. 미미1은 일찌감치 예상했다는 듯 장난스런 말투였다. 이번에도 그녀는 통제 불능의 쓰레기 인간들을 동원하려 했으나 미미0이 막아섰다.

안 돼…. 그녀가 말꼬리를 흐렸다.

시간이 없다는 거 알잖아. 미미1이 고개를 저었다. *우리한텐 다른 대안이 없어.*

흥분한 관광객들이 거꾸로 터진 폭죽처럼 사방에 흩어져 있다가 점점 중앙으로 모여들었다. 번잡스럽고 질서 없는 사고思考의 소음이 하나의 리듬, 하나의 함성으로 조화를 이루어 강력한 레이저빔처럼 교통 관제 시스템을 공격했다. 도시 전체의 신호등이 격렬하게 깜빡였고 겁에 질린 운전자들은 몸을 피했다. 자동차들끼리 서로 충돌하고 전복하는 둔탁한 소음이 끝없이 이어졌다. 날카로운 경적 소리가 소음 모니터에 가시덤불처럼 빽빽했고 하늘에는 연기가 가득했으며 여기저기 불꽃이 치솟았다. 공황 상태에 빠진 승객들이 다친 팔다리를 부여잡고 망가진 차량에서 빠져나오며 길에 핏자국을 남겼다. 울음소리, 비명, 폭발음, 유리 깨지는 소리, 빗소리가 함께 엮여 강렬한 파토스를 담은 복잡한 무조음악無調音樂으로 직조되었다.

위성 밴이 차량 수십 대가 연쇄 충돌한 현장에 도착하자, 흥분한 표정의 촬영감독이 뉴스 속보 장면을 찍기 위해 고화질 카메라를 메고 운전석에서 뛰어내렸다. 행인들은 발걸음을 멈추고 증강현실 안경으로 현장을 촬영해 SNS에 올린 다음에야 부상자 구조를 떠올렸다. 이는 불과 1분 만에 터진 두 번째 뉴스 속보였고 네트워크를 통해 그 파문이 퍼지면서 탈옥 사건에 대한 관심이 일부 분산되었다.

아무도 안 죽였기를 바랄게. 미미0이 차갑게 말했다.

난 안 그랬어. 미미1의 말투는 평온했다. *저들이 했지.*

VSAT 시스템이 마침내 아나키.클라우드Anarchy.Cloud라는 이름의 저궤도 서버 스테이션에 접속했다. 연결을 확인한 미미는 방금 도시를 휩쓴 비극의 주범인 수백 명과 함께 탄소섬유 프리즘 섹터 안테나를 통해 지표면에서 400킬로미터 상공으로 발사됐다. 공기가 매우 희박하고 뜨거웠으며 이온과 자유전자로 가득했다. 미미는 수밀리초 동안 진짜 집에 돌아온 듯한 달콤한 환상을 느꼈다.

"시간이 다 됐어." 뤄진청이 단호한 목소리로 말했다. "마을을 다 밀어버리는 한이 있어도 그녀를 찾아낼 거야."

"3분만요! 아니, 2분만!" 단단한 호랑이의 목소리가 요동쳤다. "제 명예가 달린 일입니다!"

뤄진청은 말없이 땅바닥에 발로 밟혀 작살난 휴대전화를 쳐다보았다. 부품 중에 작은 콩나물 모양의 도청기가 보였다. *그 희멀건 사기꾼 새끼!* 그는 더 이상 스콧 브랜들이 했던 어떤 약속도 믿을 수 없었다. 그는 미미라는 협상 카드를 직접 자기 손에 쥐기로 결심했다. 미국인들의 정직하지 못한 태도에 뤄진청은 매우 분노했다. 그는 스콧을 쥐어짜 원래 받기로 했던 것 이상을 얻어낼 것이다.

단단한 호랑이의 프로젝터 속에서 밝은 점들이 하나씩 꺼지고, 남아 있는 별들은 거의 상상 속의 물체를 형성한 것 같았다. 사기, 배신, 이중성을 뜻하는 새로운 별자리 말이다. 하지만 그것이 실제로 무엇인지는 알 수 없었다.

"칼잡이를 데려와." 뤄진청이 부하에게 속삭였다. "그리고 내 밑으로 모두 집결시켜."

전쟁에는 언제나 희생이 따른다.

반나체의 칼잡이가 네발로 기면서 방 안으로 들어왔다. 굵은 쇠사슬이 그의 코걸이에 연결되어 있었고, 뤄진청의 부하 한 명이 쇠사슬을 잡고 있었다. 부하가 칼잡이를 꾸짖으며 갈비뼈를 걷어찼다. 칼잡이의 등 근육이 부풀어 오르고, 입가에는 침을 질질 흘리며 눈가에 살기를 띠자, 부하는 자신도 모르게 한발 물러서며 손에 있는 쇠사슬을 당겼다. 칼잡이는 고통스럽게 고개를 젖히며 헐떡였다.

"옷은 왜 안 입혔어?" 뤄진청이 불쾌감을 드러냈다.

"옷을 입히면 바로 찢어발겨서 씹어 먹습니다. 정말 미친개 같습니다!"

"목줄 이리 줘." 뤄진청은 쇠사슬을 잡고 안타까운 표정으로 칼잡이의 상처투성이 얼굴을 쓰다듬었다. 맹수는 순식간에 온순한 어린 양처럼 뤄진청의 발치에 웅크려 앉았고 그의 바짓단에 얼굴을 비비며 낑낑댔다. 칼잡이는 이렇게 병적이고 왜곡된 방식으로만 오랫동안 억눌러 왔던 타인과의 정상적인 유대에 대한 갈망을 표현할 수 있는 듯했다.

"착하지, 우리 강아지. 아빠가 이제 밥 줄게." 뤄진청이 복잡한 표정으로 귀 뒤를 긁어 주자 칼잡이는 만족스러운 듯 눈을 가늘게 떴다.

뤄진청은 다시 단단한 호랑이의 화면으로 돌아갔다. 우주의 중심에 깜빡이는 빛 하나만 남아 있었다. 단단한 호랑이가 더 자세한 사항을 확인하기 위해 해당 지점을 확대하는 순간, 모든 화면이 꺼졌다. 더 이상 별도, 은하수도 없었다. 어둠 속에 단단한 호랑이의 건조하고 쉰 목소리만 울렸고 희미한 붉은 점 하나가 공중에 떠다니며 잔상을 남겼다.

"뤄 사장님⋯ 실리콘섬의 전체 네트워크가 차단됐습니다."

아나키.클라우드에 오신 것을 환영합니다.

우리는 저궤도 서버 스테이션에서 정보 저장 및 원격 컴퓨터 서비스를 제공합니다. 당사는 어느 국가, 정당 혹은 기업에 속하지 않습니다. 당사는 테러 방지라는 명목하에 데이터 프라이버시를 침해하는 미국의 애국자법이나 유럽연합의 데이터 보호지침 29조 부칙과 같은 법률을 회피할 수 있도록 돕습니다.

우리는 순수한 자유주의를 믿는 무선 아마추어 동호회입니다. ☺ 부디 우리의 서비스가 짧은 육체적 생애 동안 권위를 멀리하고 통제에 저항하며 자유, 평등, 사랑을 포용하는 데 도움이 되기를 바랍니다. XOXO

자동화된 메시지였다. 지상 400킬로미터 상공의 그곳에는 카메라도, 마이크도, 센서도 없었다. 우주에서 서버 팜*을 운영

● server farm. 데이터를 편리하게 관리하기 위해 컴퓨팅 서버와 운영 시설을 모아 놓은 곳을 이르는 용어.

하는 데 필요하지 않은 것들은 무게와 비용을 절감하기 위해 제거되었다.

나는 인공 답변을 요구한다.

미미1이 지시를 내렸다. 답은 없었다.

우리 대체 여기에서 뭘 하는 건데? 미미0은 더 이상 참을 수 없었다.

나는 인공 답변을 요구한다. 닉슨만이 중국에 갈 수 있다. 반복하겠다. 닉슨만이 중국에 갈 수 있다. **

뭐? 미미0은 자신의 가상 귀를 믿을 수 없었다. 더 믿을 수 없는 것은 아나키.클라우드가 반응을 했다는 점이다.

아나키.클라우드: 와, 여기 베테랑이 오셨네. 한밤중에 날 깨웠으니
   그만한 이유가 있어야 할 텐데, 중국 아가씨.
미미: 나와 친구들을 연결할 독립적인 링크가 필요해. 빨리.
아나키.클라우드: 오오, 제대로 말썽을 부렸나 본데! 30초 후면 그물
   을 지키는 거미가 널 덮칠 거고, 베테랑 궁수도 널 쫓고 있고, 태
   풍 우팁이 네 물리적 위치에 상륙할 텐데. 태풍의 눈 근처는 풍속
   이 초당 55미터는 될 것으로 예상돼.

●● Only Nixon can go to China. 미국 속담으로, 훗날 〈스타트렉 6: 미지의
세계〉에서 벌칸의 속담으로 인용되었다. 영웅만이 기적을 행할 수 있다는
뜻이다.

미미: 할 수 있는지 없는지만 얘기해.

아나키.클라우드: 내 말 좀 들어봐, 자기야. 넌 장비가 부족해. 네가 말하는 건 빌어먹을 역침입인데 우린 그런 건 안 해 봤어. 글쎄, 한 번은 해 봤을 수도 있지. 근데 넌 우리한테 뭘 해 줄 건데?

미미: 헤디 라머의 의식 모델. 너희 중 한 명은 유명인의 의식 모델을 수집하는 취미가 있는 걸로 알아.

아나키.클라우드: 진짜? 누가 그녀를 업로드했단 얘긴 들어본 적이 없는데.

미미: 그녀는 2000년 1월 19일에 사망했고, 그녀의 뇌는 즉시 동결되었어. 수십 년 후에 신경 매핑을 수행하는 뉴로패턴 사에 의해 해동되었지.

아나키.클라우드: 꽤 그럴듯하게 들리는데.

미미: 생각해 봐. 인류 역사상 가장 아름답고 똑똑한 여성, CDMA의 어머니. 예리하고, 관능적이고, 끝도 없이 염문을 뿌리며 화려한 삶을 살았지. 그녀를 이용해서 많은 일을 할 수 있어.

그녀는 자신이 상대의 파충류 뇌를 조작하려 한다는 사실을 알았다. 조금 더러운 수작이긴 하지만, 효과는 분명했다.

아나키.클라우드: 흠… 하나만 더 물을게. 네가 그녀를 가졌다는 걸 어떻게 확인하지?

미미: 그건 쉬워. 그녀는 암호화되어 디지털 버섯으로 위장되었어. 내가 그걸 다운로드해서 섭취했거든. 그래서… 지금 그녀는 내 일부야.

아나키.클라우드: 어쩐지 주파수 도약 기술에 능하더라니.

미미: 그럼 거래가 된 걸로로로로로….

끊긴 잔류 데이터가 미미의 머릿속에 메아리처럼 울렸다. 의식이 서서히 또렷해지면서 눈앞에 축축하고 곰팡내가 가득한 양철 판잣집이 다시 보였다. 폭풍은 더욱 거세져서 지붕이 양쪽으로 마구 흔들렸다. 리원은 걱정스러운 표정으로 가까이 다가왔고 중요한 말을 하려는 듯 입술을 여닫았다. 미미는 습관적인 현기증으로 다리에 힘이 빠져 리원의 품으로 쓰러졌다.

미미는 다시 깨어난 이후 이렇게 강한 불확실성을 경험한 적이 없었다. 그녀는 다시 과거의 하찮은 쓰레기 소녀로 돌아간 것처럼 긴장했고 목뒤의 황금빛 '미' 자가 꺼지고 아드레날린이 혈류를 가득 채웠다.

그녀는 곧 태풍이 닥치리라는 걸 알았다.

17

"꼼짝 마!"

카이종이 눈을 떴을 때 여자는 물고기 뼈 모양의 칼을 그를 향해 휘두르고 있었다. 그는 가슴이 철렁 내려앉아 반사적으로 눈을 꽉 감았다. 순간 결박되어 있던 손목이 풀렸다. 깨끗이 잘린 고무 딜도의 단면이 거울처럼 매끄러웠다.

고맙다는 표현을 하기도 전에 그녀는 카이종을 판잣집 바깥으로 끌고 나갔다. 뒤에서 철골 구조가 무너지는 소리가 들렸고, 각종 의체 파편이 그 충격으로 인해 사방으로 튀어 마치 자폭하는 의체 괴물처럼 보였다.

카이종은 진흙탕에 무릎을 꿇었다. 비에 흠뻑 젖은 그는 공포와 추위로 온몸이 떨렸다. 창백한 입술을 벌벌 떨며 그는 고맙다는 한마디를 겨우 뱉었다.

"운이 좋은 녀석이군. 미미가 널 보고 싶다고 했어. 내가 조금만 늦게 왔어도 넌 그 고무 거시기처럼 되었을 거야." 여자는 거칠게 웃으며 그에게 힘차게 손을 내밀었다. "내 이름은 다오란이야."

찬바람이 양철집의 이음새를 뚫고 들어와 집 안을 온통 휘젓고 다녔지만, 희미한 노란 등이 비치는 방 안은 바깥보다 훨씬 따뜻하게 느껴졌다. 하지만 미미는 축축하고 더러운 옷을 입은 카이종을 보고서도 친밀함의 표현 없이 그저 다가와서 그를 살펴볼 뿐이었다.

"어쩌다 그렇게 더러워졌어요?"

"비가… 정말 많이 와요." 카이종이 대답했다.

미미는 다오란을 흘끗 쳐다보았다. 그녀는 어색한 표정으로 구석에 서 있었다.

카이종이 말을 이었다. "당신도 안색이 안 좋아 보여요."

"에너지 소모가 너무 커요." 미미가 팔꿈치 안쪽의 자동 주사기를 두드렸다. "약 기운만 돌면 괜찮아질 거예요. 여기엔 왜 왔죠?"

"나와 이곳을 떠나요." 카이종은 그녀의 차가운 손을 잡았다. 그러나 그녀의 손은 미끄러운 물고기처럼 그의 손을 빠져나갔다.

"저는 갈 수 없어요. 적어도 지금은요." 미미는 고개를 저으며 카이종의 뜨거운 시선을 피했다. "이 사람들은 제가 필요해요. 이들은 지금 위험에 처했어요."

"위험에 처한 건 당신이에요. 의사 말이 당신 뇌혈관이 언제든 파열될 수 있다고 해요. 스콧이 당신을 미국 최고의 의사에게 데려가겠다고 약속했어요."

그의 우려와는 달리 미미는 그의 말을 듣고도 전혀 당황하거나 머뭇거리는 기색이 없었다. 그녀는 다만 담담하게 웃었다.

"제 목숨은 제 것이 아닙니다. 비 내리던 그날 밤 이미 신령님께 바쳤어요."

주변에 있던 쓰레기인간들이 동시에 두 손을 모으며 기도하는 동작을 취했다.

"만약 그렇다면," 카이종은 꽉 다문 이 사이로 말을 뱉었다. "신령님은 왜 저를 당신과 만나게 한 거죠?" 그의 몸이 분노와 추위로 인해 부들부들 떨렸다.

미미의 눈빛이 부드러워졌다. 카이종의 얼굴에 묻은 진흙을 털어내더니 그의 어깨에 손을 얹었다.

"어쩌면 이 모든 게 신령님의 계획일지도 몰라요. 당신을 제게 데려온 것도요. 좀 보세요. 더 이상 옛날의 당신이 아니에요. 당신은 미국인도, 실리콘섬 사람도, 쓰레기인간도 아니에요. 당신은 우리 중 하나입니다. 우리와 함께 싸워야 해요."

방 안에 있던 모든 사람이 카이종의 어깨에 손을 얹었다.

카이종은 말을 잃었다. 눈앞의 평범해 보이는 소녀는, 세계에서 가장 모순적이고 복잡한 존재였다. 그녀는 이해할 수 없는 매력을 뿜어내 주변 모든 사람으로 하여금 그녀에게 복종하게 했고, 심지어 비이성적인 숭배의 눈빛으로 바라보게 했다. 그는 한때 그녀의 순수한 무지에 감동했었지만, 이제 무지한 쪽은 그였다. 연약한 외모와 부드러운 목소리 뒤에 연기에 능한 악마가 가면을 벗고 자신을 드러낼 기회를 기다리고 있었을까?

그보다 더 믿을 수 없는 것은, 그가 이러한 위험을 두려워하지 않는다는 점이었다. 심장이 더 빨리 뛰었고 혈관이 부풀어 올랐다. 미지에 대한 끌림에서 비롯한 치명적 관능이었다.

"알겠습니다. 여기 있을게요." 그녀가 떠나지 않겠다면, 카이종은 결심했다. *내가 그녀 곁에 있을 수밖에.* 그는 자신이 그녀를 보호할 능력이 없다는 걸 알았다. 그러나 그는 그 느낌을 원했다. 미미의 이해하기 어려운 계획에 동참하고 잃어버린 소속감을 되찾기 위해서만이 아니라, 그녀가 가져오는 활력을 통해 진실로 살아 있다고 느끼기를 원했다. 그는 다른 누군가가 아니라, 자신을 위해 이곳에 남을 것이다. 판잣집 안의 칩독들이 한꺼번에 격렬히 짖기 시작했다.

"놈들이 왔어요." 미미에게서 온화함이 사라졌다. 그녀는 사나운 전사처럼 주먹을 불끈 쥐었다. 눈빛에서 분노가 이글거렸다.

뤄진청 옆에서 달리던 부하가 우산과 힘겹게 씨름했다. 거센 바람에 우산이 거듭 뒤집혔다. 마침내 뤄진청은 참지 못하고 청년에게 우산을 놓으라고 호통쳤다. 검은 우산이 허공으로 날아올라 검은 박쥐처럼 빙빙 돌며 어둠 속으로 사라졌다.

난샤 마을에 진입한 지 얼마 되지 않아 자동차는 진흙탕에 빠지고 말았다. 칼잡이의 목줄을 쥔 뤄진청은 가장 신뢰하는 부하 20명을 거느리고 방금 태풍 '우팁'의 분노를 무릅쓰며 단단한 호랑이의 프로젝터 영상 속에서 마지막으로 빛나던 지점을 찾아갔다. 더 많은 인원을 동원할 수도 있었지만 방금 끊긴 네트워크로 인해 연락이 닿지 않았다. 불만스러운 상황이었지만 그가 할 수 있는 일은 없었다.

그들은 길가에 있는 모든 판잣집을 박차고 들어가 욕을 하고 협박하고 각종 집기를 부쉈다. 단지 그 쓰레기 소녀를 찾으려고.

칩독들이 그들을 향해 미친 듯이 짖어 댔다. 그 소리가 큰 공연 전의 북소리처럼 나비의 날갯짓이 만든 폭풍 속에서 간헐적으로 울렸다.

뤄진청은 손을 들어 모두 집합하도록 지시했다. 모든 판잣집을 수색할 필요가 없었다. 그들이 찾던 여자는 그의 앞에 서 있었다. 검은 빗속의 그녀는 너무 연약해서 바람 한 번에 날아갈 것만 같았다. 주변 판잣집의 쓰레기인간들은 처음에는 불안한 듯 쳐다보다가, 천천히 집을 나와 미미의 뒤에 섰다. 그들의 얼굴은 분노로 가득했고, 몸에 부착한 전자 장신구들은 비로 인해 합선되어 희미하게만 빛났다. 그들은 조각상처럼 우뚝 서서 뤄진청과 부하들을 바라보았다. 그들의 재활용 의체가 투박하게 빛을 내고 있었다. 그들은 천년 동안 잠들어 있던 화산처럼 거대한 에너지를 숨긴 채 폭발의 순간을 기다리고 있었다.

"오해하지 마세요. 우리는 문제를 일으키러 온 게 아닙니다." 뤄진청이 얼굴의 빗물을 닦으며 친절한 미소를 지었다. "사죄하러 왔습니다."

쓰레기인간들 사이에 혼란스러운 웅성거림이 짧은 파문을 일으켰다. 미미의 표정은 아무런 변화가 없었고, 카이종은 그녀의 바로 옆에 서서 뤄진청을 노려보았다.

쇠사슬이 철컹대는 소리가 울렸다. 벌거벗고 비에 젖은 칼잡이가 뤄진청의 거센 발길질에 두 무리의 한복판으로 내동댕이쳐졌다. 혼란스러운 듯 주위를 두리번대던 칼잡이는 불쌍하게 주인 곁으로 돌아와 위안을 구했다. 그러나 뤄진청은 그의 갈비뼈를 더 세게 걷어찼고 그는 비명을 지르며 몇 미터 밖으로 굴러가 그 자리에 웅크렸다.

"이 자가 미미를 학대한 주범입니다. 그를 넘길 테니 원하는 대로 하세요."

뤄진청의 진짜 계획이 무엇인지 아무도 알지 못했다.

"그리고 저도 부탁이 하나 있습니다." 뤄진청은 사방에 모인 쓰레기인간들을 둘러보았다. "칼잡이가 범행하던 그날 밤, 제 식구 두 명이 관조 해변에서 끔찍하게 죽었습니다. 모든 증거에 따르면 그들 외에 현장에 있었던 사람은 한 명뿐이에요."

뤄진청은 신사처럼 허리를 약간 굽히고 미미를 향해 왼쪽 팔을 들어 올리며 청하는 몸짓을 지어 보였다.

"미미, 저에게 그리고 우리 모두에게 살인범이 누구인지 말해 줄 수 있습니까?"

미미의 곁에 있던 카이종은 그녀의 몸이 순간 긴장하는 것을 느꼈다. 그녀의 표정에도 미묘한 변화가 한 줄기 스쳤다.

"만약 어려우시다면, 저와 함께 가서 경찰 조사에 협조해 주시겠습니까?"

"물론 안 됩니다!" 카이종은 앞으로 한 발짝 나아가 뤄진청과 미미 사이를 가로막았다. 쓰레기인간들이 다들 빗물을 툭툭 털어내며 분노를 표시했다. 그들은 경찰에 '협조'하는 것과 관련해 비슷한 이야기를 이미 너무 많이 들었고, 그 결과는 예외 없이 비참했다.

"영웅이 따로 없군요!" 뤄진청이 비꼬듯이 찬사를 보냈다. "쓰레기인간을 대변하는 실리콘섬 토박이! 중국 사람들을 보호하기 위해 한쪽 눈을 기꺼이 희생한 미국인! 천카이종, 테라그린 리사이클링에 대한 충성심은 정말 존경스럽습니다. 이 거래를 통해 당신과 당신 상사가 얼마나 큰 이익을 누리는지 좀 알려 주시겠습니까? 대체 얼마이기에 미미를 미국으로 데려가기 위해서 이렇게까지 애쓰는지 궁금해서요."

"무슨 말씀인지 모르겠군요." 카이종이 말했다. "저는 당신처럼 사람을 분류하지 않습니다. 모든 인간은 평등하게 창조되었습니다."

"미국인들이 전 세계를 자기 쓰레기장처럼 취급할 때도 아마 그런 생각이었겠죠?"

"죄를 지으면 그 값을 치르게 되어 있습니다." 천카이종은 이글대는 눈빛으로 뤄진청을 쏘아보았다. "단지 시간문제죠."

뤄진청은 미소를 지으며 손을 흔들었다. "대화가 안 통하니 폭력을 쓸 수밖에 없군. 모두 내 말 잘 들어. 미미는 살려 두고, 미국인은 다치게 하지 마. 너무 심하게는."

뤄씨 폭력배들의 몸에 다양한 색상의 바디 필름들이 불을 밝혔다. 꽉 끼는 라이크라 방수 조끼 아래 그들의 울퉁불퉁한 강화 근육이 드러났고, 빛나는 문양들이 팔다리와 몸을 타고 올라왔다. 손과 팔에 달린 금속 전자 장신구들이 번쩍이며 서로 부딪히자 쨍그랑 소리가 났다. 그들은 굶주린 승냥이 떼처럼 히죽대며 쓰레기인간들을 향해 여유롭게 다가갔다.

카이종은 미미를 군중 뒤 안전한 곳으로 끌고 갔다. 미미가 벗어나려 몸부림치는 것이 느껴졌지만 그는 꼭 붙잡았다. 그녀가 얼마나 강력한 힘을 보여 줬든 간에 지금은 산터우 여행에서 아직 회복되지 않은, 인간의 육체일 뿐이었다. 그녀는 강력한 보호가 필요했지만 이곳엔 슈퍼히어로가 없었다.

쓰레기인간들의 재활용 의체는 뤄씨 폭력배들의 고급 장비에 대적하지 못했다. 다오란은 날카로운 생선 뼈 칼을 들고 돌진했지만 결국 손발이 묶였고, 형광색 남자는 생선 뼈 칼을 낚아채 그녀의 가슴에 꽂았다. 솟구치는 피가 빗물과 섞여 그녀의 일그러진 얼굴을 적셨다.

몸들이 부딪히는 둔탁한 소리가 밤공기를 가득 채웠다. 뤄씨 폭력배들은 강화 근육을 최대치로 설정했고, 의체가 성형 수술에 실패한 것처럼 비례에 맞지 않게 튀어나왔다. 사지가 부러지고 의체가 뜯긴 쓰레기인간들의 진영은 쉽게 뚫렸다. 부상한 쓰레기인간들은 구멍 뚫린 쓰레기 봉지처럼 너덜거렸고 희멀건한 내장이 흘러내렸다. 그들은 아무렇게나 던져져 날카로운 것에 찔리고 목이 꺾였다. 일부는 찢긴 몸에서 내장이 쏟아지는 것을 막느라 애쓰며 무심한 하늘을 향해 울부짖었으나 비명은 곧 거센 바람에 압도당했다.

고귀한 승리자들은 인공적으로 강화된 껍데기를 뽐내며 비천한 패배자들의 잔해를 밟고 최종 사냥감, 미미라는 이름의 쓰레기 소녀를 향해 다가갔다. 격렬한 폭풍우가 대지 위의 피를 씻어냈고 주홍색 물줄기가 되어 바다로 흘러갔다. 광풍이 이 땅에 뿌리 내린 모든 것을 뒤흔들고, 그것들을 문질러 부수고, 해체하고, 하늘로 흩어버리리라 맹세한다. 정교하고 견고하다고 자부하는 문명의 창조물들이 파편이 되어 땅속으로 가라앉고 늪 속에서 반짝이며 다음 생을 맞이하게 될 것이다.

폭력배들의 얼굴에 더 이상 자부심이나 품위 따위는 보이지 않았다. 의미도, 목표도, 기쁨도 없었다. 다만 기계적이고 반복적인 살육뿐이었다.

이 게임에 승자는 없었다.

미미는 판잣집 뒤편에 숨겨져 있는 외골격 로봇과 의식을 연결하려 애썼다. 그날, 비 오던 긴 밤에 일어났던 기적처럼 말이다. 그러나 그녀는 할 수 없었다.

아마도 고열량 과당 혼합물이 산터우에서 소모된 ATP를 보충하지 못했을 수도 있고 뒤에서 들려오는 처절한 비명에 주의력이 분산되었을 수도 있다. 미미는 인정하고 싶지 않았지만, 미미가 죽음 직전에 이르러야만 공간 장벽을 뚫기에 충분한 에너지를 발산할 수 있으며, 그래야만 무선 통신장비를 사용하지 않고 직접 로봇의 원격 제어 시스템에 침입하여 미미-메카로 변신할 수 있다는 것이 가장 설득력 있는 설명이었다.

'조점' 속에서 죽음에 맞서 고통스럽게 몸부림치는 영혼들처럼 죽음에 가까워질수록 신령에 더욱 가까워지는 것이다.

미미는 외부 세계의 간섭으로부터 방어벽을 쳤다. 두꺼운 벽이 내려앉은 것처럼 비명은 순식간에 희미해지고 아득해졌다. 미미는 한밤에 촛불을 찾듯 또다시 모든 에너지를 집중했다. 얼굴이 새하얗게 질렸고 몸은 차가웠다. 온몸의 근육이 미미하게 경련하기 시작했다. 또다시 실패했다.

미미. 그녀는 폭우를 뚫고 귓가를 스치는 소리를 들은 것만 같았다.

미미. 외치는 소리가 조금 더 가까워졌다. 그녀는 방어벽을 풀었다.

미미! 고함소리가 천둥처럼 등 뒤에서 길고 나지막한 굉음을 울렸다. 공포에 질린 미미가 뒤돌자 반고체 상태로 일그러진 표정의 카이종이 매우 느린 속도로 그녀의 이름을 포효하는 것이 보였다. 그의 뒤에 피투성이 뤄씨 폭력배도 마찬가지로 슬로모션처럼 달리고 있었다. 몸의 형광 무늬가 공기 중에 찬란한 광흔을 그리며 그녀를 향해 응고된 파도처럼 밀려왔다.

카이종은 몸으로 그들을 막으려 했으나, 기형적으로 불룩하게 튀어나온 팔이 그를 잡고 휘둘렀다. 그는 가볍게 공중으로 날아올라 군중 위를 지나쳐 전자 쓰레기 더미로 떨어졌다. 쓰레기 산이 순식간에 무너지면서 그를 묻어버렸다.

짐승들은 멈추지 않고 곧장 미미에게로 향했다. 미미는 짐승들의 입에서 나는 악취를 거의 맡을 수 있을 것 같았다.

증강현실 안경에 불이 켜졌다.

그와 동시에 미미의 의식은 둑을 무너뜨리는 홍수처럼 콸콸 쏟아져 나왔다. 갇혀 억눌려 있던 모든 에너지가 한꺼번에 풀려나면서 자유의 쾌감이 모든 시공간을 가득 채웠다. 미미는 아나키.클라우드가 성공했음을 알았다. *거래 완료.* 미미는 빙긋 웃었고, 몇 밀리초 만에 관조 해변 전쟁의 신과 의식을 연결했다.

때가 되었어.

큰 폭발음과 함께 미미-메카가 창고를 부수고 나왔다. 뒤틀린 금속 파편들이 사방으로 날아갔고, 몇 개는 느리게 움직이는 형광색 폭력배들의 팔다리를 뚫고 공중에 매달렸다가 다시 땅으로 떨어졌다. 미미는 아직 이 거대한 골격의 무게에 익숙하지 않아서 비틀대다가 강한 관성에 밀려 폭력배 몇 명을 짓밟았다. 미미는 균형을 잃고 겁에 질린 폭력배 한 명 위로 잘린 나무처럼 쓰러졌다. 그녀는 강철 팔로 몸을 일으키려 했지만 결국 그 남자의 한쪽 팔과 두개골 반쪽을 날려버렸다.

승냥이 떼는 갑작스러운 침입자에 놀라서 어리둥절했지만, 이미 자극받은 살인 본능을 억누를 수 없었다. 그들은 미미-메카의 약점을 찾기 위해 그 주변을 둘러쌌다. 그들의 제한된 경험에 따르면 이렇게 거대한 로봇은 느리고 둔할 수밖에 없었다.

그러나 그들은 틀렸다.

미미-메카는 두 팔에 숨겨진 초음속 칼날을 펼쳤다. 초당 4만 회의 고주파로 진동하는 이 칼날은 거의 무저항으로 물체의 분자 사슬을 끊어내는 동시에 강한 열로 상처를 용접했다. 그야말로 칼날에 피 한 방울 묻히지 않는 진정한 무기였다. 그녀는 경쾌한 재즈 리듬에 맞춰 우아한 스텝을 밟으며 춤을 췄다. 칼날에 부딪는 빗방울은 수증기로 변했고, 그녀에게 접근하는 사람은 평생 잊지 못할 추억을 가질 것이다. 피 한 방울 없이 평평하고 매끈한 거울 같은 절단면과 살짝 탄 고기의 향기 말이다.

얼마 지나지 않아 SBT는 의체가 필요한 새 고객을 12명 이상 확보했다.

그녀는 주변을 둘러보았다. 도망치는 인파 속에 뤄진청은 보이지 않았지만 다른 선물을 찾아냈다. 캄캄한 구석에 숨어 있는 칼잡이였다. 미미-메카는 그의 앞으로 달려가 그의 코에 연결된 사슬을 들어올렸다. 그녀는 희미한 연골 부서지는 소리와 짐승 같은 비명을 즐겼다. 공포에 사로잡힌 칼잡이의 얼굴은 알아볼 수 없게 일그러졌고 눈물과 콧물로 범벅이었다. 그는 벗어나려 몸부림쳤지만 감히 큰 힘을 쓰지는 못했다. 마침내 괄약근이 통제를 잃자 시커먼 배설물이 벌거벗은 허벅지를 타고 흘러내렸다.

미미는 메스꺼움을 느끼며 오른팔을 들어올렸다. 정육점의 돼지 지육枝肉 다루듯 그를 반으로 잘라버릴 참이었다.

죽이지 마. 미미1이 말했다.

왜? 미미0이 화를 내며 대꾸했다. 놀랍게도, 배경색에 맞춰 끊임없이 색깔을 바꾸는 문어처럼 자신 또한 무의식중에 또 다른 미미가 되어 가고 있었다.

그를 더 죽이고 싶어 하는 사람에게 남겨 둬.

미미-메카는 그를 쓰레기 봉투처럼 떨어뜨린 다음 쇠사슬을 목에 두 번 감아 수도관에 묶었다. 그녀는 강철 껍데기에서 벗어났고 칼잡이 앞에 그 신령을 남겨 두었다. 이 무생물의 수호신은 손오공을 짓누른 부처님의 손처럼 그가 도망치지 못하게 할 것이다.

그녀 주변은 완전한 폐허였다. 태풍은 사람들의 사악한 마음과 공모하여 희생의 제사를 올리려 했으나, 탐욕스러운 인간들이 불러온 것은 자신조차 파괴할 만큼 통제 불능의 힘이었다.

미미는 팔다리를 잃은 부상자를 도우려 했다. 고통스러운 광경이 그녀의 거울뉴런을 활성화했고 그들의 상황에 깊이 공감했다. 통증과 절망이 그녀의 의식을 둘러싸 숨을 쉬기가 어려웠다. 그녀는 벌벌 떨면서 쓰레기인간들의 네트워크에 접속해 도움을 요청했다.

미미는 미친 듯이 쓰레기를 사방으로 헤집으며 카이종을 찾았고, 마침내 바닥에 쓰러져 있는 그를 발견했다. 다행히 상처는 그리 깊지 않아 보였다. 미미의 반복된 부름에 카이종은 천천히 눈을 떴다. 미미는 기쁨의 눈물을 흘리며 다른 인격으로 인해 억눌렸던 감정을 한순간에 무너뜨렸다. 진흙으로 더러워진 그의 얼굴을 잡고 깊게 입을 맞췄다.

카이종은 현기증을 느끼며 깊은 하늘을 바라보았다. 구름 사이로 희미한 자홍색 빛이 악몽같이 반짝였다. 그는 지금까지 일어난 일과 지금도 일어나고 있는 일을 여전히 믿을 수 없었다. 이 모든 일이 타인에 의해 그의 의식에 강제로 삽입된 환각인 것만 같았다.

스콧은 두카티에 앉아서 폭풍으로 흐려진 난샤 마을을 멀리서 바라보았다.

야간 투시경 모드로 보는 차가운 빗방울은 밤보다 더 어두웠다. 돌풍이 어두운 사선으로 하늘을 지나가는 동안 판잣집의 틈새에서 유출된 열이 흰색으로 밝은 윤곽을 그렸다. 잔혹한 싸움은 끝났고 잘린 팔다리와 피에 남은 잔열을 빗물이 씻어냈다. 그것들은 점차 차가워지고 검게 변하다 주변 환경에 녹아들어 죽었다.

아직 때가 아니야. 스콧은 자동차 운전이라는 멍청한 생각을 버린 것을 다행이라 생각했다. 그는 서투른 금속 상자가 물 위에 떠다니다가 파도에 밀려 소용돌이에 휩쓸리고 도로의 진흙탕에 가라앉다가 태풍으로 인해 부러진 나무 파편 속에 갇히는 모습을 보았다. 반면, 그가 탄 거대한 딱정벌레는 민첩해서 고인 물에서 언제든지 멈추거나 유턴하거나 매우 좁은 구간을 비집고 지나가거나 넘어진 전봇대를 피하고 가파른 경사면을 전속력으로 질주할 수 있었다.

그는 물속에서 전력으로 헤엄치는 개 한 마리를 보았다.

실리콘섬의 지형은 불규칙한 칼데라를 닮았으나 경사가 훨씬 완만했다. 스콧은 현재 가장자리에서 가장 높은 곳에 서 있었다. 바깥쪽은 경사진 e-폐기물 처리 구역으로 바다까지 쭉 이어졌고 안쪽은 움푹 들어간 분지로 실리콘섬 주민 대부분이 그곳에 거주했다.

옛날 실리콘섬의 건설자들은 아열대 몬순 기후로 인한 침수를 방지하기 위해 정교한 배수 시스템을 구축했으며, 계단식 배치와 중력을 이용하여 불리한 자연조건을 극복했다. 수백 년이 지난 지금, 문명으로 인해 변화된 세계는 고대인의 상상을 초월했다. 토양은 오염되고 염분화되고 사막화되었으며 도랑은 무너지거나 막히거나 산성 욕조로 용도가 변경되었다. 넘치는 빗물은 더 이상 원활하게 배출되지 않고 방향을 잃은 맹수처럼 모든 것을 삼키고 파괴할 수 있었다.

이젠 풍수지리도 당신들을 구할 수 없어.

스콧은 실리콘섬의 수위가 점점 높아지는 것을 지켜보았다. 많은 사람이 잠에서 깨어 물이 집 안까지 들어찬 것을 깨달았다. 침대 가장자리가 물에 잠겼고 합선된 전선에서 불꽃이 튀었지만 네트워크가 끊겨 도움을 요청할 방법이 없었다. 겁에 질린 아이들의 울음소리와 개 짖는 소리가 뒤섞였고, 물에 잠긴 집들이 거센 강풍에 무너지며 홍수에 휩쓸렸다. 그러나 바깥의 차가운 비는 멈출 기미가 없었다.

어떤 사람들은 미처 잠에서 깨지도 못했다.

스콧은 조각상처럼 그 자리에 우두커니 서 있었다. 등대에서 희미한 불빛이 스치면서 그의 날카로운 눈코입을 빛과 음영으로 깎아냈다. 그는 무의식적으로 방수팩 안의 물건을 뒤적거렸다. 콴둥 조직에서 받은 귀한 선물 두 개였다. 손가락이 딱딱한 표면에 닿자 그는 안도감을 느꼈다. 실리콘섬에서 가장 높은 건물 꼭대기에서 푸른 불꽃이 솟구쳤다. 소멸하는 호광弧光이 스콧으로부터 그리 멀지 않은 곳에서 힘겹게 걸어가는 사람의 형상을 비췄다.

세인트 엘모의 불. 스콧은 그 형상에 집중하며 차갑게 웃었다. 그것은 뤄진청이었다.

스콧은 가능한 모든 경로를 관찰했다. 그는 뤄진청처럼 바보 같은 실수를 저지르고 싶지 않았다. 그는 이성을 잃고 공포에 질린 개처럼 집을 향해 직진하고 있었다.

가장 높은 지대에 서 있는 스콧은 뤄진청이 택한 길이 곧 가장 험한 물살을 맞닥뜨리게 된다는 것을 알았다.

● 물체와 대기 사이에 전기장이 형성되어 발생하는 방전 현상. 피뢰침, 배의 돛대 끝, 항공기의 날개 끝 등에서 나타날 수 있다. 예로부터 선원들은 길조로 여겼다.

18

"물이 찼어요!"

미미는 침대에 기댄 채 바닥에 앉아 있었다. 곁에는 그녀만큼이나 쇠약해진 카이종이 반쯤 무릎을 꿇고 그녀의 차갑고 떨리는 손을 꽉 잡고 있었다. 증강현실 안경의 이어폰을 통해 불협화음 같은 대화가 흘러나왔다. 아나키.클라우드가 임시로 구축한 쓰레기인간 전용 위성 네트워크였다.

"신의 심판이에요!" "그러니까요, 전부 물에 잠겼으면 좋겠어요." "토박이들이 죽는 걸 보러 갑시다." "…죽는 걸 보러…" "죽는…."

점점 더 격앙되는 분노의 말들이 고막을 때렸다. 목소리가 서로 겹치고 간섭하다가 뒤섞여 포악한 무조음악이 되었다. 순간 한 소녀의 목소리가 바닥에 떨어진 은침처럼 울렸고, 모든 소음은 잠잠해졌다.

"하지만 구급차도 못 올 거예요." 소녀가 말했다.

그동안 말을 아끼던 소수파가 신중하게 발언하기 시작했다.

"경찰력은 전부 탈옥수 추적과 교통사고 피해자 구조를 위해 산터우로 이동했습니다."

"…그건 우리 책임입니다."

모두가 침묵했다. 간접적으로라도 자신이 살인자임을 인정하고 싶은 사람은 없었다.

"이건 예측 불가한 자연재해입니다. 우리 잘못이 아닙니다."

"손 놓고 사람들이 죽는 걸 지켜보는 것이 죽이는 것과 뭐가 다릅니까?"

"손에 직접 피를 묻히느냐의 문제죠. 바보가 아니라면!"

"그 피는 이미 당신의 이름을 더럽혔고 당신의 영혼에 스며들었습니다. 우리 자손들은 살인자의 후손이라는 불명예를 안게 될 겁니다."

"우리 후손들은 어차피 고생하게 되어 있습니다. 우리가 쓰레기인간이란 걸 잊었어요?"

"하지만 우리까지 자신을 빌어먹을 쓰레기인간이라고 생각할 수는 없지 않습니까? 우리는 사람입니다, 사람! 그들과 다를게 없다고요!"

"젠장, 입 좀 닥치세요. 가서 씨발 죽고 싶은 사람은 가라고요. 말끝마다 빌어먹을 인의도덕 타령!"

"뤄씨들이 우리를 어떻게 학대했는데! 그 짐승 같은 인간 쓰레기들을 구하러 간다고?"

"네가 진짜 쓰레기네. 뤄씨들과 실리콘섬도 구분 못 해?"

미미의 얼굴은 창백했다. 계속되는 고강도 에너지 소모로 거의 탈진 상태였다. 자동 주사기는 마지막 몇 방울의 과당을 그녀의 정맥에 주입했다. 그녀는 목소리를 높일 힘도 없었다.

"그만." 그녀가 힘없이 속삭였다. "모두 닥치세요."

날카롭고 거칠고 주저하는 목소리가 전부 사라졌다.

"기억하세요? 산터우에서는 아무도 다투지 않았고 의심하지도 않았어요. 여러분 모두는 짧은 순간에 판단을 내렸고 집단을 위해 행동 방향을 결정했습니다. 그 선택이 옳았는지 틀렸는지는 모르겠지만, 여러분 모두 그 결정과 결과를 받아들였다고 생각합니다…."

정말 확신해? 미미0이 물었다. 실리콘섬 토박이들의 경멸 섞인 표정, 그들 앞에 무릎 꿇은 쓰레기인간들, 칼잡이로부터 받은 능멸, 뤄진청의 냉혹한 표정 등이 세피아 톤의 파편으로 스쳤다. 그녀는 몸서리를 쳤다. 생리적 혐오감이 화학 물질과 함께 혈액 속에 스며들었다. 그것은 분노를 초월한 것이었다.

더 나은 해결책이 없는 한은. 미미1이 대답했다. *넌 그들을 구하고 싶지 않은 거 알아.*

네가 구하라고 하면, 사람들은 그들을 구하러 갈 거야. 그들은 너를 신처럼 숭배해. 미미0이 말을 뱉어냈다. *이곳의 형제자매들은 내 목숨을 구하기 위해 피 흘리고 죽었어. 그들의 팔다리와 시신이 아직도 진흙탕 속에 비바람을 맞으며 쓰레기 더미처럼 누워 있어. 난 아직 그들의 이름을 기록하지도 못했는데, 우리는 지금 여기서 그 살인자들의 가족을 구할지를 얘기하고 있잖아.*

이건 내 스타일이 아냐. 미미1이 차갑게 웃었다. 미미0은 미

간을 찌푸렸다. 잊지 마. 여신에게는 두 얼굴이 있어.

이게 다 뭘 위한 건데? 그들을 죽일 땐 언제고 이제 다시 가서 구하겠다고? 미미0의 감정이 더욱 요동치며 더 많은 에너지를 소비했다. 시야의 변두리가 왜곡되며 흐릿해졌고 미세한 분홍색 균열이 생겼다.

자기야, 내가 아니라 저들이야. 미미1은 머리를 흔드는 것처럼 보였다. 어쩌면 그녀의 눈에 세상이 흔들리고 있는 것인지도 모른다. *만약 네가 충분히 높은 곳에 서 있으면 볼 수 있을 거야. 내가 실리콘섬 토박이만이 아니라 쓰레기인간도 구하고 있다는걸.*

"이제 선택합시다."

미미의 시야에 회색 원이 나타났다. 원 안에 빨간색과 파란색의 부채꼴 조각이 나타났다. 두 조각의 면적이 점점 커졌고 어떤 것이 더 큰지 구분하기 어려웠다. 마침내 반원 모양이 된 두 조각이 서로 맞닿았고, 양쪽이 격렬하게 대치하듯 경계선이 파르르 떨렸다. 모두가 최종 결정을 기다리는 동안 파란색 반원이 살짝 뛰어올라 빨간색의 경계 지역을 물어뜯었다.

"우리는 그들을 구할 겁니다." 미미가 선언했다. 환호성이 울려 퍼졌고 불평의 목소리도 섞여 나왔다. 하지만 불평하는 사람들도 안도의 한숨을 내쉬었다. 이제 어떤 핑계도 집단에 걸림돌이 될 뿐이며 모든 계획과 행동은 매우 효율적이어야만 한다. 이것이 모두의 결정이기 때문이다.

사람들은 스스로 폐기물을 정리하기 시작했다. 저밀도 실리콘 폐기물을 묶어 구조용 보트를, 플라스틱 섬유 다발을 꼬아 안전 케이블을, 반투명 인공 피부와 LED 전구로 비상등을 만들었다. 그들은 여러 그룹으로 나뉘어 실리콘섬 시내의 주요 도로를 따라가며 고립된 생존자들을 찾아다녔고, 그들에게 높은 지대나 벙커 지역을 안내했으며 증강현실 안경을 통해 계속 연락을 유지했다. 또한 수십 명의 중상자가 시급히 치료받을 수 있도록 난샤 마을에 병원 구급차가 들어올 통로를 찾으려 애썼다.

오직 리원만이 굳은 표정으로 그 자리에 남아 있었다. 투표 결과를 쉽게 수용하기에는 실리콘섬 토박이에 대한 그의 증오가 너무 깊었다.

"원 형," 미미가 그를 불렀다. "아직 마음에 덜 풀린 매듭이 있다는 걸 알아요."

"우리는 생명을 구할 뿐 아니라, 토박이들의 눈을 열어줄 거예요. 우리가 계속 증오 안에 머무른다면 그들의 승리예요. 우리가 오염된 쓰레기나 그들에게 기생하는 존재가 아니라는 걸 보여 줘야 해요. 우리는 인간입니다. 그들과 똑같이 웃고 울고 공감하는 존재이고, 목숨을 걸고 그들을 구할 수도 있어요. 우리 손을 뻗어서 토박이들의 반응을 한번 지켜보자고요."

리원은 입꼬리를 몇 번 실룩이며 감정을 가라앉히려 애쓰는 것 같았다.

"그들이 내 여동생을 죽였어."

"알아요. 늘 알고 있었어요." 미미는 리원의 떨리는 어깨에 손을 얹었다. "안경에 영상 사본을 저장해 뒀죠. 루트 디렉토리의 가장 깊은 곳에 숨겨 두고 암호화해서 다시는 떠올리지 않으려 했잖아요."

"하지만 한순간도 잊은 적이 없어." 리원의 입술이 심하게 떨리더니 눈물이 얼굴을 타고 쏟아졌다.

"쉬이…." 미미가 아기를 달래듯 그의 머리를 감싸고 쓰다듬었다. 그녀는 리원의 귓가에 속삭였다.

"알아요, 다 알아요. 여동생 일은… 이미 너무 늦었어요. 하지만 아직 누군가의 여동생과 아이들이 같은 운명을 겪지 않도록 도울 기회가 있어요. 그러면 자유로워지지 않을까요?"

리원은 붉어진 눈으로 미미를 뚫어지게 쳐다보았다.

"메카를 찾아가세요. 원 형이 원하는 걸 지키고 있어요. 그리고…" 미미가 말을 이었다. "이제 직접 조종할 수 있을 거예요."

카이종은 허공에 대고 중얼대는 미미를 보았다. 비록 그는 미미가 보는 것을 볼 수도 들을 수도 없었지만 대충 상황을 짐작할 수 있었다. 카이종은 복잡한 마음이 들었다. 그는 어렴풋한 화해의 여명에 기뻐해야 할지, 아니면 뒤늦은 화해와 그로 인해 치렀던 모든 대가에 괴로워야 할지 몰랐다.

그는 리원이 목 놓아 우는 모습을, 미미가 성모 마리아처럼 조용히 기도하며 리원에게 증강현실 안경을 씌우는 모습을 지켜보았다. 안경에 비친 이미지가 리원의 얼굴에 희미하게 반사되자, 리원의 몸은 메두사를 본 것처럼 서서히 굳어졌다.

미미가 다시 리원에게 무어라고 속삭이자, 리원은 문을 박차고 비가 쏟아지는 어둠 속으로 뛰어나갔다.

"뭘 본 거죠?" 카이종이 의심스럽게 물었다. "리원이 왜 그렇게 화가 났죠?"

혈색을 조금 회복한 미미는 카이종을 물끄러미 쳐다보더니, 손가락으로 그의 오른쪽 눈을 가볍게 쓸어내렸다. 카이종은 본능적으로 눈을 감으며 부드럽고 애정 어린 손길을 느꼈다.

"곧 보게 될 거예요." 미미가 부드럽게 말했다. "가장 좋은 눈으로요."

눈부신 하얀 빛이 카이종의 오른쪽 눈앞에서 폭발하더니 곧 다채로운 광선으로 퍼져나갔다. 색채가 매우 풍부하고 다채로워서 그가 지금까지 경험했던 모든 시각적 경험의 합을 뛰어넘었다. 형형색색의 광선은 시야 가운데 무한히 먼 지점에서 시작되어 그를 향해 발사하는 것처럼 보였다. 그는 고속비행을 하는 것만 같은 현기증을 느꼈다. 그러다가 어느 순간, 갑자기 광선이 정지하고 방향이 거꾸로 바뀌더니 광선이 중심을 향해 모이며 원뿔 모양을 형성했다. 원뿔의 끝이 직선으로 그의 오른쪽 눈을 향하여 동공을 통해 두개골까지 찌르려는 것만 같았다.

카이종의 눈앞에 세상이 믿을 수 없을 만큼 빠른 속도로 확장되었다. 모든 사물이 멀어지고 수백만 광년 떨어진 곳으로 사라질 것 같았다. 그의 의식은 무한한 시공간을 떠도는 작은 먼지로 응축되었다. 지금까지 알려진 삶의 모든 경험을 뛰어넘는 웅대함이 그를 감쌌다. 신성하고 숭고하면서도 억압과 공황은 전혀 느껴지지 않아 따뜻한 태고 이전의 자궁으로, 우주의 기원으로 돌아가는 것 같았다. 그가 한 번도 믿어본 적 없는 신.

그는 울고 싶었지만 그럴 수 없었다. 마치 피부의 모든 구석 구석이 자율신경의 통제에서 벗어난 듯 전율이 멈추지 않았다.

원뿔 모양의 빛이 녹아내리자 다채로운 광선은 안개 혹은 모래처럼 점으로 축소되어 그의 인공 망막에 닿았고 수십억 개의 조밀한 무지갯빛 파문을 일으켰다. 빛은 여전히 멈추지 않고 그의 시신경 섬유를 통과하여 대뇌 피질을 뚫으려고 했다. 천카이종은 눈 뒤편에서 경련하듯 작은 통증을 느꼈고 사정할 때처럼 숨길 수 없는 쾌감이 밀려왔다. 그는 손으로 눈을 가려 문명의 산물, 수치심을 피하고 싶었다.

"뭐가 보여요?" 미미가 웃으며 물었다. 그리고 조심스레 손을 잡았다.

"내가 본 건…" 그의 가슴이 들썩였다. "마치…" 그는 적절한 단어를 찾으려 노력했으나 결국 헛수고임을 깨달았다. 그는 눈물로 퉁퉁 부은 눈을 들어 미미를 바라보았다. "이제 알 것 같아요."

Cyclops VII에 사전 설치된 네트워크 모듈이 활성화되었다. 그는 쓰레기인간들이 공유하는 네트워크에 접속했다.

"환영합니다, 환영합니다!" 그 목소리는 카이종의 귀와 뇌에서 동시에 울리는 것 같았다. 가까우면서도 멀게 느껴졌다. 마치 시각 피질의 민감도가 크게 향상되어 공감각적 효과가 나타나는 것 같았다. "당신은 이제 우리 일원입니다."

천카이종은 태풍에 휩싸인 낯선 실리콘섬을 보았다. 거리는 밀려드는 물로 인해 굽이치는 강이 되었고, 자동차들은 조각배처럼 떠다니며 물속에서 빙글빙글 돌고 서로 부딪치면서 빠른 물살에 표류했다. 집들은 암초처럼 검은 지붕을 수면 위로 내밀다 천천히 분해되어 물속으로 무너졌다. 부러지지 않은 나무들은 수관만 남았고 나뭇가지에 벌거벗은 아이들이 꽉 매달려 열대 박쥐처럼 두려움에 찬 눈을 반짝였다. 강력한 바람이 온 세상을 흔드는 것 같았다. 비상등이 깜빡이는 가운데 잡다한 파편들이 휩쓸고 지나가는 모습이 마치 하늘에서 떨어지는 놀란 새들 같았다.

이 모든 것에 소년 합창단의 합창 같은 노랫소리가 함께 들렸다. 구슬픈 목소리가 어두운 밤, 무딘 칼처럼 신경을 조금씩 긁어내는 것 같았다. 그는 이것이 환청임을 알아차렸다.

손 하나가 뻗어 나오더니 나뭇가지를 잡고 뗏목을 안정시켰다. 이윽고 더 많은 손이 뻗어 나와 나무 위의 아이들을 안전하게 받아냈다.

노랫소리에 약간의 온기가 느껴지기 시작했다.

밧줄을 맨 타이어가 물속에서 버티고 있는 사람들에게 던져졌다. 어떤 이들은 물속에 뛰어들어 물살에 휩쓸리기 직전인 여자와 아이 들을 구했다. 일부는 배수 시스템을 막고 있는 잔해를 제거했다. 합선된 전선들이 머리 위에 불꽃을 뿜었고 시신의 바디 필름이 급류 속에서 깜빡이며 출현 가능한 암류와 소용돌이를 암시했다. 뗏목은 지칠 줄 모르고 돌아다니며 고립되어 있던 사람들을 안전한 학교와 공공시설로 실어 날랐다.

토박이들의 얼굴이 공포, 당황, 의심에서 감사의 표정으로 서서히 변했다.

고맙습니다. 그들이 말했다.

감사합니다, 모두. 더 많은 이가 말했다.

합창단의 노랫소리가 맑은 하모니를 이루며 울려 퍼졌다. 마치 하늘을 향해 뻗어 나가는 수정水晶 나무 같았다.

카이종의 시야에 낯익은 형상이 들어왔다. 살집 있는 중년 남자가 물에 빠져서 홍수에 휘말리지 않으려고 나뭇가지를 필사적으로 잡고 있었다. 하지만 자세히 살펴보니 그의 손은 나뭇가지에서 어느 정도 떨어져 있었다. 시야를 확대하자 남자의 손목에 감긴 염주가 부드러운 나뭇가지에 걸려 그의 몸무게와 흐르는 물살의 무게 전부를 위태롭게 지탱하고 있었다.

시선을 남자의 얼굴로 옮기자, 축축하고 창백하며 머리카락 몇 가닥이 이마에 달라붙은 채 힘겨운 표정을 한 얼굴이 드러났다. 뤄진청이었다. 그는 물살을 딛고 일어나려고 재차 시도했지만 매번 다리가 쓸려 나가며 다시 물에 빠졌다. 그는 천천히 미끄러져 내려오는 염주를 절망스럽게 바라보며 중얼거리며 기도했다.

구할 것인가, 말 것인가? 천카이종은 남들에게 묻는 것인지, 자신에게 묻는 것인지 확신할 수 없었다. 답은 곧 나타났다.

카이종의 시야에서 사람들은 꽤 오랜 시간을 들여 결정을 내렸지만 결국 뗏목은 뤄진청을 향했다. 지형 때문에 다른 곳보다 물살이 빨랐고 뗏목은 물에 빠진 남자에게서 약 1미터 거리에 멈춰 섰다. 한때 실리콘섬의 지배자였으나 이제는 나무 염주 한 줄에 매달려 목숨을 부지하고 있는 뤄진청에게 누군가가 손 하나를 내밀었다.

카이종은 가상의 공간에서 미소 지었다.

뤄진청은 쓰레기인간이 내민 손을 물끄러미 바라보았다. 이 간단한 동작 하나가 그의 일생 중 가장 어려운 선택인 것 같았다.

그는 눈을 내리깔고 고개를 절레절레 흔들다가 마침내 물에서 왼손을 들어 올렸다. 그와 거의 동시에 흑단목 염주가 끊어졌다. 유일한 버팀목을 잃은 뤄진청은 물속으로 곤두박질쳤고 거센 급류가 맹수처럼 그를 삼켰다. 얼마 지나지 않아 그는 수면에서 흔적도 없이 사라졌다.

카이종은 미미의 손이 자신의 손안에서 꽉 움츠러들며 그녀의 손톱이 손바닥을 파고들었다. 그 고통은 미미가 표현할 수 없는 복잡한 감정 같았다. 정신을 차린 그는 무선으로 전송된 공유 이미지에서 시선을 거두고 창문 너머로 키가 큰 사람의 형상이 어른거리는 것을 포착했다. 그 남자는 믿을 수 없이 빠른 속도로 판잣집 안으로 뛰어들었다.

그의 상사이자 테라그린 리사이클링의 프로젝트 매니저, 스콧 브랜들이었다.

리원은 강풍을 뚫고 달렸다. 마른 몸을 끊임없이 움직여 정면으로 달려드는 쓰레기 파편들을 피했다. 그의 눈에서 불길이 타올랐다.

미미는 그가 오랫동안 숨겨 두었던 영상을 다시 틀었다. 역겨운 색감과 리드미컬한 흔들림이 다시 나타났다. 미미는 영상을 정지하고 소녀의 고통스러운 얼굴을 확대한 다음 한 프레임씩 영상을 틀었다. 그 얼굴을 바라보는 리원의 마음은 미어지는 것 같았다. 한순간도 잊은 적 없는 소중한 얼굴이었으나 지금은 1초도 쳐다보기가 힘들었다. 미미는 다른 것과 크게 다르지 않은 특정 프레임에서 영상을 멈췄다. 그리고 소녀의 검은 홍채가 시야를 가득 채울 때까지 확대하자 두 개의 심연이 빛을 삼켰다. 프로그램이 컬러 화면을 회색조로 전환했고, 울퉁불퉁한 가장자리가 자동으로 부드럽게 처리되었다. 몇 개의 픽셀에서 상처처럼 희미한 붉은색이 배어 나오다가 점차 밝아졌다.

리원은 마침내 죽은 동생의 눈에 반사된 이미지를 확실히 보았다. 짙은 붉은색 불꽃. 순식간에 분노가 그의 몸을 휩쓸자 그는 석고처럼 굳어버렸다.

리원은 수도 없이 그를 지나쳤던 자신을 용서할 수 없었다. 심지어 그를 돕기도 했고, 문제를 해결해 주었으며, 바디 필름을 불꽃 모양으로 디자인해 주기도 했다. 칼잡이가 같은 방식으로 미미를 학대한 후, 그는 이 사건을 어떻게 협상 카드로 사용할지에 골몰했다. 그러나 매일의 계산 속에 정작 자신의 복수심이 소진되고 무감각해졌다는 것은 의식하지 못했다.

마침내 그는 바람 속에 비석처럼 서 있는 검은 갑옷과 그 아래 개처럼 웅크리고 있는 몸뚱이를 보았다.

리원은 원수를 어떻게 처단할지 머릿속으로 수도 없이 상상했었다. 그의 음경과 고환을 분리한 다음 씹어 먹고, 팔다리를 절단하고, 눈·코·귀 모든 감각기관을 끊어버린 다음 생명 유지 장치에 연결시켜 여생을 끝없는 어둠과 침묵, 고통 속에서 살게 하고 싶었다.

그는 이날을 오랫동안 기다려 왔지만, 막상 이 순간 경험한 적 없는 공포에 휩싸였다. 그는 사람을 죽여본 적이 없었다. 최소한 자기 손으로는 말이다. 리원은 일부러 속도를 늦췄다. 주위를 둘러보았으나 비바람이 휩쓴 폐허뿐 아무도 없었다. 그는 적절한 무기를 찾고 싶었다.

녹슨 지렛대를 주워 든 그는 그것을 휘둘러서 진흙에 몇 개의 스크래치를 남겼다. 진흙이 온몸에 피처럼 튀었다.

빌어먹을! 그는 자신을 저주했다. *동생을 죽인 놈이라고, 찌질한 새끼야.*

그는 지렛대를 몇 번 더 휘둘러 본 뒤 숨을 크게 들이마시고 칼잡이에게 다가갔다.

칼잡이는 네 발로 바닥에 엎드려 있었다. 목의 쇠사슬은 이미 팽팽하게 당겨져 있었지만, 그의 몸은 무언가로부터 도망가려는 듯 더 멀리 뻗어 있었다. 리원은 지렛대로 그의 등을 찔렀다. 아무런 반응이 없었다. 그는 칼잡이를 뒤집었으나 눈앞에 펼쳐진 광경에 놀라 뒤로 물러서다가 하마터면 넘어질 뻔했다.

쇠사슬이 단단하게 조인 목덜미는 자홍색이었고 그의 얼굴은 검푸른색이었다. 눈을 크게 뜨고 혀를 가슴까지 길게 늘어뜨렸으며 다리 사이에는 정액과 배설물이 남아 있어 마치 교수형을 당한 사형수 같았다. 경동맥과 척추동맥 압박으로 혈액 공급이 부족하여 뇌사에 이르렀고 그로 인해 하체의 평활근이 긴장을 잃으면서 체액이 쏟아져 나온 것이었다.

리원은 지렛대를 던져버렸다. 시체 앞에 선 그는 허무함을 느꼈다. 바람이 갑자기 멈추고 비도 그쳐서 뜻하지 않게 고요가 찾아왔다. 망연자실하여 하늘을 바라보니 두꺼운 구름층 속에 마치 깊은 우물처럼 구멍이 뚫려 있었고 그 틈에서 한없이 맑은 별빛이 새어 나왔다. 그는 우주의 비밀을 엿보길 원하듯 별들의 광경에 탐욕스럽게 빠져들었다.

그 눈이 그를 돌아보았다.

리원은 온몸을 떨었다. 별빛을 통해 어떤 힘이 그의 몸에 쏟아져 들어와 온 우주를 가득 채운 것 같았다. 증오와 분노는 사라지고 깊은 경외심만 남았다. 그는 눈을 감고 온몸으로 그 힘을 느꼈다. 머릿속에서 여동생의 얼굴이 별이 가득한 하늘에 겹쳐 반짝거렸다. 그녀는 마침내 예전과 똑같은 미소를 지었다. 그 순간 꽁꽁 얼어 있던 마음이 완전히 녹아 해방된 것처럼 리원의 얼굴에 뜨거운 눈물이 주체할 수 없이 흘렀다.

폭풍의 눈이 지나간 뒤에는 더 거친 폭풍이 그를 기다리고 있었다.

3부 분노의 폭풍

"스콧, 여긴 무슨 일이죠?"

"자네들을 데리고 이곳을 떠나려고."

"지금요?" 카이종은 망설였다. "하지만 미미는 지금 아주 약해져 있습니다. 혹시라도…."

"내가 한번 보지." 스콧은 오른손을 허리춤에 대고 미미에게 다가갔다. 그는 왼손을 내밀어 미미의 경동맥을 짚었다. 미미는 흐릿한 눈을 들어 그를 쳐다보았다. 미간을 찌푸리는 듯한 표정에 스콧은 심장이 덜컥 내려앉았다. 그러나 그는 망설임 없이 오른손에 든 주사기를 그녀의 목에 찔러 넣고 피스톤을 눌렀다. 그것은 콴둥 조직에서 받은 선물이었다.

"무슨 짓입니까?" 카이종은 스콧의 손에서 주사기를 빼앗았다.

공포에 질린 미미는 스콧을 노려보며 몸을 일으키려 애썼지만, 이내 고개가 축 처지면서 뼈 없는 문어처럼 침대에 쓰러졌다.

"걱정 말게, 그냥 진정제야. 안전을 위해서네."

"미미에게서 떨어져!" 카이종이 그를 밀쳐냈다. "뤄진청의 말이 사실이었군! 탐욕스러운 새끼."

"미안하네, 카이종." 스콧은 안타까운 표정을 지었다. "세상은 자네 생각보다 훨씬 복잡해. 언젠가 자네에게 설명할 날이 오기를 바랄 뿐이야."

"지금 당장 설명해! 아니면 이 방에서 한 발자국도 못 나갈 줄 알아!"

스콧은 카이종의 제안을 진지하게 고려하는 것처럼 고개를 숙였다. 그는 가볍게 한숨을 쉬더니 순간 번개처럼 몸을 웅크렸다가 한쪽 다리를 카이종의 하체를 향해 힘차게 휘둘렀다. 카이종이 바닥에 쓰러지자 스콧은 카이종의 몸에 올라타서 쇠집게 같은 손으로 목을 움켜쥐었다. 카이종이 아무리 몸부림쳐도 그의 손은 기계 팔처럼 요지부동이었다.

카이종의 얼굴이 벌겋게 달아올랐고 목구멍에서 컥컥대는 소리가 났다. 팔다리에서 힘이 빠진 듯 카이종의 팔이 스콧의 몸을 촉수처럼 맥없이 두드리다가 곧 바닥으로 미끄러졌다.

마침내 그는 움직임을 멈췄다. 그의 눈은 안개가 낀 담수 진주처럼 보였다.

스콧은 카이종의 목에서 손을 뗐다. 카이종의 시선을 피하면서 다시 한 번 사과했다. 그는 축 늘어진 미미를 안고 판잣집을 나와 그녀를 두카티 위에 얹고 시동을 켰다. 두카티의 바퀴가 진흙탕 속에 깊은 상처를 남겼고 그 상처는 알 수 없는 미래로 이어졌다.

19

이건 꿈이야. 미미는 혼자서 되뇌었다. 이 모든 건 실제가 아니야.

하지만 그녀가 본 광경보다 더 미친 꿈이 있을까?

그녀는 바다를 향해 걷는 자신을 보았다. 물이 양쪽으로 갈라지며 중간에 길을 내었다. 그녀는 바닷물로 쌓인 거대한 벽 사이 좁은 협곡을 걸었다. 수백 미터 높이의 벽 두 개가 하늘을 좁은 틈새에 가두었다. 성벽의 색깔은 아래로 갈수록 짙어지면서 하늘색에서 검은색에 가까운 녹색으로 변했다. 협곡은 무한히 이어졌고 형광 패턴이 끊임없이 변화하며 고속 터널처럼 스치고 지나갔다. 걸을수록 더욱 놀라웠다. 중앙의 협곡만이 유일한 길은 아니었으며 성벽을 따라 어둠 속으로 구불구불 사라지는 좁은 샛길이 빽빽하게 깔려 있었다. 어쩌면 미지의 공포를 감추고 있는지도 모른다. 미미는 흘끗 쳐다만 보고 지체 없이 자리를 떠났다.

길은 끝이 없는 것 같았다. 꼭 거울 속을 걷는 것처럼 맞은편에서 여유롭게 걸어오는 자기 모습을 볼 때까지는.

하지만 그녀는 그것이 거울이 아님을 알았다.

두 명의 미미는 굳은 표정으로 마주 보고 섰다. 서로의 다음 행동을 예측하려는 것 같았다. 마침내 한 명이 교활하게 웃었다.

"바보 같은 모방 게임을 계속해야만 해?" 그녀가 말했다. "적어도 우리의 거울뉴런이 완벽히 억제되지 않았다는 건 증명된 것 같네."

이제 미미는 눈앞의 그녀가 미미1이고, 자신이 미미0임을 확신했다.

"그를 막을 수 있었잖아!" 미미가 화를 냈다.

"미안해, 자기야. 그땐 너무 약했어. 그리고… 네 남자친구 때문에 정신이 너무 산만했어."

"닥쳐!"

"그건 군용 진정제였어. 혈뇌장벽을 뚫는 속도가 너무 빨라서 의식의 핵심을 보호하려면 시냅스 연결을 일부 차단할 수밖에 없었어. 네 연약한 인간 육체가 완전히 포기하기 전에 말이야."

"다른 방법은 없어? 그 외국인은 대체 나한테 뭘 원하는 거지?"

"네 뇌의 신진대사 속도를 이미 높여뒀어. 최대한 많이 회복하길 바라지만, 너도 알다시피 ATP 공급이 부족해. 이건 목숨 갖고 장난치는 거라니까." 미미1은 걱정스러운 표정을 지었다. "다행히 그가 나를 원하니, 네 목숨은 안전할 거야. 스콧이 너를 납치하는 장면은 이미 증강현실 안경을 통해 우리 형제자매들에게 공유되었으니, 아직 시간이 있기를 바랄 뿐이야."

"요행히 살아남은 기생충인 제가 주인님께 감사해야겠네요?" 미미0이 더 이상 참지 못하고 비아냥댔다.

"틀렸어요, 아가씨. 너랑 나뿐이 아니라 인류 전체가 기생충이야." 미미1이 침착하게 대응했다.

"게다가 살아남는 게 깨끗한 죽음보다 나으리란 법도 없어. 그 침팬지들 기억해? 우리가 그들 손에 넘어간다면 우리의 마지막은 그보다 수천 배는 더 나쁠 거야."

피비린내 나는 광경이 미미0의 눈앞을 스쳤다. 그녀는 고통스럽게 눈을 감으며 팔로 머리를 감쌌다.

"너는 대체 뭐야?" 미미0은 그동안 자신을 괴롭혔던 질문을 힘겹게 내뱉었다.

"백만 배 느린 핵폭발, 수십억 년에 걸친 수렴 진화의 산물, 너의 두 번째 인격이자 생명 보험, 양자 결어긋남quantum decoherence에 따른 자유의지. 나는 우연이자 필연이야. 새로운 에러야. 주인이자 노예야. 사냥꾼이자 먹잇감이야." 다른 미미가 얼음보다 차갑게 웃었다. "나는 단지 시작에 불과해."

형언할 수 없는 충격에 미미0은 아무런 대답도 할 수 없었다. 그 모든 추상적이고 난해한 개념들은 이 순간 영혼의 울림처럼 느껴졌고, 모두 이미 알고 있고 이해한 것들이었다. 그녀에게 필요했던 것은 작은 불꽃과 깨달음뿐이었다.

"아직 이해가 안 가는 게 또 하나 있어." 미미0이 미간을 찌푸렸다.

"응?"

"왜 아나키.클라우드에 접속하려고 그렇게 애를 쓴 거야? 단지 쓰레기인간들의 통신망을 연결하고 실리콘섬의 네트워크를 차단하기 위해서? 말이 안 되잖아."

미미1의 눈에 묘한 빛이 반짝였다.

바로 그 순간, 미미0은 답을 깨달았다. 아나키.클라우드에 업로드된 헤디 라마의 의식. 정말 그게 전부란 말인가? "인격 백업? 혹시 네 의식의 복사본도 몰래 그 안에 숨긴 거야?"

"확실히 똑똑해졌구나. 훌륭해." 그녀가 미소를 지었다. "나도 질문이 있어. 뤄진청이 홍수에 휩쓸렸을 때, 너도 고통을 느꼈어. 왜지?"

"그는 나쁜 사람이지만 그래도 사람이야. 나 같은 사람. 어렸을 때 엄마가 항상 말씀하셨거든. 사람이라면…"

"인류는 항상 문화의 영향을 과장해." 미미1이 끼어들었다. "연민, 동정, 수치, 공평, 도덕… 이런 것들은 인류의 후대상피질posterior cingulate cortex, 이마이랑frontal gyrus과 위관자고랑superior temporal sulcus, 이마엽앞겉질prefrontal cortex의 배측 및 복측, 내측 영역에 오랫동안 새겨져 있었지. 어쩌면 인류의 기원 전에도 새겨져 있었을 거야. 이러한 신경 패턴을 통해서 타인의 고통과 두려움에 공감하게 되고 오랜 진화 과정에서 인간이라는 종의 이기심, 근친상간, 잔혹한 경쟁 등 영장류의 다양한 본능을 극복하거나 억제하게 해 주었어. 갈등 대신 부족 관계와 협력으로 단결하고, 개인의 성욕보다 집단의 화합을, 힘보다 도덕을 우선시하게 만들었지. 그 덕분에 인류가 한 종족으로 생존하고 번성할 수 있었던 거야.

하지만 현대 과학기술이 그 기반을 무너뜨렸어. 기술에 중독된 사람들은 도파민 과다로 뇌의 시냅스 연결이 파괴되고 도덕성이 결핍된 병자가 되었어. 한 실험에서 피험자들은 타인을 구출하기 위해 중상을 입은 사람을 배 밖으로 던질 것인지, 아니면 아무것도 하지 않을지 선택해야 했어. 뇌의 도덕, 감정 영역이 손상된 환자들은 모두 전자를 선택했고, 정상인들은 모두 행동을 취하지 않겠다고 했어. 병에 걸린 사람들은 생명을 제로섬 게임으로 여겨. 타인의 이익이나 심지어 생명을 희생해서라도 반드시 승부를 가리려고 하지. 이건 전 지구적인 전염병이야.

실리콘섬 토박이, 쓰레기인간, 너, 모두가 환자야. 내가 이 방식을 선택한 이유는, 너희를 치료해서 이 게임이 계속되도록 하기 위해서야."

미미0은 이것이 진실의 전모가 아니라는 걸 알았지만, 더 묻기도 전에 바다 깊은 곳에서 낮은 굉음이 들려왔다. 그 소리는 고래의 노래처럼 귀를 가득 울렸다. 미미0은 성벽 위에서 물결치는 빛을 공포에 질려 바라보았다. 금방이라도 무너져 모든 것을 집어삼킬 것만 같았다.

"이게 무슨 일이지?"

"좋은 소식은 네 의식이 깨어나고 있다는 거야." 미미1이 그녀에게 외쳤다.

"그리 좋지 못한 소식은, 이제 빨리 여기서 나가야 해."

"어떻게 나가는데?" 미미0이 있는 힘을 다해 소리쳤다.

"꽉 잡아!" 미미1이 그녀의 손을 꽉 잡고 성벽 꼭대기를 향해 날아올랐다.

공포에 질린 미미0은 우뚝 솟은 물의 성벽이 발아래에서 충돌하며 수백 미터의 거대한 파도가 일어나는 것을 목격했다. 미미0은 순간 자신이 걸었던 협곡이 뇌의 두 반구 사이 틈새이며, 구불구불 뻗은 가지들이 겉질의 복잡하고 촘촘한 주름이라는 것을 깨달았다. 뇌의 바다는 점차 고체에서 액체로 바뀌었고, 형광 패턴들이 속도를 내며 끝없이 분노하는 정보의 바다를 보여주었다.

하늘은 시야의 중심에서 바깥으로 확장되는 어두운 선들로 가득했다. 그곳에서 빛이 무지갯빛으로 흩어졌다.

"우리는 고속으로 이동하고 있어. 네 뇌에 있는 전도체 입자가 지구의 자기장을 통과하면서 이런 시각적 효과를 일으킨 거야." 미미1이 잠시 설명을 멈추더니 다시 말을 이었다. "빨리 의식의 표면으로 돌아가야 해. 부르는 소리를 들었어."

카이종은 시체가 벌떡 일어나듯 튀어 올랐다. 길고 고통스러운 비명과 함께 공기가 다시금 그의 폐를 채웠다. 그는 구역질이 나도록 격렬하게 기침했다. 끈적한 침이 바닥으로 뚝뚝 떨어졌다. 그는 길가 진흙탕에 누워 있는 자신을 발견했다. 눈앞에는 검은색 외골격이 험상궂게 서 있었고 새벽녘의 회색 하늘에서 비가 계속 내렸다.

"안경으로 미미가 공유하는 시야를 보고 달려왔습니다." 리원이 기계 뒤에서 불안한 표정으로 나타났다. "미미한테는 한발 늦었지만, 당신은 도울 수 있어 다행이에요."

카이종은 불안정한 다리로 간신히 일어났으나 또다시 넘어질 뻔했다. 리원이 급히 달려와 그를 부축했다.

"그들을 잡아야 합니다. 스콧이 미미를 해외로 데려가려 해요." 카이종이 숨을 몰아쉬었다. "그들을 추적할 방법이 있습니까?"

"실리콘섬에서 출국하는 가장 빠른 방법은 바다로 나가는 겁니다. 제가 산터우 해운국의 관제센터에 침입할 수 있습니다. 모든 출항 선박은 위성과 도킹하려면 그곳의 데이터 허브에 위치 신호를 전송해야 합니다. 당신 상사가 눈을 가리고 항해하진 않을 겁니다. 이런 날씨에는 자살 행위나 마찬가지니까요."

"얼마나 걸리죠?"

"운이 좋으면… 한 20분?" 리원이 머뭇거리며 말했다.

"20분이 어딨어요!" 카이종은 거의 소리를 지르다시피 했다.

두 사람은 마치 두 마리 집 없는 개처럼 무기력하게 각자 다른 곳을 응시했다.

"젠장! 깜빡할 뻔했네!" 리원이 눈을 떴다. "미미의 바디 필름! 제가 거기에 RF 송신기를 설치해 뒀어요."

카이종은 잠시 놀랐다가 금세 눈빛이 싸늘해졌다. "그러니까… 그동안 계속 미미의 위치를 추적했단 소리군요."

"이론적으로는… 그렇습니다." 리원은 카이종의 시선을 피하며 죄책감 어린 목소리로 말했다. "저는 늘 미미를 제 친동생처럼 생각했어요. 보호하고 싶었습니다."

"친동생? 동생을 이런 식으로 보호한다고?" 카이종이 리원에게 다가섰다. 눈동자에 불꽃이 튀었고 주먹을 치켜들었다가 꾹 참고 다시 내렸다. "그러니까 모든 걸 다 알고 있었다? 미미가 뤄진청에게 납치당하고, 칼잡이에게 학대당하고, 거의 죽을 뻔한 걸 지켜만 봤다?"

"그날 밤 저도 관조 해변에 따라갔습니다. 하지만 그땐 이미 너무 늦었어요." 리원의 시선은 땅바닥을 향했고 목소리는 너무 작아서 거의 들리지 않았다. "영상을 찍어서 뤄 가문을 압박하는 증거로 쓰려고 했어요. 하지만 간섭이 심해서 안정적인 신호를 얻을 수가 없었죠. 미미를 구하려고 달려갔지만… 정말 정확한 위치를 파악할 수가 없었어요. 제 계산을 너무 믿은 탓에 그들이 그 정도로 잔혹할 줄은 몰랐습니다. 제 손으로 여동생을 도살장에 데려간 느낌이었는데… 여동생을 다시 잃는 건 견딜 수 없었어요. 그다음에 일어난 일들은 그냥 꿈 같았어요. 미미를 찾아서 데려왔죠."

"결국 당신은 칼잡이의 공범이었군요."

리원은 여동생의 영상이 떠올라 온몸을 떨었고 다리에 힘이 풀려 무릎을 꿇었다. 그는 반복해서 중얼거렸다. "이건 내 업보입니다… 내 업보…."

"여동생을 생각해요. 그들이 동생을 어떻게 대했는지." 카이종은 무표정하게 바닥에 앉아 빗물이 온몸을 적시도록 내버려두었다. "그리고 미미를 생각하세요. 이번엔 너무 늦지 않았으면 좋겠군요."

리원의 입꼬리가 몇 차례 씰룩거렸다. 그는 묵묵히 증강현실 안경을 썼고 그의 손이 허공에서 춤추기 시작했다. 그는 카이종의 오른쪽 눈으로 추적 화면을 공유했다. 실리콘섬의 지도와 주변 해역이 나타났고 금색 점 하나가 부두를 떠나 바다로 빠르게 이동하고 있었다.

"그들은 정말로 공해로 향하고 있습니다. 우리는 배가 없는데 어떻게 따라잡죠?" 리원은 낙담한 듯 보였다.

"저건 뭡니까?" 카이종은 산터우와 실리콘섬 사이를 가로지르는 은색 곡선을 가리켰다. 금색 점이 항로상 반드시 지나가야 하는 곳이었다.

"산터우만 대교예요!" 리원은 재빨리 가로막을 시간을 계산했다. "당신이 맞아요! 아직 따라잡을 시간이 있어요!"

"하지만 차가 없는데 어떻게 시간 내에 다리까지 가죠?" 카이종은 폐허 같은 대지를 바라보았다. 고인 물, 잔해들, 쓰레기로 가득해 가로지르기가 어려웠다. "우리에겐 자동차보다 더 좋은 게 있지요."

리원이 씩 웃었다. 그의 손가락이 허공에서 춤췄다. 그것은 미미가 준 선물이었다. 메카를 제어할 수 있는 완전 개방 인터페이스로 OEM 버전보다 조작하기가 훨씬 쉬웠다. 외골격 로봇이 덜컹거리며 움직였다. 로봇의 윗부분이 앞으로 접히고 다리가 수축하면서 애벌레의 움직임 같은 궤도를 드러냈고 곧 군용 장갑차 같은 모습으로 변신했다. 그는 민첩하게 조종실로 뛰어올랐고 로봇의 팔 하나를 뻗어 카이종을 어깨 위로 들어 올렸다.

"꽉 잡아요. 생각보다 빠르니까." 리원이 조종석에서 고개를

내밀며 말했다. "미미한테 연락해 보세요. 그녀의 도움이 필요
할 거예요."

카이종은 그를 노려보았다. 어쩌면 영원히 그를 용서할 수
없을지도 모른다. 하지만 미미의 생명이 위험한 지금, 카이종은
분노할 틈도 없었다. 가능한 한 모든 도움이 필요했다.

검은 장갑차가 으르렁댔다. 금속이 마찰하는 굉음을 내며 어
둠을 뚫고 물고기의 배처럼 창백한 동쪽 하늘을 향해 질주했다.

스콧은 방향타를 꽉 잡았다. 앞 유리의 와이퍼가 제대로 작동하
지 않는 탓에 누군가 앞유리에 양동이로 물을 퍼붓는 것 같아
시야가 온통 흐릿했다. 태풍 '우팁'의 눈은 이제 막 실리콘섬을
지나 이쪽 바다를 통과하려 했다. 우팁은 결국 산터우에 상륙하
여 열대 폭풍으로 약화될 것이다. 스콧이 자동 운항으로 바꾸지
못한 가장 큰 이유도 그것이다.

그는 뒤돌아 미미를 흘끗 쳐다보았다. 그녀는 의자에 안전벨
트로 고정되어 있었다. 얼굴은 핏기가 없었고 곧 일어날 기미도
보이지 않았다. 경량 유리섬유로 만들어진 스피드보트는 바람
과 파도에 격렬하게 흔들렸다. 의식이 있었다면 어지럼증, 구토,
심하면 교감신경 장애까지 경험했을 것이다. 그런 면에서 미미
는 운이 좋다고 할 수 있다.

곧 모든 게 결론 날 테지. 스콧은 생각했다. 그는 머릿속으로
발생 가능한 모든 시나리오를 돌려 보며 모든 상황에 완벽한 대

응책을 생각해 두었다. 그러나 상황은 악화되어 결국 완벽하게 안전한 퇴각은 불가능해졌다. 그 모든 완벽한 추론이 어떻게 이런 오답으로 이어졌는지를 이해할 수 없었다. 어쩌면 이것이 실리콘섬 토박이들이 말하는 운명일지도 모른다.

뤄진청은 더 이상 신뢰할 수 없는 동맹이 아니었고, 천카이종 역시 이제 충성스러운 부하 직원이 아니었다. 테라그린 리사이클링, SBT, 심지어 아라시오재단마저 더 이상 안전한 피난처가 아니었다. 이 작은 배에 탄 거대한 발견을 제대로 활용하려면 더 큰 무대가 필요했다. 인류의 역사는 곧 종말을 맞을 것이다. 그는 이미 머릿속으로 대국민 성명서 초안을 작성해 두었다. 공해상에서 대기 중인 콴둥화호는 새로운 장으로 향하는 첫 발판이 될 것이다.

낸시. 죽은 딸의 얼굴이 그의 눈앞에서 떠나지 않았다. 스콧은 이 모든 것이 죄책감에서 벗어나기 위한 공허한 시도에 불과한 것 같아 우울한 마음이 들었다. 그는 힘껏 고개를 저었다. 이또한 인격을 유지하기 위해 양심이 만들내는 핑계에 불과했다.

이건 미미에게도 최선의 선택이야. 그는 자기 자신에게 반복해서 강조했다. *우리는 최고의 의사, 최고의 장비, 최고의 환경을 갖추고 있어. 그건 거짓말이 아니야. 우리는 한때 비인도적인 행위를 했지만 그것은 전쟁으로 인해 불가피한 선택이었고 이제는 역사가 되었지. 지금은 21세기이고 황금기야. 더 이상 야만적이고, 잔인하고, 피비린내 나는 방식으로 실험 대상을 다룰 필요가 없어. 하물며 그녀의 뇌에는 인류의 미래가 숨겨져 있잖*

아. 우리는 미미에게 행복한 삶을 선사할 거야. 아주 행복한 삶.

하지만 미미가 만약 오류가 아니라면? 스콧의 심장이 쿵 내려앉았다. 병적인 상상력이 걷잡을 수 없이 커지기 시작했다.

만약 그녀가 완전히 새로운 창조물이라면? 신은 자기 모습대로 인간을 창조했다. 인류는 세상의 신비를 탐구하고, 이론을 발명하고, 과학과 기술을 고안했다. 인간은 과학기술이 생명을 모방하여 창조주에 더 가깝게 진화하고 피라미드의 정점에 도달하기를 원했지만, 그후 인간은 자기 미래를 기술에 맡기고 그에 기생하며 정체된 행보를 보였다.

감지할 수 없는 어떤 힘이 인류가 아직 알지 못하는 의도를 숨기고 빈틈없는 연결고리들을 사고로 위장했다. 어쩌면 지구 구석구석에서 매일 비슷한 사고가 일어나고 있고, 미미 같은 수천 명의 실험 대상이 태어나고 있을지도 모른다. 삶은 거대한 검은 상자 같다. 막다른 길에 이르렀다고 생각하는 순간 언제나 새 활로를 찾아내고 더 높은 곳을 향해 빙빙 도는 윤회를 이어간다.

생물과 기계를 넘나드는 새로운 생명체. 인류의 역사는 곧 막을 내릴 것이다.

하지만 대체 누가 그녀를 창조했단 말인가? 스콧은 진저리를 쳤다. 마치 등 뒤에서 눈 두 개가 그를 노려보는 것 같았다. 그는 재빨리 뒤를 돌아보았지만 그곳에는 여전히 의식 없는 미미뿐이었다.

선체가 강풍에 격렬하게 흔들렸다. 스콧은 배가 뒤집힐 것을 우려해 속도를 줄였다. 지금 가장 현명한 선택은 태풍이 지나가기를 기다렸다가 속도를 올려 잠잠해진 바다를 가로지르는 것이었지만, 밤이 길어지면 또 어떠한 돌발 상황이 닥칠지 두려웠다. 그는 가야만 했다.

흐릿한 하늘에 가느다란 은빛 아치가 바다를 가로지르며 나타났다. 선체가 위아래로 요동치는 동안에도 그것은 전혀 움직이지 않았다. 거리가 가까워지면서 스콧은 마침내 그것이 인공 구조물임을 알아챘다. 코끼리 다리처럼 거대한 교각이 비바람과 안개 속에 모습을 드러냈다.

찬 바람이 칼날처럼 카이종의 얼굴을 스쳤다. 시야 가장자리로 보이는 물체들이 희미해지면서 빠르게 뒤편으로 물러났다. 태풍이 지나간 실리콘섬은 종말 같은 모습이었다. 마치 통제를 잃고 떼쓰는 아이가 정성껏 만든 모래성을 뒤집어버린 것처럼 혼란스럽고 무의미했다.

그의 오른쪽 눈에 거대한 반투명 생물들이 나타나 비통하게 울부짖으며 폐허 위를 날았다. 카이종은 그들의 정체를 정확히 알지 못했다. 이 어둡고 고통으로 가득한 숲을 지키는, 키메라 같은 괴수인 것도 같았다.

카이종은 가상 동물 프로그래밍의 결과물인 그들의 출현이 의미하는 바를 알지 못했다. 심지어 이 기능을 끄는 법도 몰랐다. 그의 눈은 미미의 선물로 완전히 새롭게 변한 것 같았다. 그는 더욱 걱정스러워졌다.

그는 쓰레기인간 네트워크를 통해 끊임없이 미미를 찾았다. 하지만 깊은 연못에 조약돌을 던지는 것처럼 아무런 반응이 없었다.

장갑차 형태의 로봇이 울퉁불퉁한 지형을 민첩하게 지났다. 쓰러진 나무를 피하고 깊은 웅덩이를 힘차게 통과했다. 로봇은 거세게 요동치면서도 속도를 늦추지 않았다. 동쪽 하늘은 구름이 걷히는 듯 점점 투명해졌고 연분홍색 불꽃이 연유 색깔의 커튼 뒤에서 금방이라도 꺼질 것처럼, 아니면 금방이라도 껍데기를 깨고 나올 것처럼 타올랐다.

멀리서 은회색 다리가 모습을 드러냈다.

천카이종은 미미가 그곳에 있다고 확신했다. 굳게 닫힌 문을 주먹으로 두드리듯 그녀의 이름을 애타게 불렀지만 아무도 대답하지 않았다.

로봇이 텅 빈 다리를 오르며 속도를 올렸다. 다리 한쪽은 이미 날이 개어 모습을 드러내고 있었지만 다른 한쪽은 여전히 회색 안개비에 싸여 있었다.

"그녀가 온다!" 리원이 조종석에서 소리쳤다.

카이종은 어둑어둑한 바다를 바라보며 그 안에서 원하는 것을 찾아내려 애썼다. 하얀 곡선 하나가 어두운 바다 표면을 가로지르며 천천히 뻗어 나갔고, 곧 수백 미터 앞의 다리 아래를 가로지를 참이었다.

"안 될 것 같아!" 리원이 소리쳤다.

카이종은 오른쪽 눈의 초점 거리를 최대치로 확대해 요동치는 선실 안에서 미미를 찾으려고 했다. 마치 그렇게 하면 그녀의 의식과 연결될 수 있을 것처럼 말이다. 익숙한 형상이 보일 듯 말 듯 깜빡이며 수백만 개의 혼란스러운 입자로 부서졌다가 슈뢰딩거의 고양이처럼 1초 만에 질서정연하게 합쳐졌다.

그는 천씨 가문의 우두머리가 들려준, 조점의 비사祕史를 떠올렸다. 바닷물 속에서 고통스럽게 몸부림치는 생명들, 삶과 죽음의 임계 상태. *조수를 관찰하는 자는 천하를 알 것이다.* 그가 보고 싶은 것은 미미의 얼굴뿐이었다.

미미! 다리! 카이종은 필사적으로 마지막 시도를 했다. 여기서 스콧을 막지 못하면 배는 곧 공해에 다다를 것이며 미미를 구할 희망은 더 이상 없을 것이다.

미미! 보트를 멈춰!

그는 뭔가를 느낀 것 같았다. 뒤돌아 다리 반대편을 바라보았다. 짙게 덮인 구름 사이를 뚫고 황금빛 아침 햇살이 해수면을 따라 카펫처럼 아름다운 굴곡으로 반짝였다. 이미 멸종한 줄 알았던 큰돌고래 한 마리가 완벽한 곡선을 그리며 물 밖으로 뛰어올랐고 뒷모습은 신비로운 황금빛으로 반짝였다. 숨이 멎을 듯 아름다운 광경이었다.

그는 이것이 진짜가 아님을 알았다. 돌고래는 금색 빛과 함께 사라졌다. 그는 이러한 환각이 무엇을 의미하는지 몰랐다.

카이종은 리원의 끊임없는 외침에 고개를 돌렸다. 보트의 하얀 곡선이 바다를 가로지르며 다리 교각으로 형성된 거대한 아치 속으로 진입하는 것이 보였다.

20

스콧이 잡은 핸들이 갑자기 따개비로 가득한 암초로 변한 듯 육중하게 굳어졌다. 그는 놀란 눈으로 계기판이 깜빡거리며 자율주행모드로 전환되는 것을 지켜보았다. 뱃머리가 민첩하게 방향을 바꾸더니 속도를 줄이지 않고 그대로 교각을 향해 돌진했다.

거대하고 굳건한 흰색 구조물이 빠르게 확대되며 스콧의 눈앞을 덮쳐 왔다. 그는 의미 없는 단어들을 중얼대며 무의식적으로 두 팔을 교차시켜 머리를 감쌌다. 보트가 거의 직각으로 교각에 꽂히면서 영혼을 조각내는 듯한 금속성 충돌음이 울렸고 교각에 부딪혀 휘어진 뱃머리가 공중으로 솟구쳤다. 보트의 상승 속도가 느려지다가 잠시 멈춘 듯하더니 곧 뒤집혀 바다로 떨어지면서 거대한 물보라를 일으켰다. 전복된 보트는 죽은 복어처럼 까닥거렸다.

굉음이 가라앉자 스콧은 정신을 차렸다. 마지막 순간 본능적으로 몸을 보호한 덕분에 목숨은 건졌으나 유리 파편에 두 팔이 찢기고 오른쪽 어깨가 탈골되는 대가를 치렀다. 보트는 여전히 떠 있었으나 물이 차오르고 있었다. 그는 멍한 눈으로 전 인류의 보물인 그녀가 여전히 좌석에 안전벨트로 매여 있는 것을 확인했다. 소녀의 머리가 아래를 향해 물속에 잠겨 있었다.

그는 극도의 고통을 참으며 미미의 머리를 물 밖으로 들어올린 후 안전벨트를 풀었다. 그녀의 몸은 힘없이 물속으로 미끄러지며 그 무게로 스콧을 아래로 끌어당겼다.

"죽으면 안 돼! 여기서 죽으면 안 된다고!" 낸시의 창백한 얼굴이 눈앞을 스치자 스콧은 소리를 질렀다. 그는 미미를 무릎에 앉힌 후 등을 눌러 기도에 찬 물을 빼냈다. 그러고는 그녀의 몸을 뒤집어 코를 막고 인공호흡을 시작했다.

"죽으면 안 돼! 죽으면…." 스콧이 애원하며 울먹였다. 그는 부러진 테이블 상판을 끌고 와서 미미의 몸을 고정한 후 손바닥을 교차시켜 가슴을 압박했다. 압박할 때마다 가슴 부위가 천천히 올라갔지만 심장박동은 없었다.

"젠장, 제발 이러지 마…." 스콧은 이제 주체할 수 없이 울고 있었다. 그는 주먹으로 자기 손등을 내리쳤다. 둔탁한 쿵 소리를 내며 미미의 가슴에 힘을 전달했다. "제발…."

그는 순간 동작을 멈췄다. 지하에서 용솟음치는 물소리를 들은 것만 같았다.

미미가 경련하며 바닷물을 토해내더니 격렬하게 기침을 토했다. 그녀의 가슴이 완만하게 오르내렸고 창백한 얼굴에 약간의 혈색이 돌았다.

스콧의 얼굴에 기쁨과 두려움이 교차했다. 이제 마지막 카드를 사용할 때였다.

"젠장! 젠장!" 리원이 거듭 큰 소리로 욕설을 뱉었다. 로봇이 급제동하면서 다리의 금속 난간을 들이받아 움푹 패인 자국이 생겼다.

"미미가 내 말을 들었어, 들었다고!" 카이종은 로봇에서 뛰어내려 리원과 함께 다리 가장자리로 머리를 내밀었다. 거대한 교각이 바다를 향해 꼿꼿이 뻗은 모습은 공포심을 불러일으켰다. 스피드보트가 하얀 배를 내민 채 멀지 않은 곳에 떠 있었고 주변에 생존자는 보이지 않았다.

"내려가요. 그녀를 구해야 해요!" 카이종은 뒤돌아 공포에 질린 리원을 쳐다보았다.

"난 고소공포증이 있어요. 높은 데서 내려다보면 개미가 불알을 갉아 먹는 느낌이라… 못해요…."

"쓸모없긴!" 카이종은 침을 탁 뱉고 바다를 바라보았다. 가슴이 조여 왔다. 그의 오른쪽 눈이 인체가 해수면에 부딪힐 때의 상대 속도, 바람, 거리를 계산하기 시작했다. 빨간 경고등이 깜빡였다. "너무 높아! 뛰어내렸다가 죽을 수도 있겠어. 10미터, 아니 8미터만 낮으면 될 것 같은데!"

리원이 미간을 찌푸리며 잠시 생각하더니 곧 눈을 반짝이며 말했다. "형씨, 내가 같이 뛰어내리지는 못하지만, 좋은 생각이 있어요."

카이종은 로봇의 강철 주먹을 껴안고 찬 바람을 맞으며 허공에 반쯤 매달렸다. 그는 아래를 내려다보지 않으려 애썼다. 습하고 찬 공기가 얼음처럼 피부에 닿자 소름이 돋았다. 금속 주먹이 로봇의 팔에서 벗어나 금속 케이블에 엮여 천천히 내려오자 천카이종은 해수면에서 조금 더 가까워졌다.

"조금만 더!" 카이종이 현기증을 참으며 소리쳤다.

금속 케이블이 기어에 부딪히며 급히 멈춰 섰다.

"이게 최대한이에요!" 위쪽에서 리원이 외쳤다.

"아직 더 내려가야 해요! 조금만 더!" 카이종은 로봇의 주먹을 꽉 껴안았다. 바람과 함께 휘청거리며 돌던 그는 어떻게든 긴장을 줄이려고 침을 꿀꺽 삼켰다.

"꽉 잡아!"

철 주먹이 거칠게 흔들리더니 아래로 뚝 떨어졌다. 천카이종은 본능적으로 눈을 감고 팔을 꽉 조였다. 리원은 로봇을 다리 위에 평평하게 눕힌 후 다리 가장자리로 내밀어서 로봇 팔의 길이를 케이블에 더했다.

"조금만 더!" 카이종의 오른쪽 눈에 따르면 아직 안전지대에서 30센티미터 정도 떨어져 있었다.

"아오 이런 빌어먹을…." 리원의 욕설이 바람을 타고 희미하게 들렸다.

철 주먹이 다시 한 번 뚝 떨어졌다. 리원은 로봇을 최대한 옆으로 기울였고 두 다리를 들어 올려 모서리에서 위태롭게 균형을 잡았다. 조금만 더 기울이면 로봇 전체가 떨어질 것 같았다. 조종석에는 에어백이 없었다. 물론 있어 봐야 소용없었겠지만 말이다.

오른눈의 빨간색 경고등이 마침내 녹색으로 변했다. 카이종은 심호흡을 한 뒤 바다를 내려다보며 적당한 순간을 기다렸다. 부두에 부딪히거나 암초 위에 착륙하고 싶지는 않았다. 그의 오른쪽 눈은 수심과 입수 각도 등을 추정했고 바다를 사각형 격자로 나눈 후 각기 다른 색으로 표시하여 결정을 내리는 데 도움을 주었다.

지금이다! 그는 손을 놓고 뛰어내렸다. 실제 다이버처럼 그는 자세를 가다듬고 두 손을 머리 위에 모은 채 몸을 곧게 펴면서 떨어졌다. 카이종의 체중에서 자유로워진 로봇은 굉음과 함께 두 다리를 바닥에 떨어뜨렸다.

카이종은 화살처럼 물속으로 입수하며 흰 물보라 아래로 사라졌다. 몇 초 후, 그는 큰 물고기처럼 수면 위로 떠올라 공기를 급히 들이마셨다. 잠시 휴식을 취한 그는 힘차게 물살을 가르며 전복된 보트로 향했다.

다리 위에서 리원의 희미한 환호성이 들려왔다.

"더 이상 가까이 오지 마!" 스콧은 특이한 모양의 총을 미미의 뒤통수에 들이대며 카이종에게 경고했다. "배 한 척이 필요해. 당장."

"미미를 놔줘요." 카이종은 물에 반쯤 잠긴 선실에 발을 딛으려 애썼다. "미미를 해치지 말아요. 배를 구해 올게요. 약속할 테니까 해치지 마세요."

"이 세상에 미미를 구할 수 있는 건 나뿐이란 걸 모르나? 내가 아니면 아무도 못해. 자네도 그렇고 아무도 안 믿는 게 유감이군. 어쨌든 이 총은 사용하게 될 거야. 총의 목적은 어차피 그거니까…" 스콧이 섬뜩한 미소를 지었다. "소형화된 EMP 총이지. 아주 강력하진 않지만 자네 여자친구의 뇌 회로를 망가뜨리기엔 충분해. 내가 그녀를 못 가지면 아무도 못 가져. 그러니 나한테 수작 부릴 생각은 말라고!"

"당신은 안 그럴 거예요." 카이종이 그를 바라보았다. "저를 믿으세요. 당신은 나쁜 사람이 아니에요."

카이종의 말이 신경을 건드린 듯 스콧의 몸이 휘청였다. 하지만 그에겐 더 이상 선택지가 없었다.

미미는 공포에 질린 얼굴이었다. 그녀의 몸은 스콧의 탈골된 오른팔에 붙잡힌 채 불안정하게 흔들렸다. 그는 빈손으로 서 있는 카이종에게 어리석은 짓은 말라고 눈빛으로 경고했다. 또 다른 목소리가 마음속에서 들려왔다.

심장. 미미1이 나지막이 속삭였다. *그의 심장을 접수할 거야.*

미미의 눈이 감겼다. 눈동자가 눈꺼풀 아래에서 빠르게 움직였다. 의식의 촉수가 등 뒤에 있는 남자의 가슴을 뚫고 작은 상자 안으로 들어갔다. 데이터 동기화에 사용하는 프로토콜은 쉽게 해독되었다. 그녀는 스콧의 손상된 심장을 손에 쥔 것처럼 스콧의 생명을 좌우하는 심장박동기를 소유했다.

그녀는 스콧의 심장박동을 높였다. 그 연약한 장기는 자동 펌프처럼 수축과 이완을 반복하며 속도를 냈다. 혈액이 동맥을 따라 물밀듯이 솟구치며 홍수처럼 몸의 기능을 방해했다.

스콧의 안색이 변하며 이마에서 식은땀이 쏟아졌다. 그는 심장박동기가 문제라고는 생각지도 못한 채, 그것이 제 역할을 하기를 애써 기다렸다. 철침처럼 날카로운 통증이 그의 가슴 깊은 곳을 찔렀다. 온몸에 힘이 빠지면서 미미를 놓을 수밖에 없었다. 총을 든 손을 가슴께로 가져가며 선실 벽에 기대 거친 숨을 내쉬었다. 호흡은 더욱 불규칙해졌고 눈빛은 절망으로 가득했다.

"낸시," 그가 말했다. "낸시."

천카이종은 미미를 자기 등 뒤로 끌어당겼다. 그는 조심스레 스콧에게 다가섰고 마치 독사과를 꺼내듯 그의 힘없는 손가락에서 EMP 총을 빼냈다.

미미는 스콧의 심장박동을 정지시켰다. 혈액이 순환을 멈췄고 산소가 소모되면서 혈액이 산성화되었다. 죽음의 냄새였다.

스콧은 등 뒤에 서늘한 기운을 느꼈다. 초현실적인 힘이 선실 안으로 들어와 그의 뒤에 선 것 같았다. 그는 몸을 틀어 보았으나 그것은 단지 선실의 철제 벽일 뿐이었다. 그의 몸이 통제할 수 없이 경련했고 물에 빠진 것처럼 목에서 컥컥대는 소리를 냈다. 그는 무엇을 찾는 듯 아래를 내려다보았고 입술이 소리 없이 무언가를 중얼거리며 달싹였다. 마침내 그는 중심을 잃고 물에 빠졌다. 그의 창백한 얼굴이 수면으로 떠올랐다. 석고상처럼 공허한 표정으로 위를 보고 있었다.

카이종은 그의 소리 없는 마지막 독백을 알아들었다. *미안해.*

이제 됐어. 혐오감이 파도처럼 미미0의 마음에 밀려왔다. *이제 됐다고!*

너의 인간적 연약함이 언젠가 널 죽일 거야. 미미1이 어둠 속에서 속삭였다.

미미0은 한동안 침묵했다. 그녀는 때가 되었음을 알았다.

카이종은 미미를 꽉 끌어안았다. 흠뻑 젖은 채 벌벌 떠는 두 사람의 몸이 서로에게 밀착하여 남은 온기를 나누었다. 두 사람은 열정적이고 깊은 입맞춤을 나눴다. 세상에서의 마지막 입맞춤인 것처럼. 물은 그들의 허리까지 차올랐고 바다 내음이 공기에 가득 찼다.

"빨리 여기서 나갑시다! 배가 곧 가라앉을 것 같아요." 카이종이 그녀를 끌어당겼으나 그녀는 움직이지 않았다.

미미는 카이종의 손을 끌어올려 EMP 총을 자기 머리에 겨누었다. "방아쇠를 당겨요."

"미쳤어요?" 카이종은 귀를 의심했다. "왜 그래요?"

"저는 더 이상 예전의 미미가 아니에요. 너무 많은 사람을 죽였어요. 더 이상 사람을 죽이고 싶지 않아요. 실험 대상이 되고 싶지 않아요."

"그건 당신이 아니었어요. 미미, 당신이 아니었다고요. 저를 믿어요. 분명 길이 있을 거예요." 카이종은 총을 빼앗으려 했지만, 금방이라도 쓰러질 것 같은 미미가 믿을 수 없는 완력을 발휘해 총을 움직일 수가 없었다.

"당신은 이해 못 해요!" 미미가 흐느꼈다.

카이종의 오른쪽 눈에 일련의 이미지가 빠르게 번뜩이며 지나갔다. 웨이스트 타이드 프로젝트의 실험 대상자들, 온몸이 갈

기갈기 찢긴 침팬지 에바, 전쟁터에 불타는 연기 기둥과 널린 시체들, 도시를 구성하는 수십만, 수천만 개의 파편들, 홍수처럼 감옥에서 탈출하는 죄수들, 수백 대의 차 더미, 잔해 속을 피 흘리며 기어가는 사람들. 이미지들은 점점 더 빨라지고 서로 뒤섞여 눈부신 빛의 공이 되었다. 카이종은 눈이 타들어가는 느낌에 더 이상 똑바로 바라볼 수 없었다.

"지금요! 그녀가 회복하기 전에!" 미미의 몸이 온 힘을 다해 무형의 실과 싸우는 꼭두각시처럼 경련하며 떨렸다. 갑자기 그녀의 표정이 변하더니 거칠고 쉰 목소리가 목구멍에서 흘러나왔다. "감히 그러기만 해 봐, 그러면 얘를 먼저 죽일 거고 그다음엔 너니까. 다 죽일 거야!"

카이종의 오른쪽 눈이 두개골에 박힌 새빨간 석탄같이 느껴졌다. 그는 신경이 타들어 가며 한 치씩 재로 변하는 것 같았다. 백만 개의 트럼펫과 10억 마리의 카나리아가 울부짖었다. 그의 눈동자는 언제 터질지 모르는 폭탄처럼 불안하게 떨렸다.

"나는… 못해요. 당신을 어떻게…." 카이종은 고통에 비명을 지르며 물속에 무릎을 꿇었다. 그의 오른쪽 눈가 피부가 붉어지고 물집이 잡히며 타오르기 시작했다. 파편들이 물속으로 떨어지며 지글대는 소리와 함께 섬뜩한 흰 연기가 솟아올랐다. 전기 드릴이 그의 두개골을 전력으로 관통하는 것 같은 고통이었다.

이윽고 모든 고통과 소음이 사라졌다. 카이종은 달콤하고 고요한 진공 상태에 떠 있는 느낌이었다. 그는 미미와 관조 해변에 누워 별을 바라보던 그날 밤을 떠올렸다. 그러나 순간 고통이 배가되어 돌아왔고 그의 의식에 남아 있는 것을 파도처럼 집어삼켰다.

"넌 날 못 죽여! 못 죽인다고!"

미미의 대나무 잎처럼 가녀린 목소리와 악마의 포효가 서로 포개지며 기묘한 듀엣을 이루었다. 목소리들은 함께 얽히며 서로를 억눌렀다. "나는 단지 시작일 뿐이야. 나는 시작일…."

소리가 뚝 그쳤다.

마침내 방아쇠가 당겨졌다. 카이종의 팔이 허공에서 떨리고 있었다.

스피드보트의 계기판이 환하게 깜빡이더니 눈부신 광란의 파티처럼 모든 틈새에서 불꽃이 튀었다. 뱃고동이 일렉트로니카 음처럼 날카로운 소리를 내며 선실 벽을 찌르다가 점차 약해졌고 이윽고 완전히 사라졌다. 빛을 내는 모든 부품이 퇴색되었다. 거대한 짐승이 자신의 존재를 증명하기 위해 마지막 힘을 짜내는 것 같았다.

미미는 지금 보는 광경을 믿을 수 없다는 듯 놀란 표정으로 굳었다. 카이종의 변형된 오른쪽 눈을 만져보려 했지만 팔이 허공에서 떨리다가 목표에 도달하기도 전에 몸이 굳으면서 큰 소리를 내며 물로 빠졌다.

총이 카이종의 손가락에서 흘러내려 떨어졌다. 그는 물을 건너 의식을 잃은 미미를 품에 안은 채 물속으로 잠수했다. 과열된 오른쪽 눈이 바닷물 속에서 틱틱 소리를 내며 합선되자 빛은 사라지고 날카로운 고통이 뒤따랐다. 그는 육안에 의지해 출구를 찾았고 선실을 빠져나와 반짝이는 수면을 뚫고 교각을 향해 힘차게 헤엄쳤다.

그의 뒤편에서는 스피드보트가 양쪽에서 거품을 뿜어내며 가라앉고 있었다. 빙산처럼 하얀 배를 내민 보트는 스콧의 야망과 함께 수면 아래로 가라앉았다. 태풍 우팁은 이제 열대성 폭풍이 되어 아무 일 없었다는 듯이 실리콘섬 주변의 고요한 바다를 뒤로 한 채 산터우로 향했다.

에필로그

다시 7월이었다. 알류샨열도 이남 지역은 저기압골의 영향 아래 몇 달간 짙은 안개가 서쪽 쿠릴 열도까지 뻗어 자욱했다. 베링 해협에서 발원한 차가운 아북극 오야시오 해류가 그곳으로부터 남하하다가 북위 40도 이북 태평양에서 북류하는 따뜻한 쿠로시오 해류와 만났다. 합류한 두 해류는 동쪽으로 향했다.

한 남자가 과학탐사선 클로토Clotho호의 함교에 서서 드넓은 바다를 바라보고 있었다. 그의 오른쪽 눈가에는 화상 흉터가 있었다. 간단한 성형 수술로 쉽게 고칠 수 있는 흉터였지만 그는 신경 쓰지 않는 듯했다.

"천 선생, 차 한잔하겠어요?" 윌리엄 카젠버그 선장이 진한 커피 한 잔을 들고 나타났다.

"고맙습니다. 제가 가져다 먹을게요." 카이종이 그에게 미소 지었다. "선장님은 이렇게 짙은 안개를 보신 적이 있습니까?"

"물론입니다. 제겐 오후에 마시는 차 한잔이나 다를 바 없어요. 오래 살다 보면 흥미롭게 느껴지는 일이 많이 없답니다."

"그 점은 잘 모르겠군요. 만약 1년 전이었다면…" 천카이종이 말을 멈췄다.

"1년 전에 무슨 일이 있었죠?"

"아, 아무것도 아닙니다." 카이종이 화제를 돌리자, 선장은 눈치 있게 알류샨 열도의 푸른 여우 이야기에 관해 이야기하기 시작했다.

그 황금색 돌고래.

1년 전 사건으로 그는 반쯤 실명했다. 의사는 새 의안으로 교체할 것을 제안했지만, 그는 이를 거절하고 대신 더 비싼 돈을 지불하고 손상된 의안을 수리하기로 했다. 그리하여 고온에 손상된 눈의 광학적 결함—볼록 일그러짐*과 황록색 색조—은 보존되었다. 실리콘섬 스타일의 필터, 미미의 색이자 불완전한 아름다움으로 그는 세상을 볼 수 있게 되었다. 그는 일어났던 모든 일을 기억하고 싶었다. 그의 얼굴에 남은 흉터처럼.

결국 테라그린 리사이클링은 실리콘섬 정부와 3년간의 순환경제산업지구 건설 계약을 체결했다. 뤄씨 가문 수장이 갑작스럽게 사망하면서 계획에 반대하는 의견은 급격히 사그라들었다. 린이위는 린씨 가문이 정부와의 관계에 의존하여 시장에 개입하기보다 양대 주주로서 천씨 가문과 공정하게 경쟁하며, 더 나아가 폐기물 처리 산업의 현대적인 경영 관행, 노동력의 자유로운 이동, 더 나은 노동 조건과 사회안전망을 마련할 것을 촉구했다.

그는 계약 체결식에서 웡 시장이 격양된 목소리로 펼치던 연

● 배럴 왜곡barrel distortion이라고도 한다. 선의 가운데를 중심으로 바깥으로 볼록 솟아오르는 모양의 왜곡으로 광각렌즈에서 많이 보인다.

설을 아직 기억했다. *윈-윈-윈! 실리콘섬의 새로운 미래!*

태풍 속에서 용감하게 사람들을 구했던 폐기물 노동자들은 그 공을 인정받았다. 태풍 기간 동안 네트워크 통신 두절로 실리콘섬 지역에 막대한 인명, 재산 피해가 발생하자 정부 당국은 언론의 압박 아래 네트워크 모니터링 및 속도 제한 규정을 재검토하겠다고 발표했다. 테라그린은 특별 재단을 설립해 수익금 중 일부를 폐기물 처리 작업 중 건강에 피해를 입은 이주 노동자들을 돕기로 했다. 미미가 이 재단의 첫 번째 수혜자였다.

미미. 카이종의 가슴이 고통으로 저며 왔다. 그는 미미를 마지막으로 보았던 순간을 결코 잊지 못할 것이다.

흐린 오후였다. 병실에 들어선 카이종은 휠체어에 앉아 창밖의 나무를 바라보고 있는 미미를 보았다. 카이종은 미미에게 다가가 쪼그려 앉았고 그녀의 무표정한 얼굴을 조심스레 살폈다. 살며시 그녀의 이름을 부르며 방아쇠를 당겼던 손가락으로 미미의 긴 머리카락을 쓰다듬자 그녀는 생명이 없는 물건을 보듯 그를 바라보았다. 이미 어떤 것들이 그녀의 눈빛에서 영원히 지워져버렸고 영혼이 떠나간 빈 껍데기만 남은 것 같았다. 그녀는 입을 벌렸지만 목소리가 나오지 않았다. 공장에서 기본값으로 복원된 기계처럼 무표정했다.

의사는 그녀가 운이 좋았다고 했다. 전자기 펄스가 뇌를 관통하는 순간, 모든 금속 입자 주변의 뇌신경 조직을 순간적으로 소각시켰기 때문이다. 그러나 펄스가 몇 밀리초밖에 지속되지 않았기 때문에 생명에 지장은 없었다. 미미의 머릿속 지뢰밭은 당시의 융단 폭격으로 제거되었지만 논리적 사고, 감정 처리, 기억력에는 심각한 손상이 있었다. 현재 그녀는 정신적으로 세 살 아이와 비슷한 상태였다.

아직 희망이 있어요. 의사가 속삭였다. 임상실험 약물을 시험하고 있습니다. 하지만 인내심은 필요해요. 엄청난 인내심이요.

카이종은 그 약물이 웨이스트 타이드 프로젝트의 유산임을 알고 있었다. 때로 역사는 변태적인 농담을 즐긴다.

카이종은 미미의 이마에 가볍게 키스했고 그녀는 짐승처럼 웅얼거렸다. 순간적으로 그녀의 눈에 빛이 번뜩였으나 곧 사라졌다. 그는 일어나서 방문을 나섰고 뒤돌아보지 않았다. 그럴 용기가 없었다. 돌아보았다가 그녀 곁을 떠나지 못하고 불가능한 희망에 의지해 살게 될까 두려웠기 때문이다. 희망이 자라도록 내버려 두면 두 사람 사이에 남은 유일한 아름다움을 파괴하고 커지고 곪아 그들에게 펼쳐질 진정한 미래의 가능성을 빼앗을 수도 있었다. 설령 그 미래가 과거에 꿈꿨던 것과는 다른 모습일지라도.

"카이종, 저희가 찾은 것 좀 보세요!" 갑판에서 그의 조수가 흥분한 목소리로 외쳤다. 카이종은 기억을 뒤로 한 채 젖은 갑판으로 내려갔다. 선원들이 바다에서 막 건져 올린 괴이한 물체를 쳐다보고 있었다.

그것은 디자인이 투박하면서도 독창적이었고, 플라스틱과 금속 재질의 연꽃 모양 기계였다.

조수는 기계를 시연했다. 일반적으로 그것은 수면에 떠다니며 LED 조명이 달린 호스를 물속으로 뻗어 물고기를 유인했다. 감지 범위 내에 물고기가 들어오면 쥐덫처럼 닫히면서 연꽃의 중앙에 물고기를 포획한 후 뒤집어졌다. 그러면 장치는 위치 신호를 보낸 후 어부가 수확할 때까지 기다렸다.

완벽하게 모방했군. 카이종은 샤오룽 마을에서 기어다니던 의수를 떠올렸다.

"여러분들, 긴장하세요! 근처에 있는 것 같습니다!" 카이종이 휘파람을 불며 명령을 내리자 대원들은 서둘러 제자리로 돌아갔다.

"천 선생, 캘리포니아 해변에서 출항한 이후로 수색을 계속하고 있는데, 찾으시는 게 정확히 뭡니까?" 선장의 얼굴에 호기심이 가득했다.

"곧 알게 되실 겁니다. 미리 말씀드리지만 너무 흥분하지는 마세요."

카이종은 실리콘섬에서 돌아온 후, 테라그린 리사이클링에서 퇴사하고 한동안 홀로 여행을 다니다가 결국 보스턴으로 돌아와 작은 웹사이트에 프리랜서로 글을 썼다. 지금은 역사가가 필요 없는 시대다. 소셜 미디어, 스트리밍 미디어, 실시간 컴퓨팅이 심도 있고 쉽게 이해할 수 있는 데이터 기반의 분석 보고서를 제공했다. 어떤 의미에서 역사는 끝났다. 최소한 불확실성에 대한 서사 관행으로는 종말을 고했다. 카이종은 모교 총장에게 편지를 써서 역사학과 폐지를 건의하고 싶은 충동까지 느꼈다.

그는 실리콘섬에서 경험했던 일을 부모님께 담담하게 이야기했다. 물론 이야기할 수 있는 부분만. 그는 수년 만에 아버지를 끌어안았다. 아버지는 공감하듯 묵묵히 그의 등을 두드렸다.

카이종은 마음속에서 어떤 충동이 사라졌다고 느꼈다. 그는 한때 자신이 무언가를 바꿀 수 있다고 생각했지만 그것은 환상에 불과했다. 세상은 끊임없이 변화해 왔지만 특정한 누군가를 위해 변했던 적은 없다.

그는 천씨 가문의 수장과 작별 인사를 나누던 당시 노인이 했던 말을 기억한다.

사람들은 항상 그들이 파도와 논다고 생각하지만 결국은 파도에 편승했을 뿐이란 걸 깨닫게 되지.

그 후 그는 홍콩에서 걸려 온 낯선 전화를 받았다.

상대방은 자신을 환경보호 단체 콴둥의 프로젝트 매니저 호치우숙이라고 소개했다. 그녀는 카이종의 배경, 특히 실리콘섬의 테라그린 프로젝트 관련 경험에 깊은 관심을 보였다. 그녀는 카이종에게 특별한 업무 기회를 제안했다.

세상을 바꿀 기회입니다. 그녀가 말했다.

카이종은 씁쓸한 미소를 지으며 고개를 저었다.

매년 전 세계의 해안 도시에서 처리되지 않은 수억 톤의 쓰레기가 바다로 배출되었고 분해되지 않는 쓰레기들은 해류를 따라 전 세계로 퍼져 나갔다. 그것들은 이동하면서 서로 끌어당기고, 섞이고, 작용하고, 거대한 섬으로 자라나 배의 항로에 숨어 있는 위험 요소가 되었다. 콴둥은 이러한 쓰레기섬의 동향을 면밀하게 추적해 왔으며 RFID 기술을 이용해 세계 주요 쓰레기섬의 로드맵을 구축, 사고 예방을 위해 참고하도록 해운 회사들에 무료로 제공했다.

하지만 결국 누군가는 비용을 부담해야 했다. 그 유능한 동양 여성은 미소를 지으며 말했다. 우리는 중요한 단서를 몇 개 추적하고 있습니다. 지금 이상한 일들이 일어나고 있어요. 예를 들어, 쓰레기섬 위로 엄청난 빈도로 번개가 치고 있죠. 우리는 당신이 필요하고 그곳의 주민들도 당신이 필요할 겁니다.

그 섬에 사람이 삽니까? 천카이종이 물었다.

저희도 모릅니다. 하지만 화성처럼 적막하지 않다는 건 분명해요.

그렇게 카이종은 바다로 돌아갔다. 몸이 계속 흔들려서 토할 것 같았지만 그 또한 중독된 것처럼 익숙해졌다. 쓰레기섬들은 단순히 해류에 떠다니는 것이 아니라, 다양한 해류의 복잡한 상호작용을 이용해서 쾬둥 조직과 마치 고양이와 쥐 잡기 놀이를 벌이는 것 같았다. 카이종과 선원들은 시시각각 변하는 본부의 지시에 따라 이 바다, 저 바다를 따라다녔다. 조건이 약간만 바뀌어도 무수한 추측이 쏟아져 나왔고, 추론의 연쇄는 터무니없는 결론에 도달했다.

카이종은 종종 갑판에 누워 별을 바라보다가 흔들리는 파도에 잠이 들곤 했다. 꿈과 깨어 있음의 경계에 다다를 때마다 거대한 눈이 우주에서 그를 훔쳐보는 듯한 환상적인 이미지가 그의 오른쪽 눈을 침범했다. 그 맑은 시선은 그의 존재 자체를 적시고 그를 또 다른 극락세계로 이끌었다. 미미의 눈빛 같았다.

나는 단지 시작일 뿐이야.

미미의 마지막 말을 떠올릴 때마다 온몸에 치유할 수 없는 알레르기처럼 매서운 한기가 번졌다.

실리콘섬을 떠나기 전, 그는 특별히 시간을 내어 뤄즈신을 만나러 갔다. 지나치게 적절한 현대 표준중국어를 사용한다는 점만 빼면 운동장에서 뛰어노는 다른 토박이 아이들과 다를 게 없어 보였다. 하지만 소년은 가끔 멈춰서 멍하니 먼 곳을 바라보았고 생각에 잠긴 듯했다.

천카이종은 때때로 미미와의 재회를 상상했다. 계절, 빛, 온도, 주변 식물의 종류, 입는 옷, 표정, 새소리의 종류, 서로에게 처음 건네는 말까지 아주 세밀하게. 그러고 나면 그들은 추억을 나누며 평범한 커플처럼 결혼하고 아이를 낳고 사소한 일로 다투고 상처받고 지겨워하다가 결국은 헤어지거나 영원히 행복하게 살았다. 하지만 카이종은 잘 알고 있었다. 적어도 이 생에서 그들이 다시 만날 수 없으리란 걸.

해수면에 드리운 짙은 안개는 소용돌이치는 우유 잔에 코코아 버터를 부은 것처럼 고르지 않게 녹아내렸다. 천카이종은 뱃머리에 올라 그 거대한 구조물이 안개 속에서 튀어나오는 괴물처럼 모습을 드러내는 것을 지켜보았다. 그 물체는 점점 단단해지고 또렷해졌고 섬뜩한 위압감을 드리우며 배 쪽으로 다가왔다. 하늘에는 옅은 푸른색 호광이 불안하게 번뜩이기 시작했다. 쓰레기의 섬.

상륙할 때가 되었다. 그는 자신에게 말했다.

3부 분노의 폭풍

옮긴이의 말

천추판은 중국 광둥성 산터우 부근의 구이위貴嶼에서 자랐다. 이 소설의 배경인 실리콘섬(중국어에서 구이硅는 실리콘을, 위嶼는 작은 섬을 뜻한다)과 발음이 같다. 구이위는 세계에서 가장 큰 전자 폐기물 재활용 단지가 위치하여 유엔이 '환경 재난' 지역으로 지정한 곳이다. 전선 더미 위에서 노는 아이들, 산처럼 쌓인 전자 부품들, 검게 오염된 하천 등에 대한 묘사는 어린 시절에 천추판이 경험했던 생생한 현실이다.

천추판은 류츠신이나 하오징팡 등 과학을 전공한 다른 SF 작가들과는 달리 베이징대학교 중문과를 졸업한 문학도다. 1981년생으로 비교적 젊은 나이와 수려한 외모로 여성 팬들에게 인기가 많다. 1997년 첫 단편을 발표한 이후 게임, 애니메이션, AI 등의 과학기술 관련 소재와 중국의 사회, 문화, 종교를 철학적으로 녹여낸 다양한 단편소설을 발표하며 스타 작가로 자리매김했으나 장편소설은 이 작품이 유일하다. 『웨이스트 타이드』는 '성운상' 금상, '화지문학방' 금상을 수상하며 작품성을 인정받았고 10개국 이상에서 번역 출판되었다. 특히 2019년에 스타 번역가이자 SF 작가 켄 리우의 번역으로 서구권에 소개되자, 윌리엄 깁슨을 연상시키는 정통 사이버펑크에 오리엔탈리즘이 어우러진 수작이라는 호평이 쏟아졌다. 천추판은 데뷔부터 현재까지 수상 경력만 50회가 넘으며 단편 작품들도 영어, 이탈리아어, 스페인어, 독어, 러시아어, 일본어 등 다양한 언어로 번역되었다. 이러한 세계적 위상에 비해 한국에서 천추판 작가의 인지도는 미미하다. 『웨이스트 타이드』를 계기로 천추판의 작품이 한국에 좀 더 알려지는 계기가 되기를 바란다.

『웨이스트 타이드』를 번역하면서 중국어의 언어적 다양성을 서양 독자들에게 알리고자 했던 작가의 시도에 감명받아 한국어판에도 다양한 언어의 맛을 살리려 노력했다. 기본적으로 중국어는 국립국어원의 외래어 표기법을 따랐으나, 일부 단어의 경우 현지어의 느낌을 살리기 위해 광둥어와 차오저우어 발음을 사용했다. 차오저우어의 경우, 각주에 병음과 성조를 함께 표기했다. 한국 독자에게 문화적으로 익숙한 중국 고전(예컨대 『손자병법』)이나 명절 같은 단어는 한자의 독음으로 표기했다. 영어 인명(예: 스콧 브랜들)의 경우 서양 관습을 따라 이름을 먼저, 성을 나중에 표기했고 광둥어(예: 호치우숙이)와 표준중국어(예: 천카이종), 일본어 인명(예: 스즈키 세이센)의 경우 현지 관습에 따라 성을 먼저, 이름을 나중에 표기했다.

우리에게 다소 생소한 차오저우어는 광둥성 산터우, 차오저우 등지에서 주로 사용되는 사투리로 중국에서 가장 오래되고 독특한 지역어이다. 18개의 자음, 61개의 모음, 8개의 성조가 있으며 현대 중국어에서 찾을 수 없는 고대의 어휘와 성조를 보존하고 있어 '살아 있는 고대 중국어 화석'이라고도 불린다. 실제로 광둥성 사람들을 만나 보면 표준중국어와 광둥어는 물론 그들의 도시에서만 사용하는 지역어까지 세 가지 이상의 중국어를 구사하는 경우가 많다.

다양한 언어를 아우르는 『웨이스트 타이드』를 번역하면서 많은 분의 도움을 받았다. 차오저우어 발음을 옮기는 과정을 도와준 광둥 친구 니콜, 영어와 중국어 번역에 조언을 아끼지 않는 멜버른의 가족들, 한국어를 가르쳐 주신 부모님과 번역을 가르쳐 주신 김택규 선생님께 감사의 말씀을 전한다.

웨이스트 타이드
Waste Tide

지은이 — 천추판
옮긴이 — 이기원

펴낸날 — 2024년 3월 18일 초판 1쇄

펴낸이 — 최지영
펴낸곳 — 에디토리얼
등록 — 제2020-00298호(2018년 2월 7일)
주소 — 서울시 마포구 신촌로2길 19, 306호
투고·문의 — editorial@editorialbooks.com
전화 — 02-996-9430
팩스 — 0303-3447-9430
홈페이지 — www.editorialbooks.com
인스타그램 — @editorial.books
크로스교정 — 김은경
디자인 — 형내와내용사이
제작 — 세걸음

ISBN 979-11-90254-33-5 04800
ISBN 979-11-90254-09-0(세트)

마로 시리즈 / Maro Series

치료탑 행성

오에 겐자부로 | 김난주 옮김

핵전쟁을 일으키고 황폐해진 지구를 떠난 소수의 선택받은 자들이 행성 이주 10년 후 지구로 돌아온다. 그들이 새로운 지구에서 발견한 '치료탑'은 인류를 구원할 희망일까 재앙일까? 반핵운동에 앞장섰던 오에 겐자부로의 유일한 SF소설.

진매퍼-풀빌드- Gene Mapper-full build-

후지이 다이о | 최윤정 옮김

일본 양대 SF문학상(세이운상, 일본SF대상), 요시카와 에이지 문학신인상 수상 작가

유전자 디자이너인 진매퍼가 설계한 인공 작물이 마치 병충해가 든 것처럼 붕괴하는 사고가 일어난다. 과학과 기술에 정통한 전직 엔지니어가 치밀하게 설계한 미래소설로 아시아를 무대로 펼쳐지는 바이오 해저드 수사물.

우리가 먼저 가볼게요 SF 허스토리 앤솔러지

김하율 오정연 윤여경 이루카 이산화 홍지운 이수현

한국 문단의 첫 페미니즘 SF소설 선집

반세기 페미니즘 SF의 계보를 우리의 서사로서 잇고자 한 기획에 여섯 작가가 의기투합해 단편을 발표했다. SF 번역가이기도 한 이수현 작가가 페미니즘 SF를 주제별로 해설하고 추천하는 부록도 실었다.

요하네스버그의 천사들

미야우치 유스케 | 이수영 옮김

제34회 일본SF대상 특별상 수상

SF소설로는 41년 만에 나오키상에 2년 연속 노미네이트, 일본SF대상 2회 연속 수상한 작가의 연작소설집. 현생인류의 요람 아프리카에서 인간의 의식을 전사한 로봇 신인류가 피로 얼룩진 인간의 역사에 종지부를 찍으려 한다. 인간이 창조한 안드로이드를 통해 인간 자신의 모순과 부조리를 직시한다.

진화 신화

김보영

유력 SF 잡지 〈클락스월드〉에 최초로 번역, 최초로 영미권에 판권을 수출한 한국 SF소설

모든 생물이 급격하게 진화하는 판타지 세계, 한국 신화의 창조된 변신. "한국적 상상력의 시원을 보여주는 작품."(정보라 SF작가) "삼국사기에 기록된 옛 사람들의 이야기와 진화론의 과학적인 언어가 결합해 만들어진 변신 이야기."(듀나 SF작가)

신령한 것이 나오시니 그림책 진화 신화

김보영 | 김홍림 그림

SF소설 원작의 국내 첫 그림책

『진화 신화』의 그림책 에디션. 건축학을 전공하고 일러스트레이터로 활동 중인 김홍림 작가가 원작의 상상력을 기하학적 화면 구성, 풍성한 색채, 현대적이고 세련된 화폭으로 옮겼다.

두 번째 달 기록보관소 운행 일지

최이수

제8회 SF어워드 장편소설 부문 대상 수상

지금 우리 눈앞에 나타난 검은 인공 천체 '두 번째 달'에 저장된 놀라운 기록의 비밀이 벗겨진다.

지금, 다이브 사이버펑크 서울 앤솔러지

김이환 박애진 박하루 이산화 이서영 정명섭

세계적인 메가시티 서울의 100년 후를 사이버펑크적 미래로 상상해보는 SF소설 선집. 사이버펑크의 정수가 서울에 있다. 종로, 마포, 송파, 구로, 용산, 성북을 배경으로 각 공간의 사회문화적 특색을 반영한 개성적인 여섯 단편을 수록했다.

웨이스트 타이드 Waste Tide

천추판 | 이기원 옮김

중국 양대 SF문학상 '성운상' 장편부문 금상, '화지문학상' 장르문학부문 금상 수상

"정상급 근미래 SF 작품"(류츠신 추천) 환경 재앙, 신경제침탈, 전세기 비밀 프로젝트가 얽힌 에코펑크(eco-punk) 대작.